Suhrkamp BasisBibliothek 34

Unterm Rad ist der bedeutendste und weltweit wirksamste deutsche Schulroman über das Scheitern eines begabten Schülers. Diese Ausgabe der »Suhrkamp BasisBibliothek – Arbeitstexte für Schule und Studium« bietet nicht nur Hermann Hesses *Unterm Rad*, sondern auch den Vorläufertext zu diesem Roman, die Erzählung »Erwin«. Ergänzt wird diese Edition durch einen Kommentar, der alle für das Verständnis des Buches erforderlichen Informationen enthält: ausführliche Hinweise zu den literarhistorischen, ästhetischen und zeitgeschichtlichen Voraussetzungen des Romans, die Entstehungs- und Rezeptionsgeschichte, einen Forschungsüberblick, Literaturhinweise sowie detaillierte Wort- und Sacherläuterungen. Der Kommentar ist entsprechend den neuen Rechtschreibregeln verfasst.

Heribert Kuhn, geboren 1953, ist freier Publizist. Veröffentlichungen u. a. zu Theodor Storm (SBB 9), Franz Kafka (SBB 13, SBB 18), Max Frisch (SBB 24) und Hermann Hesse (SBB 2, SBB 12, SBB 16).

Hermann Hesse
Unterm Rad

Roman

Mit einem Kommentar
von Heribert Kuhn

Suhrkamp

Der vorliegende Text folgt der Ausgabe: Hermann Hesse: *Sämtliche Werke*. Herausgegeben von Volker Michels. Band 2: *Die Romane*. Frankfurt/M. 2001, S. 135–280.
Die Erzählung »Erwin« ist folgendem Band entnommen: Hermann Hesse: *Sämtliche Werke*. Herausgegeben von Volker Michels. Band 6: *Die Erzählungen. 1900–1906*, Frankfurt/M. 2001, S. 7–25.

Originalausgabe
Suhrkamp BasisBibliothek 34
Erste Auflage 2002

Satz: Pagina GmbH, Tübingen
Druck: Ebner & Spiegel, Ulm
Umschlaggestaltung: Hermann Michels
Printed in Germany

6 – 07

Inhalt

⌜Unterm Rad⌝

Roman

Entstanden 1903. Erste Buchausgabe: Berlin 1905/06

Erstes Kapitel

Herr Joseph Giebenrath, Zwischenhändler und Agent*, zeichnete sich durch keinerlei Vorzüge oder Eigenheiten vor seinen Mitbürgern aus. Er besaß gleich ihnen eine breite, gesunde Figur, eine leidliche kommerzielle* Begabung, verbunden mit einer aufrichtigen, herzlichen Verehrung des Geldes, ferner ein kleines Wohnhaus mit Gärtchen, ein Familiengrab auf dem Friedhof, eine etwas aufgeklärte und fadenscheinig gewordene Kirchlichkeit, angemessenen Respekt vor Gott und der Obrigkeit und blinde Unterwürfigkeit gegen die ehernen Gebote der bürgerlichen Wohlanständigkeit. Er trank manchen Schoppen*, war aber niemals betrunken. Er unternahm nebenher manche nicht einwandfreie Geschäfte, aber er führte sie nie über die Grenzen des formell Erlaubten hinaus. Er schimpfte ärmere Leute Hungerleider, reichere Leute Protzen*. Er war Mitglied des Bürgervereins und beteiligte sich jeden Freitag am Kegelschieben im »Adler«, ferner an jedem Backtag, sowie an den Voressen und Metzelsuppen*. Er rauchte zur Arbeit billige Zigarren, nach Tisch und sonntags eine feinere Sorte.

Firmenbeauftragter, Warenvermittler

geschäftliche

Auf den Inhalt einer Schöpfkelle bezogenes Flüssigkeitsmaß: 1/4 l

Prahlhänse, Angeber

Ragouts und Wurstsuppen von frisch Geschlachtetem

Sein inneres Leben war das des Philisters*. Was er etwa an Gemüt besaß, war längst staubig geworden und bestand aus wenig mehr als einem traditionellen, barschen Familiensinn, einem Stolz auf seinen eigenen Sohn und einer gelegentlichen Schenklaune gegen Arme. Seine geistigen Fähigkeiten gingen nicht über eine angeborene, streng abgegrenzte Schlauheit und Rechenkunst hinaus. Seine Lektüre beschränkte sich auf die Zeitung, und um seinen Bedarf an Kunstgenüssen zu decken, war die jährliche Liebhaberaufführung des Bürgervereins und zwischenhinein der Besuch eines Zirkus hinreichend.

Spießbürgers

Er hätte mit jedem beliebigen Nachbarn Namen und Wohnung vertauschen können, ohne daß irgend etwas anders geworden wäre. Auch das Tiefste seiner Seele, das schlummerlose Mißtrauen gegen jede überlegene Kraft und Persönlichkeit und die instinktive, aus Neid erwachsene Feindseligkeit gegen alles Unalltägliche, Freiere, Feinere, Geistige teilte er mit sämtlichen übrigen Hausvätern der Stadt.

Genug von ihm. Nur ein tiefer Ironiker wäre der Darstellung dieses flachen Lebens und seiner unbewußten Tragik gewachsen. Aber dieser Mann hatte einen einzigen Knaben, und von dem ist zu reden.

⌜Hans⌝ Giebenrath war ohne Zweifel ein begabtes Kind; es genügte, ihn anzusehen, wie fein und abgesondert er zwischen den andern herumlief. Das kleine Schwarzwaldnest zeitigte sonst keine solchen Figuren, es war von dort nie ein Mensch ausgegangen, der einen Blick und eine Wirkung über das Engste hinaus gehabt hätte. ⌜Gott weiß, wo der Knabe die ernsthaften Augen und die gescheite Stirn und das Feine im Gang her hatte. Vielleicht von der Mutter? Sie war seit Jahren tot, und man hatte zu ihren Lebzeiten nichts Auffallendes an ihr bemerkt, als daß sie ewig kränklich und bekümmert gewesen war. Der Vater kam nicht in Betracht. Also war wirklich einmal der geheimnisvolle Funke von oben in das alte Nest gesprungen, das in seinen acht bis neun Jahrhunderten so viele tüchtige Bürger, aber noch nie ein Talent oder Genie hervorgebracht hatte.⌝

Ein modern geschulter Beobachter hätte, sich an die schwächliche Mutter und an das stattliche Alter der Familie erinnernd, von Hypertrophie* der Intelligenz als Symptom einer einsetzenden Degeneration* sprechen können. Aber die Stadt war so glücklich, keine Leute von dieser Sorte zu beherbergen, und nur die Jüngeren und Schlaueren unter den Beamten und Schulmeistern hatten von der Existenz des »modernen Menschen« durch Zeitschriftenartikel eine unsichere Kunde. Man konnte dort noch leben

Überentwickeltheit

Rückbildung, Verfall

und gebildet sein, ohne die ⌜Reden Zarathustras⌝ zu kennen; die Ehen waren solid und oft glücklich, und das ganze Leben hatte einen unheilbar altmodischen Habitus*. Die warmgesessenen, wohlhabenden Bürger, von denen in den letzten zwanzig Jahren manche aus Handwerkern zu Fabrikanten geworden waren, nahmen zwar vor den Beamten die Hüte ab und suchten ihren Umgang, unter sich nannten sie sie aber Hungerleider und Schreibersknechte. Seltsamerweise kannten sie trotzdem keinen höheren Ehrgeiz als den, ihre Söhne womöglich studieren und Beamte werden zu lassen. Leider blieb dies so gut wie immer ein schöner, unerfüllter Traum, denn der Nachwuchs kam zumeist schon durch die Lateinschule nur mit großem Ächzen und wiederholtem Sitzenbleiben hindurch.

Auftreten, Sitte, Brauch

Über Hans Giebenraths Begabung gab es keinen Zweifel. Die Lehrer, der Rektor, die Nachbarn, der Stadtpfarrer, die Mitschüler und jedermann gab zu, der Bub sei ein feiner Kopf und überhaupt etwas Besonderes. Damit war seine Zukunft bestimmt und festgelegt. ⌜Denn in schwäbischen Landen gibt es für begabte Knaben, ihre Eltern müßten denn reich sein, nur einen einzigen schmalen Pfad: durchs Landexamen ins Seminar, von da ins Tübinger Stift und von dort entweder auf die Kanzel oder aufs Katheder. Jahr für Jahr betreten drei bis vier Dutzend Landessöhne diesen stillen, sicheren Weg, magere, überarbeitete Neukonfirmierte durchlaufen auf Staatskosten die verschiedenen Gebiete des humanistischen Wissens und treten acht oder neun Jahre später den zweiten, meist längeren Teil ihres Lebensweges an, auf welchem sie dem Staate die empfangenen Wohltaten heimbezahlen sollen.⌝

In wenigen Wochen sollte das »Landexamen« wieder stattfinden. So heißt die jährliche Hekatombe*, bei welcher »der Staat« die geistige Blüte des Landes auswählt und während deren Dauer aus Städtchen und Dörfern Seufzer, Gebete und Wünsche zahlreicher Familien sich nach der

Massenopfer, Schlachtopfer

Hauptstadt richten, in deren Schoß die Prüfung vor sich geht.
Hans Giebenrath war der einzige Kandidat, den das Städtlein zum peinlichen* Wettbewerb zu entsenden dachte. Die Ehre war groß, doch hatte er sie keineswegs umsonst. An die Schulstunden, die täglich bis vier Uhr dauerten, schloß sich die griechische Extralektion* beim Rektor* an, um sechs war dann der Herr Stadtpfarrer so freundlich, eine Repetitionsstunde* in Latein und Religion zu geben, und zweimal in der Woche fand nach dem Abendessen noch eine einstündige Unterweisung beim Mathematiklehrer statt. Im Griechischen wurde nächst den unregelmäßigen Zeitwörtern hauptsächlich auf die in den Partikeln* auszudrückende Mannigfaltigkeit der Satzverknüpfungen Wert gelegt, im Latein galt es klar und knapp im Stil zu sein und namentlich die vielen prosodischen* Feinheiten zu kennen, in der Mathematik wurde der Hauptnachdruck auf komplizierte Schlußrechnungen gelegt. Dieselben seien, wie der Lehrer häufig betonte, zwar scheinbar ohne Wert fürs spätere Studium und Leben, jedoch eben nur scheinbar. In Wirklichkeit waren sie sehr wichtig, ja wichtiger als manche Hauptfächer, denn sie bilden die logischen Fähigkeiten aus und sind die Grundlage alles klaren, nüchternen und erfolgreichen Denkens.
Damit jedoch keine geistige Überlastung eintrete und damit nicht etwa über den Verstandesübungen das Gemüt vergessen werde und verdorre, durfte Hans jeden Morgen, eine Stunde vor Schulbeginn, den Konfirmandenunterricht* besuchen, wo aus dem Brenzischen Katechismus* und aus dem anregenden Auswendiglernen und Aufsagen der Fragen und Antworten ein erfrischender Hauch religiösen Lebens in die jugendlichen Seelen drang. Leider verkümmerte er sich diese erquickenden Stunden selbst und beraubte sich ihres Segens. Er legte nämlich heimlicherweise beschriebene Zettel in seinen Katechismus, griechi-

gewissenhaften, gründlichen

Außerplanmäßige Unterrichtsstunde

Schulleiter

Wiederholungsstunde

Unveränderliche Redeteile, Füllwörter

Prosodion ist ein im Chor gesungenes altgriech. Prozessionslied; prosodisch bedeutet silbenmessend.

Religionsunterricht für zur Konfirmation (= Zulassung zum Abendmahl) Anstehende

Religiöses Unterweisungswerk des schwäb. Reformators Johann Brenz (1499–1570)

sche und lateinische Vokabeln oder Übungsstücke, und beschäftigte sich fast die ganze Stunde mit diesen weltlichen Wissenschaften. Doch war immerhin sein Gewissen nicht so abgestumpft, daß er dabei nicht fortwährend eine peinliche Unsicherheit und ein leises Angstgefühl empfunden hätte. Wenn der Dekan* in seine Nähe trat oder gar seinen Namen rief, zuckte er jedesmal scheu zusammen, und wenn er eine Antwort geben mußte, hatte er Schweiß auf der Stirn und Herzklopfen. Die Antworten aber waren tadellos richtig, auch in der Aussprache, und darauf gab der Dekan viel.

Geistlicher Würdenträger

Die Aufgaben, zum Schreiben oder zum Auswendiglernen, zum Repetieren und Präparieren*, die sich tagsüber von Lektion zu Lektion ansammelten, konnten dann am späten Abend bei traulichem Lampenlicht zu Hause erledigt werden. Dieses stille, vom häuslichen Frieden segensreich umhegte Arbeiten, dem der Klassenlehrer eine besonders tiefe und fördernde Wirkung zusprach, dauerte dienstags und samstags gewöhnlich nur etwa bis zehn Uhr, sonst aber bis elf, bis zwölf und gelegentlich noch darüber. Der Vater grollte ein wenig über den maßlosen Ölverbrauch, sah dies Studieren aber doch mit wohlgefälligem Stolze an. Für etwaige Mußestunden und für die Sonntage, die ja den siebenten Teil unseres Lebens ausmachen, war die Lektüre einiger in der Schule nicht gelesener Autoren und Repetieren der Grammatik dringend empfohlen.

Wiederholen und Vorbereiten

»Natürlich mit Maß, mit Maß! Ein-, zweimal in der Woche spazierengehen ist notwendig und tut Wunder. Bei schönem Wetter kann man ja auch ein Buch mit ins Freie nehmen – du wirst sehen, wie leicht und fröhlich es sich in der frischen Luft draußen lernen läßt. Überhaupt Kopf hoch!«
Hans hielt also nach Möglichkeit den Kopf hoch, benützte von nun an auch die Spaziergänge zum Lernen und lief still und verscheucht mit übernächtigem Gesicht und blaurandigen, müden Augen herum.

»Was halten Sie von Giebenrath; er wird doch durchkommen?« sagte der Klassenlehrer einmal zum Rektor.

»Er wird, er wird«, jauchzte der Rektor. »Das ist einer von den ganz Gescheiten; sehen Sie ihn nur an, er sieht ja direkt vergeistigt aus.«

In den letzten acht Tagen war die Vergeistigung eklatant geworden. In dem hübschen, zarten Knabengesicht brannten tiefliegende, unruhige Augen mit trüber Glut, auf der schönen Stirn zuckten feine, Geist verratende Falten, und die ohnehin dünnen und hageren Arme und Hände hingen mit einer müden Grazie herab, die an Botticelli* erinnerte.

Ital. Maler (1444/45–1510)

Es war nun soweit. Morgen früh sollte er mit seinem Vater nach Stuttgart fahren und dort im Landexamen zeigen, ob er würdig sei, durch die schmale Klosterpforte des Seminars einzugehen. Eben hatte er seinen Abschiedsbesuch beim Rektor gemacht. »Heute abend«, sagte zum Schluß der gefürchtete Herrscher mit ungewöhnlicher Milde, »darfst du nichts mehr arbeiten. Versprich es mir. Du mußt morgen absolut frisch in Stuttgart antreten. Geh noch eine Stunde spazieren und nachher beizeiten zu Bett. Junge Leute müssen ihren Schlaf haben.«

Hans war erstaunt, statt der gefürchteten Menge von Ratschlägen so viel Wohlwollen zu erleben, und trat aufatmend aus dem Schulhaus.

Die großen Kirchberglinden* glänzten matt im heißen Sonnenlicht des Spätnachmittags, auf dem Marktplatz plätscherten und blinkten beide große Brunnen, über die unregelmäßige Linie der Dächerflucht schauten die nahen, blauschwarzen Tannenberge herein. Dem Buben war so, als hätte er das alles schon eine lange Zeit nicht mehr gesehen, und es kam ihm alles ungewöhnlich schön und verlockend vor. Zwar hatte er Kopfweh, aber heute brauchte er ja nichts mehr zu lernen.

In Calw 1817 anlässlich der 300-jährigen Wiederkehr der Reformation gepflanzte Linden

Langsam schlenderte er über den Marktplatz, am alten Rathaus vorüber, durch die Marktgasse und an der Messerschmiede vorbei zur alten Brücke. Dort bummelte er eine Weile auf und ab und setzte sich schließlich auf die breite Brüstung. Wochen- und monatelang war er Tag für Tag seine vier Mal hier vorbeigegangen und hatte keinen Blick für die kleine gotische Brückenkapelle gehabt, noch für den Fluß, noch für die Stellfalle, Wehr und Mühle, nicht einmal für die Badwiese und für die weidenbestandenen Ufer, an denen ein Gerberplatz neben dem anderen lag, wo der Fluß tief, grün und still wie ein See stand und wo die gebogenen, spitzen Weidenäste bis ins Wasser hinabhingen.

Nun fiel ihm wieder ein, wieviel halbe und ganze Tage er hier verbracht, wie oft er hier geschwommen und getaucht und gerudert und geangelt hatte. Ach, das Angeln! Das hatte er nun auch fast verlernt und vergessen, und im vergangenen Jahr hatte er so bitterlich geheult, als es ihm verboten worden war, der Examensarbeit wegen. Das Angeln! Das war doch das Schönste in all den langen Schuljahren gewesen. Das Stehen im dünnen Weidenschatten, das nahe Rauschen der Mühlenwehre, das tiefe, ruhige Wasser! Und das Lichterspiel auf dem Fluß, das sanfte Schwanken der langen Angelrute, die Aufregung beim Anbeißen und Ziehen und die eigentümliche Freude, wenn man einen kühlen, feisten, schwänzelnden Fisch in der Hand hielt!

Er hatte doch manchen saftigen Karpfen herausgezogen, und ⸢Weißfische und Barben, auch von den delikaten Schleien und von den kleinen, schönfarbigen Elritzen. Lange blickte er über das Wasser, und beim Anblick des ganzen grünen Flußwinkels wurde er nachdenklich und traurig und fühlte die schönen, freien, verwilderten Knabenfreuden so weit dahinten liegen. Mechanisch zog er ein Stück Brot aus der Tasche, formte große und kleine Kugeln daraus, warf sie ins Wasser und beobachtete, wie sie sanken und von den Fischen erschnappt wurden. Zuerst kamen die winzigen Goldforellen und Blecken⸣, fraßen die kleineren

Stücke begierig auf und stießen die großen mit hungrigen Schnauzen im Zickzack vor sich her. Dann näherte sich langsam und vorsichtig ein größerer Weißfisch, dessen dunkler, breiter Rücken sich schwach vom Grunde abhob, umsegelte die Brotkugel bedächtig und ließ sie dann im plötzlich geöffneten runden Maul verschwinden.

Vom trägfließenden Wasser kam ein feuchtwarmer Duft herauf, ein paar helle Wolken spiegelten sich undeutlich in der grünen Fläche, in der Mühle ächzte die Kreissäge, und beide Wehre rauschten kühl und tieftönig ineinander. Der Knabe dachte an den Konfirmationssonntag*, der kürzlich gewesen war und an dem er sich dabei ertappt hatte, daß er mitten in der Feierlichkeit und Rührung innerlich ein griechisches Verbum memorierte*. Auch sonst war es ihm in letzter Zeit oft so gegangen, daß er seine Gedanken durcheinander brachte und auch in der Schule statt an die vor ihm liegende Arbeit stets an die vorhergegangene oder an eine spätere dachte. Das Examen* konnte ja gut werden!

Tag der Konfirmation (= Zulassung zum Abendmahl)

Einprägung eines Verbs durch bewusstes und wiederholtes Erinnern

Prüfung

Zerstreut erhob er sich von seinem Sitz und war unschlüssig, wohin er gehen sollte. Er erschrak heftig, als eine kräftige Hand ihn an der Schulter faßte und eine freundliche Männerstimme ihn anredete.

»Grüß Gott, Hans, gehst ein Stück mit mir?«

Das war der Schuhmachermeister Flaig, bei dem er früher zuweilen eine Abendstunde verbracht hatte, jetzt aber schon lang keine mehr. Hans ging mit und hörte dem frommen Pietisten* ohne rechte Aufmerksamkeit zu. Flaig sprach vom Examen, wünschte dem Jungen Glück und sprach ihm Mut zu, der Endzweck seiner Rede war aber, darauf hinzuweisen, daß so ein Examen doch nur etwas Äußerliches und Zufälliges sei. Durchzufallen sei keine Schande, das könne dem Besten passieren, und falls es ihm so gehen sollte, möge er bedenken, daß Gott mit jeder Seele seine besondern Absichten habe und sie eigene Wege führe.

(lat. pietas: »Frömmigkeit«) Anhänger einer im 17. Jh. einsetzenden Erneuerungsbewegung des Protestantismus

Hans hatte dem Manne gegenüber kein ganz sauberes Gewissen. Er fühlte eine Hochachtung für ihn und sein sicheres, imponierendes Wesen, dennoch hatte er über die Stundenbrüder* so viele Witze gehört und darüber mitgelacht, oft gegen sein besseres Wissen; außerdem hatte er sich seiner Feigheit zu schämen, denn seit einer gewissen Zeit mied er den Schuster fast ängstlich, seiner scharfen Fragen wegen. Seit er der Stolz seiner Lehrer und selber ein wenig hochmütig geworden war, hatte der Meister Flaig ihn oft so komisch angesehen und zu demütigen versucht. Darüber war dem wohlmeinenden Führer die Seele des Knaben allmählich entglitten, denn Hans stand in der Blüte des Knabentrotzes und hatte feine Fühler für jede unliebsame Berührung seines Selbstbewußtseins. Nun schritt er neben dem Redenden hin und wußte nicht, wie besorgt und gütig ihn dieser von oben beschaute.

*Stundenbrüder: Mitglieder der pietistischen Gemeinde

In der Kronengasse begegneten sie dem Stadtpfarrer. Der Schuster grüßte gemessen und kühl und hatte es plötzlich eilig, denn der Stadtpfarrer war ein Neumodischer und stand im Ruf, er glaube nicht einmal an die Auferstehung. Dieser nahm den Knaben mit sich.

»Wie geht's?« fragte er. »Du wirst froh sein, daß es jetzt so weit ist.«

»Ja, 's ist mir schon recht.«

»Nun, halte dich gut! Du weißt, daß wir alle Hoffnungen auf dich setzen. Im Latein erwarte ich eine besondere Leistung von dir.«

»Wenn ich aber durchfalle«, meinte Hans schüchtern.

»Durchfallen?!« Der Geistliche blieb ganz erschrocken stehen. »Durchfallen ist einfach unmöglich. Einfach unmöglich! Sind das Gedanken!«

»Ich meine nur, es könnte ja doch sein ...«

»Es kann nicht, Hans, es kann nicht; darüber sei ganz beruhigt. Und nun grüß mir deinen Papa und sei mutig!«

Hans sah ihm nach; dann schaute er sich nach dem Schuhmacher um. Was hatte der doch gesagt? Aufs Latein käme es nicht so sehr an, wenn man nur das Herz auf'm rechten Fleck habe und Gott fürchte. Der hatte gut reden. Und nun noch der Stadtpfarrer! Vor dem konnte er sich überhaupt nimmer sehen lassen, wenn er durchfiel.

Bedrückt schlich er nach Hause und in den kleinen, abschüssigen Garten. Hier stand ein morsches, längst nicht mehr benutztes Gartenhäuschen; darin hatte er seinerzeit einen Bretterstall gezimmert und drei Jahre lang Kaninchen drin gehabt. Im vorigen Herbst waren sie ihm weggenommen worden, des Examens wegen. Er hatte keine Zeit mehr für Zerstreuungen gehabt.

Auch im Garten war er schon lang nicht mehr gewesen. Der leere Verschlag sah baufällig aus, die Tropfsteingruppe in der Mauerecke war zusammengefallen, ⌜das kleine, hölzerne Wasserrädchen lag verbogen und zerbrochen neben der Wasserleitung. Er dachte an die Zeit, da er das alles gebaut und geschnitzt und seine Freude daran gehabt hatte. Es war auch schon zwei Jahre her – eine ganze Ewigkeit. Er hob das Rädchen auf, bog daran herum, zerbrach es vollends und warf es über den Zaun. Fort mit dem Zeug, das war ja alles schon lang aus und vorbei.⌝ Dabei fiel ihm sein Schulfreund August ein. Der hatte ihm geholfen, das Wasserrad zu bauen und den Hasenstall zu flicken. Nachmittage lang hatten sie hier gespielt, mit der Schleuder geschossen, den Katzen nachgestellt, Zelte gebaut und zum Vesper rohe gelbe Rüben gegessen. Dann war aber die Streberei losgegangen, und August war vor einem Jahr aus der Schule getreten und Mechanikerlehrling geworden. Er hatte sich seither nur noch zweimal gezeigt. Freilich auch der hatte jetzt keine Zeit mehr.

Wolkenschatten liefen eilig übers Tal, die Sonne stand schon nahe am Bergrand. Einen Augenblick hatte der Knabe das Gefühl, er müsse sich hinwerfen und heulen. Statt dessen holte er aus der Remise* das Handbeil, schwang es mit den schmächtigen Ärmlein durch die Luft und hieb den

Geräteschuppen

Kaninchenstall in hundert Stücke. Die Latten flogen auseinander, die Nägel bogen sich knirschend, ein wenig verfaultes Hasenfutter, noch vom vorjährigen Sommer, kam zum Vorschein. Er hieb auf das alles los, als könnte er damit sein Heimweh nach den Hasen und nach August und nach all den alten Kindereien totschlagen.

»Na na na na na, was sind denn das für Sachen?« rief der Vater vom Fenster her. »Was machst du da?«

»Brennholz.«

Weiter gab er keine Antwort, sondern warf das Beil weg, lief durch den Hof auf die Gasse und dann am Ufer flußaufwärts. ⌜Draußen in der Nähe der Brauerei standen zwei Flöße angebunden. Mit solchen war er früher oft stundenweit flußab gefahren, an warmen Sommernachmittagen, vom Fahren auf dem zwischen den Stämmen klatschenden Wasser zugleich erregt und eingeschläfert. Er sprang auf die losen, schwimmenden Stämme hinüber, legte sich auf einen Weidenhaufen und versuchte, sich vorzustellen, das Floß sei unterwegs, fahre bald rasch, bald zögernd an Wiesen, Äckern, Dörfern und kühlen Waldrändern vorüber, unter Brücken und aufgezogenen Stellfallen durch, und er liege darauf⌝ und alles wäre wieder wie sonst, da er noch am Kapfberg Hasenfutter holte, in den Gerbergärten am Ufer angelte und noch kein Kopfweh und keine Sorge hatte.

Müd und verdrossen kam er zum Nachtessen heim. Der Vater war wegen der bevorstehenden Examensreise nach Stuttgart heillos aufgeregt und fragte ein dutzendmal, ob die Bücher eingepackt seien, ob er den schwarzen Anzug bereitgelegt habe, ob er nicht unterwegs noch in der Grammatik lesen wolle, ob er sich wohl fühle. Hans gab kurze, bissige Antworten, aß wenig und sagte bald Gutnacht.

»Gut' Nacht, Hans. Schlaf nur gut! Also um sechs Uhr weck ich dich morgen. Hast du auch den Lexikon nicht vergessen?«

»Nein, ich hab ›den‹ Lexikon nicht vergessen. Gut' Nacht!«

Auf seinem Stüblein saß er noch lange ohne Licht wach. Das war bis jetzt der einzige Segen, den ihm die Examengeschichte gebracht hatte – das eigene kleine Zimmer, in dem er Herr war und nicht gestört wurde. ⌜Hier hatte er im Kampf mit Ermüdung, Schlaf und Kopfweh lange Abendstunden über Cäsar*, Xenophon*, Grammatiken, Wörterbüchern und mathematischen Aufgaben verbrütet, zäh, trotzig und ehrgeizig, oft auch der Verzweiflung nah. Hier hatte er aber auch die paar Stunden gehabt, die ihm mehr wert waren als alle verlorenen Knabenlustbarkeiten, jene paar traumhaft seltsamen Stunden voll Stolz und Rausch und Siegesmut, in denen er sich über Schule, Examen und alles hinweg in einen Kreis höherer Wesen hinübergeträumt und gesehnt hatte. Da hatte ihn eine freche, selige Ahnung ergriffen, daß er wirklich etwas anderes und besseres sei als die dickbackigen, gutmütigen Kameraden und auf sie vielleicht einmal aus entrückter Höhe überlegen herabsehen dürfe. Auch jetzt atmete er auf, als sei in diesem Stüblein eine freiere und kühlere Luft, setzte sich aufs Bett und verdämmerte ein paar Stunden in Träumen, Wünschen und Ahnungen. Langsam fielen die hellen Lider ihm über die großen, überarbeiteten Augen, öffneten sich nochmals, blinzelten und fielen wieder herab, der blasse Knabenkopf sank auf die hagere Schulter, die dünnen Arme streckten sich müde aus. Er war in den Kleidern eingeschlafen, und die leise, mütterliche Hand des Schlummers ebnete die Wogen in seinem unruhigen Kinderherzen und löschte die kleinen Falten auf seiner hübschen Stirn.⌝

Gaius Julius C. (100–44 v.Chr.); röm. Feldherr und Kaiser

Griech. Geschichtsschreiber und Schriftsteller (430–354 v.Chr.)

Es war unerhört. Der Herr Rektor hatte sich, trotz der frühen Stunde, selber auf den Bahnhof bemüht. Herr Giebenrath stak im schwarzen Gehrock und konnte vor Aufregung, Freude und Stolz gar nicht stillstehen; er trippelte nervös um den Rektor und um Hans herum, ließ sich vom

Stationsvorstand und von allen Bahnangestellten gute Reise und viel Glück zu seines Sohnes Examen wünschen und hatte seinen kleinen, steifen Koffer bald in der linken, bald in der rechten Hand. Den Regenschirm hielt er einmal unter den Arm, dann wieder zwischen die Knie geklemmt, ließ ihn einigemal fallen und stellte dann jedesmal den Koffer ab, um ihn wieder aufheben zu können. Man hätte meinen sollen, er reise nach Amerika und nicht mit Retourbillett* nach Stuttgart. Der Sohn schien ganz ruhig, doch würgte ihn die heimliche Angst in der Kehle.

Retourbillett: Rückfahrkarte

Der Zug kam an und hielt, man stieg ein, der Rektor winkte mit der Hand, der Vater zündete sich eine Zigarre an, unten verschwand im Tal die Stadt und der Fluß. Die Reise war für beide eine Qual.

In Stuttgart lebte der Vater plötzlich auf und begann fröhlich, leutselig und weltmännisch zu werden; ihn beseelte die Wonne des Kleinstädters, der für ein paar Tage in die Residenz* gekommen ist. Hans aber wurde stiller und ängstlicher, eine tiefe Beklemmung ergriff ihn beim Anblick der Stadt; die fremden Gesichter, die protzig hohen, aufgedonnerten Häuser, die langen, ermüdenden Wege, die Pferdebahnen und der Straßenlärm verschüchterten ihn und taten ihm weh. Man logierte* bei einer Tante, und dort drückten die fremden Räume, die Freundlichkeit und Gesprächigkeit der Tante, das lange zwecklose Herumsitzen und das ewige aufmunternde Zureden des Vaters den Knaben vollends ganz zu Boden. Fremd und verloren hockte er im Zimmer herum, und wenn er die ungewohnte Umgebung, die Tante und ihre städtische Toilette, die großmustrige Tapete, die Stutzuhr, die Bilder an der Wand oder durchs Fenster die geräuschvolle Straße ansah, kam er sich ganz verraten vor, und es schien ihm dann, er sei schon eine Ewigkeit von Hause fort und habe alles mühselig Gelernte einstweilen völlig vergessen.

Residenz: Landeshauptstadt
logierte: wohnte

Nachmittags hatte er nochmals die griechischen Partikeln

durchnehmen wollen, aber die Tante schlug einen Spaziergang vor. Einen Augenblick tauchte vor Hansens innerem Blick etwas wie Wiesengrün und Waldgebrause auf, und er sagte freudig zu. Bald genug sah er aber, daß auch das Spazierengehen hier in der großen Stadt eine andere Art von Vergnügen sei als daheim.

Er ging allein mit der Tante, da der Papa in der Stadt Besuche machte. Schon auf der Treppe ging das Elend los. Man begegnete im ersten Stockwerk einer dicken, hoffärtig* aussehenden Dame, vor welcher die Tante einen Knicks machte und die sofort mit großer Eloquenz* zu plaudern begann. Der Halt dauerte mehr als eine Viertelstunde. Hans stand daneben, an das Treppengeländer gepreßt, wurde vom Hündlein der Dame berochen und angegrollt und begriff undeutlich, daß man auch über ihn spreche, denn die fremde Dicke blickte ihn wiederholt durch den Zwicker* von oben bis unten an. Kaum war man dann auf der Straße, so trat die Tante in einen Laden, und es dauerte eine gute Weile, bis sie wiederkam. Inzwischen stand Hans schüchtern auf der Straße, wurde von Vorübergehenden beiseite geschoben und von Gassenbuben verhöhnt. Als die Tante aus dem Laden zurückkam, überreichte sie ihm eine Tafel Schokolade, und er bedankte sich höflich, obwohl er Schokolade nicht mochte. An der nächsten Ecke bestieg man die Pferdebahn, und nun ging es unter beständigem Geklingel im überfüllten Wagen durch Straßen und wieder Straßen, bis man endlich eine große Allee und Gartenanlage erreichte. Dort lief ein Springbrunnen, blühten umzäunte Zierbeete und schwammen Goldfische in einem kleinen künstlichen Weiher. Man wandelte auf und ab, hin und her und im Kreise, zwischen einem Schwarm von andern Spaziergängern, und sah eine Menge von Gesichtern, eleganten und anderen Kleidern, Fahrrädern, Krankenfahrstühlen und Kinderwagen, hörte ein Gewirr von Stimmen und atmete eine warme, staubige Luft.

hochmütig

Beredsamkeit

Brille, ohne Bügel, mit Nasenklemme

Zum Schluß nahm man auf einer Bank neben anderen Leuten Platz. Die Tante hatte fast die ganze Zeit drauflos gesprochen, nun seufzte sie, lächelte den Knaben liebevoll an und forderte ihn auf, jetzt seine Schokolade zu essen. Er wollte nicht.

»Lieber Gott, du wirst dich doch nicht genieren? Nein, iß nur, iß!«

Da zog er sein Täfelchen heraus, zerrte eine Weile am Silberpapier und biß schließlich ein ganz kleines Stückchen ab. Schokolade mochte er nun einmal nicht, aber er wagte es der Tante nicht zu sagen. Während er noch an dem Bissen sog und würgte, hatte die Tante einen Bekannten unter der Menge entdeckt und stürmte davon.

»Bleib nur hier sitzen, ich bin gleich wieder da.«

Hans benützte aufatmend die Gelegenheit und schleuderte seine Schokolade weit weg in den Rasen. Dann schlenkerte er die Beine im Takt, starrte die vielen Leute an und kam sich unglücklich vor. Am Ende begann er wieder einmal, die Unregelmäßigen* herzusagen, aber zu seinem tödlichen Schrecken wußte er fast nichts mehr. Alles rein vergessen! Und morgen war Landexamen!

Verben, deren Zeitformen nicht der Regel entsprechend gebildet werden

Die Tante kam zurück und hatte inzwischen in Erfahrung gebracht, es gebe dies Jahr einhundertundachtzehn Kandidaten zum Landexamen. Bestehen konnten aber nur sechsunddreißig. Da fiel dem Knaben das Herz vollends in die Hosen, und er sprach auf dem ganzen Heimweg kein Wort mehr. Zu Haus bekam er Kopfweh, wollte wieder nichts essen und war so desperat*, daß der Vater ihn tüchtig ausschalt und daß ihn sogar die Tante unausstehlich fand.

verzweifelt

In der Nacht schlief er schwer und tief, von scheußlichen Traumszenen verfolgt. Er sah sich mit den einhundertundsiebzehn Kameraden im Examen sitzen, der Prüfende sah bald dem Stadtpfarrer zu Haus, bald der Tante ähnlich und häufte vor ihm Berge von Schokolade auf, die er essen sollte. Und während er unter Tränen aß, sah er die übrigen einen um den andern aufstehen und durch eine kleine Türe verschwinden. Alle hatten ihren Berg gegessen, seiner aber wurde unter seinen Augen größer und größer, quoll über Tisch und Bank und schien ihn ersticken zu wollen.

⌜Am folgenden Morgen, während Hans Kaffee trank und die Uhr nicht aus den Augen ließ, um ja nicht zu spät in die Prüfung zu kommen, wurde seiner im Heimatstädtchen von vielen gedacht. Zuerst vom Schuhmacher Flaig; der sprach vor der Morgensuppe sein Gebet, die Familie samt den Gesellen und beiden Lehrlingen stand im Kreis um den Tisch, und seinem gewöhnlichen Frühgebet fügte der Meister heute die Worte bei: »O Herr, halte deine Hand auch über den Schüler Hans Giebenrath, der heute ins Examen tritt, segne und stärke ihn und laß ihn einmal einen rechten und wackeren Verkündiger deines göttlichen Namens werden!«

Der Stadtpfarrer betete zwar nicht für ihn, sagte aber beim Frühstück zu seiner Frau: »Jetzt geht der Giebenrathle ins Examen. Aus dem wird noch was Besonderes; man wird schon auf ihn aufmerksam werden, und dann schadet es nichts, daß ich ihm mit den Lateinstunden beigesprungen bin.«

Der Klassenlehrer, ehe er die Stunde begann, sagte zu seinen Schülern: »So, jetzt fängt in Stuttgart das Landexamen an, und wir wollen dem Giebenrath alles Gute wünschen. Nötig hat er's zwar nicht, denn von solchen Faulpelzen, wie ihr seid, steckt er seine zehn in den Sack.« Und auch die Schüler dachten nun fast alle an den Abwesenden, namentlich aber die vielen, die auf sein Durchkommen oder Durchfallen untereinander Wetten abgeschlossen hatten.

Und da denn herzliche Fürbitte und innige Teilnahme mit Leichtigkeit über große Strecken hinweg in die Ferne wirken, bekam auch Hans es zu spüren, daß man zu Hause an ihn dachte.⌝ Zwar ging er mit Herzklopfen, von seinem Vater begleitet, in den Prüfungssaal, folgte scheu und erschrocken den Anweisungen des Famulus* und schaute sich in dem großen, von blassen Knaben erfüllten Raume um wie ein Verbrecher in der Folterkammer. Als aber der Professor gekommen war, Ruhe gebot und den Text zur lateinischen Stilübung diktierte, fand Hans aufatmend dieselbe lächerlich leicht. Rasch und fast fröhlich machte er sein Konzept, schrieb es dann bedächtig und sauber ins reine und war einer von den Ersten, die ihre Arbeit ablieferten. Zwar verfehlte er darauf den Weg zum Haus der Tante und irrte zwei Stunden in den heißen Stadtstraßen umher, doch störte ihn sein wiedergefundenes Gleichgewicht nicht erheblich; er war sogar froh, der Tante und dem Vater noch für eine Weile zu entrinnen, und kam sich, durch die fremden, lärmigen Residenzstraßen wandernd, wie ein waghalsiger Abenteurer vor. Als er sich endlich mit Mühe durchgefragt und heimgefunden hatte, wurde er mit Fragen bestürmt.

Diener, Gehilfe, Jünger

»Wie ist's gegangen? Wie ist's gewesen? Hast du dein Sach gekonnt?«

»Leicht ist's gewesen«, sagte er stolz, »das hätt ich in der fünften Klasse schon übersetzen können.«

Und er aß mit redlichem Hunger.

Den Nachmittag hatte er frei. Der Papa schleppte ihn bei einigen Verwandten und Freunden herum. Bei einem derselben fanden sie einen schwarzgekleideten, schüchternen Buben, der von Göppingen hergekommen war, ebenfalls um das Landexamen zu machen. Die Knaben blieben sich selbst überlassen und sahen einander scheu und neugierig an.

»Wie ist dir die lateinische Arbeit vorgekommen? Leicht, nicht wahr?« fragte Hans.

»Riesig leicht. Aber das ist gerade der Kasus*, in leichten Arbeiten macht man die meisten Schnitzer. Man paßt nicht auf. Und verborgene Fallen werden schon auch drin gewesen sein.«

Fall, Knackpunkt

»Meinst du?«

»Natürlich. So dumm sind die Herren nicht.«

Hans erschrak ein wenig und wurde nachdenklich. Dann fragte er zaghaft: »Hast du den Text noch da?«

Der andere brachte sein Heft, und nun nahmen sie zusammen die ganze Arbeit durch, Wort für Wort. Der Göppinger schien ein raffinierter Lateiner zu sein, wenigstens brauchte er zweimal grammatikalische Bezeichnungen, die Hans überhaupt noch nie gehört hatte.

»Und was kommt wohl morgen dran?«

»Griechisch und Aufsatz.«

Prüflinge

Dann erkundigte sich der Göppinger, wieviel Examinanden* aus Hansens Schule gekommen seien.

»Keiner«, sagte Hans, »bloß ich.«

»Au, wir Göppinger sind zu zwölft! Drei ganz Gescheite sind dabei, von denen erwartet man, daß sie unter die Ersten kommen. Voriges Jahr war der Primus auch ein Göppinger. – Gehst du aufs Gymnasium, falls du durchfällst?«

Davon war noch gar nie die Rede gewesen.

»Ich weiß nicht . . . Nein, ich glaube nicht.«

»So? Ich studiere auf alle Fälle, auch wenn ich jetzt durchfalle. Dann läßt mich meine Mutter nach Ulm.«

Das imponierte Hans gewaltig. Auch die zwölf Göppinger mit den drei ganz Gescheiten machten ihm Angst. Da konnte er sich ja nicht mehr sehen lassen.

Zu Hause setzte er sich hin und nahm die Verba auf mi noch einmal durch. Aufs Lateinische hatte er gar keine Angst gehabt, da fühlte er sich sicher. Aber mit dem Griechischen ging es ihm eigentümlich. Er hatte es gern, er schwärmte fast dafür, aber nur fürs Lesen. Namentlich Xenophon war so schön und beweglich und frisch geschrieben, alles klang heiter, hübsch und kräftig und hatte einen flotten, freien Geist, auch war alles leicht zu verstehen. Aber sobald es an die Grammatik ging oder vom Deutschen ins Griechische übersetzt werden mußte, fühlte er sich in ein Labyrinth von widerstreitenden Regeln und Formen verirrt und empfand vor der fremden Sprache fast dieselbe angstvolle Scheu wie seinerzeit in der ersten Lektion, als er noch nicht einmal das griechische Alphabet lesen konnte.

Am andern Tage kam richtig Griechisch an die Reihe und nachher deutscher Aufsatz. Die griechische Arbeit war ziemlich lang und gar nicht leicht, das Aufsatzthema war heikel und konnte mißverstanden werden. Von zehn Uhr an wurde es schwül und heiß im Saal. Hans hatte keine gute Schreibfeder und verdarb zwei Bogen Papier, bis die griechische Arbeit ins reine geschrieben war. Beim Aufsatz kam er in die größte Not durch einen dreisten Nebensitzer, der ihm ein Blatt Papier mit einer Frage zuschob und ihn durch Rippenstöße zum Antworten drängte. Der Verkehr mit den Banknachbarn war aufs allerstrengste verboten und zog unerbittlich den Ausschluß vom Examen nach sich. Zitternd vor Furcht schrieb er auf den Zettel: »Laß mich in Ruhe« und wandte dem Frager den Rücken. Es war auch so heiß. Sogar der Aufsichtsprofessor, der beharrlich und gleichmäßig den Saal abschritt und keinen Augenblick ruhte, fuhr sich mehrmals mit dem Sacktuch* übers Gesicht. Hans schwitzte in seinem dicken Konfirmationsanzug, bekam Kopfweh und gab schließlich seine Bogen ganz unglücklich ab, mit dem Gefühl, sie stecken voller Fehler und mit dem Examen sei es nun wohl fertig.

Taschentuch

Bei Tisch sagte er kein Wort, sondern zuckte auf alle Fragen nur die Achseln und machte ein Gesicht wie ein Delinquent*. Die Tante tröstete, aber der Vater regte sich auf und wurde ungemütlich. Nach dem Essen nahm er den Buben mit ins Nebenzimmer und suchte ihn nochmals auszufragen.

Angeklagter, Straftäter

»Schlecht ist's gegangen«, sagte Hans.

»Warum hast du nicht aufgepaßt? Man kann sich doch auch zusammennehmen, zum Teufel!«

Hans schwieg, und als der Vater anfing zu schimpfen, wurde er rot und sagte: »Du verstehst doch nichts vom Griechischen!«
Das schlimmste war, daß er um zwei Uhr ins Mündliche mußte. Davor graute ihm am meisten. Unterwegs auf der glühend heißen Stadtstraße wurde ihm ganz elend, und er konnte vor Leid und Angst und Schwindel kaum mehr aus den Augen sehen.
Zehn Minuten lang saß er vor drei Herren an einem großen, grünen Tisch, übersetzte ein paar lateinische Sätze und gab auf die gestellten Fragen Antwort. Zehn Minuten saß er dann vor drei anderen Herren, übersetzte Griechisch und wurde wieder allerlei gefragt. Zum Schluß wollte man einen unregelmäßig gebildeten Aorist* von ihm wissen, aber er gab keine Antwort.

Spezielles altgriech. Erzähltempus

»Sie können gehen, dort, die Türe rechts.«
Er ging, aber in der Türe fiel ihm nun doch der Aorist noch ein. Er blieb stehen.
»Gehen Sie«, rief man ihm zu, »gehen Sie! Oder sind Sie etwa unwohl?«
»Nein, aber der Aorist ist mir jetzt eingefallen.«
Er rief ihn ins Zimmer hinein, sah einen der Herren lachen und stürzte mit brennendem Kopf davon. Dann versuchte er sich auf die Fragen und auf seine Antworten zu besinnen, aber alles ging ihm durcheinander. Er sah nur immer wieder die große, grüne Tischfläche, die drei alten, ernsten Herren in Gehröcken, das aufgeschlagene Buch und seine zitternd daraufgelegte Hand. Herrgott, was mochte er für Antworten gegeben haben!
Als er durch die Straßen schritt, kam es ihm vor, als sei er schon wochenlang hier und könne nie mehr wegkommen. Wie etwas sehr weit Entferntes, vor langer Zeit einmal Gesehenes erschien ihm das Bild des väterlichen Gartens, die tannenblauen Berge, die Angelplätze am Fluß. Oh, wenn er heut noch heimreisen dürfte! Es hatte doch keinen Wert mehr dazubleiben, das Examen war jedenfalls verpfuscht.

Er kaufte sich einen Milchwecken und trieb sich den ganzen geschlagenen Nachmittag sträßlings herum, um nur dem Vater nicht Rede stehen zu müssen. Als er endlich heimkam, war man in Sorge um ihn gewesen, und da er erschöpft und elend aussah, gab man ihm eine Eiersuppe und schickte ihn ins Bett. Morgen kam noch Rechnen und Religion daran, dann konnte er wieder abreisen.

Es ging am folgenden Vormittag ganz gut. Hans empfand es als bittere Ironie, daß ihm heute alles gelang, nachdem er gestern in den Hauptfächern so Pech gehabt hatte. Einerlei, jetzt nur fort, nach Hause!

»Das Examen ist aus, jetzt können wir heimreisen«, meldete er bei der Tante.

Sein Vater wollte heute noch dableiben. Man wollte nach Cannstatt fahren und dort im Kurgarten Kaffee trinken. Hans bat aber so flehentlich, daß der Vater ihm erlaubte, schon heute allein abzureisen. Er wurde auf den Zug gebracht, erhielt sein Billett*, bekam von der Tante einen Kuß und etwas zu essen mit und fuhr nun erschöpft und gedankenlos durch das grüne Hügelland heimwärts. Erst als die blauschwarzen Tannenberge auftauchten, kam ein Gefühl von Freude und Erlösung über den Knaben. Er freute sich auf die alte Magd, auf sein Stübchen, auf den Rektor, auf das gewohnte niedere Schulzimmer und auf alles.

Fahrkarte

Zum Glück waren keine neugierigen Bekannten auf dem Bahnhof, und er konnte mit seinem Paketchen unbemerkt nach Hause eilen.

»Ist's schön gewest in Stuttgart?« fragte die alte Anna.

»Schön? Ja meinst du denn, ein Examen sei was Schönes? Ich bin bloß froh, daß ich wieder da bin. Der Vater kommt erst morgen.«

Er trank einen Napf frischer Milch, holte die vor'm Fenster hängende Badehose herein und lief davon, aber nicht zu der Wiese, wo alle anderen ihren Badeplatz hatten.

⌜Er ging weit vor die Stadt hinaus zur »Waage«, wo das

Wasser tief und langsam zwischen hohem Gebüsch dahinfließt. Dort entkleidete er sich, steckte die Hand und darauf den Fuß tastend ins kühle Wasser, schauderte ein wenig und warf sich dann mit schnellem Sturz in den Fluß. Langsam gegen die schwache Strömung schwimmend, fühlte er Schweiß und Angst dieser letzten Tage von sich gleiten, und während seinen schmächtigen Leib der Fluß kühlend umarmte, nahm seine Seele mit neuer Lust von der schönen Heimat Besitz. Er schwamm rascher, ruhte, schwamm wieder und fühlte sich von einer wohligen Kühle und Müdigkeit umfangen. Auf dem Rücken liegend, ließ er sich wieder flußab treiben, horchte auf das feine Summen der in goldenen Kreisen schwärmenden Abendfliegen, sah den Späthimmel von kleinen, raschen Schwalben durchschnitten und von der schon verschwundenen Sonne hinter den Bergen hervor rosig beglänzt. Als er wieder in den Kleidern war und träumerisch nach Hause schlenderte, war das Tal schon voll Schatten.

Er kam am Garten des Händlers Sackmann vorbei, in dem er noch als ganz kleiner Bub einmal mit ein paar anderen unreife Pflaumen gestohlen hatte. Und am Kirchnerschen Zimmerplatz, wo die weißen Tannenbalken herumlagen, unter denen er früher immer Regenwürmer zum Angeln gefunden hatte. Er kam auch am Häuschen des Inspektors Geßler vorüber, dessen Tochter Emma er vor zwei Jahren auf dem Eis so gern den Hof gemacht hätte. Sie war das zierlichste und eleganteste Schulmädel der Stadt gewesen, gleich alt wie er, und er hatte damals eine Zeitlang nichts so sehnlich gewünscht, als einmal mit ihr zu reden oder ihr die Hand zu geben. Es war nie dazu gekommen, er hatte sich zu sehr geniert. Seither war sie in eine Pension geschickt worden, und er wußte kaum mehr, wie sie aussah. Doch fielen diese Bubengeschichten ihm jetzt wieder ein, wie aus weitester Ferne her, und sie hatten so starke Farben und einen so seltsam ahnungsvollen Duft wie nichts von allem seither Erlebten. Das waren noch Zeiten gewesen, als man abends bei Nascholds Liese im Torweg saß, Kartoffeln schälte und Geschichten anhörte, als man sonntags in aller Frühe mit hochgekrempelten Hosen und schlechtem Gewissen beim untern Wehr ins Krebsen oder auf den Goldforellenfang gegangen war, um nachher in durchnäßten Sonntagskleidern vom Vater Prügel zu bekommen! ⌜Es hatte damals so viel rätselhafte und seltsame Dinge und Leute gegeben, an die er nun schon lange gar nicht mehr gedacht hatte! Der Schuhmächerle mit dem krummen Hals, der Strohmeyer, von dem man sicher wußte, daß er sein Weib vergiftet hatte, und der abenteuerliche »Herr Beck«, der mit Stecken und Schnappsack* das ganze Oberamt durchstrich und zu dem man Herr sagte, weil er früher ein reicher Mann gewesen war und vier Pferde samt Equipage* besessen hatte. Hans wußte von ihnen nichts mehr als die Namen und empfand dunkel, daß diese obskure, kleine Gassenwelt ihm verlorengegangen war, ohne daß etwas Lebendiges und Erlebenswertes statt dessen gekommen wäre.⌝ Da er für den folgenden Tag noch Urlaub hatte, schlief er morgens in den Tag hinein und genoß seine Freiheit. Mittags holte er den Vater ab, der noch von allen den Stuttgarter Genüssen selig erfüllt war.

Vorratsranzen

Elegante Kutsche

»Wenn du bestanden hast, darfst du dir etwas wünschen«, sagte er gutgelaunt. »Überleg dir's!«

»Nein, nein«, seufzte der Knabe, »ich bin sicher durchgefallen.«

»Dummes Zeug, was wirst du auch! Wünsch dir lieber was, eh's mich reut.«

»Angeln möcht ich in den Ferien wieder. Darf ich?«

»Gut, du darfst, wenn's Examen bestanden ist.«

Am nächsten Tage, einem Sonntag, ging ein Gewitter und Platzregen nieder, und Hans saß stundenlang lesend und nachdenkend in seiner Stube. Er überdachte seine Stuttgarter Leistungen nochmals genau und kam immer wieder zu dem Ergebnis, er habe heillos Pech gehabt und hätte viel bessere Arbeiten machen können. Zum Bestehen würde es nun auf keinen Fall mehr reichen. Das dumme Kopfweh! Allmählich bedrückte ihn eine wachsende Bangigkeit, und schließlich trieb eine schwere Sorge ihn zu seinem Vater hinüber.

»Du, Vater!«

»Was willst?«

»Etwas fragen. Wegen dem Wünschen. Ich will lieber das Angeln bleiben lassen.«

»So, warum denn jetzt das wieder?«

»Weil ich ... Ach, ich wollte fragen, ob ich nicht ...«

»Heraus damit, ist das eine Komödie! Also was?«

»Ob ich aufs Gymnasium darf, wenn ich durchfalle.«

Herr Giebenrath war sprachlos.

»Was? Gymnasium?« brach er dann los. »Du aufs Gymnasium? Wer hat dir das in den Kopf gesetzt?«

»Niemand. Ich meine nur so.«

Die Todesangst stand ihm im Gesicht zu lesen. Der Vater sah es nicht.

»Geh, geh«, sagte er unwillig lachend. »Das sind Überspanntheiten. Aufs Gymnasium! Du meinst wohl ich sei Kommerzienrat*.«

Ehrentitel für Männer aus Industrie und Handel

Er winkte so heftig ab, daß Hans es aufgab und verzweifelnd hinausging.

»Ist das ein Bub!« grollte er hinter ihm her. »Nein so was! Jetzt will er gar noch aufs Gymnasium! Ja prosit, da brennst du dich.«

Hans saß eine halbe Stunde lang auf dem Fenstersims, stierte auf den frisch geputzten Dielenboden und versuchte sich vorzustellen, wie das sein würde, wenn es nun wirklich mit Seminar und Gymnasium und Studieren nichts wäre. Man würde ihn als Lehrling in einen Käsladen oder auf ein Bureau tun, und er würde zeitlebens einer von den gewöhnlichen armseligen Leuten sein, die er verachtete und über die er absolut hinaus wollte. Sein hübsches, kluges Schülergesicht verzog sich zu einer Grimasse voll Zorn und Leid; wütend sprang er auf, spuckte aus, ergriff die daliegende lateinische Chrestomathie* und warf das Buch mit aller Wucht an die nächste Wand. Dann lief er in den Regen hinaus.

Chrestomathie: Speziell für den Fremdsprachenunterricht zusammengestellte literarische Texte

Am Montag früh ging er wieder in die Schule.

»Wie geht's?« fragte der Rektor und gab ihm die Hand. »Ich dachte, du würdest schon gestern zu mir kommen. Wie war's denn im Examen?«

Hans senkte den Kopf.

»Na, was denn? Ist's dir schlecht gegangen?«

»Ich glaube, ja.«

»Nun, Geduld!« tröstete der alte Herr. »Vermutlich kommt noch heute vormittag der Bericht von Stuttgart.«

Der Vormittag war entsetzlich lang. Es kam kein Bericht, und beim Mittagessen konnte Hans vor innerlichem Schluchzen kaum schlucken.

Nachmittags, als er um zwei Uhr ins Schulzimmer kam, war der Klassenlehrer schon dort.

»Hans Giebenrath«, rief er laut.

Hans trat vor. Der Lehrer gab ihm die Hand.

»Ich gratuliere dir, Giebenrath. Du hast das Landexamen als Zweiter bestanden.«

Es entstand eine feierliche Stille. Die Tür ging auf, und der Rektor trat herein.

»Ich gratuliere. Nun, was sagst du jetzt?«

Der Bub war ganz gelähmt vor Überraschung und Freude.

»Na, sagst du gar nichts?«

»Wenn ich das gewußt hätte«, fuhr es ihm heraus, »dann hätt ich auch vollends Primus* werden können.«

Primus: Erster

»Nun geh heim«, sagte der Rektor, »und sag es deinem Papa. In die Schule brauchst du jetzt nicht mehr zu kommen, in acht Tagen fangen ja ohnehin die Ferien an.«

Schwindelig kam der Junge auf die Straße hinaus, sah die Linden stehen und den Marktplatz in der Sonne daliegen, alles wie sonst, aber alles schöner und bedeutungsvoller und freudiger. Er hatte bestanden! Und er war Zweiter! Als der erste Freudensturm vorüber war, erfüllte ihn ein heißes Dankgefühl. Nun brauchte er dem Stadtpfarrer nicht aus dem Wege zu gehen. Nun konnte er studieren! Nun brauchte er weder den Käsladen noch das Kontor mehr zu fürchten!

Und jetzt konnte er auch wieder angeln. Der Vater stand gerade in der Haustür, als er heimkam.

»Was gibt's?« fragte er leichthin.

»Nicht viel. Man hat mich aus der Schule entlassen.«

»Was? Warum denn?«

»Weil ich jetzt Seminarist bin.«

»Ja, sackerlot*, hast du denn bestanden?«

*Schwäb. Ausruf des Erstaunens (wie »sapperlot!«)

Hans nickte.

»Gut?«

»Ich bin der Zweite geworden.«

Das hatte der Alte doch nicht erwartet. Er wußte gar nichts zu sagen, klopfte dem Sohn fortwährend auf die Schulter, lachte und schüttelte den Kopf. Dann öffnete er den Mund, um etwas zu sagen. Doch sagte er nichts, sondern schüttelte nur wieder den Kopf.

»Donnerwetter!« rief er schließlich. Und noch einmal: »Donnerwetter!«

Hans stürzte ins Haus hinein, die Treppen hinan und auf den Dachboden, riß einen Wandschrank in der leerstehenden Mansarde auf, kramte darin herum und zog allerlei Schachteln und Schnurbündel und Korkstücke heraus. Es war sein Angelzeug. Nun mußte er vor allem eine schöne Rute dazu schneiden. Er ging zum Vater hinunter.

»Papa, leih mir dein Sackmesser*!«

*Taschenmesser

»Zu was?«

»Ich muß eine Gerte schneiden, zum Fischen.«

Der Papa griff in die Tasche.

»Da«, sagte er strahlend und großartig, »da sind zwei Mark, du kannst dir ein eigenes Messer kaufen. Geh aber nicht zum Hanfried, sondern drüben in die Messerschmiede.«

Nun ging's im Galopp. Der Messerschmied fragte nach dem Examen, bekam die frohe Botschaft zu hören und gab ein extra schönes Messer her. Flußabwärts, unterhalb der Brühelbrücke, standen schöne, schlanke Erlen- und Haselstauden, dort schnitt er sich nach langem Auswählen eine fehlerlose, zäh federnde Rute und eilte damit nach Hause zurück.

⌜Mit gerötetem Gesicht und glänzenden Augen ging er an die fröhliche Arbeit des Angelrüstens, die ihm fast so lieb wie das Fischen selber war. Den ganzen Nachmittag und Abend saß er darüber. Die weißen, braunen und grünen Schnüre wurden sortiert, peinlich untersucht, geflickt und von manchem alten Knoten und Wirrwarr befreit. Korkstücke und Federkiele in allen Formen und Größen wurden probiert oder neu geschnitzt, kleine Bleistücke von verschiedenem Gewicht in Kugeln gehämmert und mit Einschnitten versehen, zum Beschweren der Schnüre. Dann kamen die Angelhaken, von denen noch ein kleiner Vorrat da war. Sie wurden teils an vierfachem, schwarzem Nähfaden, teils an einem Rest Darmsaite, teils an zusammengedrehten Roßhaarschnüren befestigt. Gegen Abend war alles fertig, und Hans war nun sicher, in den langen sieben Ferienwochen keine Langeweile haben zu müssen, denn mit der Angelrute konnte er ganze Tage allein am Wasser zubringen.⌝

Zweites Kapitel

So müssen Sommerferien sein! Über den Bergen ein enzianblauer Himmel, wochenlang ein strahlend heißer Tag am andern, nur zuweilen ein heftiges, kurzes Gewitter. Der Fluß, obwohl er seinen Weg durch so viel Sandsteinfelsen und Tannenschatten und enge Täler hat, war so erwärmt, daß man noch spät am Abend baden konnte. Rings um das Städtchen her war Heu- und Öhmdgeruch*, die schmalen Bänder der paar Kornäcker wurden gelb und goldbraun, an den Bächen geilten mannshoch die weißblühenden, schierlingartigen Pflanzen, deren Blüten schirmförmig und stets von winzigen Käfern bedeckt sind und aus deren hohlen Stengeln man Flöten und Pfeifen schneiden kann. An den Waldrändern prunkten lange Reihen von wolligen, gelbblühenden, majestätischen Königskerzen, Weiderich und Weidenröschen wiegten sich auf ihren schlanken, zähen Stielen und bedeckten ganze Abhänge mit ihrem violetten Rot. Innen unter den Tannen stand ernst und schön und fremdartig der hohe, steile rote Fingerhut mit den silberwolligen breiten Wurzelblättern, dem starken Stengel und den hochaufgereihten, schönroten Kelchblüten. Daneben die vielerlei Pilze: der rote, leuchtende Fliegenschwamm, der fette, breite Steinpilz, der abenteuerliche Bocksbart, der rote, vielästige Korallenpilz; und der sonderbar farblose, kränklich feiste Fichtenspargel. Auf den vielen heidigen Rainen zwischen Wald und Wiese flammte brandgelb der zähe Ginster, dann kamen lange, lilarote Bänder von Erika*, dann die Wiesen selber, zumeist schon vor dem zweiten Schnitt stehend, von Schaumkraut, Lichtnelken, Salbei, Skabiosen* farbig überwuchert. Im Laubwald sangen die Buchfinken ohne Aufhören, im Tannenwald rannten fuchsrote Eichhörnchen durch die Wipfel, an Rainen*, Mauern und trockenen Gräben atmeten und

Öhmdgeruch: (südwestdt.) Grasgeruch nach dem zweiten Mähen, der Grasnachschur

Erika: Volkstümliche Bezeichnung für Heidekraut

Skabiosen: Üppigwachsende Kräuter und Halbsträucher

Rainen: (schweiz.) Abhängen

schimmerten grüne Eidechsen wohlig in der Wärme, und über die Wiesen hin läuteten endlos die hohen, schmetternden, nie ermüdenden Zikadenlieder*.

»Lieder« der Zikaden, eines der Grille ähnelnden Insekts

Die Stadt machte um diese Zeit einen sehr bäuerlichen Eindruck; Heuwagen, Heugeruch und Sensendengeln* erfüllte die Straßen und Lüfte; wenn nicht die zwei Fabriken gewesen wären, hätte man geglaubt, in einem Dorf zu sein.

Sensenschärfen

Früh am Morgen des ersten Ferientages stand Hans schon ungeduldig in der Küche und wartete auf den Kaffee, als die alte Anna noch kaum aufgestanden war. Er half Feuer machen, holte Brot vom Becken, stürzte schnell den mit frischer Milch gekühlten Kaffee hinunter, steckte Brot in die Tasche und lief davon. Am oberen Bahndamm machte er halt, zog eine runde Blechschachtel aus der Hosentasche und begann fleißig Heuschrecken zu fangen. Die Eisenbahn lief vorüber – nicht im Sturm, denn die Linie steigt dort gewaltig, sondern schön behaglich, mit lauter offenen Fenstern und wenig Passagieren, eine lange, fröhliche Fahne von Rauch und Dampf hinter sich flattern lassend. Er sah ihr nach und sah zu, wie der weißliche Rauch verwirbelte und sich bald in die sonnigen, frühklaren Lüfte verlor. Wie lang hatte er das alles nicht gesehen! Er tat große Atemzüge, als wollte er die verlorene schöne Zeit nun doppelt einholen und noch einmal recht ungeniert und sorgenlos ein kleiner Knabe sein.

Das Herz klopfte ihm vor heimlicher Wonne und Jägerlust, als er mit der Heuschreckenschachtel und dem neuen Angelstock über die Brücke und hinten durch die Gärten zum Gaulsgumpen, der tiefsten Stelle des Flusses, schritt. Dort war ein Platz, wo man, an einen Weidenstamm gelehnt, bequemer und ungestörter fischen konnte als sonst irgendwo. Er wickelte die Schnur ab, tat ein kleines Schrotkorn daran, spießte erbarmungslos eine feiste Heuschrecke auf den Haken und schleuderte die Angel mit weitem Schwung gegen die Flußmitte. Das alte, wohlbekannte Spiel begann:

die kleinen Blecken schwärmten in ganzen Scharen um den Köder und versuchten ihn vom Haken zu zerren. Bald war er weggefressen, eine zweite Heuschrecke kam an die Reihe, und noch eine, und eine vierte und fünfte. Immer vorsichtiger befestigte er sie am Haken, schließlich beschwerte er die Schnur mit einem weiteren Schrotkorn, und nun probierte der erste ordentliche Fisch den Köder. Er zerrte ein wenig daran, ließ ihn wieder los, probierte nochmals. Nun biß er an – das spürt ein guter Angler durch Schnur und Stock hindurch in den Fingern zucken! Hans tat einen künstlichen Ruck und begann ganz vorsichtig zu ziehen. Der Fisch saß, und als er sichtbar wurde, erkannte Hans ein Rotauge*. Man kennt sie gleich am breiten, weißgelblich schimmernden Leib, am dreieckigen Kopf und namentlich an dem schönen, fleischroten Ansatz der Bauchflossen. Wie schwer mochte er wohl sein? Aber ehe er es schätzen konnte, tat der Fisch einen verzweifelten Schlag, wirbelte angstvoll über die Wasserfläche und entkam. Man sah ihn noch, wie er sich drei-, viermal im Wasser umdrehte und dann wie ein silberner Blitz in die Tiefe verschwand. Er hatte schlecht gebissen.

Unterfamilie der Karpfenfische

⌜In dem Angler war nun die Aufregung und leidenschaftliche Aufmerksamkeit der Jagd erwacht. Sein Blick hing scharf und unverwandt an der dünnen braunen Schnur, da, wo sie das Wasser berührte, seine Backen waren gerötet, seine Bewegungen knapp, rasch und sicher.⌝ Ein zweites Rotauge biß an und kam heraus, dann ein kleiner Karpfen, für den es fast schade war, dann hintereinander drei Kresser*. Die Kresser freuten ihn besonders, da der Vater sie gerne aß. Sie haben einen fetten, kleinschuppigen Leib, dicken Kopf mit drolligem weißem Bart, kleine Augen und einen schlanken Hinterleib. Die Farbe ist zwischen Grün und Braun und spielt, wenn der Fisch ans Land kommt, ins Stahlblaue.

Fisch aus der Familie der Gründlinge

Inzwischen war die Sonne hochgestiegen, der Schaum am

oberen Wehr leuchtete schneeweiß, über dem Wasser zitterte die warme Luft, und wenn man aufblickte, sah man über dem Muckberg ein paar handgroße, blendende Wölkchen stehen. Es wurde heiß. Nichts bringt die Wärme eines reinen Hochsommertages so zum Ausdruck wie die paar ruhigen kleinen Wölkchen, die still und weiß in halber Höhe der Bläue stehen und so mit Licht gefüllt und durchtränkt sind, daß man sie nicht lange ansehen kann. Ohne sie würde man oft gar nicht merken, wie heiß es ist, nicht am blauen Himmel noch am Glitzern des Flußspiegels, aber sobald man die paar schaumweißen, festgeballten Mittagssegler sieht, spürt man plötzlich die Sonne brennen, sucht den Schatten und fährt sich mit der Hand über die feuchte Stirne.

Hans achtete allmählich weniger streng auf die Angel. Er war ein wenig müde, und sowieso pflegt man gegen Mittag fast nichts zu fangen. Die Weißfische, auch die ältesten und größten, kommen um diese Zeit nach oben, um sich zu sonnen. Sie schwimmen träumerisch in großen dunklen Zügen flußaufwärts, dicht an der Oberfläche, erschrecken zuweilen plötzlich ohne sichtbare Ursache und gehen in diesen Stunden an keine Angel.

Er ließ die Schnur über einen Zweig der Weide hinweg ins Wasser hängen, setzte sich auf den Boden und schaute auf den grünen Fluß. Langsam kamen die Fische nach oben, ein dunkler Rücken um den andern erschien auf der Fläche – stille, langsam schwimmende, von der Wärme emporgelockte und bezauberte Züge. Denen konnte im warmen Wasser wohl sein! Hans zog die Stiefel aus und ließ die Füße ins Wasser hängen, das an der Oberfläche ganz lau war. Er betrachtete die gefangenen Fische, die in einer großen Gießkanne schwammen und nur hin und wieder leise plätscherten. Wie schön sie waren! Weiß, Braun, Grün, Silber, Mattgold, Blau und andere Farben glänzten bei jeder Bewegung an den Schuppen und Flossen.

Es war sehr still. Kaum hörte man das Geräusch der über die Brücke fahrenden Wagen, auch das Klappern der Mühle war hier nur noch ganz schwach vernehmbar. Nur das stetige milde Rauschen des weißen Wehrs klang ruhig, kühl und schläfernd herab und an den Floßpfählen der leise, quirlende Laut des ziehenden Wassers.

Griechisch und Latein, Grammatik und Stilistik, Rechnen und Memorieren und der ganze folternde Trubel eines langen, ruhelosen, gehetzten Jahres sanken still in der schläfernd warmen Stunde unter. Hans hatte ein wenig Kopfweh, aber nicht so stark wie sonst, und nun konnte er ja wieder am Wasser sitzen, sah den Schaum am Wehr zerstäuben, blinzelte nach der Angelschnur, und neben ihm schwammen in der Kanne die gefangenen Fische. Das war so köstlich. Zwischendurch fiel ihm plötzlich ein, daß er das Landexamen bestanden habe und Zweiter geworden sei, da klatschte er mit den nackten Füßen ins Wasser, steckte beide Hände in die Hosentaschen und fing an, eine Melodie zu pfeifen. Richtig und eigentlich pfeifen konnte er zwar nicht, das war ein alter Kummer und hatte ihm von den Schulkameraden schon Spott genug eingetragen. Er konnte es nur durch die Zähne und nur leise, aber für den Hausbrauch genügte das, und jetzt konnte ihn ja keiner hören. Die andern saßen jetzt in der Schule und hatten Geographie, nur er allein war frei und entlassen. Er hatte sie überholt, sie standen jetzt unter ihm. Sie hatten ihn genug geplagt, weil er außer August keine Freundschaften und an ihren Raufereien und Spielen keine rechte Freude gehabt hatte. So, nun konnten sie ihm nachsehen, die Dackel, die Dickköpfe. Er verachtete sie so sehr, daß er einen Augenblick zu pfeifen aufhörte, um den Mund zu verziehen. Dann rollte er seine Schnur auf und mußte lachen, denn es war auch keine Faser vom Köder mehr am Haken. Die in der Schachtel übriggebliebenen Heuschrecken wurden freigelassen und krochen betäubt und unlustig ins kurze Gras. Nebenan in der Rotgerberei* wurde schon Mittag gemacht; es war Zeit, zum Essen zu gehen.

Werkstätte für Lederbearbeitung mittels Rinde

Am Mittagstisch wurde kaum ein Wort gesprochen.

»Hast was gefangen?« fragte der Papa.

»Fünf Stück.«

»Ei so? Na, paß nur auf, daß du den Alten nicht fangst, sonst gibt's nachher keine Jungen mehr.«

Weiter gedieh keine Unterhaltung. Es war so warm. Und es war so schade, daß man nicht gleich nach dem Essen ins Bad durfte. Warum eigentlich? Es sei schädlich! Hat sich was mit schädlich; Hans wußte das besser, er war trotz des Verbots oft genug gegangen. Aber jetzt nimmer, er war für Unarten doch schon zu erwachsen. Herr Gott, im Examen hatte man »Sie« zu ihm gesagt!

Schließlich war es auch gar nicht schlecht, eine Stunde im Garten unter der Rottanne* zu liegen. Schatten gab es genug, und man konnte lesen oder den Schmetterlingen zusehen. So lag er denn dort bis zwei Uhr, und wenig fehlte, so wäre er eingeschlafen. Aber jetzt ins Bad! Nur ein paar kleine Buben waren auf der Badwiese, die größern saßen alle in der Schule, und Hans gönnte es ihnen von Herzen. Schön langsam zog er die Kleider ab und stieg ins Wasser. Er verstand es, Wärme und Kühlung wechselnd zu genießen; bald schwamm er ein Stück und tauchte und plätscherte, bald lag er bäuchlings am Ufer und fühlte auf der schnell trocknenden Haut die Sonne glühen. Die kleinen Buben schlichen respektvoll um ihn her. Jawohl, er war eine Berühmtheit geworden. Und er sah auch so anders aus als die übrigen. ⌜Auf dem dünnen, gebräunten Halse saß frei und elegant der feine Kopf mit dem geistigen Gesicht und den überlegenen Augen. Im übrigen war er sehr mager, schmalgliedrig und zart, auf Brust und Rücken konnte man ihm die Rippen zählen, und Waden hatte er fast gar keine.⌝

Fichte

Fast den ganzen Nachmittag trieb er sich zwischen Sonne und Wasser hin und her. Nach vier Uhr kamen die meisten von seiner Klasse eilig und lärmend dahergelaufen.

»Oha, Giebenrath! Du hast's jetzt gut.«

Er streckte sich behaglich. »'S geht an, ja.«

»Wann mußt du ins Seminar?«

»Erst im September. Jetzt ist Vakanz*.«

(dialektal) Ferien

Er ließ sich beneiden. Es berührte ihn nicht einmal, als im Hintergrund Gespött laut wurde und einer den Vers sang:

⌜Wenn i's no au so hätt,
Wie's Schulze Lisabeth!
Die leit bei Dag im Bett,
So han i's net.⌝

Er lachte nur. Inzwischen entkleideten sich die Buben. Der eine sprang frischweg ins Wasser, andere kühlten sich erst vorsichtig ab, manche legten sich vorher noch ein wenig ins Gras. Ein guter Taucher wurde bewundert. Ein Angstpeter* wurde hinterrücks ins Wasser gestoßen und schrie Mordio*. Man jagte einander, lief und schwamm, spritzte die Trockenbader am Lande. Das Geplätscher und Geschrei war groß, und die ganze Flußbreite glänzte von hellen, nassen, blanken Leibern.

Angsthase

Klage-, Wehe-, Hilferuf

Nach einer Stunde ging Hans fort. Es kamen die warmen Abendstunden, wo die Fische wieder beißen. Bis zum Abendessen angelte er auf der Brücke und fing so gut wie gar nichts. Die Fische waren gierig hinter der Angel her, jeden Augenblick war der Köder weggefressen, aber nichts blieb hängen. Er hatte Kirschen am Haken, offenbar waren sie zu groß und zu weich. Er beschloß, später noch einen Versuch zu machen.

Beim Abendessen erfuhr er, es sei eine Menge von Bekannten zum Gratulieren dagewesen. Und man zeigte ihm das heutige Wochenblatt, da stand unter dem »Amtlichen« eine Notiz:

»An die Aufnahmeprüfung zum niederen theologischen Seminar hat unsre Stadt diesmal nur einen Kandidaten, Hans Giebenrath, geschickt. Zu unsrer Freude erfahren wir soeben, daß derselbe die Prüfung als Zweiter bestanden hat.«

Er faltete das Blatt zusammen, steckte es in die Tasche und sagte nichts, war aber zum Zerspringen voll von Stolz und Jubel. Nachher ging er wieder zum Fischen. Als Köder nahm er diesmal ein paar Stückchen Käse mit; der schmeckt den Fischen und kann in der Dämmerung gut von ihnen gesehen werden. Die Rute ließ er stehen und nahm nur eine ganz einfache Handangel mit. Das war ihm das liebste Fischen: die Schnur ohne Stock und ohne Schwimmer in der Hand zu halten, so daß die ganze Angel nur aus Leine und Haken bestand. Es war etwas mühsamer, aber viel lustiger. Man beherrschte dabei jede geringste Bewegung des Köders, spürte jedes Probieren und Anbeißen und konnte im Zucken der Leine die Fische beobachten, wie wenn man sie vor sich sähe. Freilich diese Art zu fischen will verstanden sein, man muß geschickte Finger haben und aufpassen wie ein Spion.

In dem engen, tief eingeschnittenen und gewundenen Flußtal kam die Dämmerung früh. Das Wasser lag schwarz und still unter der Brücke, in der untern Mühle war schon Licht. Geplauder und Gesang lief über Brücken und Gassen, die Luft war ein wenig schwül, und im Flusse sprang alle Augenblicke ein dunkler Fisch mit kurzem Schlag in die Höhe. An solchen Abenden sind die Fische merkwürdig erregt, schießen im Zickzack hin und her, schnellen sich in die Luft, stoßen sich an der Angelschnur und stürzen sich blindlings auf den Köder. Als das letzte Stückchen Käse verbraucht war, hatte Hans vier kleinere Karpfen herausgezogen; die wollte er morgen dem Stadtpfarrer bringen.

Ein warmer Wind lief talabwärts. Es dunkelte stark, aber der Himmel war noch licht. Aus dem ganzen dunkelnden Städtchen stieg nur der Kirchturm und das Schloßdach schwarz und scharf in die helle Höhe. Ganz in der Ferne mußte es irgendwo gewittern, man hörte zuweilen ein sanftes, weit entferntes Donnern.

Als Hans um zehn Uhr in sein Bett ging, war er in Kopf und

Gliedern so angenehm müde und schläfrig wie schon lange nicht mehr.⌝ Eine lange Reihe schöner freier Sommertage lag beruhigend und verlockend vor ihm, Tage zum Verbummeln*, Verbaden, Verangeln, Verträumen. Bloß das eine wurmte ihn, daß er nicht vollends Erster geworden war.

Vertrödeln

Schon am frühen Vormittag stand Hans im Öhrn* des Stadtpfarrhauses und lieferte seine Fische ab. Der Stadtpfarrer kam aus seiner Studierstube.

(oberdt.) Hausflur

»Ach, Hans Giebenrath! Guten Morgen! Ich gratuliere, ich gratuliere von Herzen. – Und was hast du denn da?«

»Bloß ein paar Fische. Ich habe gestern geangelt.«

»Ei, da schau her! Danke schön. Nun komm aber herein.«

Hans trat in die ihm wohlbekannte Studierstube. Wie in einer Pfarrersstube sah es eigentlich hier nicht aus. Es roch weder nach Blumenstöcken noch nach Tabak. Die ansehnliche Büchersammlung zeigte fast lauter neue, sauber lackierte und vergoldete Rücken, nicht die abgeschossenen, schiefen, wurmstichigen und stockfleckigen Bände, die man sonst in Pfarrbibliotheken findet. Wer genauer zusah, merkte auch den Titeln der wohlgeordneten Bücher einen neuen Geist an, einen andern, als der in den altmodisch ehrwürdigen Herren der absterbenden Generation lebte. Die ehrenwerten Prunkstücke einer Pfarrbücherei, die ⌜Bengel, Ötinger, Steinhofer⌝ samt frommen Liedersängern, welche ⌜Mörike im »Turmhahn« so schön besingt⌝, fehlten hier oder verschwanden doch in der Menge moderner Werke. Alles in allem, samt Zeitschriftenmappen, Stehpult und großem, blätterbestreutem Schreibtisch sah gelehrt und ernst aus. Man bekam den Eindruck, daß hier viel gearbeitet werde. Und es wurde hier auch viel gearbeitet, freilich weniger an Predigten, Katechesen* und Bibelstunden als an Untersuchungen und Artikeln für gelehrte Journale und an Vorstudien zu eigenen Büchern. Die träume-

Religiöse Anleitungen

rische Mystik* und ahnungsvolle Grübelei war von diesem Ort verbannt, verbannt war auch die naive Herzenstheologie, welche über die Schlünde der Wissenschaft hinweg sich der dürstenden Volksseele in Liebe und Mitleid entgegenneigt. Statt dessen wurde hier mit Eifer Bibelkritik getrieben und nach dem »historischen Christus« gefahndet.

Meditative Versenkung in religiöse Geheimnisse

Es ist eben in der Theologie nicht anders als anderwärts. Es gibt eine Theologie, die ist Kunst, und eine andere, die ist Wissenschaft oder bestrebt sich wenigstens, es zu sein. Das war vor alters so wie heute, und immer haben die Wissenschaftlichen über den neuen Schläuchen den alten Wein versäumt, indes die Künstler, sorglos bei manchem äußerlichen Irrtum verharrend, Tröster und Freudebringer für viele gewesen sind. Es ist der alte, ungleiche Kampf zwischen Kritik und Schöpfung, Wissenschaft und Kunst, wobei jene immer recht hat, ohne daß jemand damit gedient wäre, diese aber immer wieder den Samen des Glaubens, der Liebe, des Trostes und der Schönheit und Ewigkeitsahnung hinauswirft und immer wieder guten Boden findet. Denn das Leben ist stärker als der Tod, und der Glaube ist mächtiger als der Zweifel.

Zum erstenmal saß Hans auf dem kleinen Ledersofa zwischen Stehpult und Fenster. Der Stadtpfarrer war überaus freundlich. Ganz kameradschaftlich erzählte er vom Seminar und wie man dort lebe und studiere.

»Das wichtigste Neue«, sagte er zum Schluß, »was du dort erleben wirst, ist die Einführung in das neutestamentliche Griechisch. Es wird dir eine neue Welt damit aufgehen, reich an Arbeit und Freude. Im Anfang wird die Sprache dir Mühe machen; das ist kein attisches Griechisch mehr, sondern ein neues, von einem neuen Geist geschaffenes Idiom*.«

Spracheigentümlichkeit

Hans hörte aufmerksam zu und fühlte sich mit Stolz der wahren Wissenschaft genähert.

»Die schulmäßige Einführung in diese neue Welt«, fuhr der Stadtpfarrer fort, »nimmt ihr natürlich manches von ihrem Zauber. Auch wird dich im Seminar zunächst das Hebräische vielleicht zu einseitig in Anspruch nehmen. Wenn du nun Lust hast, so könnten wir in diesen Ferien einen kleinen Anfang machen. Im Seminar wirst du dann froh sein, Zeit und Kraft für anderes übrigzubehalten. Wir könnten ein paar Kapitel Lukas* zusammen lesen, und du würdest die Sprache fast spielend nebenher lernen. Ein Wörterbuch kann ich dir leihen. Du würdest etwa täglich eine Stunde, höchstens zwei, daran rücken. Mehr natürlich nicht, denn vor allem mußt du jetzt deine verdiente Erholung haben. Natürlich ist das nur ein Vorschlag – ich möchte dir ja nicht das schöne Feriengefühl damit verderben.«

Kapitel aus der Geschichte Jesu des Evangelisten Lukas im NT

Hans sagte natürlich zu. Zwar erschien ihm diese Lukasstunde wie eine leichte Wolke am fröhlich blauen Himmel seiner Freiheit, doch schämte er sich abzulehnen. Und eine neue Sprache so in den Ferien nebenher zu lernen, war gewiß mehr Vergnügen als Arbeit. Vor dem vielen Neuen, das im Seminar zu lernen wäre, hatte er ohnehin eine leise Furcht, besonders vor dem Hebräischen.

Nicht unbefriedigt verließ er den Stadtpfarrer und schlug sich durch den Lärchenweg aufwärts in den Wald. Der kleine Unmut war schon verflogen, und je mehr er sich die Sache überlegte, desto annehmbarer kam sie ihm vor. Denn das wußte er wohl, daß er im Seminar noch ehrgeiziger und zäher arbeiten müsse, wenn er auch dort die Kameraden hinter sich lassen wollte. Und das wollte er entschieden. Warum eigentlich? Das wußte er selber nicht. Seit drei Jahren war man auf ihn aufmerksam, hatten die Lehrer, der Stadtpfarrer, der Vater und namentlich der Rektor ihn angespornt und gestachelt und in Atem gehalten. Die ganze lange Zeit, von Klasse zu Klasse, war er unbestrittener Primus* gewesen. Und nun hatte er allmählich selber seinen Stolz darein gesetzt, obenan zu sein und keinen ne-

Klassenbester, -erster

ben sich zu dulden. Und die dumme Examensangst war jetzt vorbei.

Freilich Ferien haben, war doch eigentlich das Schönste. Wie ungewohnt schön der Wald nun wieder war in diesen Morgenstunden, wo es keinen Spaziergänger darin gab als ihn! Säule an Säule standen die Rottannen, eine unendliche Halle blaugrün überwölbend. Unterholz gab es wenig, nur da und dort ein dickes Himbeergestrüppe, dafür einen stundenbreiten, weichen, pelzigen Moosboden, von niederen Heidelbeerstöcken und Erika bestanden. Der Tau war schon getrocknet, und zwischen den bolzgeraden Stämmen wiegte sich die eigentümliche Waldmorgenschwüle, die aus Sonnenwärme, Taudunst, Moosduft und dem Geruch von Harz, Tannennadeln und Pilzen gemischt sich einschmeichelnd mit leichter Betäubung an alle Sinne schmiegt. Hans warf sich ins Moos, weidete die dunklen, dichtbestandenen Schwarzbeersträucher* ab, hörte da und dort den Specht am Stamme hämmern und den eifersüchtigen Kuckuck rufen. Zwischen den schwärzlich dunkeln Tannenkronen schaute fleckenlos tiefblau der Himmel herein, in die Ferne hin drängten sich die tausend und tausend senkrechten Stämme zu einer ernsten braunen Wand zusammen, hie und da lag ein gelber Sonnenfleck warm und sattglänzend ins Moos gestreut.

Heidelbeersträucher

Eigentlich hatte Hans einen großen Spaziergang machen wollen, mindestens bis zum Lützeler Hof oder zur Krokuswiese. Nun lag er im Moos, aß Heidelbeeren und staunte träge in die Luft. Es fing ihn selber an zu wundern, daß er so müde war. Früher war ihm ein Gang von drei, vier Stunden doch gar nichts gewesen. Er beschloß, sich aufzuraffen und ein tüchtiges Stück zu marschieren. Und er ging ein paar hundert Schritte. Da lag er schon wieder, er wußte nicht, wie es kam, im Moos und ruhte. Er blieb liegen, sein Blick irrte blinzelnd durch Stämme und Wipfel und am grünen Boden hin. Daß diese Luft so müd machte!

Als er gegen Mittag heimkam, hatte er wieder Kopfweh. Auch die Augen taten ihm weh, auf der Waldsteig hatte die Sonne so heillos geblendet. Den halben Nachmittag saß er verdrossen im Haus herum, erst beim Baden wurde er wieder frisch. Es war jetzt Zeit, zum Stadtpfarrer zu gehen.

Unterwegs sah ihn der Schuster Flaig, der am Fenster seiner Werkstatt auf dem Dreibein saß, und rief ihn herein.

»Wohin, mein Sohn? Man sieht dich ja gar nimmer?«

»Jetzt muß ich zum Stadtpfarrer.«

»Immer noch? Das Examen ist doch vorbei.«

»Ja, jetzt kommt was andres dran. Neues Testament. Nämlich das Neue Testament ist ja griechisch geschrieben, aber wieder in einem ganz andern Griechisch, als was ich gelernt hab. Das soll ich jetzt lernen.«

Der Schuster schob die Mütze weit ins Genick und zog seine große Grüblerstirn zu dicken Falten zusammen. Er seufzte schwer.

»Hans«, sagte er leise, »ich will dir was sagen. Bis jetzt hab ich mich still gehalten, von wegen dem Examen, aber jetzt muß ich dich mahnen. Du mußt nämlich wissen, daß der Stadtpfarrer ein Ungläubiger ist. Er wird dir sagen und vormachen, die Heiligen Schriften seien falsch und verlogen, und wenn du mit ihm das Neue Testament gelesen hast, dann hast du selber deinen Glauben verloren und weißt nicht wie.«

»Aber, Herr Flaig, es handelt sich ja bloß ums Griechische. Im Seminar muß ich's ja sowieso lernen.«

»So sagst du. Es ist aber zweierlei, ob du die Bibel bei frommen und gewissenhaften Lehrern studieren lernst oder bei einem, der nicht mehr an den lieben Gott glaubt.«

»Ja, das weiß man doch nicht, ob er wirklich nicht an ihn glaubt.«

»Doch, Hans, man weiß es leider.«

»Aber was soll ich machen? Ich hab nun schon mit ihm ausgemacht, daß ich komme.«

»Dann mußt du auch kommen, das versteht sich. Aber wenn er solche Sachen über die Bibel sagt, sie sei Menschenwerk und sei verlogen und nicht vom Heiligen Geist eingegeben, dann kommst du zu mir, und wir reden darüber. Willst du?«

»Ja, Herr Flaig. Es wird aber sicher nicht so schlimm sein.«

»Du wirst sehen; denk an mich!«

Der Stadtpfarrer war noch nicht zu Hause, und Hans mußte in der Studierstube auf ihn warten. Während er die goldenen Büchertitel betrachtete, gaben ihm die Reden des Schuhmachermeisters zu denken. Derartige Äußerungen über den Stadtpfarrer und die neumodischen Geistlichen überhaupt hatte er schon öfters gehört. Doch fühlte er jetzt zum erstenmal mit Spannung und Neugierde sich selber in diese Dinge hineingezogen. So wichtig und schrecklich wie dem Schuster waren sie ihm nicht, vielmehr witterte er hier die Möglichkeit, hinter alte, große Geheimnisse zu dringen. In den früheren Schülerjahren hatten ihn die Fragen nach Gottes Allgegenwart, nach dem Verbleib der Seelen, nach Teufel und Hölle hie und da zu phantastischen Grübeleien erregt, doch war alles das in den letzten strengen und fleißigen Jahren eingeschlafen, und sein schulmäßiger Christenglaube war nur in Gesprächen mit dem Schuhmacher gelegentlich zu einigem persönlichen Leben aufgewacht. Er mußte lächeln, wenn er jenen mit dem Stadtpfarrer verglich. Des Schusters herbe, in bitteren Jahren erworbene Festigkeit konnte der Knabe nicht verstehen, und im übrigen war Flaig ein zwar gescheiter, aber schlichter und einseitiger Mensch, von vielen wegen seiner Pietisterei* verhöhnt. In den Versammlungen der Stundenbrüder trat er als strenger brüderlicher Richter und als ein gewaltiger Ausleger der Heiligen Schrift auf, hielt auch in den Dörfern herum seine Erbauungsstunden, sonst aber war er eben ein kleiner Handwerksmann und beschränkt wie alle andern. Der Stadtpfarrer hingegen war nicht nur

Abschätzig für den religiösen Eifer der Pietisten

ein gewandter, wohlredender Mann und Prediger, sondern außerdem ein fleißiger und strenger Gelehrter. Hans schaute mit Ehrfurcht an den Bücherschäften* hinauf.

Bücherrücken

Der Stadtpfarrer kam bald, vertauschte den Gehrock mit einer leichten schwarzen Hausjacke, gab dem Schüler eine griechische Textausgabe des Lukasevangeliums in die Hand und forderte ihn auf, zu lesen. Das war ganz anders, als die Lateinstunden gewesen waren. Sie lasen nur wenige Sätze, die wurden mit peinlicher* Wörtlichkeit übersetzt, und dann entwickelte der Lehrer aus unscheinbaren Beispielen geschickt und beredt den eigentümlichen Geist dieser Sprache, redete über die Zeit und Weise der Entstehung des Buches und gab in der einzigen Stunde dem Knaben einen ganz neuen Begriff von Lernen und Lesen. Hans bekam eine Ahnung davon, welche Rätsel und Aufgaben in jedem Vers und Wort verborgen lagen, wie seit alten Zeiten her Tausende von Gelehrten, Grüblern und Forschern sich um diese Fragen bemüht hatten, und es kam ihm vor, er selber werde in dieser Stunde in den Kreis der Wahrheitssucher aufgenommen.

sorgfältiger

Er bekam ein Lexikon und eine Grammatik geliehen und arbeitete daheim noch den ganzen Abend weiter. Nun spürte er, über wieviel Berge von Arbeit und Wissen der Weg zur wahren Forschung führe, und er war bereit, sich hindurchzuschlagen und nichts am Wege liegen zu lassen. Der Schuhmacher war einstweilen vergessen.

Einige Tage nahm dies neue Wesen ihn ganz in Anspruch. Jeden Abend ging er zum Stadtpfarrer, und jeden Tag kam ihm die wahre Gelehrsamkeit schöner, schwieriger und erstrebenswerter vor. Morgens in den Frühstunden ging er zum Angeln, nachmittags auf die Badwiese, sonst kam er wenig aus dem Hause. Der in der Angst und im Triumph des Examens untergetauchte Ehrgeiz war wieder wach und ließ ihm keine Ruhe. ⌜Zugleich begann wieder das eigentümliche Gefühl im Kopf sich zu regen, das er in den letzten

Monaten so oft gefühlt hatte – kein Schmerz, sondern ein hastig triumphierendes Treiben beschleunigter Pulse und heftig aufgeregter Kräfte, ein eilig ungestümes Vorwärtsbegehren. Nachher kam freilich das Kopfweh, aber solange jenes feine Fieber dauerte, rückte Lektüre und Arbeit stürmisch voran, dann las er spielend die schwersten Sätze im Xenophon, die ihn sonst Viertelstunden kosteten, dann brauchte er das Wörterbuch fast gar nie, sondern flog mit geschärftem Verständnis über ganze schwere Seiten rasch und freudig hinweg. Mit diesem gesteigerten Arbeitsfieber und Erkenntnisdurst traf dann ein stolzes Selbstgefühl zusammen, als lägen Schule und Lehrer und Lehrjahre schon längst hinter ihm und als schreite er schon eine eigene Bahn, der Höhe des Wissens und Könnens entgegen.⌝

Das kam nun wieder über ihn und zugleich der leichte, oft unterbrochene Schlaf mit sonderbar klaren Träumen. Wenn er nachts mit leichtem Kopfweh erwachte und nicht wieder einschlafen konnte, befiel ihn eine Ungeduld, vorwärts zu kommen, und ein überlegener Stolz, wenn er daran dachte, um wieviel er allen Kameraden voraus war und wie Lehrer und Rektor ihn mit einer Art von Achtung und sogar Bewunderung betrachtet hatten.

Dem Rektor war es ein inniges Vergnügen gewesen, diesen von ihm geweckten, schönen Ehrgeiz zu leiten und wachsen zu sehen. Man sage nicht, Schulmeister haben kein Herz und seien verknöcherte und entseelte Pedanten! O nein, wenn ein Lehrer sieht, wie eines Kindes lange erfolglos gereiztes Talent hervorbricht, wie ein Knabe Holzsäbel und Schleuder und Bogen und die anderen kindischen Spielereien ablegt, wie er vorwärts zu streben beginnt, wie der Ernst der Arbeit aus einem rauhen Pausback* einen feinen, ernsten und fast asketischen* Knaben macht, wie sein Gesicht älter und geistiger, sein Blick tiefer und zielbewußter, seine Hand weißer und stiller wird, dann lacht ihm die Seele vor Freude und Stolz. ⌜Seine Pflicht und sein ihm vom

Knabe mit dicken Backen

entsagungsvollen, weltabgewandten

Staat überantworteter Beruf ist es, in dem jungen Knaben die rohen Kräfte und Begierden der Natur zu bändigen und auszurotten und an ihre Stelle stille, mäßige und staatlich anerkannte Ideale zu pflanzen. Wie mancher, der jetzt ein zufriedener Bürger und strebsamer Beamter ist, wäre ohne diese Bemühungen der Schule zu einem haltlos stürmenden Neuerer oder unfruchtbar sinnenden Träumer geworden! Es war etwas in ihm, etwas Wildes, Regelloses, Kulturloses, das mußte erst zerbrochen werden, eine gefährliche Flamme, die mußte erst gelöscht und ausgetreten werden. Der Mensch, wie ihn die Natur erschafft, ist etwas Unberechenbares, Undurchsichtiges, Gefährliches. Er ist ein von unbekanntem Berge herbrechender Strom und ist ein Urwald ohne Weg und Ordnung. Und wie ein Urwald gelichtet und gereinigt und gewaltsam eingeschränkt werden muß, so muß die Schule den natürlichen Menschen zerbrechen, besiegen und gewaltsam einschränken; ihre Aufgabe ist es, ihn nach obrigkeitlicherseits gebilligten Grundsätzen zu einem nützlichen Gliede der Gesellschaft zu machen und die Eigenschaften in ihm zu wecken, deren völlige Ausbildung alsdann die sorgfältige Zucht der Kaserne krönend beendigt.

Wie schön hatte sich der kleine Giebenrath entwickelt! Das Strolchen und Spielen hatte er fast von selber abgelegt, das dumme Lachen in den Lektionen kam bei ihm längst nimmer vor, auch die Gärtnerei, das Kaninchenhalten und das leidige Angeln hatte er sich abgewöhnen lassen.

Eines Abends erschien der Herr Rektor persönlich im Hause Giebenrath. Nachdem er den geschmeichelten Vater mit Höflichkeit losgeworden war, trat er in Hansens Stube und fand den Knaben am Evangelium Lukä* sitzen. Er begrüßte ihn freundlichst.

Evangelium nach Lukas

»Das ist schön, Giebenrath, schon wieder fleißig! Aber warum zeigst du dich denn gar nicht mehr? Ich erwartete dich jeden Tag.«

»Ich wäre schon gekommen«, entschuldigte sich Hans, »aber ich hätte Ihnen gern wenigstens einen schönen Fisch mitgebracht.«

»Fisch? Was denn für einen Fisch?«

»Nun, einen Karpfen oder so was.«

»Ah so. Ja, angelst du denn wieder?«

»Ja, nur ein bißchen. Der Vater hat's erlaubt.«

»Hm. So. Macht's dir viel Vergnügen?«

»Ja, schon.«

»Schön, ganz schön, du hast dir ja deine Ferien wacker verdient. Da hast du wahrscheinlich jetzt wenig Lust, nebenher noch zu lernen?«

»O doch, Herr Rektor, natürlich.«

»Ich möchte dir aber nichts aufzwingen, wozu du nicht selber Lust hast.«

»Freilich hab ich Lust.«

Der Rektor tat ein paar tiefe Atemzüge, strich sich den dünnen Bart und setzte sich auf einen Stuhl.

»Sieh, Hans«, sagte er, »die Sache liegt so. Es ist eine alte Erfahrung, daß gerade auf ein sehr gutes Examen oft ein plötzlicher Rückschlag folgt. Im Seminar gilt es, sich in mehrere neue Fächer einzuarbeiten. Da kommt nun immer eine Anzahl von Schülern, die in den Ferien vorgearbeitet haben – oft gerade solche, denen es im Examen weniger gut gegangen war. Die rücken dann plötzlich in die Höhe auf Kosten von solchen, die während der Vakanz auf ihren Lorbeeren ausgeruht haben.«

Er seufzte wieder.

»Hier in der Schule hast du es ja leicht gehabt, immer der Erste zu sein. Im Seminar findest du aber andere Kameraden, lauter begabte oder sehr fleißige Leute, die sich nicht so spielend überholen lassen. Du begreifst das?«

»O ja.«

»Nun wollte ich dir vorschlagen, in diesen Ferien ein wenig vorauszuarbeiten. Selbstverständlich mit Maß! Du hast jetzt das Recht und die Pflicht, dich tüchtig auszuruhen. Ich dachte, so eine Stunde oder zwei im Tag wären etwa das richtige. Ohne das kommt man leicht aus dem Geleise* und braucht nachher Wochen, bis man wieder flott im Zug ist. Was meinst du?«

Führung, Halt

»Ich bin ganz bereit, Herr Rektor, wenn Sie so gütig sein wollen . . .«

»Gut. Nächst dem Hebräischen wird dir im Seminar namentlich Homer* eine neue Welt erschließen. Du würdest ihn mit doppeltem Genuß und Verständnis lesen, wenn wir schon jetzt einen soliden Grund legten. Die Sprache Homers, der alte ionische Dialekt* samt der homerischen Prosodie* ist etwas ganz Eigentümliches, ganz etwas für sich, und erfordert Fleiß und Gründlichkeit, wenn man überhaupt zum rechten Genuß dieser Dichtungen kommen will.«

Griech. Dichter (8. Jh. v. Chr.), Verfasser der Epen *Ilias* und *Odyssee*

Einer der vier lokalen Dialekte des Altgriech.

Antike Lehre von der Rhythmisierung des Lautmaterials

Natürlich war Hans gerne bereit, auch in diese neue Welt einzudringen, und versprach, sein Bestes zu tun. Das dicke Ende kam aber nach. Der Rektor räusperte sich und fuhr freundlich fort:

»Offen gestanden wäre es mir auch lieb, wenn du der Mathematik einige Stunden widmen wolltest. Du bist ja kein schlechter Rechner, doch war die Mathematik bisher immerhin nicht gerade deine Stärke. Im Seminar wirst du Algebra und Geometrie anfangen müssen, und da wäre es doch wohl angezeigt, ein paar vorbereitende Lektionen zu nehmen.«

»Jawohl, Herr Rektor.«

»Bei mir bist du immer willkommen, das weißt du schon. Mir ist es Ehrensache, etwas Tüchtiges aus dir werden zu sehen. Wegen der Mathematik aber müßtest du eben deinen Vater bitten, daß er dich beim Herrn Professor Privatstunden nehmen läßt. Vielleicht drei bis vier in der Woche.«

»Jawohl, Herr Rektor.«

Die Arbeit stand nun wieder in erfreulichster Blüte, und wenn Hans je und je doch wieder eine Stunde angelte oder spazierenlief, hatte er ein schlechtes Gewissen. Die gewohnte Badestunde hatte der aufopfernde Mathematiklehrer zu seinen Lektionen gewählt.

Diese Algebrastunden konnte Hans bei allem Fleiße nicht vergnüglich finden. Es war doch bitter, mitten am heißen Nachmittag statt auf die Badwiese in die warme Stube des Professors zu gehen und in der staubigen, mückendurchsummten Luft mit müdem Kopf und trockener Stimme das a plus b und a minus b herzusagen. Es lag dann etwas Lähmendes und überaus Drückendes in der Luft, das an schlechten Tagen sich in Trostlosigkeit und Verzweiflung verwandeln konnte. Mit der Mathematik ging es ihm überhaupt merkwürdig. Er gehörte nicht zu den Schülern, denen sie verschlossen und unmöglich zu begreifen ist, er fand zuweilen gute, ja elegante Lösungen und hatte dann seine Freude daran. Ihm gefiel das an der Mathematik, daß es hier keine Irrungen und keinen Schwindel gab, keine Möglichkeit, vom Thema abzuirren und trügerische Nebengebiete zu streifen. Aus demselben Grunde hatte er das Latein so gern, denn diese Sprache ist klar, sicher, eindeutig und kennt fast gar keine Zweifel. Aber wenn beim Rechnen auch alle Resultate stimmten, es kam doch eigentlich nichts Rechtes dabei heraus. Die mathematischen Arbeiten und Lehrstunden kamen ihm vor wie das Wandern auf einer ebenen Landstraße; man kommt immer vorwärts, man versteht jeden Tag etwas, was man gestern noch nicht verstand, aber man kommt nie auf einen Berg, wo sich plötzlich weite Aussichten auftaten.

Etwas lebendiger ging es in den Stunden beim Rektor zu. Freilich verstand der Stadtpfarrer, aus dem entarteten Griechisch des Neuen Testamentes immer noch etwas viel Anziehenderes und Prachtvolleres zu machen als jener aus der jugendfrischen homerischen Sprache. Aber es war schließlich doch Homer, bei dem gleich hinter den ersten Schwierigkeiten auch schon Überraschungen und Genüsse hervorspringen und unwiderstehlich weiter verlocken. Oft saß Hans vor einem geheimnisvoll schön klingenden, schwer verständlichen Vers voll zitternder Ungeduld und Spannung und konnte nicht eilig genug im Wörterbuch die Schlüssel finden, die ihm den stillen, heiteren Garten eröffneten.

Hausarbeit hatte er nun wieder genug, und manchen Abend saß er wieder, in irgendeine Aufgabe festgebissen, bis spät am Tisch. Vater Giebenrath sah diesen Fleiß mit Stolz. In seinem schwerfälligen Kopf lebte dunkel das Ideal so vieler beschränkter Leute, aus seinem Stamme einen Zweig über sich hinaus in eine Höhe wachsen zu sehen, die er mit dumpfem Respekt verehrte.

In der letzten Ferienwoche zeigten sich Rektor und Stadtpfarrer plötzlich wieder auffallend milde und besorgt. Sie schickten den Knaben spazieren, stellten ihre Lektionen ein und betonten, wie wichtig es sei, daß er frisch und erquickt die neue Laufbahn betrete.

Ein paarmal kam Hans noch zum Angeln. Er hatte viel Kopfweh und saß ohne rechte Aufmerksamkeit am Ufer des Flusses, der nun einen lichtblauen Frühherbsthimmel spiegelte. Es war ihm rätselhaft, weshalb er sich eigentlich seinerzeit so auf die Sommervakanz* gefreut hatte. Jetzt war er eher froh, daß sie vorüber war und er ins Seminar kam, wo ein ganz anderes Leben und Lernen beginnen würde. Da ihm nichts daran lag, fing er auch fast gar keine Fische mehr, und als der Vater einmal einen Witz darüber machte, angelte er nicht mehr und tat seine Schnüre wieder in den Mansardenkasten hinauf.

Sommerferien

Erst in den letzten Tagen fiel ihm plötzlich ein, daß er wochenlang nicht mehr beim Schuhmacher Flaig gewesen war. Auch jetzt mußte er sich dazu zwingen, ihn aufzusuchen. Es war Abend, und der Meister saß am Fenster seiner

Wohnstube, ein kleines Kind auf jedem Knie. Trotz des offenstehenden Fensters durchdrang der Geruch von Leder und Wichse die ganze Wohnung. Befangen legte Hans seine Hand in die harte, breite Rechte des Meisters.

»Nun, wie geht's denn?« fragte dieser. »Bist fleißig beim Stadtpfarrer gewesen?«

»Ja, ich war jeden Tag dort und hab viel gelernt.«

»Was denn?«

»Hauptsächlich Griechisch, aber auch allerlei sonst.«

»Und zu mir hast nimmer kommen mögen?«

»Mögen schon, Herr Flaig, aber 's hat nie dazu kommen wollen. Beim Stadtpfarrer jeden Tag eine Stunde, beim Rektor jeden Tag zwei Stunden, und viermal in der Woche mußte ich zum Rechenlehrer.«

»Jetzt in den Ferien? Das ist ein Unsinn!«

»Ich weiß nicht. Die Lehrer meinten so. Und das Lernen fällt mir ja nicht schwer.«

»Mag sein«, sagte Flaig und ergriff des Knaben Arm. »Mit dem Lernen wär's schon recht, aber was hast du da für ein paar Ärmlein? Und auch 's Gesicht ist so mager. Hast auch noch Kopfweh?«

»Hie und da.«

»'S ist ein Unsinn, Hans, und eine Sünde dazu. In deinem Alter muß man ordentlich Luft und Bewegung und sein richtiges Ausruhen haben. Zu was gibt man euch denn Ferien? Doch nicht zum Stubenhocken und Weiterlernen. Du bist ja lauter Haut und Knochen!«

Hans lachte.

»Na ja, du wirst dich schon durchbeißen. Aber was zuviel ist, ist zuviel. Und mit den Lektionen beim Stadtpfarrer, wie ist's da gegangen? Was hat er gesagt?«

»Gesagt hat er vielerlei, aber gar nichts Schlimmes. Er weiß kolossal viel.«

»Hat er nie despektierlich* von der Bibel geredet?«

»Nein, kein einziges Mal.«

respektlos, abschätzig

»Das ist gut. Denn das sage ich dir: lieber zehnmal am Leibe verderben als Schaden nehmen an seiner Seele! Du willst später Pfarrer werden, das ist ein köstliches und schweres Amt, und es braucht andere Leute dazu, als die meisten von euch jungen Menschen sind. Vielleicht bist du der Rechte und wirst einmal ein Helfer und Lehrer der Seelen sein. Das wünsche ich von Herzen und will darum beten.«

Er hatte sich erhoben und legte nun dem Knaben beide Hände fest auf die Schultern.

»Leb wohl, Hans, und bleibe im Guten! Der Herr segne dich und behüte dich, Amen.«

Die Feierlichkeit, das Beten und Hochdeutschreden war dem Knaben beklemmend und peinlich. Der Stadtpfarrer hatte beim Abschied nichts derart gemacht.

Mit Vorbereitungen und Abschiednehmen vergingen die paar Tage schnell und unruhig. Eine Kiste mit Bettzeug, Kleidern, Wäsche und Büchern war schon abgeschickt, nun wurde noch der Reisesack gepackt, und eines kühlen Morgens fuhren Vater und Sohn nach Maulbronn ab. Es war doch seltsam und bedrückend, die Heimat zu verlassen und aus dem Vaterhause weg in eine fremde Anstalt zu ziehen.

Drittes Kapitel

Im Nordwesten des Landes liegt zwischen waldigen Hügeln und kleinen stillen Seen ⌜das große Zisterzienserkloster Maulbronn⌝. Weitläufig, fest und wohl erhalten stehen die schönen alten Bauten und wären ein verlockender Wohnsitz, denn sie sind prächtig, von innen und außen, und sind in den Jahrhunderten mit ihrer ruhig schönen, grünen Umgebung edel und innig zusammengewachsen. Wer das Kloster besuchen will, tritt durch ein malerisches, die hohe Mauer öffnendes Tor auf einen weiten und sehr stillen Platz. Ein Brunnen läuft dort, und es stehen alte ernste Bäume da und zu beiden Seiten alte steinerne und feste Häuser und im Hintergrunde die Stirnseite der Hauptkirche mit einer spätromanischen Vorhalle, Paradies genannt, von einer graziösen, entzückenden Schönheit ohnegleichen. Auf dem mächtigen Dach der Kirche reitet ein nadelspitzes, humoristisches Türmchen, von dem man nicht begreift, wie es eine Glocke tragen soll. Der unversehrte Kreuzgang, selber ein schönes Werk, enthält als Kleinod eine köstliche Brunnenkapelle; das ⌜Herrenrefektorium mit kräftig edlem Kreuzgewölbe, weiter Oratorium, Parlatorium, Laienrefektorium⌝, Abtwohnung und zwei Kirchen schließen sich massig aneinander. Malerische Mauern, Erker, Tore, Gärtchen, eine Mühle, Wohnhäuser umkränzen behaglich und heiter die wuchtigen alten Bauwerke. Der weite Vorplatz liegt still und leer und spielt im Schlaf mit den Schatten seiner Bäume; nur in der Stunde nach Mittag kommt ein flüchtiges Scheinleben über ihn. Dann tritt eine Schar junger Leute aus dem Kloster, verliert sich über die weite Fläche, bringt ein wenig Bewegung, Rufen, Gespräch und Gelächter mit, macht etwa auch ein Ballspiel und verschwindet nach Ablauf der Stunde rasch und spurlos hinter den Mauern. ⌜Auf diesem Platz hat schon mancher sich gedacht, hier wäre der Ort für ein tüchtiges Stück Leben und Freude, hier müßte etwas Lebendiges, Beglückendes wachsen können, hier müßten reife und gute Menschen ihre freudigen Gedanken denken und schöne, heitere Werke schaffen.

Seit langer Zeit hat man dieses herrliche, weltfern gelegene, hinter Hügeln und Wäldern verborgene Kloster den Schülern des protestantisch-theologischen Seminars eingeräumt, damit Schönheit und Ruhe die empfänglichen jungen Gemüter umgebe. Zugleich sind dort die jungen Leute den zerstreuenden Einflüssen der Städte und des Familienlebens entzogen und bleiben vor dem schädigenden Anblick des tätigen Lebens bewahrt. Es wird dadurch ermöglicht, den Jünglingen jahrelang das Studium der hebräischen und griechischen Sprache samt Nebenfächern allen Ernstes als Lebensziel erscheinen zu lassen, den ganzen Durst der jungen Seele reinen und idealen Studien und Genüssen zuzuwenden. Dazu kommt als wichtiger Faktor das Internatsleben, die Nötigung zur Selbsterziehung, das Gefühl der Zusammengehörigkeit. Die Stiftung, auf deren Kosten die Seminaristen leben und studieren dürfen, hat hierdurch dafür gesorgt, daß ihre Zöglinge eines besonderen Geistes Kinder werden, an welchem sie später jederzeit erkannt werden können – eine feine und sichere Art der ⌜Brandmarkung⌝. Mit Ausnahme der Wildlinge, die sich je und je einmal losreißen, kann man denn auch jeden schwäbischen Seminaristen sein Leben lang als solchen erkennen.⌝

Wer beim Eintritt ins Klosterseminar noch eine Mutter gehabt hat, der denkt zeitlebens an jene Tage mit Dankbarkeit und lächelnder Rührung. Hans Giebenrath war nicht in diesem Fall und kam ohne alle Rührung darüber hinweg, aber er konnte doch eine große Zahl von fremden Müttern beobachten und hatte einen sonderbaren Eindruck davon. In den großen, mit Wandschränken eingefaßten Korridoren, den sogenannten Dormenten*, standen Kisten und Körbe umher, und die von ihren Eltern begleiteten Knaben waren mit dem Auspacken und Einräumen ihrer Siebensachen beschäftigt. Jeder hatte seinen numerierten Schrank und in den Arbeitszimmern sein numeriertes Büchergestell angewiesen bekommen. Söhne und Eltern knieten auspackend am Boden, der Famulus wandelte wie ein Fürst zwischendurch und gab hie und da wohlmeinenden Rat. Es wurden ausgepackte Kleider ausgebreitet, Hemden gefaltet, Bücher aufgestapelt, Stiefel und Pantoffeln in Reihen gestellt. Die Ausrüstung war in den Hauptstücken bei allen dieselbe, denn die Mindestzahl der mitzubringenden Wäschestücke und das Wesentliche des übrigen Hausrats waren vorgeschrieben. Blecherne Waschbecken mit eingekratzten Namen kamen zum Vorschein und wurden im Waschsaal aufgestellt, Schwamm, Seifenschale, Kamm und Zahnbürsten daneben. Ferner hatte jeder eine Lampe, eine Erdölkanne und ein Tischbesteck mitgebracht.

Klösterliche Schlafsäle

Die Knaben waren sämtlich überaus geschäftig und erregt. Die Väter lächelten, versuchten mitzuhelfen, sahen oft nach ihren Taschenuhren, hatten ziemlich Langeweile und machten Versuche, sich zu drücken. Die Seele der ganzen Tätigkeit waren aber die Mütter. Stück für Stück nahmen sie die Kleider und Wäsche zuhanden, strichen Falten hinweg, zogen Bänder zurecht und verteilten die Stücke mit sorgfältigem Ausprobieren möglichst sauber und praktisch im Schrank. Ermahnungen, Ratschläge und Zärtlichkeiten flossen mit ein.

»Die neuen Hemden mußt du besonders schonen, sie haben drei Mark fünfzig gekostet.«

»Die Wäsche schickst du alle vier Wochen per Bahn – wenn's eilig ist, per Post. Der schwarze Hut ist nur für sonntags.«

Eine dicke, behagliche Frau saß auf einer hohen Kiste und lehrte ihren Sohn die Kunst, Knöpfe anzunähen.

»Wenn du Heimweh hast«, hieß es anderswo, »dann schreib mir nur immer. 's ist ja nicht so schrecklich lang bis Weihnachten.«

Eine hübsche, noch ziemlich junge Frau übersah den gefüllten Schrank ihres Söhnleins und fuhr mit liebkosender Hand über die Wäschehäufchen und Röcke und Hosen. Als sie damit fertig war, begann sie ihren Buben, einen breitschultrigen Pausback, zu streicheln. Er schämte sich und wehrte verlegen lachend ab und steckte auch noch, um ja nicht zärtlich auszusehen, beide Hände in die Hosentaschen. Der Abschied schien der Mutter schwerer zu fallen als ihm.

Bei andern war es umgekehrt. Sie blickten ihre beschäftigten Mütter tat- und ratlos an und sahen aus, als möchten sie am liebsten wieder mit heimreisen. Bei allen aber lag die Furcht vor dem Abschied und das gesteigerte Gefühl der Zärtlichkeit und Anhänglichkeit in schwerem Kampf mit der Scheu vor Zuschauern und mit dem trotzigen Würdegefühl erster Männlichkeit. Mancher, der am liebsten geheult hätte, machte nun ein künstlich sorgloses Gesicht und tat so, als ginge nichts ihm nah. Und die Mütter lächelten dazu.

Fast alle entnahmen ihren Kisten außer dem Notwendigen auch noch einige Luxusstücke, ein Säcklein Äpfel, eine Rauchwurst, ein Körbchen Backwerk und dergleichen. Viele hatten Schlittschuhe mitgebracht. Großes Aufsehen erregte ein kleiner, pfiffig aussehender Jüngling durch den Besitz eines ganzen Schinkens, den er auch keineswegs zu verbergen trachtete.

Man konnte leicht unterscheiden, welche von den Jungen direkt von Hause kamen und welche schon früher in Instituten und Pensionen gewesen waren. Aber auch diesen sah man die Aufregung und Spannung an.

Herr Giebenrath half seinem Sohn beim Auspacken und benahm sich dabei klug und praktisch. Er war früher damit fertig als die meisten andern und stand eine Weile mit Hans gelangweilt und hilflos im Dorment herum. Da er auf allen Seiten mahnende und belehrende Väter, tröstende und ratgebende Mütter und beklommen zuhörende Söhne erblickte, hielt auch er es für angemessen, seinem Hans einige goldene Worte mit auf den Lebensweg zu geben. Er überlegte lang und schlich gequält neben dem stummen Knaben einher, dann legte er plötzlich los und förderte eine kleine Blütenlese von weihevollen Redensarten zutage, die Hans verwundert und still entgegennahm, bis er einen daneben stehenden Pfarrer über die väterliche Rede belustigt lächeln sah; da schämte er sich und zog den Redner beiseite.

»Also nicht wahr, du wirst deiner Familie Ehre machen? Und deinen Vorgesetzten folgsam sein?«

»Ja natürlich«, sagte Hans.

Der Vater schwieg und atmete erleichtert auf. Es begann ihm langweilig zu werden. Auch Hans kam sich ziemlich verloren vor, schaute bald mit beklommener Neugierde durch die Fenster in den stillen Kreuzgang hinab, dessen altertümlich einsiedlerische Würde und Ruhe sonderbar im Gegensatz zu dem oben lärmenden jungen Leben stand, bald beobachtete er schüchtern die beschäftigten Kameraden, deren er noch keinen kannte. Jener Stuttgarter Examensgenosse schien trotz seinem raffinierten Göppinger Latein nicht bestanden zu haben, wenigstens sah Hans ihn nirgends. Ohne sich viel dabei zu denken, betrachtete er seine künftigen Mitschüler. So ähnlich an Art und Zahl die Ausrüstung sämtlicher Knaben war, konnte man doch leicht die Städter von den Bauernsöhnen und die Wohlhabenden von den Armen unterscheiden. Söhne reicher Leute freilich kamen selten ins Seminar, was teils auf den Stolz oder die tiefere Einsicht der Eltern, teils auf die Begabung der Kinder schließen läßt; doch sendet immerhin mancher Professor und höhere Beamte in Erinnerung an die eigenen Klosterjahre seinen Jungen nach Maulbronn. So sah man

denn unter den vierzig Schwarzröckchen mancherlei Verschiedenheit an Tuch und Schnitt, und noch mehr unterschieden sich die jungen Leute in Manieren, Dialekt und Haltung. Es gab hagere Schwarzwälder mit steifen Gliedmaßen, saftige Albsöhne, strohblond und breitmäulig, bewegliche Unterländer mit freien und heiteren Manieren, feine Stuttgarter mit spitzen Stiefeln und einem verdorbenen, will sagen verfeinerten Dialekt. Annähernd der fünfte Teil dieser Jugendblüte trug Brillen. Einer, ein schmächtiges und fast elegantes Stuttgarter Muttersöhnchen, war mit einem steifen feinen Filzhut bekleidet, benahm sich vornehm und ahnte nicht, daß jene ungewohnte Zierde schon jetzt am ersten Tage die Verwegeneren unter den Kameraden auf spätere Hänseleien und Gewalttaten lüstern machte.
Ein feinerer Zuschauer konnte wohl erkennen, daß das zage Häuflein keine schlechte Auswahl aus der Jugend des Landes vorstellte. Neben Durchschnittsköpfen, denen man von weitem den ⌜Nürnberger Trichter⌝ anmerkte, fehlte es weder an zarten, noch an trotzig festen Burschen, welchen hinter der glatten Stirne ein höheres Leben noch halb im Traume liegen mochte. ⌜Vielleicht war der eine oder andere von jenen schlauen und hartnäckigen Schwabenschädeln darunter, welche je und je im Lauf der Zeiten sich mitten in die große Welt gedrängt und ihre stets etwas trockenen und eigensinnigen Gedanken zum Mittelpunkt neuer, mächtiger Systeme gemacht haben. Denn Schwaben versorgt sich und die Welt nicht allein mit wohlerzogenen Theologen, sondern verfügt auch mit Stolz über eine traditionelle Fähigkeit zur philosophischen Spekulation, welcher schon mehrmals ansehnliche Propheten oder auch Irrlehrer entstammt sind.⌝ Und so übt das fruchtbare Land, dessen politisch große Traditionen weit dahinten liegen, wenigstens auf den geistigen Gebieten der Gottesgelehrtheit und Philosophie noch immer seinen sichern Einfluß auf die Welt.

Daneben steckt im Volke auch noch von alters her eine Freude an schöner Form und träumerischer Poesie, woraus von Zeit zu Zeit Reimer und Dichter hervorwachsen, die nicht zu den schlechten gehören.

In den Einrichtungen und Sitten des Maulbronner Seminars war, äußerlich betrachtet, nichts Schwäbisches zu spüren, vielmehr war neben den aus Klosterzeiten übergebliebenen lateinischen Namen noch manche klassische Etikette neuerdings aufgeklebt worden. Die Stuben, auf welche die Zöglinge verteilt waren, hießen: Forum, ⌜Hellas⌝, Athen, Sparta, Akropolis, und daß die kleinste und letzte Germania hieß, schien fast darauf zu deuten, daß man Gründe habe, aus der germanischen Gegenwart nach Möglichkeit ein römisch-griechisches Traumbild zu machen. Doch war auch dies wiederum nur äußerlich, und in Wahrheit hätten hebräische Namen besser gepaßt. So wollte denn auch der fröhliche Zufall, daß die Stube Athen nicht etwa die weitherzigsten und beredtesten Leute, sondern gerade ein paar rechtschaffene Langweiler zu Insassen bekam und daß auf Sparta nicht Kriegsmänner und Asketen, sondern eine Handvoll fideler und üppiger Hospitanten* wohnte. Hans Giebenrath war der ⌜Stube Hellas⌝ zugeteilt, zusammen mit neun Kameraden.

Ältere Schüler

Es war ihm doch eigentümlich ums Herz, als er am Abend zum erstenmal mit den Neun zusammen den kühlen, kahlen Schlafsaal betrat und sich in seine schmale Schülerbettstatt legte. Von der Decke hing eine große Erdöllaterne herab, bei deren rotem Schein man sich entkleidete und die ein Viertel nach zehn Uhr vom Famulus gelöscht wurde. Da lag nun einer neben dem andern, zwischen je zwei Betten stand ein Stühlchen mit den Kleidern darauf, am Pfeiler hing der Strick herab, an dem die Morgenglocke angezogen wird. Zwei oder drei von den Knaben kannten einander schon und plauderten ein paar zaghafte Flüsterworte, die bald verstummten; die andern waren einander fremd, und jeder lag ein wenig bedrückt und totenstill in seinem Bett. Die Eingeschlummerten ließen tiefe Atemzüge hören, oder einer regte schlafend den Arm, daß die leinene Decke rauschte; wer noch wachte, hielt sich ganz ruhig. Hans konnte lange nicht einschlafen. Er horchte auf das Atmen seiner Nachbarn und vernahm nach einer Weile ein seltsam ängstliches Geräusch vom übernächsten Bette; dort lag einer und weinte, die Decke über den Kopf gezogen, und das leise, wie aus der Ferne hertönende Schluchzen regte Hans wunderlich auf. Er selber hatte kein Heimweh, doch tat es ihm um die stille kleine Kammer leid, die er zu Hause gehabt hatte; dazu kam das zage Grauen vor dem ungewissen Neuen und vor den vielen Kameraden. Es war noch nicht Mitternacht, da wachte keiner mehr im Saal. Nebeneinander lagen die jungen Schläfer, die Wange ins gestreifte Kissen gedrückt, traurige und trotzige, fidele und zaghafte, vom selben süßen, festen Rasten und Vergessen übermannt. Über die alten spitzen Dächer, Türme, Erker, Fialen, Mauerzinnen und spitzbogigen Galerien stieg ein blasser halber Mond herauf; sein Licht lagerte sich an Gesimsen und Schwellen, floß über gotische Fenster und romanische Tore und zitterte bleichgolden in der großen, edlen Schale des Kreuzgangbrunnens. Ein paar gelbliche Streifen und Lichtflecke fielen auch durch die drei Fenster in den Schlafsaal der Stube Hellas und wohnten neben den Träumen der schlummernden Knaben so nachbarlich wie ehemals neben denen der Mönchsgeschlechter.

Am folgenden Tage fand der feierliche Aufnahmeakt im Oratorium statt. Die Lehrer standen in Gehröcken da, der Ephorus* hielt eine Ansprache, die Schüler saßen gedankenvoll gebückt in den Stühlen und versuchten zuweilen rückwärts nach ihren weiter hinten sitzenden Eltern zu schielen. Die Mütter schauten sinnend und lächelnd auf ihre Söhne, die Väter hielten sich aufrecht, folgten der Rede

Leiter eines ev. Seminars

und sahen ernst und entschlossen aus. Stolze und löbliche Gefühle und schöne Hoffnungen schwellten ihre Brust, und kein einziger dachte daran, daß er heute sein Kind gegen einen Geldvorteil verkaufe. Zum Schluß wurde ein Schüler um den andern mit Namen aufgerufen, trat vor die Reihen und ward vom Ephorus mit einem Handschlag aufgenommen und verpflichtet und war hiermit, falls er sich wohl verhielt, bis an sein Lebensende staatlich versorgt und untergebracht. Daß sie das vielleicht nicht ganz umsonst haben könnten, darüber dachte keiner nach, so wenig als die Väter.

Viel ernster und beweglicher kam ihnen der Augenblick vor, da sie von Vater und Mutter Abschied nehmen mußten. Teils zu Fuß, teils im Postwagen, teils in allerlei in der Eile erwischten Fahrzeugen entschwanden diese dem Blick der zurückgelassenen Söhne, Tüchlein wehten noch lange durch die milde Septemberluft, schließlich nahm der Wald die Abreisenden auf, und die Söhne kehrten still und nachdenklich ins Kloster zurück.

»So, jetzt sind die Herren Eltern abgereist«, sprach der Famulus.

Nun begann man einander anzusehen und kennenzulernen, zunächst jede Stube unter sich. Man füllte das Tintenfaß mit Tinte, die Lampe mit Öl, ordnete Bücher und Hefte und versuchte im neuen Raume heimisch zu werden. Dabei schaute man einander neugierig an, begann ein Gespräch, fragte einander um Heimatort und bisherige Schule und erinnerte sich an das gemeinsam durchschwitzte Landexamen. Um einzelne Pulte bildeten sich plaudernde Gruppen, da und dort wagte sich ein helles Knabengelächter hervor, und am Abend waren die Stubengenossen schon viel besser miteinander bekannt als Schiffspassagiere am Ende einer Seereise.

Unter den neun Kameraden, die mit Hans in der Stube Hellas wohnten, waren vier Charakterköpfe, der Rest gehörte mehr oder weniger dem guten Durchschnitt an. Da war zunächst ⌜Otto Hartner⌝, ein Stuttgarter Professorensohn, begabt, ruhig, selbstsicher und im Benehmen tadellos. Er war breit und stattlich gewachsen und gut gekleidet und imponierte der Stube durch sein festes, tüchtiges Auftreten.

Gemeindevorsteher

Dann Karl Hamel, der Sohn eines kleinen Dorfschulzen* aus der Alb. Um ihn kennenzulernen, brauchte es schon einige Zeit, denn er stak voll von Widersprüchen und rückte selten aus seinem scheinbaren Phlegma* heraus. Dann war er leidenschaftlich, ausgelassen und gewalttätig, doch dauerte es nie lange, so kroch er in sich zurück, und man wußte dann nicht, war er ein stiller Beobachter oder nur ein Duckmäuser.

Trägheit, Schwerfälligkeit

Eine auffallende, obwohl weniger komplizierte Erscheinung war Hermann Heilner, ein Schwarzwälder aus gutem Hause. Man wußte schon am ersten Tag, er sei ein Dichter und Schöngeist, und es ging die Sage, er habe seinen Aufsatz im Landexamen in Hexametern* abgefaßt. Er redete viel und lebhaft, besaß eine schöne Violine und schien sein Wesen an der Oberfläche zu tragen, das hauptsächlich aus einer jugendlich unreifen Mischung von Sentimentalität und Leichtsinn bestand. Doch trug er weniger sichtbar auch Tieferes in sich. Er war an Leib und Seele über sein Alter entwickelt und begann schon versuchsweise eigene Bahnen zu wandeln.

Zuerst von dem griech. Dichter Homer verwendeter Vers

Der sonderbarste Hellasbewohner war aber Emil Lucius, ein verstecktes, blaßblondes Männlein, zäh, fleißig und trocken wie ein greiser Bauer. Trotz seiner unfertigen Statur und Züge machte er nicht den Eindruck eines Knaben, sondern hatte überall etwas Erwachsenes an sich, als wäre an ihm nun einmal nichts mehr zu ändern. Gleich am ersten Tage, während die anderen sich langweilten, plauderten und sich einzugewöhnen suchten, saß er still und gelassen über einer Grammatik, hatte die Ohren mit den Daumen zugestopft und lernte drauflos, als gälte es, verlorene Jahre einzuholen.

Diesem stillen Kauz kam man erst nach und nach auf seine Schliche und fand in ihm einen so raffinierten Geizkragen und Egoisten, daß gerade seine Vollkommenheit in diesen Lastern ihm eine Art von Achtung oder wenigstens Duldung eintrug. Er hatte ein durchtriebenes Spar- und Profitsystem, dessen einzelne Finessen* nur allmählich zutage traten und Staunen erregten. Es begann frühmorgens beim Aufstehen damit, daß Lucius im Waschsaal entweder als Erster oder als Letzter eintrat, um das Handtuch und womöglich auch die Seife eines anderen zu benützen und seine eigenen Sachen zu schonen. So brachte er es zustande, daß sein Handtuch stets für zwei oder mehr Wochen vorhielt. Nun mußten aber die Tücher alle acht Tage erneuert werden, und jeden Montag vormittag hielt der Oberfamulus* hierüber Kontrolle ab. Also hängte auch Lucius jeden Montag früh ein frisches Tuch an seinen numerierten Nagel, holte es aber in der Mittagspause wieder weg, faltete es sauber zusammen, tat es in den Kasten zurück und hängte dafür das geschonte alte wieder auf. Seine Seife war hart und gab wenig her, dafür hielt sie monatelang aus. Deshalb war aber Emil Lucius keineswegs von vernachlässigtem Äußeren, sondern sah stets proper aus, kämmte und scheitelte sein dünnes, blondes Haar mit Sorgfalt und schonte Wäsche und Kleidung aufs beste.

Feinheiten

Obergehilfe

Vom Waschsaal ging es zum Frühstück. Dazu gab es eine Tasse Kaffee, ein Stück Zucker und einen Wecken. Die meisten fanden das nicht üppig, denn junge Leute haben nach achtstündigem Schlaf gewöhnlich einen tüchtigen Morgenhunger. Lucius war zufrieden, sparte sich das tägliche Stück Zucker am Munde ab und fand stets Abnehmer dafür, zwei Stück für einen Pfennig oder fünfundzwanzig Stück für ein Schreibheft. Daß er des Abends, um das teure Öl zu sparen, gern beim Scheine fremder Lampen arbeitete, versteht sich von selber. Dabei war er nicht etwa ein Kind armer Eltern, sondern stammte aus ganz behaglichen Verhältnissen, wie denn überhaupt die Kinder gänzlich armer Leute selten zu wirtschaften und zu sparen verstehen, vielmehr stets soviel brauchen, als sie haben, und kein Zurücklegen kennen.

Emil Lucius dehnte sein System aber nicht nur auf Sachbesitz und greifbare Güter aus, sondern suchte auch im Reich des Geistes, wo er konnte, seinen Vorteil herauszuschlagen. Hierbei war er so klug, nie zu vergessen, daß aller geistige Besitz nur von relativem Werte ist, darum wandte er wirklichen Fleiß nur an die Fächer, deren Bebauung in einem spätern Examen Früchte tragen konnte, und begnügte sich in den übrigen bescheiden mit einem mäßigen Durchschnittszeugnis. Was er lernte und leistete, maß er stets nur an den Leistungen der Mitschüler, und er wäre lieber mit halben Kenntnissen Erster als mit doppelten Zweiter gewesen. Darum sah man ihn abends, wenn die Kameraden sich allerlei Zeitvertreib, Spiel und Lektüre hingaben, still an der Arbeit sitzen. Das Lärmen der andern störte ihn durchaus nicht, er warf sogar gelegentlich einen neidlos vergnügten Blick darauf. Denn wenn alle andern auch gearbeitet hätten, wäre seine Mühe ja nicht rentabel gewesen.

Alle diese Schlauheiten und Kniffe nahm dem fleißigen Streber niemand übel. Aber wie alle Übertreiber und Allzuprofitlichen tat auch er bald einen Schritt ins Törichte. Da aller Unterricht im Kloster unentgeltlich war, kam er auf die Idee, dies zu benützen und sich Violinstunden geben zu lassen. Nicht daß er etwa einige Vorbildung, etwas Gehör und Talent oder auch nur irgendwelche Freude an der Musik gehabt hätte! Aber er dachte, man könne schließlich geigen lernen so gut wie Latein oder Rechnen. Die Musik war, wie er hatte sagen hören, im späteren Leben von Nutzen und machte ihren Mann beliebt und angenehm, und

jedenfalls kostete die Sache nichts, denn auch eine Schulgeige stellte das Seminar zur Verfügung.
Dem Musiklehrer Haas standen die Haare zu Berg, als Lucius zu ihm kam und Violinstunden haben wollte, denn er kannte ihn von den Singstunden her, in welchen die Luciusschen Leistungen zwar alle Mitschüler hoch erfreuten, ihn aber, den Lehrer, zum Verzweifeln brachten. Er versuchte, dem Jungen die Sache auszureden; doch damit kam er hier an den Unrechten. Lucius lächelte fein und bescheiden, berief sich auf sein gutes Recht und erklärte seine Lust zur Musik für unbezwinglich. So bekam er denn die schlechteste der Übungsgeigen eingehändigt, erhielt wöchentlich zwei Lektionen und übte jeden Tag seine halbe Stunde. Nach der ersten Übestunde erklärten aber die Stubengenossen, dies sei das erste- und letztemal gewesen und sie verbäten sich das heillose Gestöhn. Von da an strich Lucius mit seiner Geige ruhelos durchs Kloster, stille Winkel zum Üben suchend, von wo dann kratzend, quietschend und winselnd sonderbare Töne hervordrangen und die Nachbarschaft beängstigten. Es war, sagte der Dichter Heilner, als flehe die gequälte alte Geige aus allen ihren Wurmstichen verzweifelt um Schonung. Da keine Fortschritte erfolgten, wurde der gepeinigte Lehrer nervös und grob, Lucius übte immer verzweifelter, und sein bisher selbstzufriedenes Krämergesicht setzte Sorgenfalten an. Es war die reine Tragödie, denn als am Ende der Lehrer ihn für völlig unfähig erklärte und sich weigerte, die Stunden fortzusetzen, wählte der betörte Lernlustige das Klavier und quälte sich auch damit lange, fruchtlose Monate hindurch, bis er mürb war und still verzichtete. In späteren Jahren dann aber, wenn von Musik die Rede war, ließ er etwa durchblicken, auch er habe ehedem sowohl Klavier wie Geige gelernt und sei nur durch die Verhältnisse diesen schönen Künsten leider allmählich entfremdet worden.
So war die Stube Hellas häufig in der Lage, sich über ihre

komischen Insassen zu amüsieren, denn auch der Schöngeist Heilner führte manche lächerliche Szene auf. Karl Hamel spielte den Ironiker und witzigen Beobachter. Er war um ein Jahr älter als die andern, das verlieh ihm eine gewisse Überlegenheit, doch brachte er es zu keiner geachteten Rolle; er war launisch und fühlte etwa alle acht Tage das Bedürfnis, seine Körperkraft in einer Rauferei zu erproben, wobei er dann wild und fast grausam war.
Hans Giebenrath sah dem mit Erstaunen zu und ging seine stillen Wege vor sich hin als ein guter, aber ruhiger Kamerad. Er war fleißig, fast so fleißig wie Lucius, und genoß die Achtung seiner Stubenkumpane mit Ausnahme Heilners, der den genialen Leichtsinn auf seine Fahne geschrieben hatte und ihn gelegentlich als einen Streber verspottete. Im ganzen fanden sich alle die vielen, in der raschen Entwicklung ihrer Jahre stehenden Knaben wohl ineinander, wenn auch abendliche Raufhändel auf den Dormenten nichts Seltenes waren. Denn man war zwar mit Eifer bestrebt, sich erwachsen zu fühlen und das noch ungewohnte »Sie« sagen der Lehrer durch wissenschaftlichen Ernst und gutes Benehmen zu rechtfertigen, und man sah auf die eben verlassene Lateinschule mindestens so hochmütig und mitleidig zurück wie ein angehender Student aufs Gymnasium. Aber je und je brach durch die künstliche Würde doch eine unverfälschte Bubenhaftigkeit hervor und wollte ihr Recht haben. Dann widerklang das Dorment von Getrampel und gesalzenen Knabenschimpfworten.

Für den Leiter oder Lehrer einer solchen Anstalt müßte es lehrreich und köstlich sein, zu beobachten, wie nach den ersten Wochen des Zusammenlebens die Knabenschar einer sich setzenden chemischen Mischung gleicht, worin schwankende Wolken und Flocken sich ballen, wieder lösen und anders formen, bis eine Zahl von festen Gebilden da ist. Nach Überwindung der ersten Scheu und nachdem alle einander genügend kennengelernt hatten, begann ein Wogen und Durcheinandersuchen, Gruppen traten zusammen, Freundschaften und Antipathien traten zutage. Selten schlossen sich Landsleute und frühere Schulkameraden zusammen, die meisten wandten sich neuen Bekannten zu, Städter zu Bauernsöhnen, Älbler zu Unterländern, nach einem geheimen Trieb zum Mannigfaltigen und zur Ergänzung. Die jungen Wesen tasteten unschlüssig nacheinander, neben das Bewußtsein der Gleichheit trat das Verlangen nach Absonderung, und in manchem von den Knaben erwachte hierbei zum erstenmal die keimende Bildung einer Persönlichkeit aus dem Kindesschlummer. Unbeschreibliche kleine Szenen der Zuneigung und der Eifersucht spielten sich ab, gediehen zu Freundschaftsbündnissen und zu erklärten, trotzigen Feindschaften und endeten, je nachdem, mit zärtlichen Verhältnissen und Freundesspaziergängen oder mit scharfen Ring- und Faustkämpfen.

Hans hatte an diesem Treiben äußerlich keinen Anteil. Karl Hamel hatte ihm deutlich und stürmisch seine Freundschaft angetragen, da war er erschrocken zurückgewichen. Gleich darauf hatte sich Hamel mit einem Bewohner Spartas befreundet; Hans war allein geblieben. Ein starkes Gefühl ließ ihm das Land der Freundschaft selig in sehnsüchtigen Farben am Horizont erscheinen und zog ihn mit stillem Trieb hinüber. Aber eine Schüchternheit hielt ihn zurück. Ihm war in seinen strengen, mutterlosen Knabenjahren die Gabe des Anschmiegens verkümmert, und vor allem äußerlich Enthusiastischen hatte er ein Grauen. Dazu kam der Knabenstolz und schließlich der leidige Ehrgeiz. Er war nicht wie Lucius, ihm war es wirklich um Erkenntnis zu tun, aber gleich jenem suchte er sich alles fernzuhalten, was ihn der Arbeit entziehen konnte. So blieb er fleißig am Pult verharren, litt aber Neid und Sehnsucht, wenn er andere sich ihrer Freundschaft freuen sah. Karl

Hamel war der Unrechte gewesen, aber wenn irgendein anderer gekommen wäre und ihn kräftig an sich zu ziehen versucht hätte, wäre er gerne gefolgt. Wie ein schüchternes Mädchen blieb er sitzen und wartete, ob einer käme, ihn zu holen, ein Stärkerer und Mutigerer als er, der ihn mitrisse und zum Glücklichsein zwänge.

Da neben diesen Angelegenheiten der Unterricht, namentlich im Hebräischen, viel zu tun gab, verging die erste Zeit den Jünglingen sehr rasch. Die zahlreichen kleinen Seen und Teiche, von denen Maulbronn umgeben ist, spiegelten blasse Spätherbsthimmel, welkende Eschen, Birken und Eichen und lange Dämmerungen wider, durch die schönen Forste tobte stöhnend und frohlockend der vorwinterliche Kehraus, und schon mehrmals war ein leichter Reif gefallen.⌝

geistig ebenbürtigen

Der lyrische Hermann Heilner hatte vergebens einen kongenialen* Freund zu erwerben gesucht, nun strich er täglich in der Ausgangsstunde einsam durch die Wälder und bevorzugte namentlich den ⌜Waldsee⌝, einen melancholischen braunen Weiher, von Röhricht umfaßt und von alten, welkenden Laubkronen überhangen. Der traurig-schöne Waldwinkel zog den Schwärmer mächtig an. Hier konnte er mit träumerischer Gerte im stillen Wasser Kreise ziehen, die ⌜Schilflieder Lenaus⌝ lesen und, in den niederen Strandbinsen liegend, über das herbstliche Thema vom Sterben und Vergehen sinnen, während Blätterfall und das Rauschen kahler Wipfel schwermütige Akkorde dazu gaben. Dann zog er häufig ein kleines schwarzes Schreibheftlein aus der Tasche, um mit Bleistift einen Vers oder zwei dareinzuschreiben.

Dies tat er auch in einer halb hellen Mittagstunde spät im Oktober, als Hans Giebenrath, allein spazierengehend, denselben Ort betrat. Er sah den Dichterjüngling auf dem Brettersteg der kleinen Stellfalle sitzen, sein Heftlein im Schoß und den gespitzten Bleistift nachdenklich in den

Mund gesteckt. Ein Buch lag aufgeschlagen daneben. Langsam trat er ihm näher.

»Grüß Gott, Heilner! Was treibst du?«

»Homer lesen. Und du, Giebenräthchen?«

»Glaub ich nicht. Ich weiß schon, was du machst.«

»So?«

»Natürlich. Gedichtet hast du.«

»Meinst du?«

»Freilich.«

»Sitz daher!«

Giebenrath setzte sich neben Heilner auf das Brett, ließ die Beine überm Wasser baumeln und sah zu, wie da und dort ein braunes Blatt und wieder eines durch die stille kühle Luft sich herab drehte und ungehört auf den bräunlichen Wasserspiegel sank.

»Hier ist's trist«, sagte Hans.

»Ja, ja.«

Beide hatten sich der Länge nach auf den Rücken gelegt, so daß ihnen von der herbstlichen Umgebung kaum noch ein paar überhängende Wipfel sichtbar blieben und statt dessen der lichtblaue Himmel mit ruhig schwimmenden Wolkeninseln hervortrat.

»Was für schöne Wolken!« sagte Hans, behaglich schauend.

»Ja, Giebenräthchen«, seufzte Heilner, »wenn man doch so eine Wolke wäre!«

»Was dann?«

»Dann würden wir da droben segelfahren, über Wälder und Dörfer und Oberämter und Länder weg, wie schöne Schiffe. Hast du nie ein Schiff gesehen?«

»Nein, Heilner. Aber du?«

»O ja. Aber lieber Gott, du verstehst ja nichts von solchen Sachen. Wenn du nur lernen und streben und büffeln kannst!«

»Du hältst mich also für ein Kamel?«

»Hab ich nicht gesagt.«

»So dumm, wie du glaubst, bin ich noch lang nicht. Aber erzähl weiter von den Schiffen.«

Heilner drehte sich um, wobei er ums Haar ins Wasser gestürzt wäre. Er lag nun bäuchlings, das Kinn in beide Hände gebohrt, mit aufgestützten Ellenbogen.

»Auf dem Rhein«, fuhr er fort, »hab ich solche Schiffe gesehen, in den Ferien. Einmal sonntags, da war Musik auf dem Schiff, bei Nacht, und farbige Laternen. Die Lichter spiegelten sich im Wasser, und wir fuhren mit Musik stromabwärts. Man trank Rheinwein, und die Mädchen hatten weiße Kleider an.«

Hans hörte zu und erwiderte nichts, aber er hatte die Augen geschlossen und sah das Schiff durch die Sommernacht fahren, mit Musik und roten Lichtern und Mädchen in weißen Kleidern. Der andere fuhr fort:

»Ja, das war anders als jetzt. Wer weiß hier was von solchen Sachen? Lauter Langweiler, lauter Duckmäuser! Das schafft sich ab und schindet sich und weiß nichts Höheres als das hebräische Alphabet. Du bist ja auch nicht anders.«

Hans schwieg. Dieser Heilner war doch ein sonderbarer Mensch. Ein Schwärmer, ein Dichter. Schon oft hatte er sich über ihn gewundert. Heilner arbeitete, wie jeder wußte, herzlich wenig, und trotzdem wußte er viel, verstand gute Antworten zu geben und verachtete doch auch wieder diese Kenntnisse.

»Da lesen wir Homer«, höhnte er weiter, »wie wenn die Odyssee ein Kochbuch wäre. Zwei Verse in der Stunde, und dann wird Wort für Wort wiedergekäut und untersucht, bis es einem zum Ekel wird. Aber am Schluß der Stunde heißt es dann jedesmal: Sie sehen, wie fein der Dichter das gewendet hat, Sie haben hier einen Blick in das Geheimnis des dichterischen Schaffens getan! Bloß so als Soße um die Partikeln und Aoriste herum, damit man nicht ganz dran erstickt. Auf die Art kann mir der ganze Homer gestohlen werden. Überhaupt was geht uns eigentlich das alte griechische Zeug an? Wenn einer von uns einmal probieren wollte, ein bißchen griechisch zu leben, so würde er rausgeschmissen. Dabei heißt unsere Stube Hellas! Der reine Hohn! Warum heißt sie nicht ›Papierkorb‹ oder ›Sklavenkäfig‹ oder ›Angströhre‹? Das ganze klassische Zeug ist ja Schwindel.«

Er spuckte in die Luft.

»Du, hast du vorher Verse gemacht?« fragte nun Hans.

»Ja.«

»Über was?«

»Hier, über den See und über den Herbst.«

»Zeig mir's!«

»Nein, es ist noch nicht fertig.«

»Aber wenn's fertig ist?«

»Ja, meinetwegen.«

Die zwei erhoben sich und gingen langsam ins Kloster zurück.

»Da, hast du eigentlich schon gesehen, wie schön das ist?« sagte Heilner, als sie am »Paradies« vorüberkamen, »Hallen, Bogenfenster, Kreuzgänge, Refektorien, gotisch und romanisch, alles reich und kunstvoll und Künstlerarbeit. Und für was der Zauber? Für drei Dutzend arme Buben, die Pfarrer werden sollen. Der Staat hat's übrig.«

Hans mußte den ganzen Nachmittag über Heilner nachdenken. Was war das für ein Mensch? Was Hans an Sorgen und Wünschen kannte, existierte für jenen gar nicht. Er hatte eigene Gedanken und Worte, er lebte wärmer und freier, litt seltsame Leiden und schien seine ganze Umgebung zu verachten. Er verstand die Schönheit der alten Säulen und Mauern. Und er trieb die geheimnisvolle, sonderbare Kunst, seine Seele in Versen zu spiegeln und sich ein eigenes, scheinlebendiges Leben aus der Phantasie zu erbauen. Er war beweglich und unbändig und machte täglich mehr Witze als Hans in einem Jahr. Er war schwermütig und schien seine eigene Traurigkeit wie eine fremde, ungewöhnliche und köstliche Sache zu genießen.

Noch am Abend dieses Tages gab Heilner der ganzen Stube eine Probe seines scheckigen und auffallenden Wesens. Einer der Kameraden, ein Maulheld und kleiner Geist namens Otto Wenger, fing Streit mit ihm an. Eine Weile blieb Heilner ruhig, witzig und überlegen, dann ließ er sich zum Austeilen einer Ohrfeige hinreißen, und alsbald waren beide Gegner leidenschaftlich und unlöslich ineinander verknäuelt und verbissen und trieben wie ein steuerloses Schiff in Stößen und Halbkreisen und Zuckungen durch Hellas, an den Wänden hin, über Stühle weg, auf dem Boden, beide wortlos, keuchend, sprudelnd und schäumend. Die Kameraden standen mit kritischen Gesichtern beobachtend dabei, wichen dem Knäuel aus, retteten ihre Beine, Pulte und Lampen und warteten in froher Spannung den Ausgang ab. Nach einigen Minuten erhob sich Heilner mühsam, machte sich los und blieb atmend stehen. Er sah zerschunden aus, hatte rote Augen, einen zerrissenen Hemdkragen und ein Loch im Hosenknie. Sein Gegner wollte ihn aufs neue anfallen, er stand aber mit verschränkten Armen da und sagte hochmütig: »Ich mache nicht weiter – wenn du willst, so schlag zu.« Otto Wenger ging schimpfend weg. Heilner lehnte sich an sein Pult, drehte an der Stehlampe, steckte die Hände in die Hosentaschen und schien sich auf irgend etwas besinnen zu wollen. Plötzlich brachen ihm Tränen aus den Augen, eine um die andere und immer mehr. Das war unerhört, denn Weinen galt ohne Zweifel für das Allerschimpflichste, was ein Seminarist* tun konnte. Und er tat gar nichts, es zu verbergen. Er verließ die Stube nicht, er blieb ruhig stehen, das blaß gewordene Gesicht der Lampe zugewendet; er wischte die Tränen nicht ab und nahm nicht einmal die Hände aus den Taschen. Die andern standen um ihn herum, neugierig und boshaft zuschauend, bis Hartner sich vor ihn hinstellte und ihm sagte: »Du, Heilner, schämst du dich denn nicht?«

Insasse eines kirchlichen Internats

Der Weinende blickte langsam um sich, wie einer, der eben aus einem tiefen Schlaf erwacht.

»Mich schämen – vor euch?« sagte er dann laut und verächtlich. »Nein, mein Bester.«

Er wischte sich das Gesicht ab, lächelte ärgerlich, blies seine Lampe aus und ging aus der Stube.

Hans Giebenrath war während der ganzen Szene an seinem Platz geblieben und hatte nur erstaunt und erschrocken zu Heilner hinübergeschielt. Eine Viertelstunde später wagte er es, dem Verschwundenen nachzugehen. Er sah ihn im dunkeln, frostigen Dorment auf einem der tiefen Fenstersimse sitzen, regungslos, und in den Kreuzgang hinunterschauen. Von hinten sahen seine Schultern und der schmale, scharfe Kopf eigentümlich ernst und unknabenhaft aus. Er rührte sich nicht, als Hans zu ihm trat und am Fenster stehenblieb, und erst nach einer Weile fragte er, ohne sein Gesicht herüberzuwenden, mit heiserer Stimme:

»Was gibt's?«

»Ich bin's«, sagte Hans schüchtern.

»Was willst du?«

»Nichts.«

»So? Dann kannst du ja wieder gehen.«

Hans war verletzt und wollte wirklich fortgehen. Da hielt Heilner ihn zurück.

»Halt doch«, sagte er in einem künstlich scherzhaften Ton, »so war's nicht gemeint.«

⌜Beide sahen nun einander ins Gesicht, und wahrscheinlich sah jeder in diesem Augenblick des andern Gesicht zum ersten Male ernstlich an und versuchte sich vorzustellen, daß hinter diesen jünglingshaft glatten Zügen ein besonderes Menschenleben mit seinen Eigenarten und eine besondere, in ihrer Weise gezeichnete Seele wohne.⌝

Langsam streckte Hermann Heilner seinen Arm aus, faßte Hans an der Schulter und zog ihn zu sich her, bis ihre Gesichter einander ganz nahe waren. Dann fühlte Hans plötzlich mit wunderlichem Schreck des andern Lippen seinen Mund berühren.

Ihm schlug das Herz in einer ganz ungewohnten Beklemmung. Dies Beisammensein im dunkeln Dorment und dieser plötzliche Kuß war etwas Abenteuerliches, Neues, vielleicht Gefährliches; es fiel ihm ein, wie entsetzlich es gewesen wäre, dabei ertappt zu werden, denn ein sicheres Gefühl ließ ihn wissen, daß dies Küssen den andern noch viel lächerlicher und schandbarer vorkommen würde als vorher das Weinen. Sagen konnte er nichts, aber das Blut stieg ihm mächtig zu Kopf, und er wäre am liebsten davongelaufen.

⌜Ein Erwachsener, welcher die kleine Szene gesehen hätte, hätte vielleicht seine stille Freude an ihr gehabt, an der unbeholfen scheuen Zärtlichkeit einer schamhaften Freundschaftserklärung und an den beiden ernsthaften, schmalen Knabengesichtern, welche beide hübsch und verheißungsvoll waren, halb noch der Kindesanmut teilhaftig und halb schon vom scheuen, schönen Trotz der Jünglingszeit überflogen.⌝

Allmählich hatte das junge Volk sich ins Zusammenleben gefunden. Man kannte einander, jeder hatte von jedem eine gewisse Kenntnis und Vorstellung, und eine Menge Freundschaften waren geschlossen. Es gab Freundespaare, welche miteinander hebräische Vokabeln lernten, Freundespaare, die zusammen zeichneten oder spazierengingen oder ⌜Schiller⌝* lasen. Es gab gute Lateiner und schlechte Rechner, die sich mit schlechten Lateinern und guten Rechnern zusammengetan hatten, um die Früchte genossenschaftlicher Arbeit zu genießen. Es gab auch Freundschaften, deren Fundament eine andere Art von Vertrag und Gütergemeinschaft bildete. So hatte der vielbeneidete Schinkenbesitzer seine ergänzende Hälfte an einem Gärtnerssohn aus Stammheim gefunden, der seinen Kastenboden* voll schöner Äpfel liegen hatte. Er bat einst beim

Friedrich von Sch. (1759–1805), dt. Dichter und Dramatiker

Schrankboden

Schinkenessen, da er Durst bekam, jenen um einen Apfel und bot ihm dafür vom Schinken an. Sie setzten sich zusammen, ein vorsichtiges Gespräch brachte zutage, daß der Schinken, wenn er zu Ende wäre, sogleich ersetzt werden würde und daß auch der Apfelbesitzer bis weit ins Frühjahr hinein von den väterlichen Vorräten werde zehren können, und so kam ein solides Verhältnis zustande, das manches idealere und stürmischer geschlossene Bündnis lang überdauerte.

Nur wenige waren Einspänner* geblieben, unter ihnen Lucius, dessen habsüchtige Liebe zur Kunst damals noch in voller Blüte stand.

Jungen ohne Freunde

Es gab auch ungleiche Paare. Für das ungleichste galten Hermann Heilner und Hans Giebenrath, der Leichtsinnige und der Gewissenhafte, der Dichter und der Streber. Man zählte zwar beide zu den Gescheiten und Begabtesten, aber Heilner genoß den halb spöttisch gemeinten Ruf eines Genies, während der andere im Geruch des Musterknaben stand. Doch ließ man sie ziemlich ungeschoren, da jeder von seiner eigenen Freundschaft in Anspruch genommen war und gern für sich blieb.

Über diesen persönlichen Interessen und Erlebnissen kam aber die Schule doch nicht zu kurz. Sie war vielmehr der große Satz und Rhythmus, neben welchem Luciussens Musik, Heilners Dichterei samt allen Bündnissen, Händeln und gelegentlichen Raufereien nur tändelnd als kleine Separatbelustigungen* dahinliefen. Vor allem gab das Hebräische zu tun. Die seltsame, uralte Sprache Jehovas*, ein spröder, verdorrter und doch noch geheimnisvoll lebendiger Baum, wuchs fremdartig, knorrig und rätselhaft vor den Augen der Jünglinge auf, durch wunderliche Verästelungen auffallend und durch merkwürdig gefärbte und duftende Blüten überraschend. In seinen Zweigen, Höhlungen und Wurzeln hausten, schauerlich oder freundlich,

Unernste Beschäftigung nebenher

Hebr. Name Gottes im AT

tausendjährige Geister: phantastisch schreckhafte Drachen, naive liebliche Märchen, faltig ernste, trockene Greisenköpfe neben schönen Knaben und stilläugigen Mädchen oder streitbaren Frauen. Was in der Lutherbibel fern und traumhaft geklungen hatte, das gewann nun in der rauhen, echten Sprache Blut und Stimme und ein veraltet schwerfälliges, aber zähes und unheimliches Leben. So erschien es wenigstens Heilner, der den ganzen Pentateuch* täglich und stündlich verfluchte und doch mehr Leben und Seele in ihm fand und aus ihm sog als mancher geduldige Lerner, der alle Vokabeln wußte und keine Lesefehler mehr machte.

(griech.: »das fünfteilige Buch«) Name des ersten, fünfteiligen Abschnitts des ATs

Daneben das Neue Testament, wo es zarter, lichter und innerlicher zuging und dessen Sprache zwar weniger alt und tief und reich, aber von einem jungen, eifrigen und auch träumerischen Geist erfüllt war.

⌜Und die Odyssee, aus deren kräftig wohllautenden, stark und ebenmäßig dahinströmenden Versen gleich einem weißen runden Nixenarm die Kunde und Ahnung eines untergegangenen, formklaren und glücklichen Lebens emporstieg⌝, bald fest und greifbar in irgendeinem kräftig umrissenen derben Zuge, bald nur als Traum und schöne Ahnung aus einigen Worten und Versen herausschimmernd. Hieneben verschwanden die Historiker Xenophon und Livius* oder standen doch, als mindere Lichter, bescheiden und fast glanzlos beiseite.

Titus L. (59 v.Chr.–17 n.Chr.)

Hans bemerkte mit Erstaunen, wie für seinen Freund alle Dinge anders aussahen als für ihn. Für Heilner gab es nichts Abstraktes, nichts, was er sich nicht hätte vorstellen und mit Phantasiefarben bemalen können. Wo das nicht anging, ließ er alles mit Unlust liegen. Die Mathematik war ihm eine mit hinterlistigen Rätseln beladene Sphinx, deren kühler, böser Blick ihre Opfer bannte, und er wich dem Ungeheuer in großem Bogen aus.

Die Freundschaft der beiden war ein sonderbares Verhältnis. Sie war für Heilner ein Vergnügen und Luxus, eine Bequemlichkeit oder auch eine Laune, für Hans aber war sie bald ein mit Stolz gehüteter Schatz, bald auch eine große, schwer zu tragende Last. Bisher hatte Hans die Abendstunden stets zur Arbeit benützt. Jetzt kam es fast alle Tage vor, daß Hermann, wenn er das Büffeln satt hatte, zu ihm herüberkam, ihm das Buch wegzog und ihn in Anspruch nahm. Schließlich zitterte Hans, so lieb der Freund ihm war, jeden Abend vor seinem Kommen und arbeitete in den obligatorischen Arbeitsstunden doppelt eifrig und eilig, um nichts zu versäumen. Noch peinlicher war es ihm, als Heilner auch theoretisch seinen Fleiß zu bekämpfen anfing.

»Das ist Taglöhnerei«, hieß es, »du tust all die Arbeit ja doch nicht gern und freiwillig, sondern lediglich aus Angst vor den Lehrern oder vor deinem Alten. Was hast du davon, wenn du Erster oder Zweiter wirst? Ich bin Zwanzigster und darum doch nicht dümmer als ihr Streber.«

Entsetzt war Hans auch, als er zum erstenmal sah, wie Heilner mit seinen Schulbüchern umging. Er hatte einmal seine Bücher im Hörsaal liegenlassen und entlehnte, da er sich auf die nächste Geographiestunde vorbereiten wollte, Heilners Atlas. Da sah er mit Grausen, daß jener ganze Blätter mit dem Bleistift verschmiert hatte. Die Westküste der Pyrenäischen Halbinsel* war zu einem grotesken Profil ausgezogen, worin die Nase von Porto bis Lissabon reichte und die Gegend am Kap Finisterre* zu einem gekräuselten Lockenschmuck stilisiert war, während das Kap St. Vincent* die schön ausgedrehte Spitze eines Vollbartes bildete. So ging es von Blatt zu Blatt; auf die weißen Rückseiten der Karten waren Karikaturen gezeichnet und freche Ulkverse geschrieben, und an Tintenflecken fehlte es auch nicht. Hans war gewohnt, seine Bücher als Heiligtümer und Kleinodien zu behandeln, und er empfand diese Kühnheiten halb als Tempelschändungen, halb als zwar verbrecherische, aber doch heroische Heldentaten.

Auch Iberische Halbinsel (Spanien, Portugal); die westlichste und größte der drei südeurop. Halbinseln

Von lat. »finis terrae«: in Antike und Mittelalter das ›Ende der Welt‹, westlichster Punkt der Iberischen Halbinsel

Südöstlichster Punkt der Iberischen Halbinsel

Es konnte scheinen, als wäre der gute Giebenrath für seinen Freund lediglich ein angenehmes Spielzeug, sagen wir eine Art Hauskatze, und Hans selber fand das zuweilen. Aber Heilner hing doch an ihm, weil er ihn brauchte. Er mußte jemand haben, dem er sich anvertrauen konnte, der ihm zuhörte, der ihn bewunderte. Er brauchte einen, der still und lüstern zuhörte, wenn er seine revolutionären Reden über Schule und Leben hielt. Und er brauchte auch einen, der ihn tröstete und dem er den Kopf in den Schoß legen durfte, wenn er melancholische Stunden hatte. Wie alle solche Naturen litt der junge Dichter an Anfällen einer grundlosen, ein wenig koketten Schwermut, deren Ursachen teils das leise Abschiednehmen der Kindesseele, teils der noch ziellose Überfluß der Kräfte, Ahnungen und Begierden, teils das unverstandene dunkle Drängen des Mannbarwerdens sind. Dann hatte er ein krankhaftes Bedürfnis, bemitleidet und gehätschelt zu werden. Früher war er ein Mutterliebling gewesen, und jetzt, solange er noch nicht zur Frauenliebe reif war, diente ihm der gefügige Freund als Tröster.

Oft kam er abends todunglücklich zu Hans, entführte ihn seiner Arbeit und forderte ihn auf, mit ihm ins Dorment hinauszugehen. Dort in der kalten Halle oder im hohen, dämmernden Oratorium gingen sie nebeneinander auf und ab oder setzten sich fröstelnd in ein Fenster. Heilner gab dann allerlei jammervolle Klagen von sich, nach Art von lyrischen und Heine*-lesenden Jünglingen, und war in die Wolken einer etwas kindischen Traurigkeit gehüllt, welche Hans zwar nicht recht verstehen konnte, die ihm aber doch Eindruck machte und ihn sogar zuweilen ansteckte. Der empfindliche Schöngeist war namentlich bei trübem Wetter seinen Anfällen ausgesetzt, und meistens erreichte der Jammer und das Gestöhne seinen Höhepunkt an Abenden, wo spätherbstliche Regenwolken den Himmel verdüsterten und hinter ihnen, durch trübe Flöre* und Ritzen schau-

Gemeint ist hier der Gedichtzyklus *Buch der Lieder* (1827) von Heinrich Heine (1797–1856).

Plural zu »Flor«: Schleier

end, der Mond seine Bahn beschrieb. Dann schwelgte er in ⌜ossianischen Stimmungen⌝ und zerfloß in nebelhafter Wehmut, die sich in Seufzern, Reden und Versen über den unschuldigen Hans ergoß.

Von diesen Leidensszenen bedrückt und gepeinigt, stürzte sich dieser in den ihm übrigbleibenden Stunden mit hastigem Eifer in die Arbeit, die ihm doch immer schwerer fiel. Daß das alte Kopfweh wiederkam, wunderte ihn nicht weiter; aber daß er immer häufiger tatlose, müde Stunden hatte und sich stacheln mußte, um nur das Notwendige zu leisten, das machte ihm schwere Sorge. ⌜Zwar fühlte er dunkel, daß die Freundschaft mit dem Sonderling ihn erschöpfte und irgendeinen bisher unberührten Teil seines Wesens krank machte, aber je düsterer und weinerlicher jener war, desto mehr tat er ihm leid und desto zärtlicher und stolzer machte ihn das Bewußtsein, dem Freunde unentbehrlich zu sein.⌝

Zudem spürte er wohl, daß dieses kränkliche Wehmutwesen nur ein Ausstoßen überflüssiger und ungesunder Triebe war und eigentlich nicht in Heilners Wesen gehörte, den er treu und aufrichtig bewunderte. Wenn der Freund seine Verse vorlas oder von seinen Dichteridealen redete oder Monologe aus Schiller und Shakespeare* mit Leidenschaft und großem Gebärdenspiel vortrug, war es für Hans, als wandle jener kraft einer ihm selber mangelnden Zaubergabe in den Lüften, bewege sich in einer göttlichen Freiheit und feurigen Leidenschaft und entschwebe ihm und seinesgleichen auf geflügelten Sohlen wie ein homerischer Himmelsbote. Bis dahin war ihm die Welt der Dichter wenig bekannt und unwichtig gewesen, nun spürte er zum erstenmal widerstandslos die trügerische Gewalt schönfließender Worte, täuschender Bilder und schmeichlerischer Reime, und seine Verehrung für diese ihm neuerschlossene Welt war mit der Bewunderung des Freundes zu einem einzigen Gefühl ineinandergewachsen.

William S. (1564–1616), engl. Dichter und Dramatiker

Unterdessen kamen stürmische, dunkle Novembertage, an denen man nur wenige Stunden ohne Lampe arbeiten konnte, und schwarze Nächte, in denen der Sturm große rollende Wolkenberge durch die finstern Höhen trieb und stöhnend oder zankend um die alten festen Klostergebäude stieß. Die Bäume waren nun völlig entlaubt; nur die mächtigen, knorrig verästeten Eichen, die Könige jener baumreichen Landschaft, rauschten noch mit welken Laubkronen lauter und mürrischer als alle anderen Bäume. Heilner war ganz trübsinnig und liebte es neuerdings, statt bei Hans zu sitzen, allein in einem entlegenen Übungszimmer auf der Geige zu stürmen oder mit den Kameraden Händel anzufangen.

Eines Abends, da er jenes Zimmer aufsuchte, fand er den strebsamen Lucius dort vor einem Notenpult mit Üben beschäftigt. Ärgerlich ging er weg und kam nach einer halben Stunde wieder. Jener übte noch immer.

»Du könntest jetzt aufhören«, schimpfte Heilner. »Es gibt auch noch andere Leute, die üben wollen. Deine Kratzerei ist ohnehin eine Landplage.«

Lucius wollte nicht weichen, Heilner wurde grob, und als der andere sein Kratzen ruhig wieder aufnahm, stieß er ihm das Notengestell mit einem Fußtritt um, daß die Blätter ins Zimmer stoben und das Pult dem Geiger ins Gesicht schlug. Lucius bückte sich nach den Noten.

»Das sag ich dem Herrn Ephorus«, sagte er entschieden.

»Gut«, schrie Heilner wütend, »so sag ihm auch gleich, ich hätte dir einen Hundstritt gratis dreingegeben.« Und er wollte sogleich zur Tat schreiten.

Lucius sprang fliehend beiseite und gewann die Tür. Sein Verfolger setzte ihm nach, und es entstand ein hitziges und geräuschvolles Jagen durch Gänge und Säle, über Treppen und Flure bis in den fernsten Flügel des Klosters, wo in stiller Vornehmheit die Ephoruswohnung lag. Heilner erreichte den Flüchtling erst knapp vor der Studierzimmertür des Ephorus, und als jener schon angeklopft hatte und in der offenen Türe stand, erhielt er im letzten Augenblick noch den versprochenen Fußtritt und fuhr, ohne mehr die Tür hinter sich schließen zu können, wie eine Bombe ins Allerheiligste des Herrschers.

Das war ein unerhörter Fall. Am nächsten Morgen hielt der Ephorus eine glänzende Rede über die Entartung der Jugend, Lucius hörte tiefsinnig und beifällig zu, und Heilner bekam eine schwere Karzerstrafe diktiert.

»Seit mehreren Jahren«, donnerte der Ephorus ihn an, »ist eine solche Strafe hier nicht mehr vorgekommen. Ich werde dafür sorgen, daß Sie noch in zehn Jahren daran denken sollen. Euch andern stelle ich diesen Heilner als abschreckendes Beispiel auf.«

Die ganze Promotion* schielte scheu zu ihm hinüber, der blaß und trotzig dastand und dem Blick des Ephorus nicht auswich. Im stillen bewunderten ihn viele, trotzdem blieb er am Ende der Lektion, als alles lärmend die Gänge erfüllte, allein und gemieden wie ein Aussätziger. Es gehörte Mut dazu, jetzt zu ihm zu stehen.

Absolventen eines Jahrgangs

Auch Hans Giebenrath tat es nicht. Es wäre seine Pflicht gewesen, das fühlte er wohl, und er litt am Gefühl seiner Feigheit. Unglücklich und schamhaft drückte er sich in ein Fenster und wagte nicht aufzublicken. Es trieb ihn, den Freund aufzusuchen, und er hätte viel darum gegeben, es unbemerkt tun zu können. ⌜Aber ein mit schwerem Karzer* Bestrafter ist im Kloster für längere Zeit so gut wie gebrandmarkt. Man weiß, daß er von nun an besonders beobachtet wird und daß es gefährlich ist und einen schlechten Ruf einträgt, mit ihm Verkehr zu haben.⌝ Den Wohltaten, welche der Staat seinen Zöglingen erweist, muß eine scharfe, strenge Zucht entsprechen, das war schon in der großen Rede beim Eintrittsfeste vorgekommen. Auch Hans wußte das. Und er unterlag im Kampf zwischen Freundespflicht und Ehrgeiz. Sein Ideal war nun einmal,

Verschärfter Schularrest

Prüfungen

vorwärts zu kommen, berühmte Examina* zu machen und eine Rolle zu spielen, aber keine romantische und gefährliche. So verharrte er ängstlich in seinem Winkel. Noch konnte er hervortreten und tapfer sein, aber von Augenblick zu Augenblick wurde es schwerer, und eh er sich's versah, war sein Verrat zur Tat geworden.

Heilner bemerkte es wohl. Der leidenschaftliche Knabe fühlte, wie man ihm auswich, und begriff es, aber auf Hans hatte er sich verlassen. Neben dem Weh und der Empörung, die er jetzt empfand, kamen ihm seine bisherigen, inhaltlosen Jammergefühle leer und lächerlich vor. Einen Augenblick blieb er neben Giebenrath stehen. Er sah blaß und hochmütig aus und sagte leise:

»Du bist ein gemeiner Feigling, Giebenrath – pfui Teufel!«

Und damit ging er weg, halblaut pfeifend und die Hände in den Hosensäcken.

Es war gut, daß andere Gedanken und Beschäftigungen die jungen Leute in Anspruch nahmen. Wenige Tage nach jenem Ereignis trat plötzlich Schneefall, dann frostklares Winterwetter ein, man konnte schneeballen und Schlittschuh laufen, und alle merkten nun auch plötzlich und sprachen davon, daß Weihnachten und Ferien vor der Tür standen. Heilner wurde weniger beachtet. Er ging still und trotzig mit aufrechtem Kopf und hochmütigem Gesicht umher, sprach mit niemand und schrieb häufig Verse in ein Schreibheft, das einen Umschlag von schwarzem Wachstuch hatte und die Aufschrift »Lieder eines Mönches« trug. An den Eichen, Erlen, Buchen und Weiden hing Reif und gefrorener Schnee in zarten, phantastischen Gebilden. Auf den Weihern knisterte im Frost das klare Eis. Der Kreuzganghof sah wie ein stiller Marmorgarten aus. Eine frohe, festliche Erregung ging durch die Stuben, und die weihnachtliche Vorfreude gab sogar den beiden tadellosen, gemessenen Professoren einen kleinen Glanz von Milde und heiterer Aufregung ab. Unter Lehrern und Schülern war keiner, den Weihnachten gleichgültig ließ, auch Heilner begann weniger verbissen und elend auszusehen, und Lucius überlegte, welche Bücher und welches Paar Schuhe er in die Ferien mitnehmen solle. In den von Hause kommenden Briefen standen schöne, ahnungsvolle Dinge: Fragen nach Lieblingswünschen, Berichte von Backtagen, Andeutung bevorstehender Überraschungen und Freude aufs Wiedersehen. Vor der Ferienreise erlebte die Promotion und insbesondere die Stube Hellas noch eine kleine heitere Geschichte. Es war beschlossen worden, die Lehrerschaft zu einer abendlichen Weihnachtsfeier einzuladen, welche in Hellas, als der größten Stube, stattfinden sollte. Eine Festrede, zwei Deklamationen*, ein Flötensolo und ein Geigenduo waren vorbereitet. Nun sollte aber durchaus auch noch eine humoristische Nummer aufs Programm. Man beriet und verhandelte, machte und verwarf Vorschläge, ohne einig zu werden. Da sagte Karl Hamel so nebenher, das Heiterste wäre eigentlich ein Violinsolo von Emil Lucius. Das zog. Durch Bitten, Versprechungen und Drohungen brachte man den unglücklichen Musikanten dazu, daß er sich hergab. Und nun stand auf dem Programm, das mit einer höflichen Einladung den Lehrern zugeschickt wurde, als besondere Nummer: »Stille Nacht, Lied für Violine, vorgetragen von Emil Lucius, Kammervirtuos«. Letzteren Titel verdankte er seinem fleißigen Üben in jener abgelegenen Musikstube.

Kunstgerechter Vortrag (einer Dichtung)

Ephorus, Professoren, Repetenten, Musiklehrer und Oberfamulus waren eingeladen und erschienen zur Feier. Dem Musiklehrer trat der Schweiß auf die Stirne, als Lucius in einem von Hartner geborgten schwarzen Rock mit Schößen auftrat, frisiert und gebügelt, mit seinem sanft bescheidenen Lächeln. Schon seine Verbeugung wirkte wie eine Aufforderung zur Heiterkeit. Aus dem Lied »Stille Nacht« wurde unter seinen Fingern eine ergreifende Klage, ein stöhnendes, schmerzvolles Lied des Leides; er begann zweimal, zerriß und zerhackte die Melodie, trat den Takt mit dem Fuß und arbeitete wie ein Waldarbeiter bei Frostwetter.

Fröhlich nickte der Herr Ephorus dem Musiklehrer zu, der vor Entrüstung blaß geworden war.

Als Lucius das Lied zum drittenmal begonnen hatte und auch diesmal steckenblieb, ließ er die Geige sinken, wandte sich gegen die Zuhörer und entschuldigte sich: »Es geht nicht. Aber ich tu auch erst seit letzten Herbst geigen.«

»Es ist gut, Lucius«, rief der Ephorus, »wir danken Ihnen für Ihre Anstrengungen. Lernen Sie nur so weiter. Per aspera ad astra*!«

Lat. Redensart: »Über raue Pfade zu den Sternen.«

Am vierundzwanzigsten Dezember war von morgens drei Uhr an Leben und Getöse in allen Schlafsälen. An den Fenstern blühten dicke Lagen von feingeblätterten Eisblumen, das Waschwasser war eingefroren, und über den Klosterhof strich ein schneidend dünner Frostwind, doch kehrte sich niemand daran. Im Speisesaal dampften die großen Kaffeekübel, und in dunklen Gruppen wanderten bald darauf die in Mäntel und Tücher verpackten Schüler über das weiße, schwach leuchtende Feld und durch die schweigende Waldung der weit entfernten Bahnstation entgegen. Alle plauderten, machten Witze und lachten laut und waren doch nebenher jeder voll seiner verschwiegenen Wünsche, Freuden und Erwartungen. Weit im ganzen Lande, in Städten und Dörfern und auf einsamen Höfen wußten sie in warmen, festgeschmückten Stuben Eltern und Brüder und Schwestern auf sich warten. Es war für die meisten von ihnen die erste Weihnacht, zu der sie aus der Ferne heimreisten, und die meisten wußten, daß man sie mit Liebe und Stolz erwartete.

Auf der kleinen Bahnstation, mitten im verschneiten Walde, wartete man in bitterer Kälte auf den Zug, und man war nie so einmütig, verträglich und lustig beisammen gewesen. Nur Heilner blieb allein und schweigend, und als der Zug da war, wartete er das Einsteigen der Kameraden ab und ging dann allein in einen andern Wagen. Beim Umsteigen am nächsten Bahnhof sah Hans ihn noch einmal, doch ging das flüchtige Gefühl der Beschämung und Reue schnell wieder in der Aufregung und Freude der Heimreise unter.

Zu Hause fand er den Papa schmunzelnd und zufrieden, und ein wohlbesetzter Gabentisch erwartete ihn. Ein richtiges Christfest gab es im Hause Giebenrath allerdings nicht. Es fehlte Gesang und Festbegeisterung, es fehlte eine Mutter, es fehlte ein Tannenbaum. Herr Giebenrath verstand die Kunst, Feste zu feiern, nicht. Aber er war stolz auf seinen Buben und hatte an den Geschenken diesmal nicht gespart. Und Hans war es nicht anders gewöhnt, er vermißte nichts.

Man fand ihn schlecht aussehend, zu mager und zu blaß, und fragte ihn, ob denn im Kloster die Kost so schmal sei. Er verneinte eifrig und versicherte, es gehe ihm gut, nur habe er so oft Kopfweh. Hierüber tröstete ihn der Stadtpfarrer, der in jüngeren Jahren selber daran gelitten hatte, und somit war alles gut.

Der Fluß war blank gefroren und an den Feiertagen voll von Schlittschuhläufern. Hans war fast den ganzen Tag draußen, in einem neuen Anzug, die grüne Seminaristenmütze auf dem Kopf, seinen ehemaligen Mitschülern weit in eine beneidete höhere Welt hinein entwachsen.

Viertes Kapitel

Erfahrungsgemäß pflegen sich aus jeder Seminaristenpromotion einer oder mehrere Kameraden im Laufe der vier Klosterjahre zu verlieren. Zuweilen stirbt einer weg und wird mit Gesang beerdigt oder mit Freundesgeleite in seine Heimat überführt. Zuweilen macht sich einer gewaltsam los oder wird besonderer Sünden wegen entfernt. Gelegentlich, doch selten und nur in der älteren Klasse, kommt es etwa auch einmal vor, daß irgendein ratloser Junge aus seinen Jugendnöten einen kurzen, dunkeln Ausweg durch einen Schuß oder durch den Sprung in ein Wasser findet.
Auch der Promotion Hans Giebenraths sollten einige Kameraden verlorengehen, und durch einen sonderbaren Zufall geschah es, daß diese alle der Stube Hellas angehörten. Unter ihren Bewohnern war ein bescheidenes blondes Männlein, namens ⌜Hindinger⌝, mit Spitznamen Hindu genannt, Sohn eines Schneidermeisters irgendwo in der Allgäuer Diaspora*. Er war ein ruhiger Bürger und machte erst durch seinen Weggang ein wenig von sich reden, doch auch da nicht zuviel. Als Pultnachbar des sparsamen Kammervirtuosen Lucius hatte er mit diesem freundlich und bescheidentlich ein wenig mehr als mit den andern Verkehr gehabt, sonst aber keine Freunde besessen. Erst als er fehlte, merkte man in Hellas, daß man ihn gern gehabt hatte als einen anspruchslosen, guten Nachbarn und als einen Ruhepunkt im oft erregten Leben der Stube.

Gebiet, in dem die Anhänger einer Konfession in der Minderheit sind

Er schloß sich eines Tages im Januar den Schlittschuhläufern an, die nach dem Roßweiher hinauszogen. Schlittschuhe besaß er nicht, sondern wollte nur einmal zusehen. Doch fror ihn bald, und er stampfte ums Ufer herum, um sich zu erwärmen. Darüber kam er ins Laufen, verlor sich ein Stück weit über Feld und geriet an einen anderen kleinen See, der seiner wärmeren und stärkeren Quellen wegen nur schwach überfroren war. ⌜Er trat durchs Schilf hinüber. Dort brach er, so klein und so leicht er war, nahe beim Ufer ein, wehrte sich und schrie noch eine kleine Weile und sank dann unbemerkt in die dunkle Kühle hinunter.⌝ Erst als um zwei Uhr die erste Nachmittagslektion begann, wurde sein Fehlen bemerkt.

»Wo ist Hindinger?« rief der Repetent.

Niemand gab Antwort.

»Sehen Sie in Hellas nach!«

Aber dort war keine Spur von ihm.

»Er wird sich verspätet haben, lassen Sie uns ohne ihn beginnen. Wir stehen Seite vierundsiebzig, Vers sieben. Ich bitte mir aber aus, daß so etwas nicht wieder vorkommt. Sie haben pünktlich zu sein!«

Als es drei Uhr schlug und Hindinger noch immer fehlte, bekam der Lehrer Angst und schickte zum Ephorus. Dieser erschien sogleich höchstselber im Lehrsaal, stellte ein großes Fragen an und schickte alsdann zehn Schüler unter Begleitung des Famulus und eines Repetenten* auf die Suche. Den Zurückbleibenden wurde eine schriftliche Übung diktiert.

Um vier Uhr trat der Repetent ohne anzuklopfen in den Hörsaal und erstattete dem Ephorus im Flüsterton Bericht.

»Stille!« gebot der Ephorus, und die Schüler saßen regungslos in den Bänken und sahen ihn erwartungsvoll an. »Ihr Kamerad Hindinger«, fuhr er leiser fort, »scheint in einem Weiher ertrunken zu sein. Sie müssen nun helfen, ihn zu suchen. Herr Professor Meyer wird Sie führen, Sie haben ihm pünktlich und wörtlich zu folgen und keinerlei eigenmächtige Schritte dabei zu tun.«

Erschrocken und flüsternd brach man auf, den Professor an der Spitze. Vom Städtchen stießen ein paar Männer mit Seilen, Latten und Stangen zu dem eiligen Zuge. Es war bitter kalt, und die Sonne stand schon am Rande der Wälder.

Studiersaalaufsicht, die mit den Schülern den Schulstoff wiederholt

Und als endlich der kleine steife Körper des Knaben gefunden war und in den verschneiten Binsen auf eine Trage gelegt wurde, war schon tiefe Dämmerung. Die Seminaristen standen wie scheue Vögel ängstlich umher, starrten auf die Leiche und rieben sich ihre blauen, steifgewordenen Finger. Und erst als der ertrunkene Kamerad vor ihnen hergetragen ward und sie ihm schweigend über die Schneefelder nachfolgten, wurden plötzlich ihre beklommenen Seelen von einem Schauder berührt und witterten den grimmen Tod wie Rehe den Feind.
In dem kläglichen, frierenden Häuflein schritt Hans Giebenrath zufällig neben seinem gewesenen Freunde Heilner. Beide bemerkten die Nachbarschaft im gleichen Augenblick, da sie über dieselbe Unebenheit des Feldes gestolpert waren. Es mochte sein, daß der Anblick des Todes ihn überwältigt und für Augenblicke von der Nichtigkeit aller Selbstsucht überzeugt hatte, jedenfalls fühlte Hans, als er unvermutet des Freundes bleiches Gesicht so nahe erblickte, einen unerklärten tiefen Schmerz und griff in plötzlicher Regung nach des andern Hand. Heilner entzog sie ihm unwillig und blickte beleidigt beiseite, suchte auch sogleich einen andern Platz und verschwand in die hintersten Reihen des Zuges.
Da schlug dem Musterknaben Hans das Herz in Weh und Scham, und er konnte nicht hindern, daß ihm, während er auf dem gefrorenen Felde stolpernd weiter marschierte, Träne um Träne über die frostblauen Backen lief. Er begriff, daß es Sünden und Versäumnisse gibt, die man nicht vergessen kann und die keine Reue gutmacht, und es kam ihm vor, als liege nicht der kleine Schneiderssohn, sondern sein Freund Heilner vorn auf der erhöhten Bahre und nehme den Schmerz und Zorn über seine Untreue weit in eine andere Welt mit sich hinüber, wo man nicht nach Zeugnissen und Examen und Erfolgen rechnet, sondern allein nach der Reinheit oder Befleckung des Gewissens.

Inzwischen war man auf die Landstraße gelangt und kam rasch vollends ins Kloster, wo alle Lehrer, den Ephorus an der Spitze, den toten Hindinger empfingen, der im Leben vor dem bloßen Gedanken an eine solche Ehre davongelaufen wäre. Einen toten Schüler blicken die Lehrer stets mit ganz anderen Augen an als einen lebenden, sie werden dann für einen Augenblick vom Wert und von der Unwiederbringlichkeit jedes Lebens und jeder Jugend überzeugt, an denen sie sich sonst so häufig sorglos versündigen.

Auch am Abend und am ganzen folgenden Tage wirkte die Anwesenheit der unscheinbaren Leiche wie ein Zauber, milderte, dämpfte und umflorte alles Tun und Reden, so daß für diese kurze Zeit Hader, Zorn, Lärm und Lachen sich verbargen wie Nixen, die für Augenblicke von der Oberfläche eines Gewässers verschwinden und es regungslos und scheinbar unbelebt liegenlassen. Wenn zwei miteinander von dem Ertrunkenen sprachen, so nannten sie stets seinen vollen Namen, denn dem Toten gegenüber kam ihnen der Spitzname Hindu unwürdig vor. Und der stille Hindu, der sonst unbemerkt und unberufen in der Schar verschwunden war, erfüllte nun das ganze große Kloster mit seinem Namen und seinem Gestorbensein.

Am zweiten Tage kam der Vater Hindinger an, blieb ein paar Stunden allein in dem Stüblein, wo sein Knabe lag, wurde dann vom Ephorus zum Tee eingeladen und übernachtete im Hirschen.

Dann war das Begräbnis. Der Sarg stand im Dorment aufgestellt, und der Allgäuer Schneider stand dabei und sah allem zu. Er war eine rechte Schneidersfigur, entsetzlich mager und spitzig, und trug einen grünlich spielenden schwarzen Bratenrock* und enge dürftige Hosen, in der Hand einen veralteten Festhut. Sein kleines, dünnes Gesicht sah bekümmert, traurig und schwächlich aus, wie ein Kreuzerlichtlein* im Wind, und er war in einer fortwährenden Verlegenheit und Hochachtung vor dem Ephorus und den Herren Professoren.

Bis zum Knie reichender Gehrock für Männer

Kerze, die nur einen Kreuzer gekostet hat

Im letzten Augenblick, ehe die Träger den Sarg aufnahmen, trat das traurige Männlein noch einmal vor und berührte den Sargdeckel mit einer verlegenen und schüchternen Gebärde der Zärtlichkeit. Dann blieb er hilflos stehen, mit den Tränen kämpfend, und stand mitten in dem großen, stillen Raum wie ein dürres Bäumlein im Winter, so verlassen und hoffnungslos und preisgegeben, daß es ein Jammer zu sehen war. Der Pfarrer nahm ihn an der Hand und blieb bei ihm, da setzte er seinen phantastisch geschweiften Zylinder auf und lief als Vorderster dem Sarge nach, die Treppe hinunter, über den Klosterhof, durchs alte Tor und übers weiße Land der niedern Kirchhofmauer entgegen. Während am Grabe die Seminaristen einen Choral* sangen, blickten zum Verdruß des dirigierenden Musiklehrers die meisten nicht auf seine taktierende Hand, sondern auf die einsame, windige Gestalt des kleinen Schneidermeisters, welcher traurig und verfroren im Schnee stand und mit gesenktem Kopf die Reden des Geistlichen und des Ephorus und des Primus mit anhörte, den singenden Schülern gedankenlos zunickte und zuweilen mit der Linken nach dem im Rockschoß verborgenen Taschentuch angelte, ohne es aber herauszuziehen.

Kirchenlied

»Ich hab mir vorstellen müssen, wie das wäre, wenn an seiner Stelle mein eigener Papa so dagestanden wäre«, sagte Otto Hartner nachher. Da stimmten alle ein: »Ja, ganz das gleiche hab ich auch gedacht.«

Später kam der Ephorus mit Hindingers Vater auf die Stube Hellas. »Ist einer von Ihnen mit dem Verstorbenen besonders befreundet gewesen?« fragte der Ephorus in die Stube hinein. Zuerst meldete sich niemand, und Hindus Vater blickte ängstlich und elend in die jungen Gesichter. Dann kam aber Lucius hervor, und Hindinger nahm seine Hand, hielt sie eine kleine Weile fest, wußte aber nichts zu sagen und ging bald mit einem demütigen Kopfnicken wieder hinaus. Darauf reiste er ab und hatte einen ganzen langen

Tag durchs helle Winterland zu fahren, ehe er heimkam und seiner Frau erzählen konnte, an was für einem Örtlein ihr Karl nun liege.

Im Kloster war der Bann bald wieder gebrochen. Die Lehrer schalten wieder, die Türen wurden wieder zugeschlagen, und dem verschwundenen Hellenen wurde wenig nachgedacht. Einige hatten sich beim langen Stehen an jenem traurigen Weiher erkältet und lagen auf der Krankenstube oder liefen mit Filzpantoffeln und verbundenen Hälsen herum. Hans Giebenrath war an Hals und Füßen unbeschädigt geblieben, sah aber seit dem Unglückstage ernster und älter aus. Es war irgend etwas in ihm anders geworden, ein Jüngling aus einem Knaben, und seine Seele war gleichsam in ein anderes Land versetzt, wo sie ängstlich und unheimisch umherflatterte und noch keine Rastplätze kannte. Daran war weder der Todesschrecken noch die Trauer um den guten Hindu schuld, sondern lediglich das plötzlich erwachte Bewußtsein seiner Schuld gegen Heilner.

Dieser lag mit zwei andern auf der Krankenstube, mußte heißen Tee schlucken und hatte Zeit, seine beim Tode Hindingers empfangenen Eindrücke zu ordnen und etwa zum spätern dichterischen Gebrauch zurechtzulegen. Doch schien ihm daran wenig gelegen, er sah vielmehr elend und leidend aus und wechselte mit seinen Krankheitsgenossen kaum ein Wort. Die seit seiner Karzerstrafe ihm aufgezwungene Vereinsamung hatte sein empfindliches und häufiger Mitteilung bedürftiges Gemüt verwundet und bitter gemacht. Die Lehrer beaufsichtigten ihn als einen unzufriedenen und revolutionären Kopf mit Strenge, die Schüler mieden ihn, der Famulus behandelte ihn mit spöttischer Gutmütigkeit, und seine Freunde Shakespeare, Schiller und Lenau zeigten ihm eine andere, mächtigere und großartigere Welt, als die war, die ihn drückend und demütigend umgab. Aus seinen »Mönchsliedern«, welche anfangs nur auf einen einsiedlerisch schwermütigen Ton gestimmt gewesen waren, wurde allmählich eine Sammlung bitterer und gehässiger Verse auf Kloster, Lehrer und Mitschüler. Er fand in seiner Vereinsamung einen sauren Märtyrergenuß, fühlte sich mit Genugtuung unverstanden und kam sich in seinen schonungslos despektierlichen Mönchsversen vor wie ein kleiner Juvenal*.

Decimus Junius J. (~ 60–127 n. Chr.); röm. Dichter und Satiriker

Acht Tage nach dem Begräbnis, als die beiden Kameraden genesen waren und Heilner allein noch im Krankenzimmer lag, besuchte ihn Hans. Er grüßte schüchtern, trug einen Stuhl ans Bett, setzte sich und griff nach der Hand des Kranken, der sich unwillig gegen die Wand kehrte und ganz unzugänglich schien. Aber Hans ließ sich nicht abweisen. Er hielt die ergriffene Hand fest und zwang seinen ehemaligen Freund, ihn anzusehen. Dieser verzog ärgerlich die Lippen.

»Was willst du eigentlich?«

Hans ließ seine Hand nicht los.

»Du mußt mich anhören«, sagte er. »Ich bin damals feig gewesen und ließ dich im Stich. Aber du weißt, wie ich bin: es war mein fester Vorsatz, im Seminar obenan zu bleiben und womöglich vollends Erster zu werden. Du hast das Streberei genannt, meinetwegen mit Recht; aber es war nun eben meine Art von Ideal, ich wußte nichts Besseres.«

Heilner hatte die Augen geschlossen, und Hans fuhr ganz leise fort: »Sieh du, es tut mir leid. Ich weiß nicht, ob du noch einmal mein Freund sein willst, aber verzeihen mußt du mir.«

Heilner schwieg und tat die Augen nicht auf. Alles Gute und Freudige in ihm lachte dem Freund entgegen, doch hatte er sich nun an die Rolle des Herben und Einsamen gewöhnt und behielt wenigstens die Maske davon einstweilen vor dem Gesicht. Hans ließ nicht nach.

»Du mußt, Heilner! Ich will lieber Letzter werden, als noch länger so um dich herumlaufen. Wenn du willst, so sind wir wieder Freunde und zeigen den anderen, daß wir sie nicht brauchen.«

Da erwiderte Heilner den Druck seiner Hand und schlug die Augen auf.

Nach einigen Tagen verließ auch er das Bett und die Krankenstube, und es entstand im Kloster keine geringe Aufregung über die neugebackene Freundschaft. Für die beiden aber kamen nun wunderliche Wochen, ohne eigentliche Erlebnisse, aber voll eines seltsam beglückenden Gefühls der Zusammengehörigkeit und eines wortelosen, heimlichen Einverständnisses. Es war etwas anderes als früher. Die wochenlange Trennung hatte beide verändert. Hans war zärtlicher, wärmer, schwärmerischer geworden; Heilner hatte ein kraftvolleres, männlicheres Wesen angenommen, und beide hatten einander in der letzten Zeit so sehr vermißt, daß ihnen ihre Wiedervereinigung wie ein großes Erlebnis und köstliches Geschenk vorkam.

Beide frühreife Knaben kosteten in ihrer Freundschaft mit ahnungsvoller Scheu etwas von den zarten Geheimnissen einer ersten Liebe unwissend voraus. Dazu hatte ihr Bündnis den herben Reiz der reifenden Männlichkeit und als ebenso herbe Würze das Trotzgefühl gegen die Gesamtheit der Kameraden, denen Heilner unliebsam und Hans unverständlich blieb und deren zahlreiche Freundschaften damals alle noch harmlose Knabenspielereien waren.

Je inniger und glücklicher Hans an seiner Freundschaft hing, desto fremder wurde ihm die Schule. Das neue Glücksgefühl ging brausend wie ein junger Wein durch sein Blut und durch seine Gedanken, daneben verlor Livius so gut wie Homer seine Wichtigkeit und seinen Glanz. Die Lehrer aber sahen mit Schrecken den bisherigen tadellosen Schüler Giebenrath in ein problematisches Wesen verwandelt und dem schlimmen Einfluß des verdächtigen Heilner unterlegen. Vor nichts graut Lehrern so sehr wie vor den seltsamen Erscheinungen, die am Wesen früh entwickelter

Knaben in dem ohnehin gefährlichen Alter der beginnenden Jünglingsgärung hervortreten. An Heilner war ihnen ohnehin von jeher ein gewisses Geniewesen unheimlich – zwischen Genie und Lehrerzunft ist eben von alters eine tiefe Kluft befestigt, und was von solchen Leuten sich auf Schulen zeigt, ist den Professoren von vornherein ein Greuel. Für sie sind Genies jene Schlimmen, die keinen Respekt vor ihnen haben, die mit vierzehn Jahren zu rauchen beginnen, mit fünfzehn sich verlieben, mit sechzehn in die Kneipen gehen, welche verbotene Bücher lesen, freche Aufsätze schreiben, den Lehrer gelegentlich höhnisch fixieren und im Diarium* als Anführer und Karzerkandidaten notiert werden. Ein Schulmeister hat lieber einige Esel als ein Genie in seiner Klasse, und genau betrachtet hat er ja recht, denn seine Aufgabe ist es nicht, extravagante Geister heranzubilden, sondern gute Lateiner, Rechner und Biedermänner. Wer aber mehr und Schwereres vom andern leidet, der Lehrer vom Knaben oder umgekehrt, wer von beiden mehr Tyrann, mehr Quälgeist ist und wer von beiden es ist, der dem anderen Teile seiner Seele und seines Lebens verdirbt und schändet, das kann man nicht untersuchen, ohne mit Zorn und Scham an die eigene Jugend zu denken. Doch ist das nicht unsere Sache, und wir haben den Trost, daß bei den wirklich Genialen fast immer die Wunden vernarben und daß aus ihnen Leute werden, die der Schule zum Trotz ihre guten Werke schaffen und welche später, wenn sie tot und vom angenehmen Nimbus* der Ferne umflossen sind, anderen Generationen von ihren Schulmeistern als Prachtstücke und edle Beispiele vorgeführt werden. Und so wiederholt sich von Schule zu Schule das Schauspiel des Kampfes zwischen Gesetz und Geist, und immer wieder sehen wir Staat und Schule atemlos bemüht, die alljährlich auftauchenden paar tieferen und wertvolleren Geister an der Wurzel zu knicken. Und immer wieder sind es vor allem die von den Schulmeistern Gehaßten, die Oftbestraften,

(lat.: »Tagebuch«) Hier: Register für Schulabwesenheit, Belobigungen, Schulstrafen etc.

Glanz

Entlaufenen, Davongejagten, die nachher den Schatz unseres Volkes bereichern. Manche aber – und wer weiß wie viele? – verzehren sich in stillem Trotz und gehen unter.

Nach gutem, altem Schulgrundsatz wurde auch gegen die beiden jungen Seltsamen, sobald man Unrat witterte, nicht die Liebe, sondern die Härte verdoppelt. Nur der Ephorus, der auf Hans als fleißigsten Hebräer stolz war, machte einen ungeschickten Rettungsversuch. Er ließ ihn auf sein Amtszimmer rufen, die schöne malerische Erkerstube der alten Abtswohnung, wo der Sage nach der im nahen Knittlingen heimische Doktor Faust manchen Becher Elfinger* genossen hat. Der Ephorus war kein unebener Mann, es fehlte ihm nicht an Einsicht und praktischer Klugheit, er hatte sogar ein gewisses gutmütiges Wohlwollen gegen seine Zöglinge, die er mit Vorliebe duzte. Sein Hauptfehler war eine starke Eitelkeit, die ihn auf dem Katheder oft zu prahlerischen Kunststückchen verleitete und welche ihn nicht dulden ließ, seine Macht und Autorität nur im geringsten bezweifelt zu sehen. Er konnte keinen Einwurf vertragen, keinen Irrtum eingestehen. So kamen willenlose oder auch unredliche Schüler prächtig mit ihm aus, aber gerade die Kräftigen und Ehrlichen hatten es schwer, da schon ein nur angedeuteter Widerspruch ihn reizte. Die Rolle des väterlichen Freundes mit aufmunterndem Blick und gerührtem Ton beherrschte er als Virtuos*, und er spielte sie auch jetzt.

Weinlage

meisterhaft, vollendet, gekonnt

»Nehmen Sie Platz, Giebenrath«, sprach er freundschaftlich, nachdem er dem schüchtern eingetretenen Jungen kräftig die Hand gedrückt hatte.

»Ich möchte ein wenig mit Ihnen reden. Aber darf ich du sagen?«

»Bitte, Herr Ephorus.«

»Du wirst wohl selber gefühlt haben, lieber Giebenrath, daß deine Leistungen in letzter Zeit etwas nachgelassen haben, wenigstens im Hebräischen. Du warst bisher vielleicht unser bester Hebräer, darum tut es mir leid, eine plötzliche Abnahme zu bemerken. Vielleicht hast du am Hebräischen keine rechte Freude mehr?«

»O doch, Herr Ephorus.«

»Überlege dir's nur! So etwas kommt vor. Du hast dich vielleicht einem anderen Fach besonders zugewendet?«

»Nein, Herr Ephorus.«

»Wirklich nicht? Ja, dann müssen wir nach andern Ursachen suchen. Kannst du mir auf die Spur helfen?«

»Ich weiß nicht ... ich habe meine Aufgaben immer gemacht ...«

(lat.) »Der Unterschied liegt genau dazwischen.«

»Gewiß, mein Lieber, gewiß. Aber differendum est inter et inter*. Deine Aufgaben hast du natürlich gemacht, das war ja wohl auch deine Pflicht. Aber du hast früher mehr geleistet. Du warst vielleicht fleißiger, du warst jedenfalls mit mehr Interesse bei der Sache. Ich frage mich nun, woher dies plötzliche Nachlassen deines Eifers kommt. Du bist doch nicht krank?«

»Nein.«

»Oder hast du Kopfweh? Du siehst freilich nicht übermäßig blühend aus.«

»Ja, Kopfweh habe ich manchmal.«

»Ist dir die tägliche Arbeit zuviel?«

»O nein, gar nicht.«

»Oder treibst du viel Privatlektüre? Sei nur ehrlich!«

»Nein, ich lese fast nichts, Herr Ephorus.«

»Dann begreife ich das nicht recht, lieber junger Freund. Irgendwo muß es doch fehlen. Willst du mir versprechen, dir ordentlich Mühe zu geben?«

Hans legte seine Hand in die ausgestreckte Rechte des Gewaltigen, der ihn mit ernster Milde anblickte.

»So ist's gut, so ist's recht, mein Lieber. Nur nicht matt werden, sonst kommt man unters Rad.«

Er drückte Hans die Hand, und dieser ging aufatmend zur Türe. Da wurde er zurückgerufen.

»Noch etwas, Giebenrath. Du hast viel Verkehr mit Heilner, nicht wahr?«

»Ja, ziemlich viel.«

»Mehr als mit andern, glaube ich. Oder nicht?«

»Doch, ja. Er ist mein Freund.«

»Wie kam denn das? Ihr seid doch eigentlich recht verschiedene Naturen.«

»Ich weiß nicht, er ist nun eben mein Freund.«

»Du weißt, daß ich deinen Freund nicht besonders liebe. Er ist ein unzufriedener, unruhiger Geist; begabt mag er sein, aber er leistet nichts und übt keinen guten Einfluß auf dich. Ich würde es sehr gerne sehen, wenn du dich ihm mehr fernhalten würdest. – Nun?«

»Das kann ich nicht, Herr Ephorus.«

»Du kannst nicht? Ja warum denn?«

»Weil er doch mein Freund ist. Ich kann ihn doch nicht einfach im Stich lassen.«

»Hm. Aber du könntest dich doch etwas mehr an andere anschließen? Du bist der einzige, der sich dem schlechten Einfluß dieses Heilner so hingibt, und die Folgen sehen wir ja schon. Was fesselt dich denn gerade an ihn besonders?«

»Ich weiß selber nicht. Aber wir haben einander gern, und es wäre feig von mir, ihn zu verlassen.«

»So so. Na, ich zwinge dich nicht. Aber ich hoffe, du kommst allmählich von ihm los. Es wäre mir lieb. Es wäre mir sehr lieb.«

Die letzten Worte hatten nichts mehr von der vorigen Milde. Hans konnte nun gehen.

Von da an plagte er sich aufs neue mit der Arbeit. Es war allerdings nicht mehr das frühere flotte Vorwärtskommen, sondern mehr ein mühseliges Mitlaufen, um wenigstens nicht zu weit zurückzubleiben. Auch er wußte, daß das zum Teil von seiner Freundschaft herrührte, doch sah er in dieser nicht einen Verlust und ein Hemmnis, vielmehr einen Schatz, der alles Versäumte aufwog – ein erhöhtes wärmeres Leben, mit dem das frühere nüchterne Pflichtdasein sich nicht vergleichen ließ. Es ging ihm wie jungen Verliebten: er fühlte sich großer Heldentaten fähig, nicht aber der täglichen langweiligen und kleinlichen Arbeit. Und so spannte er sich immer wieder mit verzweifeltem Seufzer ins Joch. Es zu machen wie Heilner, der obenhin arbeitete und das Nötigste sich rasch und fast gewaltsam hastig aneignete, verstand er nicht. Da sein Freund ihn ziemlich jeden Abend in den Mußestunden in Anspruch nahm, zwang er sich, morgens eine Stunde früher aufzustehen, und rang namentlich mit der hebräischen Grammatik wie mit einem Feinde. Freude hatte er eigentlich nur noch am Homer und an der Geschichtsstunde. ⌜Mit dunkel tastendem Gefühl näherte er sich dem Verständnis der homerischen Welt, und in der Geschichte hörten allmählich die Helden auf, Namen und Zahlen zu sein, und blickten aus nahen, glühenden Augen und hatten lebendige, rote Lippen und jeder sein Gesicht und seine Hände – einer rote, dicke, rohe Hände, einer stille, kühle, steinerne, und ein anderer schmale, heiße, feingeäderte.

Auch beim Lesen der Evangelien im griechischen Texte fand er sich zuweilen von der Deutlichkeit und Nähe der Gestalten überrascht, ja überwältigt. Namentlich einmal, beim sechsten Kapitel des Markus, wo Jesus mit den Jüngern das Schiff verläßt und es heißt εὐδὺς ἐπιγόντες αὐτὸν περιέδραμον, »sie erkannten ihn sogleich und liefen herzu«. Da sah auch er den Menschensohn das Schiff verlassen und erkannte ihn sogleich, weder an Gestalt noch Gesicht, sondern an der großen, glanzvollen Tiefe seiner Liebesaugen und an einer leise winkenden oder vielmehr einladenden, willkommen heißenden Gebärde seiner schlanken, schönen, bräunlichen Hand, die von einer feinen und doch starken Seele geformt und bewohnt erschien. Der Rand eines erregten Gewässers und der Schnabel einer schweren Barke tauchte für einen Augenblick mit auf, dann war das ganze Bild wie ein rauchender Atemzug im Winter vergangen.

Je und je kam etwas Derartiges wieder, daß aus den Büchern heraus irgendeine Gestalt oder ein Stück Geschichte gleichsam gierig hervorbrach, sich sehnend, noch einmal zu leben und seinen Blick in einem lebendigen Auge zu spiegeln. Hans nahm es hin, wunderte sich darüber und fühlte bei diesen raschen, stets schon wieder auf der Flucht begriffenen Erscheinungen sich tief und seltsam verwandelt, als habe er die schwarze Erde wie ein Glas durchblickt oder als habe Gott ihn angeschaut. Diese köstlichen Augenblicke kamen ungerufen und verschwanden unbeklagt als Pilger und freundliche Gäste, die man nicht anzureden und zum Bleiben zu nötigen wagt, weil sie um sich her etwas Fremdes und Göttliches haben.

Er behielt diese Erlebnisse für sich und sagte auch Heilner nichts davon. Bei diesem hatte sich die frühere Schwermut in einen unruhigen, scharfen Geist verwandelt, der am Kloster, an Lehrern und Kameraden, am Wetter, am Menschenleben und an der Existenz Gottes Kritik übte, gelegentlich auch zu Streitlust oder plötzlichen dummen Streichen führte. Da er doch einmal abgesondert und in einem Gegensatze zu den übrigen stand, suchte er in unüberlegtem Stolz diesen Gegensatz vollends zu einem trotzigen und feindseligen Verhältnisse zuzuspitzen, in welches Giebenrath, ohne es hindern zu wollen, mit hineingeriet, so daß die beiden Freunde als eine auffallende und mit Mißgunst betrachtete Insel von der Menge abgetrennt lagen. Hans fühlte sich hierbei nach und nach weniger unwohl. Wenn nur der Ephorus nicht gewesen wäre, vor dem er eine dunkle Angst empfand. Früher sein Lieblingsschüler, wurde er jetzt von ihm kühl behandelt und mit deutlicher Absicht vernachlässigt. Und gerade am Hebräischen, dem Spezialfach des Ephorus, hatte er allmählich alle Lust verloren.

Es war ergötzlich, zu sehen, wie schon in ein paar Monaten die vierzig Seminaristen an Leib und Seele sich verändert hatten, wenige Stillständer ausgenommen. Viele waren mächtig in die Länge geschossen, sehr auf Unkosten der Breite, und streckten an Armen und Beinen hoffnungsvoll die Knöchel aus den nicht mitgewachsenen Kleidern. Die Gesichter wiesen alle Schattierungen zwischen absterbender Kindlichkeit und einer zaghaft sich zu brüsten beginnenden Mannheit auf, und wessen Körper noch von den eckigen Formen der Entwicklungszeit frei war, dem hatte das Studium der Bücher Mosis* wenigstens einen provisorischen Manneserntst auf die glatte Stirn verliehen. Pausbacken waren geradezu Raritäten geworden.

Moses, der Stifter des Bundes zwischen Gott und den Israeliten, ihr Befreier aus der ägypt. Knechtschaft

Auch Hans hatte sich verändert. An Größe und Magerkeit kam er Heilner nun gleich, ja er sah jetzt fast älter als jener aus. Die früher zart durchscheinenden Kanten der Stirn hatten sich herausgearbeitet, und die Augen lagen tiefer, das Gesicht war von ungesunder Farbe, Glieder und Schultern waren knochig und hager.

Je weniger er mit seinen Leistungen in der Schule selber zufrieden war, desto herber schloß er sich, unter Heilners Einfluß, von den Kameraden ab. Da er keinen Grund mehr hatte, als Musterschüler und künftiger Primus auf sie herabzuschauen, kleidete ihn der Hochmut herzlich schlecht. Aber daß man ihn das merken ließ und daß er es selber schmerzlich in sich spürte, verzieh er ihnen nicht. Namentlich mit dem tadellosen Hartner und jenem vorlauten Otto Wenger gab es mehrmals Händel. Als der letztere ihn eines Tages wieder höhnte und ärgerte, vergaß sich Hans und antwortete mit einem Faustschlag. Es gab ein böses Hauen. Wenger war ein Feigling, aber mit dem schwächlichen Gegner war es leicht fertig zu werden, und er schlug rücksichtslos zu. Heilner war nicht zugegen, die andern schauten müßig zu und gönnten Hans die Züchtigung. Er wurde regelrecht durchgebläut, blutete aus der Nase, und alle

Rippen taten ihm weh. Die ganze Nacht hielten Scham, Schmerz und Zorn ihn wach. Seinem Freunde verschwieg er das Erlebnis, schloß sich aber von jetzt an streng ab und wechselte kaum mehr ein Wort mit den Stubenkameraden. Gegen das Frühjahr hin, unter dem Einfluß der Regenmittage, Regensonntage und langen Dämmerungen, zeigten sich neue Bildungen und Bewegungen im Klosterleben. Die Stube Akropolis, zu deren Bewohnern ein guter Klavierspieler und zwei Flötenbläser gehörten, gründete zwei regelmäßige Musikabende, auf der Stube Germania eröffnete man einen dramatischen Leseverein, und einige junge Pietisten etablierten einen Bibelkranz*, der allabendlich ein Bibelkapitel samt den Noten der Calwerbibel* las.

Lesekreis für Bibellektüre und -deutung

Populäre Bibelauslegung des Calwer Verlagsvereins von 1849

Zum Leseverein der Stube Germania meldete sich Heilner als Mitglied und wurde nicht angenommen. Er kochte vor Wut. Zur Rache ging er nun in den Bibelkranz. Man wollte ihn auch dort nicht haben, doch drängte er sich auf und brachte in die frommen Gespräche der bescheidenen kleinen Brüderschaft Zank und Hader durch seine kühnen Reden und gottlosen Anspielungen. Bald wurde er auch dieses Spaßes müde, behielt aber einen ironisch-biblischen Ton im Reden noch länger bei. Indessen wurde er diesmal kaum beachtet, da die Promotion jetzt völlig von einem Geist des Unternehmens und Gründens besessen war.

Am meisten machte ein begabter und witziger Spartaner von sich reden. Ihm war es, nächst dem persönlichen Ruhm, lediglich darum zu tun, etwas Leben in die Bude zu bringen und sich durch allerlei witzige Allotria* eine öftere Erholung von dem einförmigen Arbeitsleben zu verschaffen. Er hieß mit Spitznamen Dunstan und fand einen originellen Weg, Sensation zu machen und sich zu einem gewissen Ruhm emporzuschwingen.

Spaß, Unfug

Eines Morgens, als die Schüler aus den Schlafsälen kamen, fanden sie an die Waschsaaltüre ein Papier geklebt, auf welchem unter dem Titel »Sechs Epigramme* aus Sparta«

Kurze Spottverse

eine ausgewählte Zahl von auffallenderen Kameraden, ihre Narrheiten, Streiche, Freundschaften in Distichen* witzig verhöhnt waren. Auch das Paar Giebenrath und Heilner hatte seinen Hieb bekommen. Eine ungeheure Aufregung entstand in dem kleinen Staatswesen, man drängte sich vor jener Tür wie am Eingang eines Theaters, und die ganze Schar surrte, stieß und säuselte durcheinander wie ein Bienenvolk, dessen Königin sich zum Fluge anschickt. Am folgenden Morgen war die ganze Türe mit Epigrammen und Xenien* gespickt, mit Erwiderungen, Zustimmungen, neuen Angriffen, ohne daß jedoch der Urheber des Skandals so unklug gewesen wäre, sich wieder daran zu beteiligen. Seinen Zweck, den Zunder* in die Scheuer* zu werfen, hatte er erreicht und rieb sich die Hände. Fast alle Schüler beteiligten sich nun einige Tage lang am Xenienkampf, nachdenklich schritt jeder umher, auf ein Distichon bedacht, und vielleicht war Lucius der einzige, der unbekümmert wie sonst seiner Arbeit nachging. Am Ende nahm ein Lehrer davon Notiz und verbot die Fortsetzung des aufregenden Spiels.

Doppelverse aus Hexameter und Pentameter

Spöttische Sinngedichte

Leicht entzündliche chemische Absonderung auf Eisen

Scheune

Der schlaue Dunstan ruhte nicht auf seinen Lorbeeren aus, sondern hatte inzwischen seinen Hauptschlag vorbereitet. Er gab nun die erste Nummer einer Zeitung heraus, die in winzigem Format auf Konzeptpapier hektographiert* war und zu der er seit Wochen Stoff gesammelt hatte. Sie führte den Titel »Stachelschwein« und war vorwiegend ein Witzblatt. Ein drolliges Gespräch zwischen dem Verfasser des Buches Josua* und einem Maulbronner Seminaristen war das Glanzstück der ersten Nummer.

vervielfältigt

Eines der Bücher des AT

Der Erfolg war durchschlagend, und Dunstan, der nun Miene und Benehmen eines stark beschäftigten Redakteurs und Verlegers annahm, genoß im Kloster ungefähr denselben heiklen Ruf wie seinerzeit der famose Aretiner* in der Republik Venedig.

Pietro Aretino (1492–1556); ital. Schriftsteller, bekannt wegen seiner Schmähverse

Es erregte allgemeines Erstaunen, als Hermann Heilner

sich mit Leidenschaft an der Redaktion beteiligte und nun mit Dunstan zusammen ein scharfes satirisches Zensorat* ausübte, wozu es ihm weder an Witz noch an Gift gebrach. Etwa vier Wochen lang hielt die kleine Zeitung das ganze Kloster in Atem.

Das Amt der Zensur; hier: Kontrolle durch satirische Kommentare

Giebenrath ließ seinen Freund gewähren, er selber hatte weder die Lust noch die Gabe mitzumachen. Er merkte es anfangs sogar kaum, daß Heilner neuerdings so häufig seine Abende in Sparta zubrachte, denn seit kurzem beschäftigten ihn andere Dinge. Tagsüber ging er träg und unaufmerksam umher, arbeitete langsam und ohne Lust, und einmal passierte ihm in der Liviusstunde etwas Seltsames. Der Professor rief ihn zum Übersetzen auf. Er blieb sitzen.

»Was soll das heißen? Warum stehen Sie nicht auf?« rief der Professor ärgerlich.

Hans rührte sich nicht. Er saß aufrecht in der Bank, hatte den Kopf ein wenig gesenkt und die Augen halb geschlossen. Der Aufruf hatte ihn aus einem Träumen halb erweckt, doch hörte er die Stimme des Lehrers nur wie aus einer großen Entfernung. Er spürte auch, daß sein Banknachbar ihn heftig anstieß. Es ging ihn nichts an. Er war von anderen Menschen umgeben, andere Hände berührten ihn, und andere Stimmen redeten zu ihm, nahe, leise, tiefe Stimmen, welche keine Worte sprachen, sondern nur tief und mild wie Brunnentöne rauschten. Und viele Augen sahen ihn an – fremde, ahnungsvolle, große, glanzvolle Augen. Vielleicht die Augen einer römischen Volksmenge, von welcher er eben noch im Livius gelesen hatte, vielleicht die Augen unbekannter Menschen, von denen er geträumt oder die er irgendeinmal auf Bildern gesehen hatte.

»Giebenrath!« schrie der Professor. »Schlafen Sie denn?«

Der Schüler schlug langsam die Augen auf, heftete sie erstaunt auf den Lehrer und schüttelte den Kopf.

»Sie haben geschlafen! Oder können Sie mir sagen, an welchem Satz wir stehen? Nun?«

Hans deutete mit dem Finger ins Buch, er wußte gut, wo man stand.

»Wollen Sie jetzt vielleicht auch aufstehen?« fragte der Professor höhnisch. Und Hans stand auf.

»Was treiben Sie denn? Sehen Sie mich an!«

Er sah den Professor an. Diesem gefiel der Blick aber nicht, denn er schüttelte verwundert den Kopf.

»Sind Sie unwohl, Giebenrath?«

»Nein, Herr Professor.«

»Setzen Sie sich wieder und kommen Sie nach Schluß der Lektion auf mein Zimmer.«

Hans setzte sich und bückte sich über seinen Livius. Er war ganz wach und verstand alles, zugleich folgte aber sein inneres Auge den vielen fremden Gestalten, die sich langsam in große Weiten entfernten und immer ihre glänzenden Augen auf ihn gerichtet hielten, bis sie ganz in der Weite in einem Nebel untersanken. Zugleich kam die Stimme des Lehrers und die des übersetzenden Schülers und alles kleine Geräusch des Lehrsaals immer näher und war schließlich wieder so wirklich und gegenwärtig wie sonst. Bänke, Katheder und Tafel standen da wie immer, an der Wand hing der große hölzerne Zirkel und der Reißwinkel*, ringsum saßen alle Kameraden, und viele von ihnen schielten neugierig und frech zu ihm herüber. Da erschrak Hans heftig.

Dreieck zum Zeichnen geometrischer Figuren

»Kommen Sie nach Schluß der Lektion auf mein Zimmer«, hatte er sagen hören. Herrgott, was war denn passiert?

Am Ende der Stunde winkte ihn der Professor zu sich und nahm ihn mit durch die glotzenden Kameraden hindurch.

»Nun sagen Sie, was denn eigentlich mit Ihnen war? Geschlafen haben Sie also nicht?«

»Nein.«

»Warum sind Sie nicht aufgestanden, als ich Sie anrief?«

»Ich weiß nicht.«

»Oder haben Sie mich nicht gehört? Sind Sie schwerhörig?«

»Nein. Ich habe Sie gehört.«
»Und sind nicht aufgestanden? Sie hatten nachher auch so sonderbare Augen. An was dachten Sie denn?«
»An nichts. Ich wollte schon aufstehen.«
»Warum taten Sie es nicht? Waren Sie also doch unwohl?«
»Ich glaube nicht. Ich weiß nicht, was es war.«
»Hatten Sie Kopfweh?«
»Nein.«
»Es ist gut. Gehen Sie.«
Vor Tisch wurde er wieder abgerufen und in den Schlafsaal gebracht. Dort wartete der Ephorus mit dem Oberamtsarzt auf ihn. Er wurde untersucht und ausgefragt, doch kam nichts Klares zum Vorschein. Der Arzt lachte gutmütig und nahm die Sache leicht.
»Das sind kleine Nervengeschichten, Herr Ephorus«, kicherte er sanft. »Ein vorübergehender Zustand von Schwäche – eine Art leichter Schwindel. Man muß sehen, daß der junge Mann täglich an die Luft kommt. Fürs Kopfweh kann ich ihm ein paar Tropfen verschreiben.«
Von da an mußte Hans täglich nach Tisch eine Stunde ins Freie. Er hatte nichts dagegen. Schlimmer war es, daß der Ephorus ihm Heilners Begleitung auf diesen Spaziergängen ausdrücklich verbot. Dieser wütete und schimpfte, mußte jedoch nachgeben. So ging Hans stets allein und fand eine gewisse Freude daran. Es war Frühlingsbeginn. Über die runden, schöngewölbten Hügel lief wie eine dünne, lichte Welle das keimende Grün, die Bäume legten ihre Wintergestalt, das braune Netzwerk mit den scharfen Umrissen, ab und verloren sich mit jungem Blätterspiel ineinander und in die Farben der Landschaft als eine unbegrenzte, fließende Woge von lebendigem Grün.
Früher, in den Lateinschuljahren, hatte Hans den Frühling anders als diesmal betrachtet, lebhafter und neugieriger und mehr im einzelnen. Er hatte die zurückkehrenden Vögel beobachtet, eine Gattung um die andere, und die Rei-

henfolge der Baumblüte, und dann, sobald es Mai war, hatte er zu angeln begonnen. Jetzt gab er sich keine Mühe, die Vogelarten zu unterscheiden oder die Sträucher an ihren Knospen zu erkennen. Er sah nur das allgemeine Treiben, die überall sprossenden Farben, atmete den Geruch des jungen Laubes, spürte die weichere und gärende Luft und ging verwundert durch die Felder. ⌜Er ermüdete bald, hatte immer eine Neigung zu liegen und einzuschlafen und sah fast fortwährend allerlei andere Dinge, als die ihn wirklich umgaben. Was es eigentlich für Dinge waren, wußte er selbst nicht, und er besann sich nicht darüber. Es waren helle, zarte, ungewöhnliche Träume, die ihn wie Bildnisse oder wie Alleen fremdartiger Bäume umstanden, ohne daß etwas in ihnen geschah. Reine Bilder, nur zum Anschauen, aber das Anschauen derselben war doch auch ein Erleben. Es war ein Weggenommensein in andere Gegenden und zu anderen Menschen. Es war ein Wandeln auf fremder Erde, auf einem weichen, angenehm zu betretenden Boden, und es war ein Atmen fremder Luft, einer Luft voll Leichtigkeit und feiner, träumerischer Würze. An Stelle dieser Bilder kam zuweilen auch ein Gefühl, dunkel, warm und erregend, als glitte ihm eine leichte Hand mit weicher Berührung über den Körper.⌝

Beim Lesen und Arbeiten hatte Hans große Mühe, aufmerksam zu sein. Was ihn nicht interessierte, glitt ihm schattenhaft unter den Händen weg, und die hebräischen Vokabeln mußte er, wenn er sie in der Lektion noch wissen wollte, erst in der letzten halben Stunde lernen. ⌜Häufig aber kamen jene Momente körperhafter Anschauung, daß er beim Lesen alles Geschilderte plötzlich dastehen, leben und sich bewegen sah, viel leibhaftiger und wirklicher als die nächste Umgebung. Und während er mit Verzweiflung bemerkte, daß sein Gedächtnis nichts mehr aufnehmen wollte und fast täglich lahmer und unsicherer wurde, überfielen ihn zuweilen ältere Erinnerungen mit einer unheimlichen Deutlichkeit, die ihm wunderlich und beängstigend erschien. Mitten in einer Lektion oder bei einer Lektüre fiel ihm manchmal sein Vater oder die alte Anna oder einer seiner früheren Lehrer oder Mitschüler ein, stand sichtbar vor ihm und nahm für eine Weile seine ganze Aufmerksamkeit gefangen. Auch Szenen aus dem Stuttgarter Aufenthalt, aus dem Landexamen und aus den Ferien erlebte er wieder und wieder, oder er sah sich mit der Angelrute am Flusse sitzen, roch den Dunst des sonnigen Wassers, und zugleich kam es ihm vor, als liege die Zeit, von der er träumte, um ganze lange Jahre zurück.

An einem laulich feuchten, finsteren Abend schlenderte er mit Heilner im Dorment hin und her und erzählte von daheim, vom Papa, vom Angeln und von der Schule. Sein Freund war auffallend still; er ließ ihn reden, nickte hie und da oder tat mit seinem kleinen Lineal, mit dem er den lieben langen Tag spielen mußte, ein paar nachdenkliche Hiebe in die Luft. Allmählich verstummte auch Hans; es war Nacht geworden, und sie setzten sich auf den Sims eines Fensters.

»Du, Hans?« fing Heilner schließlich an. Seine Stimme war unsicher und aufgeregt.

»Was?«

»Ach nichts.«

»Nein, red nur!«

»Ich dachte bloß – weil du so allerlei erzählt hast –«

»Was denn?«

»Sag, Hans, bist du eigentlich nie einem Mädchen nachgelaufen?«

Es entstand eine Stille. Davon hatten sie noch nie gesprochen. Hans fürchtete sich davor, und doch zog dieses rätselhafte Gebiet ihn wie ein Märchengarten an. Er fühlte, wie er rot wurde, und seine Finger zitterten.

»Nur einmal«, sagte er flüsternd. »Ich war noch ein dummer Bub.«

Wieder Stille.

»– und du, Heilner?«

Heilner seufzte.

»Ach laß! – Weißt du, man sollte gar nicht davon reden, es hat ja keinen Wert.«

»Doch, doch.«

»– Ich hab einen Schatz.«

»Du? Ist's wahr?«

»Daheim. Vom Nachbar. Und diesen Winter hab ich ihr einen Kuß gegeben.«

»Einen Kuß –?«

»Ja. – Weißt du, es war schon dunkel. Abends, auf dem Eis, und ich durfte ihr helfen, die Schlittschuhe ausziehen. Da hab ich ihr einen Kuß gegeben.«

»Hat sie nichts gesagt?«

»Gesagt nichts. Sie ist bloß fortgelaufen.«

»Und dann?«

»Und dann! – Nichts.«

Er seufzte wieder, und Hans sah ihn an wie einen Helden, der aus verbotenen Gärten kommt.

Da läutete die Glocke, man mußte zu Bett gehen. Dort lag Hans, als die Laterne gelöscht und alles still geworden war, noch länger als eine Stunde wach und dachte an den Kuß, den Heilner seinem Schatz gegeben hatte.

Am andern Tag wollte er weiter fragen, schämte sich aber, und der andere, da Hans ihn nicht fragte, scheute sich, von selber wieder davon anzufangen.

In der Schule ging es Hans immer schlechter. Die Lehrer fingen an, böse Gesichter zu schneiden und sonderbare Blicke zu schießen, der Ephorus war finster und ärgerlich, und auch die Mitschüler hatten längst gemerkt, daß Giebenrath von seiner Höhe herabsank und aufgehört hatte, auf den Primus zu zielen. Nur Heilner merkte nichts, da ihm selber die Schule nicht sonderlich wichtig war, und Hans selber sah alles geschehen und sich verändern, ohne darauf zu achten.

Heilner hatte unterdessen das Zeitungsredigieren* satt bekommen und kehrte ganz zu seinem Freunde zurück. Dem Verbote zum Trotz begleitete er Hans mehrmals auf seinem täglichen Spaziergang, lag mit ihm in der Sonne und träumte, las Gedichte vor oder machte Witze über den Ephorus. Hans hoffte von Tag zu Tag, er würde mit den Enthüllungen seiner Liebesabenteuer fortfahren, doch brachte er es je länger je weniger über sich, darnach zu fragen. Bei den Kameraden waren sie beide so unbeliebt wie je, denn Heilner hatte durch seine boshaften Witze im »Stachelschwein« niemandes Vertrauen erworben.

Druckfertigmachen der Zeitung

Die Zeitung ging um diese Zeit ohnehin ein; sie hatte sich überlebt und war auch nur auf die langweiligen Wochen zwischen Winter und Frühjahr berechnet gewesen. Jetzt bot die beginnende schöne Jahreszeit Unterhaltung genug durch Botanisieren*, Spaziergänge und Spiele im Freien. Jeden Mittag erfüllten Turner, Ringkämpfer, Wettläufer und Ballschläger den Klosterhof mit Geschrei und Leben. Dazu kam nun eine neue große Sensation, deren Urheber und Mittelpunkt wieder der allgemeine Stein des Anstoßes, Hermann Heilner, war.

Sammeln von Blumen und Pflanzen zum Zweck ihrer botanischen Bestimmung

Der Ephorus hatte erfahren, daß Heilner sich über sein Verbot lustig mache und fast alle Tage den spazierengehenden Giebenrath begleite. Diesmal ließ er Hans in Ruhe und zitierte nur den Hauptsünder, seinen alten Feind, auf sein Amtszimmer. Er duzte ihn, was Heilner sich sogleich verbat. Er hielt ihm seinen Ungehorsam vor. Heilner erklärte, er sei Giebenraths Freund und niemand habe das Recht, ihnen den Verkehr miteinander zu verbieten. Es setzte eine böse Szene, deren Resultat war, daß Heilner ein paar Stunden Arrest erhielt samt dem strengen Verbot, in nächster Zeit mit Giebenrath zusammen auszugehen.

Am nächsten Tage machte also Hans seinen offiziellen Spaziergang wieder allein. Er kam um zwei Uhr zurück und fand sich mit den andern im Lehrsaal ein. Beim Beginn der

Lektion stellte sich heraus, daß Heilner fehlte. Es war alles genau so wie damals beim Verschwinden des Hindu, nur dachte diesmal niemand an ein Verspäten. Um drei Uhr ging die ganze Promotion samt drei Lehrern auf die Streife nach dem Vermißten. Man verteilte sich, lief und schrie durch die Wälder, und manche, auch zwei von den Lehrern, hielten es nicht für unmöglich, daß er sich ein Leid angetan habe.

Nachrichten elektrisch fernübertragen

Um fünf Uhr wurde an alle Polizeistellen der Gegend telegraphiert* und abends ein Eilbrief an Heilners Vater abgeschickt. Am späten Abend hatte man noch keinerlei Spur gefunden, und bis in die Nacht hinein wurde in allen Schlafsälen geflüstert und gewispert. Unter den Schülern fand die Annahme, er sei ins Wasser gesprungen, den meisten Glauben. Andere meinten, er sei einfach nach Hause gereist. Aber man hatte festgestellt, daß der Durchgänger kein Geld bei sich haben konnte. Hans wurde angesehen, als müsse er um die Sache wissen. Dem war aber nicht so, vielmehr war er der Erschrockenste und Bekümmertste von allen, und nachts im Schlafsaal, als er die andern fragen, vermuten, faseln und witzeln hörte, verkroch er sich tief in seine Decke und lag lange böse Stunden in Leid und Angst um seinen Freund. Ein Vorgefühl, daß dieser nicht wiederkommen würde, ergriff sein banges Herz und erfüllte ihn mit einem furchtsamen Wehgefühl, bis er matt und bekümmert entschlief.

Um dieselben Stunden lag Heilner ein paar Meilen entfernt in einem Gehölz. Er fror und konnte nicht schlafen, doch atmete er in einem tiefen Freiheitsgefühl mächtig auf und streckte die Glieder, als wäre er aus einem engen Käfig entronnen. Er war seit Mittag gelaufen, hatte in Knittlingen Brot gekauft und nahm nun zuweilen einen Bissen davon, während er durch das noch frühlinghaft lichte Gezweige Nachtschwärze, Sterne und schnellsegelnde

Wolken beschaute. Wohin er schließlich käme, war ihm einerlei; wenigstens war er nun dem verhaßten Kloster entsprungen und hatte dem Ephorus gezeigt, daß sein Wille stärker war als Befehle und Verbote.

Den ganzen folgenden Tag suchte man ihn vergeblich. Er brachte die zweite Nacht in der Nähe eines Dorfes zwischen Strohbündeln auf dem Felde zu; morgens schlug er sich wieder in den Wald und fiel erst gegen Abend, da er wieder ein Dorf besuchen wollte, einem Landjäger in die Hände. Der empfing ihn mit freundlichem Spott und brachte ihn aufs Rathaus, wo er durch Witz und Schmeichelei das Herz des Schulzen gewann, der ihn zum Übernachten mit nach Hause nahm und vor dem Bettgehen reichlich mit Schinken und Eiern fütterte. Andern Tages holte ihn sein inzwischen herzugereister Vater ab.

Die Aufregung im Kloster war groß, als der Ausreißer eingebracht wurde. Er trug aber den Kopf hoch und schien seine kleine ⌜Geniereise⌝ gar nicht zu bereuen. Man verlangte, er solle Abbitte tun, doch weigerte er sich und trat dem Femgericht* des Lehrerkonvents durchaus nicht zaghaft oder ehrerbietig gegenüber. Man hatte ihn halten wollen, nun war aber das Maß voll. Er wurde in Schanden entlassen und reiste abends mit seinem Vater auf Nichtwiederkommen ab. Von seinem Freund Giebenrath hatte er nur durch einen Händedruck Abschied nehmen können.

* Geheimes Gericht von Eingeweihten

Schön und schwungvoll war die große Rede, die der Herr Ephorus auf diesen außerordentlichen Fall von Widersetzlichkeit und Entartung hielt. Viel zahmer, sachlicher und schwächlicher lautete sein Bericht an die Oberbehörde nach Stuttgart. Den Seminaristen wurde der Briefwechsel mit dem abgegangenen Ungeheuer verboten, wozu Hans Giebenrath freilich nur lächelte. Wochenlang wurde von nichts soviel geredet wie von Heilner und seiner Flucht. Die Entfernung und die entschwindende Zeit veränderten das allgemeine Urteil, und manche sahen dem seinerzeit ängstlich gemiedenen Flüchtling später nach wie einem entflogenen Adler.

Die Stube Hellas wies nun zwei leerstehende Pulte auf, und der zuletzt Verlorene ward nicht so rasch wie der vorige vergessen. Nur dem Ephorus wäre es lieber gewesen, auch den zweiten still und versorgt zu wissen. Doch tat Heilner nichts, um den Klosterfrieden zu stören. Sein Freund wartete und wartete, aber es kam nie ein Brief von ihm. Er war fort und verschollen, seine Gestalt und seine Flucht wurde allmählich zu Geschichte und schließlich zu Sage. Den leidenschaftlichen Knaben nahm später, nach mancherlei weiteren Geniestreichen und Verirrungen, das Leid des Lebens in eine strenge Zucht, und es ist, wenn nicht ein Held, so doch ein Mann aus ihm geworden.

Auf dem zurückgebliebenen Hans ruhte der Verdacht, um Heilners Flucht gewußt zu haben, und raubte ihm vollends das Wohlwollen der Lehrer. Einer derselben sagte ihm, als er in der Lektion auf mehrere Fragen die Antwort schuldig blieb: »Warum sind Sie denn nicht mit Ihrem schönen Freund Heilner gegangen?«

Der Ephorus ließ ihn sitzen und sah ihn von der Seite mit verachtungsvollem Mitleid an wie der Pharisäer* den Zöllner. Dieser Giebenrath zählte nicht mehr mit, er gehörte zu den Aussätzigen.

Streng religiöse jüd. Fraktion; selbstgerechter Heuchler

Fünftes Kapitel

Wie ein Hamster mit aufgespeicherten Vorräten, so erhielt sich Hans mit seiner früher erworbenen Gelehrsamkeit noch einige Frist am Leben. Dann begann ein peinliches Darben, durch kurze und kraftlose neue Anläufe unterbrochen, deren Hoffnungslosigkeit ihn schier selber lächerte. Er unterließ es nun, sich nutzlos zu plagen, warf den Homer dem Pentateuch und die Algebra dem Xenophon nach und sah ohne Aufregung zu, wie bei den Lehrern sein guter Ruf stufenweise herabsank, von gut auf ziemlich, von ziemlich auf mittelmäßig und endlich auf Null. Wenn er nicht Kopfweh hatte, was jetzt wieder die Regel war, so dachte er an Hermann Heilner, träumte seine leichten, großäugigen Träume und dämmerte stundenlang in Halbgedanken hin. ⌜Auf die sich mehrenden Vorwürfe aller Lehrer antwortete er neuerdings durch ein gutmütiges, demütiges Lächeln. Repetent Wiedrich, ein freundlicher junger Lehrer, war der einzige, dem dies hilflose Lächeln weh tat und der den aus der Bahn gekommenen Knaben mit einer mitleidigen Schonung behandelte.⌝ Die übrigen Lehrer waren über ihn entrüstet, straften ihn durch verächtliches Sitzenlassen oder versuchten gelegentlich seinen eingeschlafenen Ehrgeiz durch ironisches Kitzeln aufzuwecken.

»Falls Sie gerade nicht schlafen sollten, darf ich Sie vielleicht ersuchen, diesen Satz zu lesen?«

Vornehm indigniert* war der Ephorus. Der eitle Mann bildete sich viel auf die Macht seines Blickes ein und war außer sich, wenn Giebenrath seinem majestätisch drohenden Augenrollen immer wieder sein demütig ergebenes Lächeln entgegenhielt, das ihn allmählich nervös machte.

peinlich berührt, unwillig, entrüstet

»Lächeln Sie nicht so bodenlos stupid, Sie hätten eher Grund zu heulen.«

Mehr Eindruck machte ein väterlicher Brief, der ihn voll

Entsetzen beschwor, sich zu bessern. Der Ephorus hatte an Vater Giebenrath geschrieben, und dieser war heillos erschrocken. Sein Brief an Hans war eine Sammlung aller aufmunternden und sittlich entrüsteten Redensarten, über die der wackere Mann verfügte, und ließ doch, ohne es zu wollen, eine weinerliche Kläglichkeit durchscheinen, welche dem Sohn wehe tat.

Alle diese ihrer Pflicht beflissenen Lehrer der Jugend, vom Ephorus bis auf den Papa Giebenrath, Professoren und Repetenten, sahen in Hans ein Hindernis ihrer Wünsche, etwas Verstocktes und Träges, das man zwingen und mit Gewalt auf gute Wege zurückbringen müsse. ⌜Keiner, außer vielleicht jenem mitleidigen Repetenten, sah hinter dem hilflosen Lächeln des schmalen Knabengesichts eine untergehende Seele leiden und im Ertrinken angstvoll und verzweifelnd um sich blicken.⌝ Und keiner dachte etwa daran, daß die Schule und der barbarische Ehrgeiz eines Vaters und einiger Lehrer dieses gebrechliche Wesen soweit gebracht hatten. Warum hatte er in den empfindlichsten und gefährlichsten Knabenjahren täglich bis in die Nacht hinein arbeiten müssen? Warum hatte man ihm seine Kaninchen weggenommen, ihn den Kameraden in der Lateinschule mit Absicht entfremdet, ihm Angeln und Bummeln verboten und ihm das hohle, gemeine Ideal eines schäbigen, aufreibenden Ehrgeizes eingeimpft? Warum hatte man ihm selbst nach dem Examen die wohlverdienten Ferien nicht gegönnt?

Nun lag das überhetzte Rößlein am Weg und war nicht mehr zu brauchen.

Gegen Sommersanfang erklärte der Oberamtsarzt nochmals, es handle sich um einen nervösen Schwächezustand, der hauptsächlich vom Wachsen herkomme. Hans solle sich in den Ferien tüchtig herauspflegen lassen, genug essen und viel in den Wald laufen, so werde es sich schon bessern. Leider kam es gar nicht so weit. Es war noch drei Wochen vor den Ferien, als Hans in einer Nachmittagslektion vom Professor heftig gescholten wurde. Während der Lehrer noch weiterschimpfte, sank Hans in die Bank zurück, begann ängstlich zu zittern und brach in einen langdauernden Weinkrampf aus, der die ganze Lektion unterbrach. Darauf lag er einen halben Tag im Bett.

Tags darauf wurde er in der Mathematikstunde aufgefordert, an der Wandtafel eine geometrische Figur zu zeichnen und den Beweis dazu zu führen. Er trat heraus, aber vor der Tafel wurde ihm schwindlig; er fuhr mit Kreide und Lineal sinnlos in der Fläche herum, ließ beides fallen, und als er sich darnach bückte, blieb er selber am Boden knien und konnte nicht wieder aufstehen.

Der Oberamtsarzt war ziemlich ärgerlich, daß sein Patient sich solche Streiche leistete. Er drückte sich vorsichtig aus, gebot sofortigen Erholungsurlaub und empfahl die Zuziehung eines Nervenarztes.

»Der kriegt noch den Veitstanz*«, flüsterte er dem Ephorus zu, der mit dem Kopf nickte und es angezeigt fand, den ungnädig ärgerlichen Ausdruck seines Gesichts in einen väterlich bedauernden abzuändern, was ihm leicht fiel und gut stand.

Mit Muskelzuckungen verbundene Nervenkrankheit

Er und der Arzt schrieben je einen Brief an Hansens Vater, steckten ihn dem Jungen in die Tasche und schickten ihn nach Hause. Der Ärger des Ephorus hatte sich in schwere Besorgnis verwandelt – was sollte die eben erst durch den Fall Heilner beunruhigte Schulbehörde von diesem neuen Unglück denken? Er verzichtete sogar zum allgemeinen Erstaunen darauf, eine dem Vorfall entsprechende Rede zu halten, und war in den letzten Stunden gegen Hans von einer unheimlichen Leutseligkeit. Daß dieser aus dem Erholungsurlaub nicht zurückkehren würde, war ihm klar – auch im Fall der Genesung hätte der jetzt schon weit hintangebliebene Schüler die versäumten Monate oder auch nur Wochen unmöglich einholen können. Zwar verabschiedete er ihn mit einem ermunternd herzlichen »Auf Wiedersehen«, sooft er aber in der nächsten Zeit die Stube Hellas betrat und die drei leeren Pulte sah, ward ihm peinlich zumut und hatte er Mühe, den Gedanken in sich niederzukämpfen, daß ihn am Verschwinden zweier begabter Zöglinge vielleicht doch ein Teil der Schuld treffen möge. Als einem tapferen und sittlich starken Manne gelang es ihm jedoch, diese unnützen und finstern Zweifel aus seiner Seele zu bannen.

Hinter dem mit seinem kleinen Reisesack abfahrenden Seminaristen versank das Kloster mit Kirchen, Tor, Giebeln und Türmen, versanken Wald und Hügelfluchten, an ihrer Stelle tauchten die fruchtbaren Obstwiesen des badischen Grenzlandes auf, dann kam Pforzheim und gleich dahinter fingen die bläulich schwarzen Tannenberge des Schwarzwaldes an, von zahlreichen Bachtälern durchschnitten und in der heißen Sommerglut noch blauer, kühler und schattenverheißender als sonst. Der Junge betrachtete die wechselnde und sich immer heimatlicher gestaltende Landschaft nicht ohne Vergnügen, bis ihm, schon nahe der Heimatstadt, sein Vater in den Sinn kam und eine peinliche Angst vor dem Empfang ihm die kleine Reisefreude gründlich verdarb. Die Fahrt zum Stuttgarter Examen und die Reise zum Eintritt nach Maulbronn fielen ihm wieder ein mit ihrer Spannung und ängstlichen Freude. Wozu war nun das alles gewesen? Er wußte so gut wie der Ephorus, daß er nicht wiederkommen würde und daß es nun mit Seminar und Studium und allen ehrgeizigen Hoffnungen ein Ende hatte. Doch machte ihn das jetzt nicht traurig, nur die Angst vor seinem enttäuschten Vater, dessen Hoffnungen er betrogen hatte, beschwerte ihm das Herz. Er hatte jetzt kein anderes Verlangen als zu rasten, sich auszuschlafen, auszuweinen, auszuträumen und nach all der Quälerei einmal in Ruhe gelassen zu werden. Und er fürchtete, daß er das beim Vater zu Haus nicht finden werde. Am Ende der Eisenbahnfahrt bekam er heftiges Kopfweh und sah nicht mehr zum Fenster hinaus, obwohl es jetzt durch seine Lieblingsgegend ging, deren Höhen und Forste er früher mit Leidenschaft durchstreift hatte; und beinahe hätte er das Aussteigen am wohlbekannten heimischen Bahnhof versäumt.

Nun stand er da, mit Schirm und Reisesack, und wurde vom Papa betrachtet. Der letzte Bericht des Ephorus hatte dessen Enttäuschung und Entrüstung über den mißratenen Sohn in einen fassungslosen Schrecken verwandelt. Er hatte sich Hans verfallen und schrecklich aussehend vorgestellt und fand ihn nun zwar gemagert und schwächlich, aber doch noch heil und auf eigenen Beinen wandelnd. Ein wenig tröstete ihn das; das Schlimmste aber war seine verborgene Angst, sein Grauen vor der Nervenkrankheit, von welcher Arzt und Ephorus geschrieben hatten. In seiner Familie hatte bis jetzt nie jemand Nervenleiden gehabt, man hatte von solchen Kranken immer mit verständnislosem Spott oder mit einem verächtlichen Mitleid wie von Irrenhäuslern gesprochen, und nun kam ihm sein Hans mit solchen Geschichten heim.

Am ersten Tag war der Junge froh, nicht mit Vorwürfen empfangen zu werden. Dann fiel ihm die scheue, ängstliche Schonung auf, mit der ihn sein Vater behandelte und zu der er sich sichtlich gewaltsam zwingen mußte. Gelegentlich bemerkte er nun auch, daß er ihn mit sonderbar prüfenden Blicken, mit einer unheimlichen Neugierde anschaute, in einem gedämpften und verlogenen Ton mit ihm redete und ihn, ohne daß er es merken sollte, beobachtete. Er wurde nur noch scheuer, und eine unbestimmte Angst vor seinem eigenen Zustand begann ihn zu quälen.

Bei gutem Wetter lag er stundenlang im Walde draußen, und es tat ihm gut. Ein schwacher Abglanz der ehemaligen Knabenseligkeit überflog dort manchmal seine beschädigte Seele: die Freude an Blumen oder Käfern, am Belauschen der Vögel oder am Verfolgen einer Wildspur. Doch waren das immer nur Augenblicke. Meistens lag er träge im Moos, hatte einen schweren Kopf und versuchte vergeblich, an irgend etwas zu denken, bis die Träume wieder zu ihm traten und ihn weit in andere Räume mitnahmen.

Einmal hatte er folgenden Traum. Er sah seinen Freund Hermann Heilner tot auf einer Tragbahre liegen und wollte zu ihm hingehen, aber der Ephorus und die Lehrer drängten ihn zurück und versetzten ihm bei jedem neuen Vordringen schmerzhafte Püffe. Nicht nur die Seminarprofessoren und Repetenten waren dabei, sondern auch der Rektor und die Stuttgarter Examinatoren, alle mit erbitterten Gesichtern. Plötzlich war alles anders, auf der Bahre lag der ertrunkene Hindu, und sein komischer Vater mit dem hohen Zylinder stand krummbeinig und wehmütig daneben.

Und wieder ein Traum: er lief im Walde auf der Suche nach dem entlaufenen Heilner, und er sah ihn immer wieder ferne zwischen den Stämmen gehen und sah ihn immer und immer wieder, gerade wenn er ihn rufen wollte, verschwinden. Endlich blieb Heilner stehen, ließ ihn herankommen und sagte: Du, ich hab einen Schatz. Dann lachte er übermäßig laut und verschwand im Gebüsch.

⌜Er sah einen schönen, mageren Mann aus einem Schiff steigen, mit stillen, göttlichen Augen und schönen, friedevollen Händen, und er lief auf ihn zu. Alles verrann wieder, und er besann sich, was es sei, bis ihm die Stelle des Evangeliums wieder einfiel, wo es hieß: εὐδὺς ἐπιγνόντες αὐτὸν περιέδρα μον*. Und nun mußte er sich besinnen, was für eine Konjugationsform περιέδραμον sei und wie Präsens, Infinitiv, Perfektum und Futurum des Verbums lauteten, er mußte es im Singularis, Dual und Plural durchkonjugieren und geriet in Angst und Schweiß, sobald es haperte. Wenn er alsdann zu sich kam, hatte er ein Gefühl, als sei sein Kopf

»Als sie ihn [Jesus Christus] erkannten, liefen sie sogleich herbei.« (Mk 6,54–55)

innen überall wund, und wenn sich sein Gesicht unwillkürlich zu jenem schläfrigen Lächeln der Resignation und des Schuldbewußtseins verzog, hörte er sogleich den Ephorus: »Was soll das dumme Lächeln heißen? Sie haben es gerade nötig, auch noch zu lächeln!«

Im ganzen wollte, trotz einzelnen besseren Tagen, sich kein Fortschritt in Hansens Zustand zeigen, es schien eher rückwärts zu gehen. Der Hausarzt, der seinerzeit die Mutter behandelt und tot erklärt hatte und den manchmal ein wenig gichtleidenden Vater besuchte, machte ein langes Gesicht und zögerte von Tag zu Tag, seine Ansicht zu äußern. Erst in jenen Wochen merkte Hans, daß er in den zwei letzten Lateinschuljahren keine Freunde mehr gehabt habe. Die Kameraden von damals waren teils fort, teils sah er sie als Lehrlinge herumlaufen, und mit keinem von ihnen verband ihn etwas, bei keinem hatte er etwas zu suchen, und keiner kümmerte sich um ihn. Zweimal sprach der alte Rektor ein paar freundliche Worte mit ihm, auch der Lateinlehrer und der Stadtpfarrer nickten ihm auf der Straße wohlwollend zu, aber eigentlich ging Hans sie nichts mehr an. Er war kein Gefäß mehr, in das man allerlei hineinstopfen konnte, kein Acker für vielerlei Samen mehr; es lohnte sich nicht mehr, Zeit und Sorgfalt an ihn zu wenden. Vielleicht wäre es gut gewesen, wenn der Stadtpfarrer sich seiner ein wenig angenommen hätte. Aber was sollte er tun? Was er geben konnte, die Wissenschaft oder wenigstens das Suchen nach ihr, hatte er dem Jungen seinerzeit nicht vorenthalten, und mehr hatte er eben nicht. Er war keiner von den Pfarrern, in deren Latein man begründete Zweifel setzt und deren Predigten aus wohlbekannten Quellen geschöpft sind, zu denen man aber in bösen Zeiten gerne geht, weil sie gute Augen und freundliche Worte für alles Leiden haben. Auch Vater Giebenrath war kein Freund oder Tröster, wenn er sich auch alle Mühe gab, den Ärger seiner Enttäuschung über Hans zu verbergen.

So fühlte dieser sich verlassen und ungeliebt, saß im kleinen Garten an der Sonne oder lag im Wald und hing seinen Träumereien oder quälerischen Gedanken nach. Mit Lesen konnte er sich nicht helfen, da ihm dabei immer bald Kopf und Augen schmerzten und weil aus jedem seiner Bücher ihm sogleich beim Aufschlagen das Gespenst der Klosterzeit und des dortigen Angstgefühls auferstand, ihn in luftlose bange Traumwinkel trieb und dort mit glühendem Blicke festbannte.

In dieser Not und Verlassenheit trat dem kranken Knaben ein anderes Gespenst als trügerischer Tröster nahe und wurde ihm allmählich vertraut und notwendig. Das war der Gedanke an den Tod. Es war ja leicht, sich etwa eine Schießwaffe zu verschaffen oder irgendwo im Walde eine Seilschlinge anzubringen. Fast jeden Tag begleiteten ihn diese Vorstellungen auf seinen Gängen, er betrachtete sich einzelne, still gelegene Örtlein und fand schließlich einen Platz, wo es sich schön sterben ließ und den er endgültig zu seiner Sterbestätte bestimmte. Er suchte ihn immer wieder auf, saß da und fand eine seltsame Freude daran, sich vorzustellen, daß man ihn dort nächstens einmal tot finden würde. Der Ast für den Strick war bestimmt und auf seine Stärke geprüft, keine Schwierigkeiten standen mehr im Wege; allmählich wurde auch, mit längeren Pausen, ein kurzer Brief an den Vater und ein sehr langer an Hermann Heilner geschrieben, die man bei der Leiche finden sollte.

Die Vorbereitungen und das Gefühl der Sicherheit übten einen wohltätigen Einfluß auf sein Gemüt. Unter dem verhängnisvollen Aste sitzend hatte er manche Stunden, in denen der Druck von ihm wich und fast ein freudiges Wohlgefühl über ihn kam.

Warum er nicht schon längst an jenem Aste hing, wußte er selbst nicht recht. Der Gedanke war gefaßt, sein Tod war eine beschlossene Sache, dabei war ihm einstweilen wohl, und er verschmähte nicht, in diesen letzten Tagen den schönen Sonnenschein und das einsame Träumen noch auszukosten, wie man es gern vor weiten Reisen tut. Abreisen konnte er ja jeden Tag, es war alles in Ordnung. Auch war es ihm eine besondere bittere Wonne, sich freiwillig noch ein wenig in der alten Umgebung aufzuhalten und den Leuten ins Gesicht zu sehen, die von seinen gefährlichen Entschlüssen keine Ahnung hatten. Sooft er dem Arzt begegnete, mußte er denken: »Na, du wirst schauen!«

Das Schicksal ließ ihn sich seiner finsteren Absichten erfreuen und schaute zu, wie er aus dem Kelch des Todes täglich ein paar Tropfen der Lust und Lebenskraft genoß. Es mochte ja wenig an diesem verstümmelten jungen Wesen gelegen sein, aber seinen Kreis sollte es doch erst vollenden und nicht vom Plan verschwinden, ehe es noch ein wenig von der bitteren Süße des Lebens geschmeckt hätte. Die unentrinnbaren quälenden Vorstellungen wurden seltener und wichen einem müden Sichgehenlassen, einer schmerzlos trägen Stimmung, in welcher Hans die Stunden und Tage gedankenlos vorübertreiben sah, gleichmütig ins Blaue schaute und zuweilen schlafwandelnd oder kindisch zu sein schien. In träger Dämmerstimmung saß er einmal im Gärtchen unter der Tanne und summte, ohne es recht zu wissen, immer wieder einen alten Vers vor sich hin, der ihm, von der Lateinschule her, gerade eingefallen war:

Ach, ich bin so müde,
Ach, ich bin so matt,
Hab kein Geld im Portemonnaie
Und auch keins im Sack.

Er summte ihn nach alter Melodie und dachte nichts dabei, als er ihn zum zwanzigstenmal anstimmte. Sein Vater aber stand nahe am Fenster, hörte zu und hatte einen großen Schrecken. Seiner trockenen Natur war dieser gedankenlose, wohlig stumpfsinnige Singsang völlig unverständlich, und er deutete ihn seufzend als ein Zeichen hoffnungsloser

Geistesschwäche. Von da an beobachtete er den Jungen noch ängstlicher, der merkte es natürlich und litt darunter; doch kam er noch immer nicht dazu, den Strick mitzunehmen und von jenem starken Aste Gebrauch zu machen. Inzwischen war die heiße Jahreszeit gekommen und seit dem Landexamen und den damaligen Sommerferien schon ein Jahr vergangen. Hans dachte gelegentlich daran, doch ohne sonderliche Bewegung; er war ziemlich stumpf geworden. Gerne hätte er wieder angefangen zu angeln, doch wagte er nicht, den Vater darum zu bitten. Es plagte ihn, sooft er am Wasser stand, und manchmal verweilte er lang am Ufer, wo niemand ihn sah, und folgte mit heißen Augen den Bewegungen der dunkeln, lautlos schwimmenden Fische. Gegen Abend ging er täglich eine Strecke flußaufwärts zum Baden, und da er dabei stets an dem kleinen Haus des Inspektors Geßler vorüber mußte, entdeckte er zufällig, daß die Emma Geßler, für die er vor drei Jahren geschwärmt hatte, wieder zu Hause sei. Neugierig sah er ihr ein paarmal nach, aber sie gefiel ihm nicht mehr so gut wie früher. Damals war sie ein zartgliedriges, sehr feines Mädelchen gewesen, jetzt war sie gewachsen, hatte eckige Bewegungen und trug eine unkindliche, moderne Frisur, die sie vollends ganz entstellte. Auch die langen Kleider standen ihr nicht, und ihre Versuche, damenhaft auszusehen, waren entschieden unglücklich. Hans fand sie lächerlich, zugleich aber tat es ihm leid, wenn er daran dachte, wie sonderbar süß und dunkel und warm ihm damals, sooft er sie sah, zumut gewesen war. Überhaupt – damals war doch alles anders gewesen, so viel schöner, so viel heiterer, so viel lebendiger! Seit langer Zeit wußte er von nichts als von Latein, Geschichte, Griechisch, Examen, Seminar und Kopfweh. Damals aber hatte es Bücher mit Märchen und Bücher mit Räubergeschichten gegeben, da hatte er im Gärtchen eine selberverfertigte Hammermühle laufen gehabt und abends die abenteuerlichen Geschichten der Liese im Nascholdischen Torweg mit angehört, da hatte er eine Zeitlang den alten Nachbar Großjohann, genannt Garibaldi*, für einen Raubmörder angesehen und von ihm geträumt und hatte das ganze Jahr hindurch sich jeden Monat auf irgend etwas gefreut, bald auf das Heuen, bald auf den Kleeschnitt, dann wieder auf das erste Angeln oder Krebsen, auf Hopfenernte, Pflaumenschütteln, Kartoffelfeuer, auf den Beginn des Dreschens und zwischenein noch extra auf jeden lieben Sonn- und Feiertag. Da hatte es noch eine Menge von Dingen gegeben, die ihn mit geheimnisvollem Zauber anzogen: Häuser, Gassen, Treppen, Scheunenböden, Brunnen, Zäune, Menschen und Tiere aller Art waren ihm lieb und bekannt oder rätselhaft verlockend gewesen. Beim Hopfenpflücken hatte er mitgeholfen und zugehört, wie die großen Mädchen sangen, und hatte sich Verse aus ihren Liedern gemerkt, die meisten zum Lachen drollig und einige aber auch merkwürdig klagend, daß es einen beim Zuhören im Halse würgte.

Giuseppe G. (1807–1882); ital. Freiheitskämpfer

Das alles war untergesunken und zu Ende gewesen, ohne daß er es damals gleich merkte. Zuerst hatten die Abende bei der Liese aufgehört, dann das Goldforellenfangen am Sonntagvormittag, dann das Märchenlesen, und so eins ums andere bis aufs Hopfenpflücken und die Hammermühle im Garten. O wo war das alles hingekommen?

Und es geschah, daß der frühreife Jüngling nun in seinen kranken Tagen eine unwirkliche zweite Kinderzeit erlebte. Sein um die Kindheit bestohlenes Gemüt floh jetzt mit plötzlich ausbrechender Sehnsucht in jene schönen dämmernden Jahre zurück und irrte verzaubert in einem Walde von Erinnerungen umher, deren Stärke und Deutlichkeit vielleicht krankhaft war. Er erlebte sie alle mit nicht weniger Wärme und Leidenschaft, als er sie früher in Wirklichkeit erlebt hatte; die betrogene und vergewaltigte Kindheit brach wie eine lang gehemmte Quelle in ihm auf.

Wenn ein Baum entgipfelt wird, treibt er gern in Wurzelnähe neue Sprossen hervor, und so kehrt oft auch eine Seele, die in der Blüte krank wurde und verdarb, in die frühlinghafte Zeit der Anfänge und ahnungsvollen Kindheit zurück, als könnte sie dort neue Hoffnungen entdecken und den abgebrochenen Lebensfaden aufs neue anknüpfen. Die Wurzelsprossen geilen saftig und eilig auf, aber es ist ein Scheinleben, und es wird nie wieder ein rechter Baum daraus.

Auch Hans Giebenrath erging es so, und darum ist es notwendig, ihm auf seinen Traumwegen im Kinderlande ein wenig zu folgen.

Das Giebenrathsche Haus stand nahe bei der alten steinernen Brücke und bildete die Ecke zwischen zwei sehr verschiedenartigen Gassen. Die eine, zu welcher das Haus gerechnet wurde und gehörte, war die längste, breiteste und vornehmste der Stadt und hieß Gerbergasse. Die zweite führte jäh bergan, war kurz, schmal und elend und hieß »Zum Falken«, nach einem uralten, längst eingegangenen Wirtshaus, dessen Schild ein Falke gewesen war.

In der Gerbergasse wohnten Haus an Haus lauter gute, solide Altbürger, Leute mit eigenen Häusern, eigenen Kirchplätzen und eigenen Gärten, die sich hinterwärts in Terrassen steil bergan zogen und deren Zäune an den Anno siebzig errichteten, mit gelbem Ginster bewachsenen Bahndamm stießen. An Vornehmheit konnte mit der Gerbergasse nur noch der Marktplatz wetteifern, wo Kirche, Oberamt, Gericht, Rathaus und Dekanat* standen und in ihrer reinlichen Würde durchaus einen städtisch noblen Eindruck machten. Amtshäuser hatte nun zwar die Gerbergasse keine, aber alte und neue Bürgerwohnungen mit stattlichen Haustüren, hübsche altmodische Fachwerkhäuschen, nette helle Giebel; und es verlieh ihr eine Fülle von Freundlichkeit, Behagen und Licht, daß sie nur eine Häuserreihe besaß, denn jenseits der Straße lief am Fuß einer mit Balkenbrüstungen versehenen Mauer der Fluß dahin.

Amtsgebäude und -bezirk des Dekans (= Vorsitzender eines Fachbereichs der Universität)

War die Gerbergasse lang, breit, licht, geräumig und vornehm, so war der »Falken« das Gegenteil davon. Hier standen schiefe finstere Häuser mit fleckigem und bröckelndem Verputz, vorhängenden Giebeln, vielfach geborstenen und geflickten Türen und Fenstern, mit krummen Kaminen und schadhaften Dachrinnen. Die Häuser raubten einander Raum und Licht, und die Gasse war schmal, wunderlich gebogen und in eine ewige Dämmerung gehüllt, die bei Regenwetter oder nach Sonnenuntergang sich in eine feuchte Finsternis verwandelte. Vor allen Fenstern war an Stangen und Schnüren stets eine Menge Wäsche aufgehängt; denn so klein und elend die Gasse war, so viele Familien hausten darin, von all den Aftermietern und Schlafgängern* gar nicht zu reden. Alle Winkel der schiefen, alternden Häuser waren dicht bewohnt, und Armut, Laster und Krankheit waren dort ansässig. Wenn der Typhus ausbrach, so war es dort, wenn einmal ein Totschlag geschah, so war es auch dort, und wenn in der Stadt ein Diebstahl vorkam, suchte man zuerst im »Falken«. Umherziehende Hausierer hatten dort ihre Absteigequartiere, unter ihnen der drollige Putzpulverhändler Hottehotte und der Scherenschleifer Adam Hittel, dem man alle Verbrechen und Laster nachsagte.

Untermieter und nur für die Nacht Eingemietete

In seinen ersten Schuljahren war Hans im »Falken« ein häufiger Gast gewesen. Zusammen mit einer zweifelhaften Rotte von strohblonden, abgerissenen Buben hatte er die Mordgeschichten der berüchtigten Lotte Frohmüller angehört. Diese war das geschiedene Weib eines kleinen Gastwirts und hatte fünf Jahre Zuchthaus hinter sich; sie war seinerzeit eine bekannte Schönheit gewesen, hatte unter den Fabriklern eine große Zahl von Schätzen gehabt und zu öfteren Skandalen und Messerstechereien Anlaß gegeben. Nun lebte sie einsam und brachte ihre Abende nach Fabrikschluß mit Kaffeekochen und Geschichtenerzählen zu; dabei stand ihre Türe weit offen, und außer den Weibern und jungen Arbeitern hörte von der Schwelle aus stets auch eine Schar von Nachbarskindern ihr mit Entzücken und Grausen zu. Auf dem schwarzen Steinherdchen kochte das Wasser im Kessel, eine Unschlittkerze* brannte daneben und beleuchtete zusammen mit dem blauen Kohlenfeuerchen den überfüllten, finsteren Raum mit abenteuerlichem Flackern, die Schatten der Zuhörer in ungeheuren Maßen an die Wand und Decke werfend und mit gespenstiger Bewegung erfüllend.

Kerze aus Rinder- und Hammeltalg

Dort machte der achtjährige Knabe die Bekanntschaft der beiden Brüder Finkenbein und unterhielt etwa ein Jahr lang, einem strengen väterlichen Verbot zum Trotz, eine Freundschaft mit ihnen. Sie hießen Dolf und Emil und waren die gerissensten Gassenbuben der Stadt, durch Obstdiebstähle und kleine Waldfrevel berühmt und Meister in unzähligen Geschicklichkeiten und Streichen. Sie handelten nebenher mit Vogeleiern, Bleikugeln, jungen Raben, Staren und Hasen, legten verbotenerweise Nachtangeln und fühlten sich in allen Gärten der Stadt wie zu Hause, denn kein Zaun war so spitzig und keine Mauer so dicht mit Glasscherben besteckt, daß sie nicht leicht hinübergekommen wären.

Vor allem aber war es Hermann Rechtenheil, der im »Falken« wohnte und an welchen Hans sich anschloß. Er war eine Waise und ein krankes, frühreifes, ungewöhnliches Kind. Weil sein eines Bein zu kurz war, mußte er beständig am Stock gehen und konnte nicht an den Gassenspielen teilnehmen. Er war schmal und hatte ein farbloses Leidensgesicht mit vorzeitig herbem Munde und allzu spitzem Kinn. In allerlei Handfertigkeiten war er ungemein geschickt, und namentlich hatte er eine gewaltige Leidenschaft für das Angeln, die er auf Hans übertrug. Dieser besaß damals noch keine Fischkarte, sie angelten aber trotzdem heimlich an versteckten Orten, und wenn Jagen eine Freude ist, so ist bekanntlich Wildern ein Hochgenuß. Der krumme Rechtenheil lehrte Hans die richtigen Ruten schneiden, Roßhaar flechten, Schnüre färben, Fadenschlingen drehen, Angelhaken schärfen. Er lehrte ihn auch aufs Wetter schauen, das Wasser beobachten und mit Kleie* trüben, die rechten Köder wählen und sie richtig befestigen, er lehrte ihn die Fischarten unterscheiden, die Fische beim Angeln belauschen, die Schnur in richtiger Tiefe halten. Er teilte ihm ohne Worte und nur durch sein Beispiel und Dabeisein die Handgriffe und das feine Gefühl für den Augenblick des Anziehens oder Nachlassens mit. Die schönen, in Läden käuflichen Ruten, Korke und Glasschnüre und all das künstliche Angelzeug verachtete und verhöhnte er mit Eifer und überzeugte Hans davon, daß man unmöglich mit einer Angel fischen könne, die man nicht in allen Teilen selber gemacht und zusammengesetzt habe.

Getreideabfall

Mit den Gebrüdern Finkenbein kam Hans in Zorn auseinander; der stille, lahme Rechtenheil verließ ihn ohne Hader. Er streckte sich eines Februartages in sein ärmliches Bettlein, legte seinen Krückstock über die Kleider auf den Stuhl, fing an zu fiebern und starb schnell und still hinweg; die Falkengasse vergaß ihn sogleich, und nur Hans behielt ihn noch lange in gutem Andenken.

⌜Mit ihm war aber die Zahl der merkwürdigen Falkenbewohner noch lange nicht erschöpft. Wer kannte nicht den wegen Trunksucht entlassenen Briefträger Rötteler, der alle vierzehn Tage besoffen auf der Straße lag oder nächtliche Skandale verführte, sonst aber gut wie ein Kind war und beständig voll Wohlwollen lächelte? Er ließ Hans aus seiner ovalen Dose schnupfen, ließ sich gelegentlich Fische von ihm schenken, briet sie in Butter und lud Hans zum Mitessen ein. Er besaß einen ausgestopften Bussard mit Glasaugen und eine alte Spieluhr, die mit dünnen, feinen Tönchen veraltete Tanzweisen aufspielte. Und wer kannte nicht den uralten Mechaniker Porsch, der immer Manschetten trug, auch wenn er barfuß ging? Als der Sohn eines strengen Landschullehrers alter Schule konnte er die halbe Bibel und ein paar Ohren voll Sprichwörter und moralische Sentenzen auswendig; aber weder dies noch sein schneeweißes Haar hinderte ihn, vor allen Weibern den Schwerenöter zu spielen und sich häufig zu betrinken. Wenn er ein bißchen geladen hatte, saß er gern auf dem Prellstein* an der Ecke des Giebenrathschen Hauses, rief alle Vorübergehenden mit Namen an und bediente sie reichlich mit Sprüchen.

Hoher Stein zum Schutz der durch Fuhrwerke gefährdeten Hausecken

»Hans Giebenrath junior, mein teurer Sohn, höre, was ich dir sage! Wie spricht Sirach*? Wohl dem, der nicht bösen Rat gibt und davon nicht ein böses Gewissen hat! Gleichwie die grünen Blätter auf einem schönen Baum, etliche abfallen, etliche wieder wachsen, also geht es mit den Leuten auch: etliche sterben, etliche werden geboren. So, nun kannst du heimgehen, du Seehund.«

Zum AT gehörende Sammlung religiös-sittlicher Unterweisungen

Dieser alte Porsch stak, seiner frommen Sprüche unbeschadet, voll von dunklen und sagenhaften Berichten über Gespenster und dergleichen. Er kannte die Orte, wo solche umgingen, und schwankte immer zwischen Glauben und Unglauben an seine eigenen Geschichten. Meistens begann er sie in zweiflerischem, prahlerisch wegwerfendem Ton, als mache er sich über die Geschichte und über die Zuhörer lustig, aber allmählich, während des Erzählens, duckte er sich ängstlich, senkte seine Stimme mehr und mehr und endete in einem leisen, eindringlichen, gruseligen Flüsterton.

Wieviel Unheimliches, Undurchschauliches, dunkel Anreizendes enthielt die arme kleine Gasse! In ihr hatte auch, nachdem sein Geschäft eingegangen und seine verwahrloste Werkstatt vollends verlottert war, der Schlosser Brendle gewohnt. Er war halbe Tage lang an seinem Fensterchen gesessen und hatte finster in die lebhafte Gasse geblickt, und zuweilen, wenn eins der abgerissenen, ungewaschenen Kinder aus den Nachbarhäusern ihm in die Hände fiel, hatte er es mit wüster Schadenfreude gequält, an den Ohren und Haaren gerissen und ihm den ganzen Leib blau gekniffen. Eines Tages aber hing er an seiner Treppe, an einem Stück Zinkdraht erhängt, und sah so scheußlich aus, daß niemand sich zu ihm getraute, bis der alte Mechaniker Porsch von hinten her den Draht mit einer Blechschere abschnitt, worauf die Leiche mit heraushängender Zunge vornüber fiel und die Treppe hinunterpolterte, mitten in die entsetzten Zuschauer hinein.

Sooft Hans aus der hellen, breiten Gerbergasse in den finstern, feuchten »Falken« trat, überkam ihn mit der seltsamen, stickigen Luft eine wonnevoll grausige Beklemmung, eine Mischung von Neugierde, Furcht, schlechtem Gewissen und seliger Abenteuerahnung. Der »Falken« war der einzige Ort, an welchem etwa noch ein Märchen, ein Wunder, ein unerhörtes Schrecknis passieren konnte, wo Zauberei und Gespensterwesen glaubhaft und wahrscheinlich war und wo man dieselben schmerzhaft köstlichen Schauder empfinden konnte wie beim Lesen der Sagen und der skandalösen ⌜Reutlinger Volksbücher⌝, welche von den Lehrern konfisziert* wurden und die Schandtaten und Bestrafungen des Sonnenwirtle, des Schinderhannes, des Messerkarle, des Postmichels und ähnlicher dunkler Helden, Schwerverbrecher und Abenteurer berichteten.

beschlagnahmt

Außer dem »Falken« gab es aber noch einen Ort, wo es anders war als überall, wo man etwas erleben und hören und sich auf dunklen Böden und in ungewöhnlichen Räumen verlieren konnte. Das war die nahe, große Gerberei, das alte riesige Haus, wo auf halb dunklen Böden die großen Häute hingen, wo es im Keller verdeckte Gruben und verbotene Gänge gab und wo abends die Liese allen Kindern ihre schönen Märchen erzählte. Es ging dort stiller, freundlicher und menschlicher zu als im »Falken« drüben, aber nicht minder rätselhaft. Das Walten der Gerbergesellen in den Gruben, im Keller, im Lohgarten und auf den Estrichen war seltsam und eigentümlich, die großen gähnenden Räume waren still und ebenso anziehend wie unheimlich, der gewaltige und mürrische Hausherr ward wie ein Menschenfresser gefürchtet und gescheut, und die Liese ging in dem merkwürdigen Hause umher wie eine Fee, allen Kindern, Vögeln, Katzen und Hündlein eine Schützerin und Mutter, voll von Güte und voll von Märchen und Liederversen.

In dieser ihm längst entfremdeten Welt bewegten sich jetzt die Gedanken und Träume des Knaben. Aus seiner großen Enttäuschung und Hoffnungslosigkeit floh er in die vergangene gute Zeit zurück, da er noch voll von Hoffnungen gewesen war und die Welt vor sich hatte stehen sehen wie einen riesengroßen Zauberwald, welcher grausige Gefahren, verwunschene Schätze und smaragdene Schlösser in seiner undurchdringlichen Tiefe verbarg. Ein kleines Stück war er in diese Wildnis vorgedrungen, aber er war müde geworden, ehe die Wunder kamen, und stand nun wieder am rätselvoll dämmernden Eingang, diesmal als ein Ausgeschlossener, in müßiger Neugier.

Ein paarmal suchte Hans den »Falken« wieder auf. Er fand daselbst die alte Dämmerung und den alten üblen Geruch, die alten Winkel und lichtlosen Treppenhäuser; es saßen wieder greise Männer und Weiber vor den Türen, und ungewaschene, strohblonde Kinder trieben sich mit Geschrei herum. Der Mechaniker Porsch war noch älter geworden und kannte Hans nicht mehr und antwortete auf seinen schüchternen Gruß nur mit einem höhnischen Meckern. Der Großjohann, genannt Garibaldi, war gestorben und ebenso die Lotte Frohmüller. Der Briefträger Rötteler war noch da. Er klagte, die Buben hätten ihm seine Spieluhr kaputt gemacht, er bot ihm zu schnupfen an und versuchte dann, ihn anzubetteln; schließlich erzählte er von den Brüdern Finkenbein, der eine sei jetzt in der Zigarrenfabrik und saufe bereits wie ein Alter, der andere sei nach einer Kirchweihstecherei auf und davon und fehle schon seit einem Jahr. Alles machte einen kläglichen und kümmerlichen Eindruck.

Und einmal ging er am Abend in die Gerberei hinüber. Es zog ihn durch den Torweg und über den feuchten Hof, als läge in dem großen alten Hause seine Kindheit verborgen, mit allen ihren verlorengegangenen Freuden.

Über die krumme Treppe und den gepflasterten Öhrn kam er an die finstere Treppe, tastete sich zum Estrich* durch, wo die Häute aufgespannt hingen, und sog dort mit dem scharfen Ledergeruch eine ganze Wolke plötzlich hervorstürmender Erinnerungen ein. Er stieg wieder herab und suchte den hinteren Hof auf, wo die Lohgruben* und die schmal überdachten, hohen Gerüste zum Trocknen der Lohkäse* waren. Richtig saß auf der Mauerbank die Liese, hatte einen Korb Erdäpfel zum Schälen vor und ein paar horchende Kinder um sich herum.

Hans blieb in der dunklen Türe stehen und lauschte hinüber. Ein großer Friede erfüllte den eindämmernden Gerbergarten, und außer dem schwachen Rauschen des Flusses, der hinter der Hofmauer vorüberzog, hörte man nur das Messer der Liese beim Kartoffelschälen knirschen und ihre Stimme, die erzählte. Die Kinder saßen ruhig kauernd und regten sich kaum. Sie erzählte die Geschichte vom Sankt Christoffel*, wie in der Nacht ihn eine Kindesstimme über den Strom ruft.

Hans hörte eine Weile zu, dann ging er leise durch den schwarzen Öhrn zurück und nach Hause. Er spürte, daß er doch nicht wieder ein Kind werden und abends im Gerbergarten bei der Liese sitzen konnte, und er mied nun wieder das Gerberhaus so gut wie den »Falken«.

(schweiz.) Boden

Grube, in der das Leder mit Gerbrinde gargemacht wird

Die in eine runde oder viereckige Form gepresste Gerberlohe

Heiligenlegende, nach der Christopherus das Christuskind über einen Fluss getragen haben soll

Sechstes Kapitel

Es ging schon stark in den Herbst hinein. Aus den dunkeln Tannenwäldern leuchteten die vereinzelten Laubbäume gelb und rot wie Fackeln, die Schluchten hatten schon starke Nebel, und der Fluß dampfte morgens in der Kühle. Noch immer streifte der blasse Exseminarist tagtäglich im Freien umher, war unlustig und müde und floh das bißchen Umgang, das er hätte haben können. Der Arzt verschrieb Tropfen, Lebertran, Eier und kalte Waschungen.

Es war kein Wunder, daß alles nicht helfen wollte. Jedes gesunde Leben muß einen Inhalt und ein Ziel haben, und das war dem jungen Giebenrath verlorengegangen. Nun war sein Vater entschlossen, ihn entweder Schreiber werden oder ein Handwerk lernen zu lassen. Der Junge war zwar noch schwächlich und sollte erst noch ein wenig mehr zu Kräften kommen, doch konnte man jetzt nächstens daran denken, Ernst mit ihm zu machen.

Seit die ersten verwirrenden Eindrücke sich gemildert hatten und seit er auch an den Selbstmord selber nicht mehr glaubte, war Hans aus den erregten und wechselreichen Angstzuständen in eine gleichmäßige Melancholie hinübergeraten, in die er langsam und wehrlos wie in einen weichen Schlammboden versank.

Nun lief er in den Herbstfeldern umher und erlag dem Einfluß der Jahreszeit. Die Neige des Herbstes, der stille Blätterfall, das Braunwerden der Wiesen, der dichte Frühnebel, das reife, müde Sterbenwollen der Vegetation trieb ihn, wie alle Kranken, in schwere, hoffnungslose Stimmungen und traurige Gedanken. Er fühlte den Wunsch, mit zu vergehen, mit einzuschlafen, mit zu sterben, und litt darunter, daß seine Jugend dem widersprach und mit stiller Zähigkeit am Leben hing.

Er schaute den Bäumen zu, wie sie gelb wurden, braun

wurden, kahl wurden, und dem milchweißen Nebel, der aus den Wäldern rauchte, und den Gärten, in welchen nach der letzten Obstlese das Leben erlosch und niemand mehr nach den farbig verblühenden Astern sah, und dem Flusse, in welchem Bad und Fischerei ein Ende hatte, der mit dürren Blättern bedeckt war und an dessen frostigen Ufern nur noch die zähen Gerber aushielten. Seit einigen Tagen führte er Massen von Mosttrebern* mit sich, denn auf den Kelterplätzen und in allen Mühlen war man jetzt fleißig am Mosten, und in der Stadt zog der Geruch von Obstsaft leise gärend durch alle Gassen.

Rückstände von der Fruchtpressung

In der untern Mühle hatte auch der Schuhmacher Flaig eine kleine Presse gemietet und lud Hans zum Mosten ein.

Auf dem Vorplatz der Mühle standen große und kleine Mostkeltern, Wagen, Körbe und Säcke voll Obst, Zuber, Bütten, Kübel und Fässer, ganze Berge von braunen Trebern, hölzerne Hebel, Schubkarren, leere Gefährte. Die Keltern arbeiteten, knirschten, quietschten, stöhnten, mekkerten. Die meisten waren grün lackiert, und dies Grün mit dem Braungelb der Treber, den Farben der Äpfelkörbe, dem hellgrünen Fluß, den barfüßigen Kindern und der klaren Herbstsonne zusammen gab jedem, der es sah, einen verlockenden Eindruck von Freude, Lebenslust und Überfluß. Das Knirschen der zermalmten Äpfel klang herb und appetitreizend; wer herzukam und es hörte, mußte schnell einen Apfel in die Faust nehmen und anbeißen. Aus den Röhren floß in dickem Strahl der süße junge Most, rotgelb und in der Sonne lachend; wer herzukam und es ansah, mußte um ein Glas bitten und schnell eine Probe kosten, dann blieb er stehen, bekam feuchte Augen und fühlte einen Strom von Süßigkeit und Wohlbehagen durch sich hindurchgehen. Und dieser süße Most erfüllte die Luft weitherum mit seinem frohen, starken, köstlichen Geruch. Dieser Duft ist eigentlich das Feinste vom ganzen Jahr, der Inbegriff von Reife und Ernte, und es ist gut, ihn so vor dem nahen Winter einzusaugen, denn dabei erinnert man sich mit Dankbarkeit an eine Menge von guten, wunderbaren Dingen; an sanfte Maienregen, rauschende Sommerregen, kühlen Herbstmorgentau, an zärtlichen Frühlingssonnenschein und glastend heißen Sommerbrand, an die weiß und rosenrot leuchtende Blüte und an den reifen, rotbraunen Glanz der Obstbäume vor der Ernte und zwischenein an alles Schöne und Freudige, was so ein Jahreslauf mitgebracht hat.

Das waren Glanztage für jedermann. Die Reichen und Protzen, soweit sie sich herabließen, persönlich zu erscheinen, wogen ihren feisten Apfel in der Hand, zählten ihr Dutzend Säcke oder mehr, probierten mit einem silbernen Taschenbecher und ließen jeden hören, in ihren Most käme kein Tropfen Wasser. Die Armen hatten nur einen einzigen Obstsack, probierten mit Gläsern oder irdenen Schüsseln, taten Wasser dazu und waren darum nicht minder stolz und fröhlich. Wer aus irgendwelchen Gründen gar nicht mosten konnte, der lief bei seinen Bekannten und Nachbarn von Presse zu Presse, bekam überall ein Glas eingeschenkt und einen Apfel eingesteckt und bewies durch Kennersprüche, daß er auch sein Teil von der Sache verstehe. Die vielen Kinder aber, arm oder reich, liefen mit kleinen Bechern herum, hatten jedes einen angebissenen Apfel und jedes ein Stück Brot in der Hand, denn es ging seit alten Zeiten die unbegründete Sage, wenn man beim Mosten ordentlich Brot esse, bekomme man nachher kein Bauchweh.

Hundert Stimmen schrien durcheinander, vom Kinderspektakel gar nicht zu reden, und alle diese Stimmen waren geschäftig, aufgeregt und fröhlich.

»Komm, Hannes, daher! Zu mir! Bloß a Glas!«

Bauchweh »Dank recht scheen, i hab schon 's Grimmen*.«

»Was hast für'n Zentner zahlt?«

»Vier Mark. Aber prima. Da probier!«

Zuweilen passierte ein kleines Malheur. Ein Sack Äpfel ging zu früh auf, und alles rollte auf den Boden.

»Sternsakrament, meine Äpfel! Helfet auch, Leute!«

Alles half auflesen, und nur ein paar Lausbuben versuchten dabei sich zu bereichern.

»Nix einstecken, ihr Luder! Fressen könnet ihr, soviel neingeht, aber nix einstecken. Wart, Gutedel* du, dalketer*!«

»He, Herr Nachbar, no net so stolz! Da probieren Se emol!«

»Wie Honig! Akrat* wie Honig. Wieviel machet Se denn?«

»Zwei Fäßle, meh net, aber kein schlechten.«

»'S isch no guet, daß mer net im Hochsommer mostet, sonscht* tät mir älles grad saufa.«

Auch heuer sind die paar grämlichen alten Leute da, die nicht fehlen dürfen. Sie mosten selber schon lang nicht mehr, aber sie verstehen alles besser und erzählen von Anno Duback*, wo man das Obst so gut wie geschenkt bekam. Alles war so viel billiger und besser, von Zuckerdazutun wußte man noch gar nix, und überhaupt haben die Bäume damals ganz anders getragen.

»Do hat mer no von ere Ernt rede könne. I han a Epfelbeimle g'het, das hot allei seine feif Zentner g'schmissa.«

Aber so schlecht auch die Zeiten geworden sind, die grämlichen Alten helfen doch auch heuer ausgiebig probieren, und die noch Zähne haben, von denen kaut jeder an seinem Apfel herum. Einer hat sogar ein paar große Wadelbirnen* gezwungen und elend das Grimmen bekommen.

»I sag's ja«, räsoniert er, »früher han i von dene meine zehn Stück gessa.« Und er gedenkt unter ungeheuchelten Seufzern an die Zeiten, da er noch zehn Wadelbirnen fressen konnte, ehe er's Grimmen bekam.

(alemann.) Taugenichts

(dialektal) dummer, ungeschickter Mensch

(dialektal) Genau wie

(dialektal) ansonsten

»Anno Tobak«: In weit zurückliegenden (sich im Tabaksqualm verlierenden) Zeiten

Hellgelbe, an der Sonnenseite rot gestreifte oder punktierte Birne

Mitten in dem Gewühl hatte Herr Flaig seine Presse stehen und ließ sich vom älteren Lehrbuben helfen. Er bezog seine Äpfel aus dem Badischen, und sein Most war immer vom besten. Er war stillvergnügt und verwehrte niemand, ein

Versuchsweiser Schluck

»Versucherle«* zu nehmen. Noch vergnügter waren seine Kinder, die sich rundum trieben und selig im Schwarme mitschwammen. Aber am vergnügtesten, wenn auch stillerweise, war sein Lehrbub. Dem tat es in allen Knochen wohl, daß er sich wieder einmal im Freien kräftig regen und ausschaffen konnte, denn er stammte vom Wald oben herunter aus einem armen Bauernhaus, und auch der gute Süße ging ihm köstlich ein. Sein gesundes Bauernbubengesicht grinste wie eine Satyrmaske*, und seine Schustershände waren sauberer als je am Sonntag.

Maske des Satyrs, eines mythologischen Wesens der alten Griechen

Als Hans Giebenrath auf den Platz kam, war er still und ängstlich; er war nicht gern gekommen. Aber gleich an der ersten Presse wurde ihm ein Becher entgegengestreckt, und zwar von Nascholds Liese. Er probierte, und beim Schlukken kam mit dem süßen, kraftvollen Mostgeschmack eine Menge von lachenden Erinnerungen an frühere Herbste über ihn und zugleich ein zaghaftes Verlangen, wieder einmal ein bißchen mitzumachen und lustig zu sein. Bekannte sprachen ihn an, Gläser wurden ihm angeboten, und als er bei der Flaigschen Presse angekommen war, hatte die allgemeine Fröhlichkeit und das Getränk ihn schon gepackt und verwandelt. Ganz fidel begrüßte er den Schuster und machte ein paar von den üblichen Mostwitzen. Der Meister verbarg sein Erstaunen und hieß ihn fröhlich willkommen.

Eine halbe Stunde war vergangen, da kam ein Mädchen in einem blauen Rock daher, lachte den Flaig und seinen Lehrbuben an und fing an mitzuhelfen.

»Ja so«, sagte der Schuhmacher, »das ist meine Nichte aus Heilbronn. Die ist freilich an ein anderes Herbsten gewöhnt, wo's bei ihr daheim den vielen Wein gibt.«

Sie war vielleicht achtzehn oder neunzehn Jahre alt, beweglich und lustig, wie die Unterländer sind, nicht groß, aber wohlgebaut und von vollen Formen. Lustig und gescheit waren im runden Gesicht die dunklen, warm blickenden Augen und der hübsche, küssige Mund, und alles in allem sah sie zwar wie eine gesunde und heitere Heilbronnerin, aber gar nicht wie eine Verwandte des frommen Schustermeisters aus. Sie war durchaus von dieser Welt, und ihre Augen sahen nicht aus wie solche, die am Abend und in der Nacht in der Bibel und in ⌜Goßners Schatzkästlein⌝ zu lesen pflegen.

Hans sah plötzlich wieder bekümmert aus und wünschte inbrünstig, die Emma möchte bald wieder gehen. Sie blieb aber da und lachte und schwatzte und wußte auf jeden Witz eine flotte Antwort, und Hans schämte sich und wurde ganz still. Mit jungen Mädchen umzugehen, zu denen er Sie sagen mußte, war ihm ohnehin entsetzlich, und diese war so lebendig und so gesprächig und machte sich aus seiner Gegenwart und aus seiner Schüchternheit so wenig, daß er unbehilflich und ein wenig beleidigt die Fühler einzog und sich verkroch, wie eine vom Wagenrad gestreifte Wegschnecke. Er hielt sich still und versuchte auszusehen wie einer, der sich langweilt; doch gelang es ihm nicht, und er machte statt dessen ein Gesicht, als wäre ihm soeben jemand gestorben.

Niemand hatte Zeit, darauf zu achten, die Emma selber am wenigsten. Sie war, wie Hans zu hören bekam, seit vierzehn Tagen bei Flaigs zu Besuch, aber sie kannte schon die ganze Stadt. Bei hoch und nieder lief sie herum, probierte den Neuen, witzelte und lachte ein wenig, kam wieder zurück und tat so, als schaffe sie eifrig mit, nahm die Kinder auf den Arm, verschenkte Äpfel und verbreitete lauter Gelächter und Lust um sich her. Sie rief jeden Gassenbuben an: »Willst en Epfel?« Dann nahm sie einen schönen, rotbackigen, streckte die Hände hinter den Rücken und ließ raten: »Rechts oder links?«; aber der Apfel war nie in der richtigen Hand, und erst wenn die Buben zu schimpfen anfingen, gab sie einen Apfel her, aber einen kleineren und grünen. Sie schien auch über Hans unterrichtet, fragte ihn, ob er der sei, der immer Kopfweh habe, und war aber, ehe er antworten konnte, schon in ein anderes Gespräch mit Nachbarsleuten verwickelt.

Schon hatte Hans im Sinn, sich zu drücken und heimzugehen, da gab ihm Flaig den Hebel in die Hand.

»So, jetzt kannst du ein wenig weitermachen; die Emma hilft dir. Ich muß in die Werkstatt.«

Der Meister ging, der Lehrling war beauftragt, mit der Meisterin den Most wegzutragen, und Hans war mit der Emma allein an der Presse. Er biß auf die Zähne und schaffte wie ein Feind.

Da wollte ihn wundern, warum der Hebel so schwer ginge, und als er aufschaute, brach das Mädchen in ein helles Gelächter aus. Sie hatte sich zum Spaß dagegen gestemmt, und als Hans jetzt wütend wieder anzog, tat sie es noch einmal. Er sagte kein Wort. Aber während er den Hebel schob, welchem jenseits der Leib des Mädchens widerstand, wurde ihm plötzlich schamhaft beklommen zumut, und allmählich hörte er ganz auf, weiterzudrehen. Eine süße Angst überkam ihn, und als ihm das junge Ding keck ins Gesicht lachte, erschien sie ihm auf einmal verändert, befreundeter und doch fremder, und nun lachte auch er ein wenig, ungeschickt vertraulich.

Und dann ruhte der Hebel vollends ganz.

Und die Emma sagte: »Wir wollen uns nicht so abrackern«, und gab ihm das halbvolle Glas herüber, aus dem sie gerade selber getrunken hatte.

Dieser Schluck Most schien ihm sehr stark und süßer als der vorige, und als er ihn getrunken hatte, sah er verlangend ins leere Glas und wunderte sich, wie heftig sein Herz schlug und wie schwer ihm das Atmen wurde.

Darauf arbeiteten sie wieder ein bißchen, und Hans wußte nicht, was er tat, als er versuchte, sich so aufzustellen, daß der Rock des Mädchens ihn streifen mußte und ihre Hand die seinige berührte. Sooft dies aber geschah, stockte ihm das Herz in angstvoller Wonne und kam eine wohlig süße Schwäche über ihn, daß seine Knie ein wenig zitterten und in seinem Kopf ein schwindliges Sausen erklang.

Was er sagte, wußte er nicht, aber er stand ihr Rede und Antwort, lachte, wenn sie lachte, drohte ihr ein paarmal mit dem Finger, wenn sie dummes Zeug trieb, und trank noch zweimal aus ihrer Hand ein Glas leer. Zugleich jagte ein ganzes Heer von Erinnerungen an ihm vorüber: Dienstmägde, die er abends mit Männern in den Haustüren hatte stehen sehen, ein paar Sätze aus Geschichtenbüchern, der Kuß, den ihm Hermann Heilner seinerzeit gegeben hatte, und eine Menge von Worten, Erzählungen und dunkeln Schülergesprächen über »die Mädle« und »wie's ist, wenn man a Schätzle hat«. Und er atmete so schwer wie ein Gaul beim Bergaufziehen.

Alles war verwandelt. Die Leute und das Treiben rundherum war zu einem farbig lachenden Wolkenwesen aufgelöst. Die einzelnen Stimmen, Flüche und Gelächter gingen in einem allgemeinen trüben Brausen unter, der Fluß und die alte Brücke sahen ferne und wie gemalt aus.

Auch Emma hatte ein anderes Aussehen. Er sah ihr Gesicht nicht mehr – nur noch die dunklen frohen Augen und einen roten Mund, weiße spitze Zähne dahinter; ihre Gestalt zerfloß, und er sah nur noch einzelnes davon – bald einen Halbschuh mit schwarzem Strumpf darüber, bald ein verirrtes Lockengehängsel im Nacken, bald einen ins blaue Tuch hinein verschwindenden, gebräunten, runden Hals, bald die straffen Achseln und darunter das atmende Wogen, bald ein rötlich durchscheinendes Ohr.

Und nach wieder einer Weile ließ sie das Trinkglas in den Zuber fallen und bückte sich danach, und dabei drückte am Rand des Zubers ihr Knie gegen sein Handgelenk. Und er bückte sich auch, aber langsamer, und berührte fast mit seinem Gesicht ihr Haar. Das Haar hatte einen schwachen Duft, und darunter, im Schatten loser, krauser Löckchen, glänzte warm und braun ein schöner Nacken und verlief in Ösen die blaue Taille, deren stark angespannte Haften* ihn noch ein Stück weit im Ritz durchscheinen ließen.

Als sie sich wieder aufrichtete und als dabei ihr Knie seinen Arm entlang gleitete und ihr Haar ihm die Backen streifte und sie vom Bücken ganz rot geworden war, lief ein heftiger Schauder Hans durch alle Glieder. Er wurde blaß und hatte einen Augenblick das Gefühl einer tiefen, tiefen Müdigkeit, so daß er sich an der Preßschraube festhalten mußte. Sein Herz ging zuckend auf und ab, und die Arme wurden schwach und taten ihm in den Achseln weh.

Von da an sprach er fast kein Wort mehr und vermied den Blick des Mädchens. Dafür sah er sie, sobald sie wegschaute, starr und mit einer Mischung von ungekannter Lust und bösem Gewissen an. ⌜In dieser Stunde zerriß etwas in ihm und tat ein neues, fremdartig verlockendes Land mit fernen blauen Küsten sich vor seiner Seele auf. Er wußte noch nicht oder ahnte nur, was die Bangnis und süße Qual in ihm bedeute, und wußte auch nicht, was größer in ihm war, Pein oder Lust.

Die Lust aber bedeutete den Sieg seiner jungen Liebeskraft und das erste Ahnen vom gewaltigen Leben, und die Pein bedeutete, daß der Morgenfriede gebrochen war und daß seine Seele das Land der Kindheit verlassen hatte, das man nicht wiederfindet. Sein leichtes Schifflein, knapp dem ersten Schiffbruch entronnen, war nun in die Gewalt neuer Stürme und in die Nähe wartender Untiefen und halsbrechender Klippen geraten, durch welche auch die bestgeleitete Jugend keinen Führer hat, sondern aus eigenen Kräften Weg und Rettung finden muß.⌝

Es war gut, daß nun der Lehrbub wiederkam und ihn an der Presse ablöste. Hans blieb noch eine Weile da. Er hoffte noch auf eine Berührung oder ein freundliches Wort von Emma. Diese plauderte wieder an fremden Keltern herum. Und da Hans sich vor dem Lehrling genierte, drückte er sich bald nach Hause, ohne Adieu zu sagen.

Alles war sonderbar anders geworden, schön und erregend. Die von den Trebern feist gewordenen Sperlinge schossen lärmend durch den Himmel, der noch nie so hoch und schön und so sehnsüchtig blau gewesen war. Niemals hatte der Fluß einen so reinen, grünblauen, lachenden Spiegel gehabt, noch ein so blendend weißes, brausendes Wehr. Alles schien gleich zieren Bildern neu bemalt hinter klaren, frischen Glasscheiben zu stehen. Alles schien auf den Beginn eines großen Festes zu warten. Auch in der eigenen Brust empfand er ein beengend starkes, banges und süßes Wogen seltsam verwegener Gefühle und ungewöhnlicher, greller Hoffnungen, zusammen mit einer schüchtern zweifelnden Angst, es sei nur ein Traum und könne niemals wahr werden. Anschwellend wurden diese zwiespältigen Empfindungen zu einem dunkel auftreibenden Quell, zu einem Gefühl, als wolle etwas allzu Starkes sich in ihm losmachen und Luft gewinnen – vielleicht ein Schluchzen, vielleicht ein Singen, Schreien oder lautes Lachen. Erst zu Hause beruhigte sich diese Erregung ein wenig. Dort war freilich alles wie immer.

»Wo kommst denn her?« fragte Herr Giebenrath.

»Vom Flaig an der Mühle.«

»Wieviel hat der gemostet?«

»Zwei Faß, glaub ich.«

Er bat, die Flaigschen Kinder einladen zu dürfen, wenn der Vater ans Mosten käme.

»Versteht sich«, brummte der Papa. »Ich mach's nächste Woche. Hol sie dann nur!«

Es war noch eine Stunde bis zum Abendessen. Hans ging in den Garten hinaus. Außer den beiden Tannen war wenig Grünes mehr da. Er riß eine Haselgerte ab, ließ sie durch die Luft sausen und störte mit ihr im welken Laub herum. Die Sonne war schon hinterm Berg, dessen schwarzer Umriß mit haarfein gezeichneten Tannenspitzen den grünlichblauen, feuchtklaren Späthimmel durchschnitt. Eine graue, langgestreckte Wolke, gelb und bräunlich angeglüht, schwamm langsam und wohlig wie ein heimkehrendes Schiff durch die dünne, goldene Luft talaufwärts.

Von der reifen, farbig satten Schönheit des Abends in einer seltsamen, ihm fremden Weise ergriffen, schlenderte Hans durch den Garten. Zuweilen blieb er stehen, schloß die Augen und versuchte, sich die Emma vorzustellen, wie sie ihm an der Presse gegenübergestanden war, wie sie ihn aus ihrem Becher hatte trinken lassen, wie sie sich über die Kufe* gebückt und errötend wieder erhoben hatte. Er sah ihre Haare, ihre Figur im engen blauen Kleid, ihren Hals und von dunklen Härchen braun verschatteten Nacken, und alles erfüllte ihn mit Lust und Zittern, nur ihr Gesicht konnte er sich durchaus nicht mehr vorstellen.

*Kübel

Als die Sonne drunten war, spürte er die Kühle nicht und empfand die vorschreitende Dämmerung wie einen Schleier voll von Heimlichkeiten, für die er keine Namen wußte. Denn er begriff zwar, daß er sich in die Heilbronnerin verliebt habe, aber das Arbeiten der erwachenden Männlichkeit in seinem Blute begriff er nur dunkel als einen ungewohnten, gereizten und müdemachenden Zustand.

Beim Abendessen war es ihm sonderbar, mit seinem verwandelten Wesen mitten in der altgewohnten Umgebung zu sitzen. Der Vater, die alte Magd, Tisch und Geräte und das ganze Zimmer kam ihm plötzlich alt geworden vor, und er sah alles mit einem Gefühl von Erstaunen, Fremdheit und Zärtlichkeit an, als sei er soeben von einer langen Reise heimgekehrt. Damals, als er mit seinem mörderlichen Aste liebäugelte, hatte er dieselben Menschen und Sachen mit der wehmütig überlegenen Empfindung eines Abschiednehmenden betrachtet, jetzt war's ein Zurückkehren, Erstaunen, Lächeln, Wiederbesitzen.

Man hatte gegessen, und Hans wollte schon aufstehen, da sagte sein Vater in seiner kurzen Art: »Magst du gern Mechaniker werden, Hans, oder lieber ein Schreiber?«

»Wieso?« fragte Hans erstaunt zurück.

»Du könntest Ende nächster Woche beim Mechaniker Schuler eintreten oder übernächste Woche auf dem Rathaus als Lehrling. Überleg dir's ordentlich! Wir reden dann morgen darüber.«

Hans stand auf und ging hinaus. Die plötzliche Frage hatte ihn verwirrt und geblendet. Unerwartet stellte sich das tägliche, tätige, frische Leben vor ihn hin, dem er seit Monaten fremd geworden war, hatte ein lockendes Gesicht und ein drohendes Gesicht, versprach und forderte. Eine rechte Lust hatte er weder zum Mechaniker noch zum Schreiber. Die strenge körperliche Arbeit beim Handwerk schreckte ihn ein wenig. Da fiel ihm sein Schulfreund August ein, der ja Mechaniker geworden war und den er fragen konnte.

Während er der Sache nachdachte, wurden seine Vorstellungen trüber und blasser, die Angelegenheit schien ihm doch nicht so gar eilig und wichtig. Etwas anderes trieb und beschäftigte ihn, er schritt unruhig die Hausflur auf und ab, und plötzlich nahm er seinen Hut, verließ das Haus und ging langsam auf die Gasse hinaus. Es war ihm eingefallen, er müsse heute die Emma noch einmal sehen.

Es dunkelte schon. Aus einem nahen Wirtshaus tönte Geschrei und heiseres Singen herüber. Manche Fenster waren beleuchtet, da und dort entzündete sich eins und wieder eins und legte einen schwachen roten Schein in die dunkle Luft. Eine lange Reihe junger Mädchen, Arm in Arm, flanierte unter lautem Gelächter und Gerede fröhlich gaßab, schwankte im unsicheren Licht und lief wie eine warme Woge von Jugend und Lust durch die entschlummernden Gassen. Hans sah ihnen lange nach, das Herz schlug ihm bis in den Hals. Hinter einem mit Gardinen verhängten Fenster hörte man Geige spielen. Am Brunnen wusch ein Weib Salat. Auf der Brücke spazierten zwei Burschen mit ihren Schätzen. Der eine hielt sein Mädchen lose an der Hand, schlenkerte ihren Arm und rauchte seine Zigarre.

Das zweite Paar ging langsam und engverschlungen weiter, der Bursch umfaßte die Hüfte des Mädchens, und sie drückte Schulter und Kopf fest gegen seine Brust. Hans hatte das hundertmal gesehen und nicht beachtet. Jetzt hatte es einen heimlichen Sinn, eine unklare, aber lüstern süße Bedeutung; sein Blick blieb auf der Gruppe ruhen, und seine Phantasie drängte ahnend einem nahen Verständnis entgegen. Beklommen und im Innersten aufgerüttelt fühlte er sich einem großen Geheimnis nahe, von dem er nicht wußte, ob es köstlich oder schrecklich wäre, aber von beidem empfand er bebend etwas voraus.

Vor dem Flaigschen Häuschen machte er halt und fand nicht den Mut einzutreten. Was sollte er drinnen tun und sagen? Er mußte daran denken, wie er als ein Bub von elf und zwölf Jahren oft hierher gekommen war; dann hatte Flaig ihm biblische Geschichten erzählt und seinen stürmisch neugierigen Fragen über die Hölle, den Teufel und die Geister standgehalten. Diese Erinnerungen waren unbequem und gaben ihm ein schlechtes Gewissen. Er wußte nicht, was er tun wollte, er wußte nicht einmal, was er eigentlich wünschte, doch wollte ihm scheinen, er stehe vor etwas Heimlichem und Verbotenem. Es schien ihm unrecht gegen den Schuhmacher zu sein, daß er im Finstern vor seiner Türe stand, ohne einzutreten. Und wenn jener ihn da stehen sähe oder jetzt aus der Türe träte, würde er ihn wahrscheinlich nicht einmal schelten, sondern auslachen, und davor graute ihm am meisten.

Er schlich sich hinter das Haus und konnte nun vom Gartenzaun aus in die erleuchtete Wohnstube hineinsehen. Den Meister sah er nicht. Die Frau schien etwas zu nähen oder zu stricken, der älteste Knabe war noch auf und saß lesend am Tisch. Die Emma ging hin und her, offenbar mit Aufräumen beschäftigt, so daß er sie immer nur für Augenblicke zu sehen bekam. Es war so still, daß man jeden fernsten Schritt in der Gasse und jenseits des Gartens das leise Strömen des Flusses deutlich hören konnte. Die Dunkelheit und Nachtkühle nahm eilig zu.

Neben den Wohnzimmerfenstern lag ein kleineres Flurfenster dunkel. Nach einer langen Weile erschien an diesem Fensterchen eine undeutliche Gestalt, lehnte sich heraus und blickte in die Dunkelheit. Hans erkannte an der Figur, daß es Emma war, und vor banger Erwartung stand ihm das Herz still. Sie blieb im Fenster stehen, lang und ruhig herüberblickend, doch wußte er nicht, ob sie ihn sehe oder erkenne. Er regte kein Glied und schaute starr zu ihr hinüber, mit ungewissem Zagen, zugleich hoffend und fürchtend, sie möchte ihn erkennen.

Und die undeutliche Gestalt verschwand wieder aus dem Fenster, gleich darauf klinkte die kleine Gartentüre, und Emma kam aus dem Hause. Hans wollte im ersten Schrekken auf und davon, blieb aber willenlos am Zaun lehnen und sah das Mädchen langsam ihm entgegen durch den dunklen Garten schreiten, und bei jedem ihrer Schritte trieb es ihn davonzulaufen und hielt etwas Stärkeres ihn zurück.

Nun stand Emma gerade vor ihm, keinen halben Schritt entfernt, nur der niedrige Zaun dazwischen, und sie sah ihn aufmerksam und sonderbar an. Eine ganze Zeitlang sagte keines ein Wort. Dann fragte sie leise:

»Was willst du?«

»Nichts«, sagte er, und es fuhr ihm wie ein Streicheln über die Haut, daß sie ihm du gesagt hatte.

Sie streckte ihm ihre Hand über den Zaun weg hin. Er nahm sie schüchtern und zärtlich und drückte sie ein wenig, da merkte er, daß sie nicht zurückgezogen wurde, faßte Mut und streichelte die warme Mädchenhand fein und vorsichtig. Und als sie ihm noch immer willig überlassen blieb, legte er sie an seine Wange. Eine Flut von durchdringender Lust, von seltsamer Wärme und seliger Müdigkeit überlief sein Wesen, die Luft um ihn her schien ihm lau und föhnfeucht, er sah nicht Gasse noch Garten mehr, nur ein nahes helles Gesicht und ein Gewirre dunkler Haare.

Und es schien ihm aus einer großen Nachtferne her zu tönen, als das Mädchen ganz leise fragte:

»Willst du mir einen Kuß geben?«

Das helle Gesicht kam näher, die Last eines Körpers bog die Latten ein wenig nach außen, lose, leicht duftende Haare streiften Hans die Stirn, und geschlossene Augen, von weißen, breiten Lidern und dunkeln Wimpern zugedeckt, standen dicht vor den seinen. Ein heftiger Schauder lief ihm über den Leib, als er mit scheuen Lippen den Mund des Mädchens berührte. Er zitterte augenblicklich wieder zurück, aber sie hatte seinen Kopf mit den Händen umfaßt, drückte ihr Gesicht in seines und ließ seine Lippen nicht los. ⌜Er fühlte ihren Mund brennen, er fühlte ihn sich anpressen und gierig festsaugen, als wolle er ihm das Leben austrinken. Eine tiefe Schwäche überkam ihn; noch ehe die fremden Lippen von ihm ließen, verwandelte die zitternde Lust sich in Todesmüdigkeit und Pein, und als Emma ihn freigab, schwankte er und hielt sich mit krampfhaft klammernden Fingern am Zaun fest.⌝

»Du, sei morgen abend wieder da«, sagte Emma und ging rasch ins Haus zurück. Sie war keine fünf Minuten fort gewesen, Hans aber schienen lange Zeiten vergangen. Er schaute ihr mit leeren Blicken nach, hielt sich noch immer an den Planken und fühlte sich zu müde, um einen Schritt zu tun. Träumend hörte er seinem Blute zu, das ihm im Kopfe hämmerte, in ungleichen, schmerzhaften Wogen vom Herzen und zurück flutete und ihm den Atem verhielt.

Nun sah er drinnen im Zimmer die Türe gehen und den Meister hereintreten, der wohl noch in der Werkstatt gewesen war. Eine Furcht, man möchte ihn bemerken, überfiel ihn und trieb ihn davon. Er ging langsam, widerwillig und unsicher wie ein leicht Betrunkener und hatte bei jedem Schritt das Gefühl, in die Knie sinken zu müssen. Die dunkeln Gassen mit schläfrigen Giebeln und trüben roten Fensteraugen flossen wie bleiche Kulissen an ihm vorüber, und Brücke, Fluß, Höfe und Gärten. Der Gerbergaßbrunnen plätscherte sonderbar laut und tönend. Traumbefangen öffnete Hans ein Tor, kam durch einen pechfinsteren Gang, stieg Treppen empor, öffnete und schloß eine Türe und noch eine, setzte sich auf einen dastehenden Tisch und erwachte erst nach einer längeren Zeit zu der Empfindung, zu Hause in seiner Stube zu sein. Es dauerte wieder eine Weile, ehe er zum Entschluß kam, sich auszukleiden. Er tat es zerstreut und blieb entkleidet am Fenster sitzen, bis ihn plötzlich die Herbstnacht durchfröstelte und in die Kissen trieb.

Er glaubte, augenblicklich einschlafen zu müssen. Aber kaum lag er und war ein wenig warm geworden, so kam das Herzklopfen wieder und das ungleiche, gewaltsame Wallen des Blutes. Sobald er die Augen zutat, war's ihm, als hinge der Mund des Mädchens noch an seinem, söge ihm die Seele aus und erfülle ihn mit peinigender Hitze.

Spät schlief er ein und stürzte in gehetzter Flucht von Traum zu Traum. Er stand in einer ängstlich tiefen Finsternis, um sich tastend griff er Emmas Arm, sie umfaßte ihn, und sie sanken zusammen in langsamem Fall in eine warme, tiefe Flut. Der Schuhmacher stand plötzlich da und fragte, warum er ihn nicht besuchen wolle, da mußte Hans lachen und merkte, daß es nicht Flaig, sondern Hermann Heilner war, der neben ihm im Maulbronner Oratorium in einem Fenster saß und Witze machte. Aber sogleich verflog auch das, und er stand an der Mostpresse, die Emma stemmte sich gegen den Hebel, und er kämpfte mit aller Kraft dagegen an. Sie bog sich herüber und suchte seinen Mund, es wurde still und stockfinster, und nun sank er wieder in eine warme, schwarze Tiefe und verging vor Schwindel. Zugleich hörte er den Ephorus eine Rede halten, von der er nicht wußte, ob sie ihm gelte.

Dann schlief er bis tief in den Morgen hinein. Es war ein heiter goldener Tag. Er ging lange im Garten auf und ab, bemühte sich aufzuwachen und klar zu werden, war aber von einem zähen, schläfrigen Nebel umgeben. Er sah violette Astern, die allerletzten Blumen des Gartens, schön und lachend in der Sonne stehen, als wäre es noch im August, und sah das warme, liebe Licht um die verdorrten Reiser und Zweige und kahlen Ranken zärtlich und einschmeichelnd fluten, als wäre es Vorfrühlingszeit. Aber er sah es nur, er erlebte es nicht, es ging ihn nichts an. Plötzlich ergriff ihn eine klare, starke Erinnerung aus der Zeit, da hier im Garten noch seine Hasen herumsprangen und sein Wasserrad und Hammerwerkchen lief. Er mußte an einen Septembertag denken vor drei Jahren. Es war der Vorabend vor dem Sedansfest*; August war zu ihm gekommen und hatte Efeu mitgebracht, nun wuschen sie ihre Fahnenstangen blank und befestigten den Efeu an den goldenen Spitzen, von morgen redend und sich auf morgen freuend. Sonst war nichts und geschah nichts, aber sie waren beide so voll von Festahnung und großer Freude gewesen, die Fahnen hatten in der Sonne geglänzt, die Anna hatte Zwetschgenkuchen gebacken, und zu Nacht sollte auf dem hohen Felsen das Sedansfeuer angezündet werden.

Jährliche Feier am 2. September (1871–1918) zum Gedenken an den dt. Sieg bei Sedan während des dt.-franz. Krieges von 1870/71

Hans wußte nicht, warum er gerade heute an jenen Abend denken mußte, nicht, warum diese Erinnerung so schön und mächtig war, noch warum sie ihn so elend und traurig machte. Er wußte nicht, daß im Kleide dieser Erinnerung seine Kindheit und sein Knabentum noch einmal fröhlich und lachend vor ihm aufstand, um Abschied zu nehmen und den Stachel eines gewesenen und nie wiederkehrenden großen Glückes zurückzulassen. Er empfand nur, daß diese Erinnerung mit dem Denken an Emma und an gestern abend sich nicht vertrug und daß etwas in ihm aufgestanden sei, das mit dem damaligen Glücklichsein nicht vereinbar war. Er glaubte, wieder die goldenen Fahnenspitzen blinken zu sehen, seinen Freund August lachen zu hören und den Duft der frischen Kuchen zu riechen, und das war alles so heiter und glückselig und ihm so ferngerückt und fremd geworden, daß er sich an den rauhen Stamm der großen Rottanne lehnte und in ein hoffnungsloses Schluchzen ausbrach, das ihm für den Augenblick Trost brachte und Erlösung gewährte.

Um Mittag lief er zu August, der jetzt erster Lehrling geworden und mächtig auseinandergegangen und gewachsen war. Er erzählte ihm sein Anliegen.

»Das ist so 'ne Sache«, machte jener und schnitt ein welterfahrenes Gesicht dazu. »Das ist so 'ne Sache. Weil du nämlich so ein Schwachmatikus* bist. Im ersten Jahr hast du immer beim Schmieden das verdammte Draufschlagen, und so 'n Vorhammer ist kein Suppenlöffel. Und mußt die Eisen herumtragen und abends aufräumen, und zum Feilen gehört auch eine Kraft, und im Anfang, bis du was loshast*, kriegst du nix als alte Feilen, die hauen nix und sind glatt wie ein Affenarsch.«

Scherzhafte, latinisierende Bildung von »Schwächling«

(dialektal) bis du etwas kannst

Hans wurde sogleich kleinlaut.

»Ja, dann soll ich's lieber bleiben lassen?« fragte er zaghaft.

»Jerum*, das hab ich doch nicht gesagt! Sei doch kein Lamech*! Bloß daß es im Anfang kein Tanzboden ist. Aber sonst, ja – so ein Mechaniker ist was Feines, weißt du, und 'n guten Kopf muß einer auch haben, sonst kann er Grobschmied werden. Da guck mal her!«

Reimsilben eines Studentenliedes

Im AT Stammvater der Nomaden, Musikanten und Schmiede; sowohl »Prahlhans« wie Lamentierer

Er brachte ein paar kleine, feingearbeitete Maschinenteile herbei, aus blankem Stahl, und zeigte sie Hans. »Ja, da darf kein halber Millimeter dran fehlen. Alles von Hand geschafft, bis auf die Schrauben. Da heißt's Augen auf! Die werden jetzt noch poliert und gehärtet, dann hat sich's.«

»Ja, das ist schön. Wenn ich nur wüßte –«

August lachte.

»Hast Angst? Ja, ein Lehrbub wird halt kuranzt*, da hilft alles nix. Aber ich bin auch noch da, und ich helf dir dann

schikaniert, gezüchtigt

schon. Und wenn du am nächsten Freitag anfängst, dann hab ich gerade mein zweites Lehrjahr fertig und kriege am Samstag den ersten Wochenlohn. Und am Sonntag wird gefeiert, und Bier, und Kuchen, und alle dabei, du auch, dann siehst du mal, wie's bei uns hergeht. Ja, da schaust du! Und überhaupt sind wir ja früher auch schon so gute Freunde gewest.«

Beim Essen sagte Hans seinem Vater, er habe Lust zum Mechaniker und ob er in acht Tagen anfangen dürfe.

»Also gut«, sagte der Papa und ging nachmittags mit Hans in die Schulersche Werkstatt und meldete ihn an.

Als es aber anfing, dämmerig zu werden, hatte Hans das alles schon wieder so gut wie vergessen und dachte nur noch daran, daß er am Abend von der Emma erwartet werde. Es verschlug ihm schon jetzt den Atem, die Stunden waren ihm bald zu lang und bald zu kurz, und er trieb der Begegnung entgegen wie ein Schiffer einer Stromschnelle. Von Essen war diesen Abend keine Rede, kaum brachte er eine Tasse Milch herunter. Dann ging er.

Es war alles wie gestern – dunkle, schläfernde Gassen, rote Fenster, Laternenzwielicht und langsam wandelnde Liebespaare.

Am Zaun des Schustergartens überfiel ihn eine große Bangigkeit, er zuckte bei jedem Geräusch zusammen und kam sich mit seinem Stehen und Lauschen im Finstern vor wie ein Dieb. Er hatte noch keine Minute gewartet, da stand die Emma vor ihm, fuhr ihm mit den Händen übers Haar und öffnete ihm die Gartenpforte. Er trat vorsichtig ein, und sie zog ihn mit sich, leise durch den von Gebüsche eingefaßten Weg, durchs Hintertor in den finsteren Hausgang.

Dort setzten sie sich nebeneinander auf die oberste Kellerstaffel, und es dauerte eine ganze Weile, bis sie einander in der Schwärze notdürftig sehen konnten. Das Mädchen war guter Dinge und plauderte flüsternd drauflos. Sie hatte schon manchen Kuß geschmeckt und wußte in Liebessachen Bescheid; der schüchtern zärtliche Knabe war ihr eben recht. Sie nahm sein schmales Gesicht zwischen ihre Hände und küßte Stirne, Augen und Backen, und als der Mund an die Reihe kam und sie ihn wieder so lang und saugend küßte, ergriff den Knaben ein Schwindel, und er lag schlaff und willenlos an sie gelehnt. Sie lachte leise und zupfte ihn am Ohr.

Sie plauderte fort und fort, und er hörte zu und wußte nicht, was er hörte. Sie strich mit der Hand über seinen Arm, über sein Haar, über seinen Hals und seine Hände, sie lehnte ihre Wange an seine und ihren Kopf auf seine Achsel. Er schwieg still und ließ alles geschehen, von einem süßen Grauen und einer tiefen, glücklichen Bangigkeit erfüllt, zuweilen kurz und leise wie ein Fiebernder zusammenzuckend.

»Was bist du denn für ein Schatz!« lachte sie. »Du traust dich ja gar nix.«

Und sie nahm seine Hand, fuhr mit ihr über ihren Nacken und durch ihr Haar und legte sie auf ihre Brust und drückte sich dagegen. Er spürte die weiche Form und das süße fremde Wogen, schloß die Augen und fühlte sich in endlose Tiefen untersinken.

»Nicht! Nicht mehr!« sagte er abwehrend, als sie ihn wieder küssen wollte. Sie lachte.

Und sie zog ihn nahe zu sich und preßte seine Seite an ihre Seite, ihn mit dem Arm umschlingend, daß er im Spüren ihres Leibes ganz den Kopf verlor und gar nichts mehr sagen konnte.

»Hast mich denn auch lieb?« fragte sie.

Er wollte ja sagen, aber er konnte nur nicken und nickte eine ganze Weile fort.

Sie nahm noch einmal seine Hand und schob sie scherzend unter ihr Mieder. Da er so Puls und Atem des fremden Lebens heiß und nah erfühlte, stockte ihm der Herzschlag, und er glaubte sterben zu müssen, so schwer ging sein

Atem. Er zog die Hand zurück und stöhnte: »Jetzt muß ich heimgehen.«

Als er aufstehen wollte, begann er zu schwanken und wäre ums Haar die Kellertreppe hinuntergestürzt.

»Was hast du?« fragte Emma erstaunt.

»Ich weiß nicht. Ich bin so müd.«

Er fühlte nicht, daß sie auf dem Weg zum Gartenzaun ihn stützte und sich an ihn preßte, und hörte nicht, daß sie Gutnacht sagte und hinter ihm das Türlein schloß. Er kam durch die Gassen nach Hause, er wußte nicht wie, als risse ein großer Sturm ihn mit oder als trüge ihn schaukelnd eine mächtige Flut.

Er sah blasse Häuser links und rechts, in der Höhe darüber Bergrücken, Tannenspitzen, Nachtschwärze und große, ruhende Sterne. Er fühlte den Wind wehen, hörte den Fluß an den Brückenpfeilern hinströmen und sah im Wasser Gärten, blasse Häuser, Nachtschwärze, Laternen und Sterne gespiegelt.

Auf der Brücke mußte er sich setzen; er war so müde und glaubte, nicht mehr nach Hause zu kommen. Er setzte sich auf die Brüstung, er horchte auf das Wasser, das an den Pfeilern rieb und am Wehr brauste und am Mühlrechen orgelte. Seine Hände waren kalt, in Brust und Kehle arbeitete stockend und sich überstürzend das Blut, verfinsterte ihm die Augen und rann wieder in plötzlicher Welle zum Herzen, den Kopf voll Schwindel lassend.

Er kam nach Hause, fand seine Stube, legte sich und schlief sogleich ein, im Traume von Tiefe zu Tiefe durch ungeheure Räume stürzend. Um Mitternacht erwachte er gepeinigt und erschöpft und lag bis an den Morgen zwischen Schlaf und Wachen, von einer verdürstenden Sehnsucht erfüllt, von unbeherrschten Kräften hin und her geworfen, bis in der ersten Frühe seine ganze Qual und Bedrängnis in ein langes Weinen ausbrach und er auf tränennassen Kissen nochmals einschlief.

Siebentes Kapitel

Herr Giebenrath hantierte mit Würde und Geräusch an der Mostpresse, und Hans half mit. Von den Schusterskindern waren zwei der Einladung gefolgt, machten sich am Obst zu schaffen, führten gemeinsam ein kleines Probiergläschen und trugen ungeheure Stücke Schwarzbrot in der Faust. Aber Emma war nicht mitgekommen.

Erst als der Vater mit dem Küfer für eine halbe Stunde weggegangen war, wagte Hans, nach ihr zu fragen.

»Wo ist denn die Emma? Hat sie nicht kommen mögen?«

Es dauerte eine Zeit, bis die Kleinen leere Mäuler hatten und reden konnten.

»Sie ist ja fort«, sagten sie und nickten.

»Fort, wohin fort?«

»Heim.«

»Abgereist? Mit der Eisenbahn?«

Die Kinder nickten eifrig.

»Wann denn?«

»Heute morgen.«

Die Kleinen langten wieder nach ihren Äpfeln. Hans drückte an der Presse herum, starrte in den Mostkübel und begann langsam zu begreifen.

Der Vater kam wieder, man arbeitete und lachte, die Kinder bedankten sich und liefen fort, es wurde Abend, und man ging nach Hause.

Nach dem Nachtessen saß Hans in seiner Stube allein. Es wurde zehn Uhr und elf Uhr, er machte kein Licht. Dann schlief er tief und lang.

Als er später als sonst erwachte, hatte er nur das undeutliche Gefühl eines Unglücks und Verlustes, bis ihm Emma wieder einfiel. Sie war fort, ohne Gruß, ohne Abschied; sie hatte ohne Zweifel schon gewußt, wann sie reisen würde, als er den letzten Abend bei ihr war. Er erinnerte sich an ihr

Lachen und an ihr Küssen und an ihr überlegenes Sichgeben. Sie hatte ihn gar nicht ernst genommen.
Mit dem zornigen Schmerz darüber floß die Unruhe seiner erregten und ungestillten Liebeskräfte zu einer trüben Qual zusammen, die ihn vom Haus in den Garten, auf die Straße, in den Wald und wieder heim trieb.
So erfuhr er, vielleicht zu früh, seinen Teil vom Geheimnis der Liebe, und es enthielt für ihn wenig Süßes und viel Bitteres. Tage voll fruchtloser Klagen, sehnlicher Erinnerungen, trostloser Grübeleien; Nächte, in denen Herzklopfen und Beklemmung ihn nicht schlafen ließ oder in schreckliche Träume stürzte. Träume, in welchen die unverstandenen Wallungen seines Blutes zu ungeheuerlichen, ängstigenden Fabelbildern wurden, zu tödlich umschlingenden Armen, zu heißäugigen Phantasietieren, zu schwindelnden Abgründen, zu riesigen lodernden Augen. Aufwachend fand er sich allein, von der Einsamkeit der kühlen Herbstnächte umfangen, litt Sehnsucht nach seinem Mädchen und preßte sich stöhnend in verweinte Kissen.
Der Freitag, an dem er in die Mechanikerwerkstatt eintreten sollte, kam näher. Der Vater kaufte ihm einen blauen Leinenanzug und eine blaue, halbwollene Mütze, er probierte das Zeug an und kam sich in der Schlosseruniform ziemlich lächerlich vor. Wenn er am Schulhaus, an der Wohnung des Rektors oder des Rechenlehrers, an der Flaigschen Werkstatt oder am Stadtpfarrhaus vorüberkam, wurde ihm elend zumute. So viel Plage, Fleiß und Schweiß, so viel hingegebene kleine Freuden, so viel Stolz und Ehrgeiz und hoffnungsfrohes Träumen, alles umsonst, alles nur, damit er jetzt, später als alle Kameraden und von allen ausgelacht, als kleinster Lehrbub in eine Werkstatt gehen konnte!
Was würde Heilner dazu sagen?
Erst allmählich begann er sich mit dem blauen Schlosseranzug zu versöhnen und sich auf den Freitag, an dem er ihn

einweihen sollte, ein wenig zu freuen. Da war doch wenigstens wieder etwas zu erleben!

Doch waren diese Gedanken nicht viel mehr als rasche Blitze aus einem dunkeln Gewölk. Die Abreise des Mädchens vergaß er nicht, noch weniger vergaß oder überwand sein Blut die Aufreizungen dieser Tage. Es drängte und schrie nach mehr, nach einer Erlösung seiner erwachten Sehnsucht. So verging dumpf und qualvoll langsam die Zeit.

Der Herbst war schöner als je, voll sanfter Sonne, mit silbernen Morgenfrühen, farbig lachenden Mittagen und klaren Abenden. Die ferneren Berge nahmen ein tiefes Sammetblau an, die Kastanienbäume leuchteten goldgelb, und über Mauern und Zäune hing purpurn das wilde Weinlaub herab.

Hans war ruhelos vor sich selber auf der Flucht. Tagsüber lief er in der Stadt und in den Feldern umher und wich den Leuten aus, da er meinte, man müsse ihm seine Liebesnöte anmerken. Abends aber ging er auf die Gasse, blickte auf jede Dienstmagd und schlich jedem Liebespaar mit schlechtem Gewissen nach. Mit Emma schien ihm alles Begehrenswerte und aller Zauber des Lebens nahegewesen und tückisch wieder entglitten zu sein. Er dachte nicht mehr an die Qual und Beklemmung, die er bei ihr empfunden hatte. Wenn er sie jetzt wieder hätte, glaubte er, würde er nicht schüchtern sein, sondern ihr alle Geheimnisse entreißen und ganz in den verwunschenen Liebesgarten eindringen, dessen Tor ihm jetzt vor der Nase zugeschlagen war. Seine ganze Phantasie hatte sich in diesem schwülen, gefährlichen Dickicht verstrickt, irrte verzagend darin umher und wollte in hartnäckiger Selbstpeinigung nichts davon wissen, daß außerhalb des engen Zauberkreises schöne weite Räume licht und freundlich lagen.

Schließlich war er froh, als der anfangs mit Bangen erwartete Freitag da war. Zeitig am Morgen legte er das neue blaue Arbeitskleid an, setzte die Mütze auf und ging ein wenig zaghaft die Gerbergasse hinunter nach dem Schulerschen Hause. Ein paar Bekannte sahen ihm neugierig nach, und einer fragte auch: »Was ist, bist du Schlosser worden?« In der Werkstatt wurde schon flott gearbeitet. Der Meister war gerade am Schmieden. Er hatte ein Stück rotwarmes Eisen auf dem Amboß, ein Geselle führte den schweren Vorhammer, der Meister tat die feinern, formenden Schläge, regierte die Zange und schlug zwischenein mit dem handlichen Schmiedehammer auf dem Amboß den Takt, daß es hell und heiter durch die weit offenstehende Türe in den Morgen hinausklang.

An der langen, von Öl und Feilspänen geschwärzten Werkbank stand der ältere Geselle und neben ihm August, jeder an seinem Schraubstock beschäftigt. An der Decke surrten rasche Riemen, welche die Drehbänke, den Schleifstein, den Blasebalg und die Bohrmaschine trieben, denn man arbeitete mit Wasserkraft. August nickte seinem eintretenden Kameraden zu und bedeutete ihm, er solle an der Türe warten, bis der Meister Zeit für ihn habe.

Hans blickte die Esse, die stillstehenden Drehbänke, die sausenden Riemen und Leerlaufscheiben schüchtern an. Als der Meister sein Stück fertig geschmiedet hatte, kam er herüber und streckte ihm eine große, harte und warme Hand entgegen.

»Da hängst du deine Kappe auf«, sagte er und deutete auf einen leeren Nagel an der Wand.

»So, komm. Und da ist dein Platz und dein Schraubstock.« Damit führte er ihn vor den hintersten Schraubstock und zeigte ihm vor allem, wie er mit dem Schraubstock umgehen und die Werkbank samt den Werkzeugen in Ordnung halten müsse.

»Dein Vater hat mir schon gesagt, daß du kein Herkules* bist, und man sieht's auch. Na, fürs erste kannst du noch vom Schmieden wegbleiben, bis du ein bißchen stärker bist.«

*Herkules: Gestalt der griech. Mythologie; Sohn des Zeus und Inbild großer Körperkraft

Er griff unter die Werkbank und zog ein gußeisernes Zahnrädchen hervor.
»So, damit kannst du anfangen. Das Rad ist noch roh aus der Gießerei und hat überall kleine Buckel und Grate*, die muß man abkratzen, sonst gehen nachher die feinen Werkzeuge dran zuschanden.« Kanten
Er spannte das Rad in den Schraubstock, nahm eine alte Feile her und zeigte, wie es zu machen sei.
»So, nun mach weiter. Aber daß du mir keine andere Feile nimmst! Bis Mittag hast du genug daran zu schaffen, dann zeigst du mir's. Und bei der Arbeit kümmerst du dich um gar nichts, als was dir gesagt wird. Gedanken braucht ein Lehrling nicht zu haben.«
Hans begann zu feilen.
»Halt!« rief der Meister. »Nicht so. Die linke Hand wird so auf die Feile gelegt. Oder bist du ein Linkser?«
»Nein.«
»Also gut. 's wird schon gehen.«
Er ging weg an seinen Schraubstock, den ersten bei der Türe, und Hans sah zu, wie er zurechtkam.
Bei den ersten Strichen wunderte er sich, daß das Zeug so weich war und so leicht abging. Dann sah er, daß das nur die oberste spröde Gußrinde war, die lose abblätterte, und daß darunter erst das körnige Eisen saß, das er glätten sollte. Er nahm sich zusammen und arbeitete eifrig fort. Seit seinen spielerischen Knabenbasteleien hatte er nie das Vergnügen gekostet, unter seinen Händen etwas Sichtbares und Brauchbares entstehen zu sehen.
»Langsamer!« rief der Meister herüber. »Beim Feilen muß man Takt halten – eins zwei, eins zwei. Und draufdrücken, sonst geht die Feile kaputt.«
Da hatte der älteste Geselle etwas an der Drehbank zu tun, und Hans konnte sich nicht enthalten hinüberzuschielen. Ein Stahlzapfen wurde in die Scheibe gespannt, der Riemen übersetzt, und blinkend surrte der Zapfen, sich hastig dre-

hend, indessen der Geselle einen haardünnen, glänzenden Span davon abnahm.

⌜Und überall lagen Werkzeuge, Stücke von Eisen, Stahl und Messing, halbfertige Arbeiten, blanke Rädchen, Meißel und Bohrer, Drehstähle und Ahlen von jeder Form, neben der Esse hingen Hämmer und Setzhämmer, Amboßaufsätze, Zangen und Lötkolben, die Wand entlang Reihen von Feilen und Fräsen, auf den Borden lagen Öllappen, kleine Besen, Schmirgelfeilen, Eisensägen und standen Ölkannen, Säureflaschen, Nägel- und Schraubenkistchen herum.⌝ Jeden Augenblick wurde der Schleifstein benützt.

Mit Genugtuung nahm Hans wahr, daß seine Hände schon ganz schwarz waren, und hoffte, es möchte auch sein Anzug bald gebrauchter aussehen, der sich jetzt noch neben den schwarzen und geflickten Monturen der anderen lächerlich neu und blau ausnahm.

Wie der Vormittag vorschritt, kam auch von außen noch Leben in die Werkstatt. Es kamen Arbeiter aus der benachbarten Maschinenstrickerei, um kleine Maschinenteile schleifen oder reparieren zu lassen. Es kam ein Bauersmann, fragte nach seiner Waschmange*, die zum Flicken da war, und fluchte lästerlich, als er hörte, sie sei noch nicht fertig. Dann kam ein eleganter Fabrikbesitzer, mit dem der Meister in einem Nebenraum verhandelte.

Wäschemangel

Daneben und dazwischen arbeiteten Menschen, Räder und Riemen gleichmäßig fort, und so vernahm und verstand Hans zum erstenmal in seinem Leben den Hymnus der Arbeit, der wenigstens für den Anfänger etwas Ergreifendes und angenehm Berauschendes hat, und sah seine kleine Person und sein kleines Leben einem großen Rhythmus eingefügt.

Um neun Uhr war eine Viertelstunde Pause, und jeder erhielt ein Stück Brot und ein Glas Most. Erst jetzt begrüßte August den neuen Lehrbuben. Er redete ihm aufmunternd zu und fing wieder an, vom nächsten Sonntag zu schwärmen, wo er seinen ersten Wochenlohn mit den Kollegen verjubeln wolle. Hans fragte, was das für ein Rad sei, das er abzufeilen habe, und er erfuhr, es gehöre zu einer Turmuhr. August wollte ihm noch zeigen, wie es später zu laufen und zu arbeiten habe, aber da fing der erste Geselle wieder zu feilen an, und alle gingen schnell an ihre Plätze.

Als es zwischen zehn und elf Uhr war, begann Hans, müde zu werden; die Knie und der rechte Arm taten ihm ein wenig weh. Er trat von einem Fuß auf den andern und streckte heimlich seine Glieder, aber es half nicht viel. Da ließ er die Feile für einen Augenblick los und stützte sich auf den Schraubstock. Es achtete niemand auf ihn. Wie er so stand und ruhte und über sich die Riemen singen hörte, kam eine leichte Betäubung über ihn, daß er eine Minute lang die Augen schloß. Da stand gerade der Meister hinter ihm.

»Na, was gibt's? Bist schon müd?«

»Ja, ein bißchen«, gestand Hans.

Die Gesellen lachten.

»Das gibt sich schon«, sagte der Meister ruhig. »Jetzt kannst du einmal sehen, wie man lötet. Komm!«

Hans schaute neugierig zu, wie gelötet wurde. Erst wurde der Kolben warm gemacht, dann die Lötstelle mit Lötwasser bestrichen, und dann tropfte vom heißen Kolben das weiße Metall und zischte gelind.

»Nimm einen Lappen und reibe das Ding gut ab. Lötwasser beizt, das darf man auf keinem Metall sitzen lassen.«

Darauf stand Hans wieder vor seinem Schraubstock und kratzte mit der Feile an dem Rädlein herum. Der Arm tat ihm weh, und die linke Hand, die auf die Feile drücken mußte, war rot geworden und begann zu schmerzen.

Um Mittag, als der Obergeselle seine Feile weglegte und zum Händewaschen ging, brachte er seine Arbeit dem Meister. Der sah sie flüchtig an.

»'s ist schon recht, man kann's so lassen. Unter deinem Platz in der Kiste liegt noch ein gleiches Rad, das nimmst du heut nachmittag vor.«

Nun wusch auch Hans sich die Hände und ging weg. Eine Stunde hatte er zum Essen frei.

Kaufmanns-lehrlinge

Zwei Kaufmannsstifte*, frühere Schulkameraden von ihm, gingen auf der Straße hinter ihm her und lachten ihn aus. »Landexamensschlosser!« rief einer.

Er ging schneller. Er wußte nicht recht, ob er eigentlich zufrieden sei oder nicht; es hatte ihm in der Werkstatt gut gefallen, nur war er so müd geworden, so heillos müd.

Und unter der Haustüre, während er sich schon aufs Sitzen und Essen freute, mußte er plötzlich an Emma denken. Er hatte sie den ganzen Vormittag vergessen gehabt. Er ging leise in sein Stüblein hinauf, warf sich aufs Bett und stöhnte vor Qual. Er wollte weinen, aber seine Augen blieben trocken. Hoffnungslos sah er sich wieder der verzehrenden Sehnsucht hingegeben. Der Kopf stürmte und schmerzte ihm, und die Kehle tat ihm weh vor ersticktem Schluchzen.

Das Mittagessen war eine Qual. Er mußte dem Vater Rede stehen und erzählen und sich allerlei kleine Witze gefallen lassen, denn der Papa war guter Laune. Kaum hatte man gegessen, lief er in den Garten hinaus und brachte dort in der Sonne eine Viertelstunde halbträumend zu, dann war es Zeit, wieder in die Werkstatt zu gehen.

Schon vormittags hatte er rote Schwielen an den Händen bekommen, jetzt begannen sie ernstlich weh zu tun und waren am Abend so geschwollen, daß er nichts anfassen konnte, ohne Schmerzen zu haben. Und vor Feierabend mußte er noch unter Augusts Anleitung die ganze Werkstatt aufräumen.

Der Samstag war noch schlimmer. Die Hände brannten ihn, die Schwielen hatten sich zu Blasen vergrößert. Der Meister war schlechter Laune und fluchte beim kleinsten Anlaß. August tröstete zwar, das mit den Schwielen daure nur ein paar Tage, dann habe man harte Hände und spüre nichts mehr, aber Hans fühlte sich todunglücklich, schielte den ganzen Tag nach der Uhr und kratzte hoffnungslos an seinem Rädchen herum.

Abends beim Aufräumen teilte August ihm flüsternd mit, er gehe morgen mit ein paar Kameraden nach Bielach hinaus, es müsse flott und lustig hergehen und Hans dürfe auf keinen Fall fehlen. Er solle ihn um zwei Uhr abholen. Hans sagte zu, obwohl er am liebsten den ganzen Sonntag daheim liegengeblieben wäre, so elend und müde war er. Zu Hause gab ihm die alte Anna eine Salbe für die wunden Hände, er ging schon um acht Uhr ins Bett und schlief bis in den Vormittag hinein, so daß er sich sputen mußte, um noch mit dem Vater in die Kirche zu kommen.
Beim Mittagessen fing er von August zu reden an und daß er heute mit ihm über Feld wolle. Der Vater hatte nichts dagegen, schenkte ihm sogar fünfzig Pfennig und verlangte nur, er müsse zum Nachtessen wieder da sein. Als Hans bei dem schönen Sonnenschein durch die Gassen schlenderte, hatte er seit Monaten zum erstenmal wieder eine Freude am Sonntag. Die Straße war feierlicher, die Sonne heiterer und alles festlicher und schöner, wenn man Arbeitstage mit schwarzen Händen und müden Gliedern hinter sich hatte. Er begriff jetzt die Metzger und Gerber, Bäcker und Schmiede, die vor ihren Häusern auf den sonnigen Bänken saßen und so königlich heiter aussahen, und er betrachtete sie nicht mehr als elende Banausen. Er schaute Arbeitern, Gesellen und Lehrlingen nach, die in Reihen spazieren oder ins Wirtshaus gingen, den Hut ein wenig schief auf dem Kopf, mit weißen Hemdkragen und in ausgebürsteten Sonntagskleidern. Meistens, wenn auch nicht immer, blieben die Handwerke unter sich, Schreiner bei Schreinern, Maurer bei Maurern, hielten zusammen und wahrten die Ehre ihres Standes, und unter ihnen waren die Schlosser die vornehmste Zunft, obenan die Mechaniker. Das alles hatte etwas Anheimelndes, und wenn auch manches daran ein wenig naiv und lächerlich war, lag doch dahinter die Schönheit und der Stolz des Handwerks verborgen, die auch heute noch immer etwas Freudiges und Tüchtiges

vorstellen und von denen der armseligste Schneiderlehrling noch einen kleinen Schimmer erhält.

Wie vor dem Schulerschen Hause die jungen Mechaniker standen, ruhig und stolz, Vorübergehenden zunickend und untereinander plaudernd, da konnte man wohl sehen, daß sie eine zuverlässige Gemeinschaft bildeten und keines Fremden bedurften, auch am Sonntag beim Vergnügen nicht.

Hans fühlte das auch und freute sich, zu diesen zu gehören. Doch empfand er eine kleine Angst vor dem geplanten Sonntagsvergnügen, denn er wußte schon, daß es bei den Mechanikern im Lebensgenusse massiv und reichlich zuging. Vielleicht würden sie sogar tanzen. Das konnte Hans nicht, im übrigen aber gedachte er, so gut als möglich seinen Mann zu stehen und nötigenfalls einen kleinen Katzenjammer zu riskieren. Er war nicht gewohnt, viel Bier zu trinken, und im Rauchen hatte er es mit Mühe dahin gebracht, daß er etwa eine Zigarre mit Vorsicht zu Ende bringen konnte, ohne Elend und Schande davon zu haben.

August begrüßte ihn mit festlicher Freudigkeit. Er erzählte, daß zwar der ältere Geselle nicht mitkommen wolle, dafür aber ein Kollege aus einer andern Werkstatt, so seien sie wenigstens vier Leute, und das genüge schon, um ein ganzes Dorf umzudrehen. Bier könne heute jeder trinken, soviel er möge, denn das bezahle er für alle. Er bot Hans eine Zigarre an, dann setzten sich die vier langsam in Bewegung, bummelten langsam und stolz durch die Stadt und fingen erst unten am Lindenplatz an, schneller zu marschieren, um beizeiten nach Bielach zu kommen.

Der Spiegel des Flusses flimmerte blau, gold und weiß, durch die fast ganz entblätterten Ahorne und Akazien der Straßenalleen wärmte eine milde Oktobersonne herab, der hohe Himmel war wolkenlos hellblau. Es war einer von den stillen, reinen und freundlichen Herbsttagen, an denen alles Schöne des vergangenen Sommers wie eine leidlose, lächelnde Erinnerung die milde Luft erfüllt, an denen die Kinder die Jahreszeit vergessen und meinen, sie müssen Blumen suchen, und an denen die alten Leute mit sinnenden Augen vom Fenster oder von der Bank vorm Hause in die Lüfte schauen, weil es ihnen scheint, die freundlichen Erinnerungen nicht nur des Jahres, sondern ihres ganzen abgelaufenen Lebens flögen sichtbar durch die klare Bläue. Die Jungen aber sind guter Dinge und preisen den schönen Tag, je nach Gaben und Gemütsart, durch Trankopfer oder Schlachtopfer, durch Gesang oder Tanz, durch Trinkgelage oder durch großartige Raufhändel, denn überall sind frische Obstkuchen gebacken worden, liegt junger Apfelmost oder Wein gärend im Keller und feiert Geige oder Harmonika vor den Wirtshäusern und auf den Lindenplätzen die letzten schönen Tage des Jahres und ladet zu Tanz und Liedersingen und Liebesspielen ein.

Die jungen Burschen wanderten rasch voran. Hans rauchte seine Zigarre mit dem Anschein der Sorglosigkeit und wunderte sich selber darüber, daß sie ihm ganz wohl bekam. Der Gesell erzählte von seiner Wanderschaft, und niemand nahm daran Anstoß, daß er das Maul so voll nahm; das gehörte zur Sache. Auch der bescheidenste Handwerksgeselle, wenn er im Brot sitzt und vor Augenzeugen sicher ist, erzählt von seinen Wanderzeiten in einem großartigen und flotten, ja sagenhaften Ton. Denn die wundervolle Poesie des Handwerksburschenlebens ist Gemeingut des Volkes und dichtet aus jedem einzelnen heraus die traditionellen alten Abenteuer neu mit neuen Arabesken, und jeder Fechtbruder* hat, wenn er ins Erzählen gerät, ein Stück vom unsterblichen Eulenspiegel und ein Stück vom unsterblichen ⌜Straubinger⌝ in sich.

»Also in Frankfurt, wo ich damals gewesen bin, sackerlot*, da war noch ein Leben! Hab ich denn das noch nie erzählt, wie ein reicher Kaufmann, so ein geschleckter Aff, meines Meisters Tochter hat heiraten wollen; aber sie hat ihn

Rumtreiber, Vagabund

(franz.: »sacrelot«, urspr. »sacre nom«: »heiliger Name Gottes«) Fluch und Ausdruck des Erstaunens heimgeschickt, weil ich ihr um eine Nummer lieber war, und ist mein Schatz gewesen vier Monat lang, und wenn ich nicht Händel* mit dem Alten bekommen hätt, säß ich jetzt dort und wär sein Schwiegersohn.«

Streit

Und weiter erzählte er, wie ihn der Meister, das Luder, hat kuranzen wollen, der elende Seelenverkäufer, und hat's einmal gewagt und die Hand nach ihm ausgestreckt, da hat er aber kein Wort gesagt, sondern bloß den Schmiedehammer geschwungen und den Alten mal so angesehen, und der ist aber ganz still weggegangen, weil ihm sein Schädel lieb war, und hat ihm dann nachher schriftlich gekündigt, der feige Tropf. Und er erzählte von einer großen Schlacht in Offenburg, wo drei Schlosser, er dabei, sieben Fabrikler halb tot geschlagen haben – wer nach Offenburg kommt, braucht bloß den langen Schorsch zu fragen, der ist noch dort und ist damals mitgewesen.

⌜Das alles wurde mit einem kühl-brutalen Ton, aber mit großem innerem Eifer und Wohlgefallen mitgeteilt, und jeder hörte mit tiefem Vergnügen zu und beschloß im stillen, diese Geschichte später auch einmal zu erzählen, anderswo bei andern Kameraden. Denn jeder Schlosser hat einmal seines Meisters Tochter zum Schatz gehabt und ist einmal mit dem Hammer auf einen bösen Meister losgegangen und hat einmal sieben Fabrikler elend durchgehauen. Bald spielt die Geschichte im Badischen, bald in Hessen oder in der Schweiz, bald war es statt des Hammers die Feile oder ein glühendes Eisen, bald waren es statt Fabriklern Bäcker oder Schneider, aber es sind immer die alten Geschichten, und man hört sie immer wieder gern, denn sie sind alt und gut und machen der Zunft Ehre. Womit nicht gesagt sein soll, daß es nicht immer wieder und auch heute noch unter den Wanderburschen solche gibt, die Genies im Erleben oder Genies im Erfinden sind, was beides ja im Grunde dasselbe ist.⌝

Namentlich August war hingerissen und vergnügt. Er lachte fortwährend und stimmte zu, fühlte sich schon als halber Geselle und blies mit verächtlicher Genießermiene den Tabakrauch in die goldene Luft. Und der Erzähler spielte seine Rolle weiter, denn es kam ihm darauf an, sein Mitdabeisein als eine gutmütige Herablassung hinzustellen, da er als Gesell eigentlich am Sonntag nicht zu den Lehrlingen gehörte und sich hätte schämen sollen, dem Buben seine Batzen* vertrinken zu helfen.

Man war eine gute Strecke die Landstraße flußabwärts gegangen; jetzt hatte man die Wahl zwischen einem langsam steigenden, im Bogen bergan führenden Fahrsträßchen und einem steilen Fußweg, der nur halb so weit war. Man wählte die Fahrstraße, wenn sie auch weit und staubig war. Fußwege sind für den Werktag und für spazierengehende Herren; das Volk aber liebt, namentlich an Sonntagen, die Landstraße, deren Poesie ihm noch nicht verlorengegangen ist. Steile Fußwege ersteigen, das ist für Bauersleute oder für Naturfreunde aus der Stadt, das ist eine Arbeit oder ein Sport, aber kein Vergnügen fürs Volk. Dagegen eine Landstraße, wo man behaglich vorwärts kommt und dabei plaudern kann, wo man Stiefel und Sonntagskleider schont, wo man Wagen und Pferde sieht, andere Bummler antrifft und einholt, geputzten Mädchen und singenden Burschengruppen begegnet, wo einem Witze nachgerufen werden, die man lachend heimgibt, wo man stehen und schwatzen und ledigen Falles den Mädchenreihen nachlaufen und nachlachen oder des Abends persönliche Differenzen mit guten Kameraden durch Taten zum Ausdruck und Ausgleich bringen kann!

Man ging also den Fahrweg, der sich in großem Bogen ruhig und freundlich berghinan zog wie einer, der Zeit hat und kein Schweißvergießen liebt. Der Geselle zog den Rock aus und trug ihn am Stock auf der Achsel, statt des Erzählens hatte er nun zu pfeifen begonnen, auf eine überaus verwegene und lebenslustige Art, und pfiff, bis man nach

Silberhaltige Münze, regional gültig vom Ende des 15. bis ins 19. Jh.

einer Stunde in Bielach ankam. Über Hans waren einige Sticheleien ergangen, die ihn nicht stark anfochten und von August eifriger als von ihm selber pariert wurden. Und nun stand man vor Bielach.

Das Dorf lag mit roten Ziegeldächern und silbergrauen Strohdächern zwischen herbstfarbige Obstbäume gebettet, rückwärts vom dunklen Bergwalde überragt.
Die jungen Leute wollten über das Wirtshaus, in das man einkehren wollte, nicht einig werden. Der »Anker« hatte das beste Bier, aber der »Schwan« die besten Kuchen, und im »Scharfen Eck« war eine schöne Wirtstochter. Endlich setzte August durch, daß man in den »Anker« gehe, und deutete augenzwinkernd an, das »Scharfe Eck« werde wohl während der paar Schoppen nicht davonlaufen und auch nachher noch zu finden sein. Das war allen recht, und so ging man ins Dorf, an den Ställen und an den mit Geranienstöcken besetzten niederen Bauernfenstern vorbei auf den »Anker« los, dessen goldenes Schild über zwei junge, runde Kastanien hinweg in der Sonne gleißend lockte. Zum Leidwesen des Gesellen, der durchaus innen sitzen wollte, war die Schankstube überfüllt, und man mußte im Garten Platz nehmen.
Der »Anker« war nach den Begriffen seiner Gäste ein feines Lokal, also kein altes Bauernwirtshaus, sondern ein moderner Backsteinwürfel mit zu vielen Fenstern, mit Stühlen statt der Bänke und mit einer Menge von farbigen Reklameschildern aus Blech, ferner mit einer städtisch angezogenen Kellnerin und einem Wirt, den man niemals in Hemdärmeln, sondern stets in einem vollständigen braunen Anzug nach der Mode zu sehen bekam. Er war eigentlich bankrott, hatte aber sein eigenes Haus von seinem Hauptgläubiger, einem großen Bierbrauer, in Pacht genommen und war seither noch vornehmer geworden. Der Garten bestand aus einem Akazienbaum und aus einem

großen Drahtgitter, das von wildem Wein einstweilen zur Hälfte überwachsen war.

»Zum Wohl, ihr Leute!« schrie der Geselle und stieß mit allen Dreien an. Und um sich zu zeigen, trank er das ganze Glas auf einen Zug leer.

»Sie, schönes Fräulein, da war ja gar nix drin; bringen Sie gleich noch eins!« rief er der Kellnerin zu und streckte ihr über den Tisch weg das Schoppenglas entgegen.

Das Bier war vorzüglich, kühl und nicht zu bitter, und Hans ließ sich sein Glas fröhlich schmecken. August trank mit Kennermiene, schnalzte mit der Zunge und rauchte nebenher wie ein schlechter Ofen, was Hans still bewunderte.

⌜Es war doch nicht so übel, so seinen fidelen Sonntag zu haben und am Wirtstisch zu sitzen wie einer, der es darf und verdient hat, und mit Leuten, die das Leben und das Lustigsein loshatten. Es war schön, mitzulachen und bisweilen selber einen Witz zu riskieren, es war schön und männlich, nach dem Austrinken sein Glas mit Nachdruck auf den Tisch zu knallen und sorglos zu rufen: »Noch eins, Fräulein!« Es war schön, einem Bekannten am andern Tische zuzutrinken, den kalten Zigarrenstumpen in der Linken hängen zu lassen und den Hut ins Genick zu schieben wie die andern.⌝

Der mitgekommene fremde Geselle begann nun auch warm zu werden und zu erzählen. Er wußte von einem Schlosser in Ulm, der konnte zwanzig Glas Bier trinken, von dem guten Ulmer Bier, und wenn er damit fertig war, wischte er sich das Maul und sagte: so, jetzt noch ein gutes Fläschle Wein! Und er hatte in Cannstatt einen Heizer gekannt, der zwölf Knackwürste hintereinander essen konnte und eine Wette damit gewonnen hatte. Aber eine zweite solche Wette hatte er verloren. Er hatte sich vermessen, die Speisekarte einer kleinen Wirtschaft durchzuspeisen, und er hatte auch fast alles verzehrt, aber am Schluß der Speisekarte kamen viererlei Arten Käse, und wie er bei der dritten war, schob er den Teller weg und sagte: jetzt lieber sterben als noch einen Bissen.

Auch diese Geschichten fanden reichen Beifall, und es zeigte sich, daß es da und dort auf Erden ausdauernde Trinker und Esser gebe, denn jeder wußte von einem solchen Helden und seinen Leistungen zu erzählen. Beim einen war es »ein Mann in Stuttgart«, beim andern »ein Dragoner*, ich glaub, in Ludwigsburg«, beim einen waren es siebzehn Kartoffeln gewesen, beim anderen elf Pfannenkuchen mit Salat. Man brachte diese Begebenheiten mit sachlichem Ernste vor und gab sich mit Behagen der Erkenntnis hin, daß es doch vielerlei schöne Gaben und merkwürdige Menschen gibt und auch tolle Käuze darunter. Dies Behagen und diese Sachlichkeit sind alte ehrwürdige Erbstücke jedes Stammtischphilisteriums* und werden von den jungen Leuten nachgeahmt wie Trinken, Politisieren, Rauchen, Heiraten und Sterben.

Kavallerist der kaiserl.-dt. Armee

Gebräuche der »Philister« (= alten Herren und Spießbürger) am Stammtisch

Beim dritten Glas fragte einer, ob es denn keine Kuchen gebe. Man rief der Kellnerin und erfuhr, nein, es gebe keine Kuchen, worüber alle sich schrecklich aufregten. August stand auf und sagte, wenn's nicht einmal Kuchen gebe, dann könne man ja ein Haus weiter gehen. Der fremde Geselle schimpfte über die miserable Wirtschaft, nur der Frankfurter war fürs Bleiben, denn er hatte sich ein wenig mit der Kellnerin eingelassen und sie schon mehrmals intensiv gestreichelt. Hans hatte zugesehen, und dieser Anblick samt dem Bier hatte ihn seltsam aufgeregt. Er war froh, daß man jetzt fortging.

Als die Zeche bezahlt war und alle auf die Straße traten, begann Hans seine drei Schoppen ein wenig zu spüren. Es war ein angenehmes Gefühl, halb Müdigkeit, halb Unternehmungslust, auch war etwas wie ein dünner Schleier vor seinen Augen, durch welchen alles entfernter und fast unwirklich aussah, ähnlich wie man im Traum sieht. Er mußte beständig lachen, hatte den Hut noch etwas kühner schief gesetzt und kam sich wie ein ausbündig fideler Kerl vor. Der Frankfurter pfiff wieder auf seine kriegerische Art, und Hans versuchte, im Takt dazu zu gehen.

Im »Scharfen Eck« war's ziemlich still. Ein paar Bauern tranken neuen Wein. Es gab kein offenes Bier, nur Flaschen, und sogleich bekam jeder eine vorgesetzt. Der fremde Geselle wollte sich nobel zeigen und bestellte für alle zusammen einen großen Apfelkuchen. Hans fühlte plötzlich einen gewaltigen Hunger und aß hintereinander ein paar Stücke davon. Es saß sich dämmerig und bequem in der alten braunen Wirtsstube auf den festen, breiten Wandbänken. Die altmodische Kredenz* und der riesige Ofen verschwanden im Halbdunkel, in einem großen Käfig mit Holzstäben flatterten zwei Meisen, denen ein voller Zweig roter Vogelbeeren als Futter durchs Gestäbe gesteckt war.

Anrichte

Der Wirt trat für einen Augenblick an den Tisch und hieß die Gäste willkommen. Darauf dauerte es eine Weile, bis ein Gespräch zurecht kam. Hans nahm einige Schlückchen von dem scharfen Flaschenbier und war neugierig, ob er wohl noch mit der ganzen Flasche fertig werden würde.

Der Frankfurter schwadronierte* wieder grausam, von rheinländischen Weinbergfesten, von Wanderschaft und Pennenleben; man hörte ihm fröhlich zu, und auch Hans kam aus dem Lachen nicht mehr heraus.

prahlte

Auf einmal merkte er, daß es mit ihm nicht mehr ganz richtig sei. Alle Augenblicke flossen ihm Zimmer, Tisch, Flaschen, Gläser und Kameraden zu einem sanften braunen Gewölk zusammen und nahmen nur, wenn er sich kräftig aufraffte, wieder Gestalt an. Von Zeit zu Zeit, wenn Gespräch und Gelächter heftiger anschwoll, lachte er laut mit oder sagte etwas, was er sogleich wieder vergaß. Wenn angestoßen wurde, tat er mit, und nach einer Stunde sah er mit Erstaunen, daß seine Flasche leer war.

»Du hast einen guten Zug«, sagte August. »Willst noch eine?«

Hans nickte lachend. Er hatte sich so eine Trinkerei viel gefährlicher vorgestellt. Und als jetzt der Frankfurter ein Lied anstimmte und alle einfielen, da sang auch er aus voller Kehle mit.

Mittlerweile hatte sich die Stube gefüllt, und es kam die Wirtstochter, um der Kellnerin beim Bedienen zu helfen. Sie war eine große, schöngewachsene Person mit einem gesunden, kräftigen Gesicht und ruhigen, braunen Augen. Als sie die neue Flasche vor Hans hinstellte, bombardierte sie sogleich der daneben sitzende Geselle mit seinen zierlichsten Galanterien*, denen sie aber kein Gehör gab. Vielleicht, um jenem ihre Nichtachtung zu zeigen, oder vielleicht, weil sie an dem feinen Bubenköpfchen Gefallen fand, wandte sie sich zu Hans und fuhr ihm schnell mit der Hand übers Haar; dann ging sie in die Kredenz zurück.

Höflichkeitsbekundungen, Schmeicheleien

Der Geselle, der schon an der dritten Flasche war, folgte ihr und gab sich alle Mühe, ein Gespräch mit ihr in Gang zu bringen, aber ohne Erfolg. Das große Mädchen sah ihn gleichmütig an, gab keine Antwort und kehrte ihm bald den Rücken zu. Da kam er an den Tisch zurück, trommelte mit der leeren Flasche und rief mit plötzlicher Begeisterung: »Wir wollen fidel sein, Kinder; stoßet an!«

Und nun erzählte er eine saftige Weibergeschichte.

Hans hörte nur noch ein trübes Stimmengemisch, und als er mit seiner zweiten Flasche nahezu fertig war, begann ihm das Sprechen und sogar das Lachen schwerzufallen. Er wollte zu dem Meisenkäfig hinübergehen und die Vögel ein wenig necken; aber nach zwei Schritten wurde ihm schwindlig, er wäre ums Haar gestürzt und kehrte vorsichtig um.

Von da an ließ seine ausgelassene Fröhlichkeit mehr und mehr nach. Er wußte, daß er einen Rausch habe, und die ganze Trinkerei kam ihm nicht mehr lustig vor. Und wie in einer weiten Ferne sah er allerlei Unheil ihn erwarten: den Heimweg, einen bösen Auftritt mit dem Vater und morgen früh wieder die Werkstatt. Allmählich schmerzte ihm auch der Kopf.

Auch die andern hatten des Guten genug geleistet. In einem klaren Augenblick begehrte August zu zahlen und bekam auf seinen Taler wenig heraus. Schwatzend und lachend ging man auf die Straße, vom hellen Abendlicht geblendet. Hans konnte sich kaum mehr aufrecht halten, er lehnte sich schwankend an August und ließ sich von ihm mitziehen.

Der fremde Schlosser war sentimental geworden. Er sang »Morgen muß ich fort von hier«* und hatte Tränen in den Augen.

Volkslied, bekannt in der Vertonung von Friedrich Silcher (1789–1860)

Eigentlich wollte man heimgehen, aber als man am »Schwanen« vorüberkam, bestand der Geselle drauf, noch hineinzugehen. Unter der Türe machte Hans sich los.

»Ich muß heim.«

»Du kannst ja nimmer allein laufen«, lachte der Geselle.

»Doch, doch. Ich – muß – heim.«

»So nimm wenigstens noch einen Schnaps, Kleiner! Der hilft dir auf die Beine und bringt den Magen in Ordnung. Jawohl, du wirst sehen.«

Hans spürte ein kleines Glas in seiner Hand. Er verschüttete viel davon, den Rest schluckte er und fühlte ihn wie Feuer im Schlunde brennen. Ein heftiger Ekel schüttelte ihn. Allein taumelte er die Vortreppe hinab und kam, er wußte nicht wie, zum Dorf hinaus. Häuser, Zäune und Gärten drehten sich schief und wirr an ihm vorüber.

Unter einem Apfelbaum legte er sich in die feuchte Wiese. Eine Menge von widerlichen Gefühlen, quälenden Befürchtungen und halbfertigen Gedanken hinderte ihn am Einschlafen. Er kam sich beschmutzt und geschändet vor. Wie sollte er nach Hause kommen? Was sollte er dem Vater sagen? Und was sollte morgen aus ihm werden? Er kam sich so gebrochen und elend vor, als müsse er nun eine Ewigkeit ruhen, schlafen, sich schämen. Kopf und Augen taten ihm weh, und er fühlte nicht einmal so viel Kraft in sich, um aufzustehen und weiterzugehen.

Plötzlich kam wie eine verspätete, flüchtige Welle ein Anflug der vorigen Lustigkeit zurück; er schnitt eine Grimasse und sang vor sich hin:

O du lieber Augustin,
Augustin, Augustin,
O du lieber Augustin,
Alles ist hin.

Und kaum hatte er ausgesungen, so tat ihm etwas im Innersten weh und stürmte eine trübe Flut von unklaren Vorstellungen und Erinnerungen, von Scham und Selbstvorwürfen auf ihn ein. Er stöhnte laut und sank schluchzend ins Gras.

Nach einer Stunde, es dunkelte schon, erhob er sich und schritt unsicher und mühsam bergabwärts.

Herr Giebenrath hatte ausgiebig geschimpft, als sein Bub zum Nachtessen ausgeblieben war. Als es neun Uhr wurde und Hans noch immer nicht da war, legte er ein lang nicht mehr gebrauchtes, starkes Meerrohr* bereit. Der Kerl meinte wohl, er sei der väterlichen Rute bereits entwachsen? Der konnte sich gratulieren, wenn er heimkam!

Eigentlich: Spazierstock, hier: Rohrstock, Rute

Um zehn Uhr verschloß er die Haustüre. Wenn der Herr Sohn nachtschwärmen wollte, konnte er ja sehen, wo er bliebe.

Trotzdem schlief er nicht, sondern wartete mit wachsendem Grimm von Stunde zu Stunde darauf, daß eine Hand die Klinke probiere und schüchtern an der Glocke ziehe. Er stellte sich die Szene vor – der Herumtreiber konnte ja was erleben! Wahrscheinlich würde der Lausbub besoffen sein, aber er würde dann schon nüchtern werden, der Bengel, der Heimtücker, der elendige! Und wenn er ihm alle Knochen abeinander hauen mußte.

Endlich bezwang ihn und seine Wut der Schlaf.

Zu derselben Zeit trieb der so bedrohte Hans schon kühl und still und langsam im dunklen Flusse talabwärts. Ekel, Scham und Leid waren von ihm genommen, auf seinen dunkel dahintreibenden, schmächtigen Körper schaute die kalte, bläuliche Herbstnacht herab, mit seinen Händen und Haaren und erblaßten Lippen spielte das schwarze Wasser. Niemand sah ihn, wenn nicht etwa der vor Tagesanbruch auf Jagd ziehende scheue Fischotter, der ihn listig beäugte und lautlos an ihm vorüberglitt. Niemand wußte auch, wie er ins Wasser geraten sei. Er war vielleicht verirrt und an einer abschüssigen Stelle ausgeglitten; er hatte vielleicht trinken wollen und das Gleichgewicht verloren. Vielleicht hatte der Anblick des schönen Wassers ihn gelockt, daß er sich darüber beugte, und da ihm Nacht und Mondblässe so voll Frieden und tiefer Rast entgegenblickten, trieb ihn Müdigkeit und Angst mit stillem Zwang in die Schatten des Todes.

Am Tage fand man ihn und trug ihn heim. Der erschrockene Vater mußte seinen Stock beiseite tun und seinen angesammelten Grimm fahren lassen. Zwar weinte er nicht und ließ sich wenig merken, aber in der folgenden Nacht blieb er wieder wach ⌜und blickte zuweilen durch den Türspalt zu seinem still gewordenen Kinde hinüber, das auf einem reinen Bette lag und noch immer mit der feinen Stirn und dem bleichen, klugen Gesicht so aussah, als wäre es etwas Besonderes und habe das eingeborne Recht, ein anderes Schicksal als andere zu haben. An Stirn und Händen war die Haut ein wenig bläulichrot abgeschürft, die hübschen Züge schlummerten, über den Augen lagen die weißen Lider, und der nicht ganz geschlossene Mund sah zufrieden und beinahe heiter aus.⌝ Es hatte das Ansehen, der Junge sei plötzlich in der Blüte gebrochen und aus einer freudigen Bahn gerissen, und auch der Vater erlag in seiner Müdigkeit und einsamen Trauer dieser lächelnden Täuschung.

Die Beerdigung zog eine große Zahl von Mitgängern und Neugierigen an. Wieder war Hans Giebenrath eine Berühmtheit geworden, für die sich jeder interessierte, und wieder nahmen die Lehrer, der Rektor und der Stadtpfarrer an seinem Schicksal teil. Sie erschienen sämtlich in Gehröcken und feierlichen Zylindern, begleiteten den Leichenzug und blieben am Grabe einen Augenblick stehen, untereinander flüsternd. Der Lateinlehrer sah besonders melancholisch aus, und der Rektor sagte leise zu ihm: »Ja, Herr Professor, aus dem hätte etwas werden können. Ist das nicht ein Elend, daß man gerade mit den Besten so oft Pech hat?«

Beim Vater und der alten Anna, die ununterbrochen heulte, blieb der Meister Flaig am Grabe zurück.

»Ja, so was ist herb, Herr Giebenrath«, sagte er teilnehmend. »Ich habe den Buben auch liebgehabt.«

»Man begreift's nicht«, seufzte Giebenrath. »Er ist so begabt gewesen, und alles ist ja auch gutgegangen, Schule, Examen – und dann auf einmal ein Unglück übers andere!«

Der Schuhmacher deutete den durchs Kirchhoftor abziehenden Gehröcken nach.

»Dort laufen ein paar Herren«, sagte er leise, »die haben auch mitgeholfen, ihn so weit zu bringen.«

»Was?« fuhr der andere auf und starrte den Schuster zweifelnd und erschrocken an. »Ja, sackerlot, wieso denn?«

»Seien Sie ruhig, Herr Nachbar. Ich hab bloß die Schulmeister gemeint.«

»Wieso? Wie denn?«

»Ach, nichts weiter. Und Sie und ich, wir haben vielleicht auch mancherlei an dem Buben versäumt, meinen Sie nicht?«

Über dem Städtchen war ein fröhlich blauer Himmel ausgespannt, im Tal glitzerte der Fluß, die Tannenberge blauten weich und sehnlich in die Weite. Der Schuhmacher lächelte traurig und nahm des Mannes Arm, der aus der Stille und seltsam schmerzlichen Gedankenfülle dieser Stunde zögernd und verlegen den Niederungen seines gewohnten Daseins entgegenschritt.

Anhang

Erwin

I

Wie ein dunkler Grenzturm liegt zwischen den Spielplätzen meiner Kindheit und den Gärten und Wildnissen meiner Jünglingszeit das alte Kloster.
Ich sehe seine Mauern und Säulen trotzig stehen und lange Schatten in mein Jugendleben werfen, und muß doch lächeln und kann mich des schnelleren Herzschlags nicht erwehren, wenn mein inneres Auge die festen Mauern des »Paradieses« und die Wölbungen der gotischen Kreuzgänge erblickt. Oft hatte ich Sehnsucht, den Ort meiner ersten Nöte und Träume wieder zu sehen, die Geburtsstätte meines Heimwehs und meiner ersten Lieder.
Das Kloster liegt zwischen mehreren Hügeln im Tal, schwer, von romantischen Schatten umgeben. Ich stand oft am Gitter des Parlatoriums, welches den Mönchen karge beaufsichtigte Gespräche mit besuchenden Anverwandten gestattete, und hatte das Herz voll von Freundschaft und Heimweh, und hatte keinen, dem ich davon reden durfte.
Ich schritt oft mit beklommenem Sinn durch die steinernen Dormente, und war allein, und hörte nur den Klang und Widerhall meiner Schritte und aus der Brunnenkapelle den singenden Laut des fallenden Wassers.
In einem der großen Schlafsäle verbrachte ich manche halbe Nacht heiß und wachend, in Zukunftgedanken, in Dichterphantasien, und allen Nöten meiner ratlosen Jugend. Alle Romantik, die ein Knabenherz erfüllen und beschweren kann, war in mir lebendig, ich war erfüllt von allen einander widerstrebenden Idealen der ersten Jugend. Die Helden Homers und die Helden Klopstocks*, die Wunder Athens und Altdeutschlands stritten um meine Verehrung. Meine Stimmungen waren im Bann der mondbe-

Friedrich Gottlieb K. (1724–1803), dt. Dichter

schienenen Einsamkeit, der ich viele Abende in den hohen, gewölbten Räumen des Oratoriums und der Dormente mich hingab. Tage lang schlug mein leidenschaftliches Herz den verheißenen Tempeln der Wissenschaft warm entgegen, zu jedem Fleiß und zu jeder Entsagung bereit, und wurde wieder des Nachts von Verachtung und Sehnsucht gequält. Dann träumte ich von Höhen und glänzenden Möglichkeiten, und schmachtete gefangen, und lernte früh die Sehnsucht nach Freiheit.

Wenn ich in der freien Mittagsstunde den nächsten Hügel erstieg, sah ich die weiten Gebäude des Klosters unter Schieferdächern stattlich beieinander gelagert. Zwei Kirchen mit langen, kreuzförmigen Dächern und festen, steinernen Vorhallen, zwei Refektorien, Oratorium, Hörsaal und Dormente, im Innern die gotischen Kreuzgänge. Dort wartete Livius, Xenophon und der göttliche Homer auf mich, dort war mein Pult und Bett, beide Zeugen ernster und schwärmerischer Gedanken und Phantasien, dort war der Ort unsrer Spiele, Kämpfe und Enttäuschungen. Umschauend sah ich auf der anderen Hügelseite den tiefen See gebreitet, dahinter Feld und Gebirg und Weite. Dort war das Unbekannte, das Größere, die Ferne, die Welt, die Freiheit. Dort lag die helle Bahn, mit anderen in die Weite zu laufen, dort lagen verborgene Ziele, Größe und Untergang, für alle Freien. Dort waren die Freunde, deren ich bedurfte, dort waren Berater und Mitwisser meiner Heimlichkeiten, Genesung und freie Luft für meine stummen Sorgen und Bedrängnisse.

Vielemal bin ich den kurzen Weg mit schwerem Herzen und wunder Seele hinabgestiegen. Wenn ich den Klosterplatz betrat, traf ich die Kameraden bei Turnen und Ballspiel oder lachend und ruhend auf den Bänken im Schatten des Ahorn. Ich suchte oft, und ich fand nirgends den Blick, der mich verstand. Dann griff ich selber zum Ball und sprang allen voraus über den Platz, mit Hallo und heißen

Wangen, der Rascheste und Wildeste von allen. Abends, wenn der Weg ins Freie versagt war, führte die Einförmigkeit des Lebens und die Verschiedenheit der vielen Schüler zu vielerlei Zeitvertreib und Spiel. Häufig fanden Raufhändel statt, bei denen ich oft mit Ekel zuschaute und noch öfter mit Ruf und Faust mich beteiligte. Ich führte ein großes Heft, in welches ich die Helden, die uns täglich aus Livius und aus dem Geschichtsunterricht bekannt wurden, mit Bleistift und Wasserfarben nach Art der Moritatenbilder karikierte, dieselben Helden, unter denen ich Freunde, Tröster und Vorbilder verehrte. Ich errichtete ein delphisches Orakel im Verein mit drei Helfern. Von diesem herab gab einer von uns, vermummt und gefeit, den zudrängenden Fragern, in Ratschläge eingewickelt, kräftige Grobheiten zu hören. Von diesen Späßen hielt keiner länger als einige Tage vor, aber ich warf mich auf jeden mit der Leidenschaft meines unbefriedigten Knabensinnes. Die Vornehmeren unter den Mitschülern, denen ich durch Art und Erziehung näher stand, wurden durch meine lauten, ungezähmten Einfälle abgestoßen und liebten mich nicht; der Durchschnitt der übrigen war von Hause aus zu ungeschlacht, um mich anzuziehen oder zu verstehen. Mit diesen verband mich aber die erfinderische Langeweile. Ein literarischer Verein, von einigen Lesern und beginnenden Ästhetikern gegründet, schloß mich aus, der ich in ihren Büchern heimischer war als sie. Alle Neigungen und Bedürfnisse, welche über dem täglichen Spiel und Umgang standen, pflegte ich allein und hielt sie als uneingestandene Liebhabereien geheim. Denn ich fürchtete nichts so sehr als die Roheit und den Spott der andern. Schiller und Shakespeare wurden früh meine Freunde. Ich erinnere mich der Stürme, welche mich erfaßten, als ich Schillers Jugendleben las. *Die Räuber** gewannen Macht über mich, so wenig ich im Grunde an übertriebenen Worten und an Derbheiten Genüge fand. Verse, die ich damals schrieb, zeigen alle Nü-

Schillers erstes Drama (1780)

ancen des Stils und der Stimmung, welche zwischen den Höhepunkten revolutionärer Freiheitsliebe und der uferlosen Sentimentalität Ossians liegen.
In diese Zeit zurückschauend, sehe ich meine wilde, im Vaterhaus verwöhnte Seele voll Ungeduld und Ungenügen nach Fernen und unbekannten Freuden suchen, ich sehe sie eingesperrt im Glashause des Unterrichts und des streng förmlichen Lebens ihre Schmetterlingsflügel regen und sich verzweifelnd an den Wänden müde flattern. Du reiche, unverstandene Jugend! Ein älterer Freund, ein Stückchen Freiheit, ein Winkel Heimat hätte dir genügt, und du sehntest dich krank zwischen roheren Genossen und nüchternen Lehrmeistern! In diesen Schranken verlor ich bald meine lustige Kindlichkeit und lernte den Durst nach Wissen und Genuß, ich lernte zugleich den Weltschmerz, das Sichandersfühlen und die gefährlichste Seelenkrankheit, das Mitleid mit mir selber.

Am Sonntag waren uns mehrere Stunden zu beliebiger Verwendung in unsern Stuben vergönnt, zum Lesen, Schachspielen, Zeichnen, Briefschreiben. Diese Zeit der »stillen Beschäftigung« ersehnte ich die ganze Woche hindurch. Dann saß ich über Shakespeare, über Schiller, Klopstock, Ossian und Schubart* und sog mich satt aus den Bechern der Phantasie, der Sehnsucht und des Heimwehs. Diese Stunden lagen wie ein heimliches Asyl in der Reihe unglücklicher Tage, von den Sternen der Dichter und den unbewachten Träumen meines Herzens überglänzt, reich an Empfängnis und Trost.

Christian Friedrich Daniel Sch. (1739–1791), dt. Dichter und Schriftsteller

Dazu gesellte sich die alte Freundin der Sehnsüchtigen und Heimatlosen, die Musik, die mich bis zur Verzückung erregte. Meine Geige am Kinn, allein im kalten Musikzimmer, fühlte ich manchesmal alles Harte und Häßliche sich von meinem Leben lösen und meinen Sinn verwirrt und beglückt von neuen Schönheitsgedanken. Was an frommer

Empfindung in mir war, gewann Leben und Macht und trug mich über das Kleine und Widerliche hinüber. Meine Liebe und mein Verlangen nach Freundschaft und Blicken in gütige Augen wuchs an diesen tröstlichen Stunden; ich rettete mich an der Musik und Dichtung mit umklammernden Händen empor aus der Kühle meines kargen Tages.

Unser Kloster war von mehreren kleinen Seen umgeben. Unter diesen war der kleinste, ein brauner, verschilfter Waldweiher, mein Liebling. Eingefaßt von Buchen, Eichen und Erlen lag er unbewegt in ewiger Windstille dunkel im breiten Schilfgürtel, überhängende Äste und ein rundes Stück Himmel spiegelnd. Ein verwildernder Weg war das halbe Jahr von braunem Eichlaub bedeckt.

Dort lag ich an einem Sonntag allein in der Nachmittagssonne. Der Blätterfall hatte begonnen. Die dürren Binsen klirrten zitternd, über der ferneren Waldecke hing der dunkle Habicht. Zuweilen flog ein einzelnes welkes Blatt, sich im Falle drehend, lautlos in den schmalen Wasserspiegel. Zuweilen flog eines neben mir ins fahle Moos. Das sumpfige Ufer atmete in der Sonne einen leichten Geruch von Moder und Fäulnis aus. Lange, verdorrte Gräser standen in den tiefen Radgleisen des verfallenden Uferwegs.

Ich lag müde ausgestreckt, das Kinn auf den Händen, im Auge und im Herzen die Stille und Wildnis dieses Herbstes. Ich wünschte so abseits und ungekannt lange zu liegen und mich in der schwermütigen Müdigkeit des Waldes und Schilfes mit aufzulösen. Ungelesen lag der aufgeschlagene Homer neben mir, er hatte in dieser Todesstille keine Macht über mich.

Ich hörte nicht, wie einer meiner Mitschüler sich leise näherte. Plötzlich stand er neben mir, die grüne Mütze in der Hand tragend. Er war schlank, schön gebaut und hatte ein blasses, feines, veränderliches Gesicht. Er hieß Erwin.

»Was machst du hier?«

»Du siehst doch. Homer lesen.«

Er schlug das Buch mit dem Fuße zu.

»Glaub ich nicht.«

»Ist mir einerlei. Warum fragst du dann?«

»Aus Gewohnheit, Kamelchen. Aber du liegst im Feuchten.«

»Gar nicht. Ist auch meine Sache.«

»Freilich, Grobian.«

»Laß mich in Ruh, sonst erinnere ich dich an den Komment.«

Prügelritual, Prügelsitten

»Wie nett! Du meinst Euern Prügelkomment* vom untern Dorment? Ich danke!«

Ich wurde vor Scham und Ärger rot.

»Bist du eigentlich bloß da heraufgestiegen, um mich zu ärgern?«

»Bist du eigentlich bloß da heraufgestiegen, um Homer zu lesen?«

Ich schwieg steif und blieb liegen. Erwin setzte sich neben mich. Lange Zeit blickten wir über den Weiher und horchten auf die kleinen Waldgeräusche. Die Blätter fielen langsam weiter, sonst war keine Bewegung in der engen, mit allen Nüancen von Braun gefärbten Landschaft. Wir Jungen vergaßen unsre Verstimmung und Neckerei. Nach einer langen Stille hörte ich Erwins veränderte und gedämpfte Stimme.

»Hier ist's trist –!«

Wieder nach einem Schweigen fragte er:

»Du hast gedichtet?«

»Nein.«

»Ehrlich?«

»Nein. Wie kommst du drauf?«

»Ach, ich dachte mir's eben. Das heißt, ich weiß, daß du Gedichte machst.«

»Woher weißt du's?«

»Frag nicht viel. Ich weiß eben. Oder ist's anders?«

»Nein. – – Nein.«

Erwin legte sich nun auch lang zu Boden. Er lag auf dem Rücken und sah himmelan, ich blickte vor mich über die aufgestützten Arme. An einem Grashalm kauend begann er wieder: »Gelt, wenn wir jetzt Steine oder Muscheln wären und lägen dort im Wasser drunten!«

»Was dann?«

»Dann? Dann wären wir träg und ruhig und hätten vielerlei nicht nötig, als: Spazierengehen, Händelhaben, Sterngucken und so fort.«

»Freilich. Aber was hätten wir davon, dort zu liegen?«

»Auch nicht viel. Du bist ein Denker. Aber stell dir vor – so eine helle Wolke, die immer weiter reist und die Sonne auf dem Rücken hat und unter sich die Städte und Oberämter und Länder und Erdteile.«

»Das wäre besser. Also eine Wolke.«

»Oder, du – ein Schiff! Oder ein Boot. Ich hab nichts so lieb wie ein Schiff. Weißt du, ein Festschiff, mit Musik auf Deck, am Sonntag. Abends werden die farbigen Lampen an Schnüren aufgehängt und die Mädchen haben weiße Sonntagskleider an. Die Lampen sind alle im Wasser noch einmal zu sehen.«

»Hast du so was schon gesehen?«

»Mehrmals. Es ist das Allerschönste zum Ansehen, besonders wenn man zuhaus ist und Ferien hat.«

Ich schloß die Augen. Er sprach nicht weiter. Durch unsre Knabenseelen zog das laternenbeglänzte Schiff der Zukunft, bekränzt, mit Musik und Mädchen in weißen Sonntagskleidern.

Als wir miteinander durch den lichten Wald zurück schritten und die langen Dächer des Klosters sichtbar wurden, fiel uns beiden die Rückkehr in die lärmerfüllten Stuben und Spielplätze schwer. Erwin fragte noch:

»Du, hilft es dir was?«

»Was denn?«

»Das Dichten. – Ich meine – ist's schön?«
»Je nachdem.«
»Warum tust du's?«
»Ich weiß selber nicht. Es ist so – es kommt so, wie das Pfeifen, wenn man alleine geht.«
»Ich hab's nie getan. Aber gepfiffen schon oft. Das tut mir gut. Ich denke dann immer gleich an etwas viel Schöneres – –«
»Als was?«
»Als alles. Als da drinnen.«
Er deutete auf die erreichte Pforte. Lachen und lautes Gespräch klang innen in den Gängen wider.

Am nächsten Sonntag kam Erwin abends in das Zimmer, in welchem mein Pult neben acht andern Pulten stand. Er ging die Reihe der Pulte entlang, da und dort grüßend und bei Plaudernden oder Schachspielern stehen bleibend. Hinter meinem Platz hielt er wieder an und sah mir über die Schulter.
»Stör ich dich?«
»Du bist's? Nein. Was tust du heute abend?«
»Weiß noch nicht. Wo bist du in der Ausgangszeit gewesen?«
»Zu einem Kaffee eingeladen. Warum willst du's wissen?«
»Ich war am Weiher. Ich dachte, du wärst vielleicht wieder dort.«
Er nahm mich mit in seine Stube. Auf seinem Stuhl stand eine halb ausgepackte Wäschekiste.
»Hilf mir ein bißchen einräumen!«
Ich half gerne. Unsre Kästen standen unter Aufsicht und alle Unordnung darin wurde bestraft.
»Da sind zuviel Göttinger für Einen mitgekommen«.
Erwin suchte ein Pärchen der delikaten kleinen Würste heraus und bot sie mir an.
»Wir können gleich Vesper halten«, meinte er, als wir die

Kiste geleert und den Inhalt in die Fächer des Kastens verteilt hatten.

»Hast du nichts zu trinken? Die Würste sind gesalzen.«

»Wasser, wenn du willst.«

Ich erinnerte mich einer halben Flasche Bier, die ich vom Nachmittag übrig hatte. Ich holte sie herbei und wir bewirteten einander fröhlich, bis es zum Prezieren* läutete.

zum gemeinsamen Gebet

Von diesem Sonntag an waren wir befreundet und unzertrennlich. Er suchte bei mir Bücher und allerlei Rat. Ich liebte an ihm eine feine und oft humorvolle Art abgesonderter Lebensführung. Er war sehr begabt, aber weniger als ich ein Freund des Viellesens und Philosophierens. Aus einem reichen Hause brachte er mehrere weltmännische Gewohnheiten mit, war aber gut und sogar streng erzogen. Ich erinnere mich, daß er gerne kleine Geschenke machte. Dagegen fiel mir auf, daß er niemals Geld borgte oder auslieh, was unter uns andern täglich geschah.

Während meine Unzufriedenheit wuchs und meine Stimmung oft zur Schwermut neigte, genoß ich die erste Freundschaft mit der stürmischen Leidenschaft, welche ich sonst für Träume und dichterische Ideale besaß. Ihr stummen Wildwanderungen! Ihr Mittage, die wir in den hohen Ästen der Felseneiche verbrachten! Ihr Mondabende unter den hohen Bogenfenstern des Oratoriums!

Uns beide trieb dasselbe Ungenügen von der Arbeit zum Walde, von da zu unsern Dichtern, von diesen zur Musik und zu eigenem Dichten. Dann eines Tages brachte mir Erwin ein beschriebenes Blatt. Er hatte sich in Hexametern versucht. Ich erstaunte vor seinen sicher und sehr sorgfältig gegossenen Versen und mußte beim Austausch solcher Formversuche mich bald bequemen, mehr der Nehmende als der Geber zu sein. In späteren Jahren fand ich bei meinem Freund ein Gedicht in Hexametern, welches auf unsre Waldgänge und auf Verse, die er damals schrieb, zurückging. Unser Weiher war darin gemalt –

– Furchtsam rauscht aus dem Busch das Reh und bückt sich zu trinken,
Oft belauscht' ich dich dort! Und oftmals neigt' ich das eigen
Haupt zum Weiher und schaute mein Bild in ruhigem Wasser
Bleich und verträumt, und trank, und trank ein süßes Vergessen –

Damals fand Erwin eines Tages bei mir jenes Karikaturenheft.
Er blätterte darin.
»Soll das der Caeso sein?«
»Freilich. Ist er nicht sehr ähnlich?«
»Wer weiß! – Aber hör, die Dinger sind scheußlich gezeichnet. Darf ich das Heft verbrennen?«
»Warum? Wir haben viel Spaß davon gehabt.«
»Mir gefällt's nicht. Es ist eine frevelhafte Malerei. Gib mirs.«
Ich überließ ihm das Heft, das er wirklich verbrannte. In ihm regte sich damals die erste Liebe zur bildenden Kunst, er begann sich für die Ornamente der Klosterkirche und für die Kupferstiche der Bibliothek zu interessieren. Und ihm war alles, was er liebte und studierte, heilig und unantastbar. Er lehrte mich zuerst den Kult der Schönheit und eine religiöse Verehrung der Kunst.
Wir lasen Preller's Mythologie* und einige historische Werke miteinander, welche Lektüre ich ohne seine ruhige Teilnahme nicht bezwungen hätte. Ich las nach wie vor im Stillen Ossian, Schubart, Schiller, mit heißer Stirne und lüstern nach Sensationen.

Gemeint sind *Griechische Mythologie* (1854) und *Römische Mythologie* (1858) des Altphilologen Ludwig Preller (1809–1861).

Den langen, harten Winter hindurch wurde mir das klösterliche Leben täglich mehr verleidet. Ich vermißte immer schwerer, besonders nach dem kurzen Weihnachtsbesuch in der Heimat, alle gefälligen Lebensformen, allerlei Freiheiten und kleine Freuden. Besonders schien es mir immer unerträglicher, zu Schlaf und Arbeit mit andern zusammengesperrt zu sein.

Erwin, dem eine liebenswürdige Resignation eigen war, blieb ruhig in seiner stetigen Arbeit, während ich die Studien über der Lektüre versäumte und mich mit trotziger Genugtuung von den Lehrern getadelt oder vernachlässigt fand. Die Spiele und der ganze Ton unsrer Geselligkeit wurden allmählich ruhiger und ernster, alles Jungenhafte wurde verpönt – wir begannen uns zu erziehen. Es gab anerkannte Lichter und Tugendhelden, es gab dauernde Freundschaften und Feindschaften, die allgemeine ehrliche Ausgelassenheit und Grobheit verschwand. Dagegen wurde ein mathematischer und ein hebräischer Verein gegründet. Zwischen Einzelnen und ganzen Stuben und Gruppen wuchsen Spannungen, welche sich nur noch in witzig scharfer Weise Luft machen durften. Da kam irgendein Erfinder auf eine neue, zündende Idee.

Eines Morgens fanden wir an der Türe des Waschsaals einen Bogen Papier angeheftet, auf welchem mit verstellter Handschrift mehrere »Xenien« geschrieben standen. Eines davon lautete:

> Hermann und Erwin, ihr passet zusammen
> wie Essig und Honig;
> Wäre der Essig nur scharf!
> wäre der Honig nur süß!

Fünfzig Köpfe waren vor dem Papier zusammengedrängt; man las, man schalt, man spottete und lachte, die Getroffenen waren wohlbekannte Unbekannte. Am nächsten Morgen war die Türe von oben bis unten mit Xenien beklebt, kaum einer war verschont oder hatte geschwiegen. Ich glaube, mein Essig war damals scharf.

Der Scherz dauerte einige Tage und hinterließ in mir eine erregte Bitterkeit, die ich vorher nie gekannt hatte. Ich war von mehreren empfindlich verletzt, von den Feinsten am tiefsten. Da der Xenienkrieg nicht lange dauern konnte, setzte sich der stumme Ärger in mir fest und verbitterte mir Arbeit, Tisch und Bett. Erwin hatte vor Ärger und Zorn geweint, war aber bald beruhigt, denn er genoß die Achtung der meisten. Mir leistete er mit rührender Treue Gesellschaft. Er ertrug meine Verschlossenheit so still wie die Ausbrüche meiner Wut; er gab sich sogar Mühe, die Gegner und Lacher zu besänftigen und von mir fernzuhalten.
Für mich begann eine unerquickliche Zeit. Meine Verstimmung schlug völlig in Weltschmerz und Angstgefühl um und verdarb mir vollends allen Fleiß und Erfolg. Ich wurde Nächte lang von Fiebergedanken gequält oder lag wach mit schmerzender Stirne. Erwin tröstete, gab kleine Arzneien, er schlug sogar vor, für mich beim Ephorus um Erleichterung oder Urlaub zu bitten. Manchmal, wenn ich mit ihm in den Ästen der alten Eiche saß, überwältigte mich meine Liebe und Herzensnot. Dann schwieg er freundlich und legte seinen Kopf an meinen und umfaßte mich fest. An jenem verborgenen Ort, nach einem erlösenden Geständnis, gab er mir die feine Hand und schwur mir feierlich Freundschaft für jede Zukunft.
An einem sonnigen Nachmittag stand ich mit ihm in der herrlichen Brunnenkapelle. Das Gärtchen lag mit hellen Knospen im ersten Frühling zwischen den kalten Kreuzgängen. Erwin war fröhlich gestimmt und erschwerte mir eine vertraute Mitteilung. Sie unterblieb. Ich küßte dem Erstaunten die Hand und ging weg, aus Kloster und Dorf, in den weiten Wald, um nicht wieder zu kommen. Voll von Frühling und Sehnsucht lief ich, ein verträumtes und verängstetes Kind, in die unbekannte Welt, und seitdem habe ich das verlorene Tal mit dem dunklen Kloster nicht wieder gesehen, außer in Träumen warmer Frühlingsnächte.

II

Meine Gedanken fliehen gerne zu einem Frühling zurück, der auf meine kurze Klosterzeit folgte. Ich erblicke dort das verwirrende Licht junger Lauben und höre den Wind vom Park her über die großen Büsche des Jasmin und der Syringen* laufen. Dorthin gehört das Bild eines blassen Mädchens, das in meinem Traumschloß hängt, nebst einem verschwiegenen Kranze früher Lieder.

Flieder

An manchen Tagen, wenn ich ruhend im Garten sitze oder wenn die milden Gestalten der Vita Nuova* wie Flüchtlinge an meinem Geist vorübergehen, hängt der Kranz jenes Frühlings schwer in drängender Fülle über mir, mit überquellenden Blütenbündeln. Mir aber blieb nur ein Hauch seines Duftes, ein bleiches Band und ein karger Wanderstrauß aus seiner Fülle.

Das neue Leben (1292/93), Werk von Dante Alighieri (1265–1321), in dem er von seiner Liebe zu Beatrice erzählt

Ein Jahr später, als mein geschmücktes Boot sich vom ersten Schiffbruch wund erhob, kam der erste Brief des Freundes zu mir. Der Zwischenzeit und unsres Schweigens geschah kaum Erwähnung.

»Ungeduldiger!« stand da, »du hast mir hart zu tragen gegeben, und ich bin nicht nur ein Jahr älter geworden. Morgen verlasse ich das Kloster, das mir mehr als dir zum Ekel wurde. Deine Flügel hab ich nicht, aber ich habe die Erlaubnis der Mutter und den Befehl des Arztes. Heute nehmen viele Entsagungen für mich ein Ende – nun will ich auch dich nicht länger entbehren.«

Ein Jahr lang wechselten wir herzliche Briefe. Dann sah ich ihn wieder.

Das war ein Sommertag im Schwarzwald. Der Abend hing rot, mit dünnen Nebeln, an den dunklen Bergen. Ich lag im Fenster und sog die starke Luft der Höhe und der Tannenwälder. Das kleine Städtlein lag lustig unter mir mit belebten Gassen. Die Badmusik spielte in der Nähe.

Als ich mich ins dunkelnde Zimmer zurückwandte, stand

in der offenen Türe ruhig ein schlanker Mensch, der mich schweigend herantreten und sich betrachten ließ. Er war größer als ich, sehr schlank und aufrecht, mit schönen, ruhigen, vornehmen Gliedern.

Beim zweiten Blick erkannte ich ihn und hielt ihn lange an meine Brust gedrückt.

Erwin war schön geworden. Sein Gesicht, dessen »klassische Nase« im Kloster sprichwörtlich war, hatte eine helle, gleichmäßige Blässe und die Stirne ein klares Licht. Die Lippen waren voll und röter als früher. Seine Augen, in welche ich vormals verliebt gewesen war, hatten einen reinen, gütigen Blick, wie ich ihn nur an Jünglingen kenne, die durch Leiden und fortwährenden Ernst der Gedanken frühreif sind. An diesen großen, verklärten Augen sah ich auch, daß Erwin krank war. Sie hatten den Glanz, aus welchem man gewissen Kindern ein kurzes Leben prophezeit.

Er saß im Dämmer und später in der Dunkelheit neben mir; seine schmale Hand lag leicht in der meinen, und der Klang seiner Stimme fand den Weg in mein Herz durch seine Lieblingserinnerungen.

Wir sprachen nicht davon, aber wir dachten beide an die Herbststunde am Waldweiher. Spät ging er leise weg.

Ich sah ihn dann drei Wochen lang jeden Tag. Wir hatten keine Heimlichkeiten voreinander, nur von seiner Krankheit sprach er nichts, und ich fragte nicht. Eines Morgens fügte es sich im Gespräch, daß er davon reden mußte.

»Laß mich's kurz sagen«, bat er. »Es ist unheilbar; aber es wird vermutlich langsam fortschreiten. Ich habe, denk ich, noch Jahre vor mir.«

Tags darauf kam seine Mutter an. Ich wurde ganz in die kleine Gesellschaft gezogen. Sie war noch schön und ihm ähnlich, aber kräftig und gesund, und hatte herzgewinnende Mutteraugen.

Uns beiden las Erwin, auf der Hängematte sitzend, im Walde eine Dichtung vor, welche er »Steinerne Götter« betitelt hatte.

Das waren feine, rhythmische Sätze und zarte, an die Seele pochende Worte; wir fühlten den weißen Blick der Statuen auf uns haften, und sahen ihre abgebrochenen Hände und Arme, und blickten tiefer in das Rätsel ihrer toten Augen. Erwin erzählte von einem römischen Frühling, den er in diesem Jahr gesehen hatte, von den grünen Albanerbergen und noch mehr von der ewigen Stadt, von jenen schönheitbekränzten Gärten und Villen, deren berühmte Namen schon die Sehnsucht unsrer Knabenzeit mit Ehrfurcht und Verlangen gehört hatte. Er erzählte von südlichen Festen und Gondelfahrten, wobei er oft die Mutter um Bestätigung oder um vergessene Namen der Dörfer und Küsten und Berge bat. Ich aber mußte an die Träume seiner Klosterabende denken, in welchen immer bekränzte Schiffe und buntfarben erhellte Abende vorkamen. Dann nannte er mit Ehrfurcht Sankt Peter, die Sixtina, die Florentiner Paläste und sprach mit dankbarer Liebe von Sandro Botticelli, welcher sein und mein Liebling war.

Des Abends saß er gerne plaudernd abseits vom Kreis des Lampenlichtes, oder zuhörend, wenn ich vorlas. Wir lasen Novalis und knüpften an seine tiefen, wunderbaren Fragmente viele Gespräche und Phantasien. Ein bekannter Sänger kam manchen Abend, der in Erwins Stadthaus ein ständiger Gast war. Er spielte auf dem Klavier alle Lieblingssachen des Kranken, dem das eigene Spiel abends untersagt war. Einige Suiten und Gavotten von Bach*, einige Beethovensonaten*, zumal die dreiundzwanzigste, und Chopins* Nocturnen wurden uns besonders teuer. Vom Singenhören wurde Erwin meistens traurig gestimmt, weil dem Lungenkranken schon lange der Gesang verboten war. Doch liebte er einige ältere Balladen und die Lieder Schumanns*. Einmal brachte der Sänger eine bekannte englische Ballade mit. Es war ein schwerer Augustabend, ein Regen stand bevor. Der Musiker war ernst gestimmt und vergaß sich gegen den Kranken. Er ließ in dieser herrlichen

Johann Sebastian B. (1685–1750), dt. Komponist

Ludwig van B. (1770–1827), dt. Komponist

Frédéric Ch. (1810–1849), poln.-franz. Komponist

Robert Sch. (1810–1856), dt. Komponist

Ballade, welche mit der tiefsten Kenntnis des Zaubers der männlichen Stimme erfunden ist, seine schöne Stimme im vollen Brustton sich heben. Aller Zauber der Erinnerung an die Jugend, an die ersten Spiele und Waldgänge, spricht stark und ergreifend aus den Versen dieser Ballade. Mir schlug das Herz heiß und beklemmend vor den schwellenden Tönen, Erwin aber ging leise aus dem Zimmer. Ich hörte sein verhaltenes Schluchzen. Er kam wieder, nachdem der Sänger weggegangen war, und setzte sich zwischen mich und die Mutter.

»Verzeih, Mutter!« sagte er schmeichelnd. »Es war bloß ein Erschrecken, eine plötzliche Hilflosigkeit und Angst. In diesem Lied ist alles das gesungen, was meine Erinnerung am meisten wert hält und was ich am meisten entbehre. Weißt du, Lieber, unsre Ballspiele und Schwimmbäder, das Schlittschuhlaufen und das Reiten ohne Sättel!« Er schwieg und wir wußten keine Antwort. Dann trat allmählich der gewohnte freundliche Ernst wieder auf sein beruhigtes Gesicht.

»Sieh, so kindisch bin ich!« sagte er zu mir, »und ich habe doch das glücklichste Leben, voll von Sonne, und nur dem Kennenlernen der Schönheit gewidmet. Und eine Mutter! Sieh sie nur an, wie sie voll Güte und Trost ist. Sie schenkt mir einen hellen Tag um den andern, sie reist und ruht mit mir ...« Er legte die Hand der Abwehrenden zärtlich an seine gerötete Wange.

Wenige Tage darauf war meine Ferienzeit zu Ende und ich kehrte in die ferne Stadt zu meinem Beruf zurück, von dem Leben mit dem Freunde und seiner Mutter innerlich gereinigt und geadelt. Die Geduld des Leidenden war mir seither oft ein Vorbild, und noch mehr sein geläuterter Blick und seine Anbetung des Schönen. Claude Lorrain* und die englischen Kupferstecher lernte ich erst durch ihn kennen, auch in der Musik war er noch zuweilen mein Lehrer gewesen. Er schickte mir nach seiner Rückkehr in die Heimat

Franz. Maler, Zeichner, Radierer (1600–1682)

mit der Abschrift der »Steinernen Götter« eine schöne Hermesbüste, einen Zwilling der seinigen, mit einem herzlichen Brief. Durch seine und seiner Mutter Briefe blieb er mir verbunden, bis ich ihn fast zwei Jahre nach jenem Schwarzwaldidyll besuchen konnte.

Er empfing mich mit hellen Augen, noch ruhiger und magerer geworden, aber auf der Höhe seiner graziösen, stillen Liebenswürdigkeit. Ein Gastzimmer war mir bereitet, und ich genoß mehrere Wochen die vornehme Gastfreundschaft des Hauses. Einige von Erwins Freunden, darunter auch ein wiedergefundener Kamerad vom Kloster her, kamen fast täglich zu Besuch. Ich entdeckte im unbewohnten Parterre des reichen Hauses ein hohes Zimmer, welches Erwins Vater vor Zeiten aus Liebhaberei im Stil der späten Renaissance ausgestattet hatte. Dort verbrachten wir in der heitersten Maskerade viele Abende vor dem Flackerfeuer des hohen Kamins mit Erzählen, Lesen und Plaudern, in roter Dämmerung auf geschnitzten Sesseln ruhend, das Auge vom Kaminlicht und von der beleuchteten feinen Arbeit der Simse und Friese erfreut. Ich fand meinen Freund zum Kenner gebildet, im Besitze reicher Kupfermappen, mit welchen er die Vormittage lang sich beschäftigte. Seine Seele schien frei und lächelnd sich mit dem kranken Leibe zu vertragen.

Eines Abends bereitete mir Erwin einen Genuß seltener Art. Zwei ineinandergehende Zimmer mit breiten, deckenhohen Flügeltüren waren in ein kleines Theater verwandelt. Wenige Gäste waren geladen. Von Freunden und wohl vorbereiteten jungen Damen wurde eine Dichtung Erwins aufgeführt, ein Schäferspiel, süß und bunt wie die Verse Tassos* und Ariosts*, ein wenig sentimental, ein wenig übermütig, ein wenig kokett, ein feiner, geistreicher Scherz eines eleganten Geschmacks. Der junge Dichter, welcher alle Öffentlichkeit, auch den Druck, scheute und verbot, saß lächelnd hinter den Zuschauern, mit einem Gesicht

Torquato T. (1544–1595), ital. Dichter

Ludovico A. (1474–1533), ital. Dichter

voll Scherz und Glück, den rechten Arm um den Nacken der Mutter gelegt.
Ich erstaunte über die feine Form und den leichten Witz dieses galanten Stückes und sprach tags darauf mit Erwin darüber. Er sagte mit leichtem Lachen: »Ich bin vielleicht gar kein Dichter. Ich habe eure brennenden Leidenschaften nicht und kenne nicht wie ihr das Leben, das hinter dem Vorhang meiner Einsamkeit in Straßen und Häusern wohnt. Aber ich liebe überall das Zarte und mit Kunst Gearbeitete und habe mich viel mit Sprache und mit den geheimen Gesetzen der Formbildung beschäftigt. Und dann fällt es mir leichter als euch, das Reine zu finden, weil mein Leben nur halb ist und schon über der Grenze liegt, an welcher ihr erst die Gewohnheiten und die Sprache des Alltags und des Handwerks ablegt. Ich glaube, daß mein schwächliches, aber ruhiges und reinliches Leben mir diese Technik gab. Sieh, ich habe mich nie im Streit der Straßen und Märkte befunden; ich kenne die letzten Akte und überhaupt die Wirrnisse der Frauenliebe kaum. Ich lebe von einfachen Speisen, ich rauche nicht, ich bin nie betrunken gewesen. Meine Liebe begnügt sich, nächst den Kunstwerken, mit Blumen; mein Wirtshaus ist der Garten, in dem ich einige Blumenbeete selber besorge, mein Theater ist der Park, mein Konzert und Biergarten ist die Verandabank, auf welcher ich die Farben und Beleuchtungen der Baumwipfel genieße. Auch bin ich viel allein. Daß ich trotzdem kein Mönch oder Bücherwurm geworden bin, daran ist allein meine Mutter schuld. Von ihr kommt das, was ich vom Leben weiß; von ihr lerne ich täglich, was Liebe und Geduld ist; auch ist sie das schönste Bild der Gesundheit und rotwangigen Energie, das ich mir denken kann.«
Eine vergrößerte Ruhe fiel mir an Erwin auf. Er war von außen her nur schwer zu berühren und schien jetzt schon sich vom Körperlichen gelöst zu haben, das ihm nur Spiel und Zufall, oder Symbol und Spiegel war. Er hing an mir

und suchte manchmal meine Hand, sie zu drücken oder zu streicheln, aber Empfang und Abschied geschah ohne Rührung und heftige Bewegungen oder Worte. Auch war, wenn ich eine tastende Frage seinem Leiden und Mitleidsbedürfnis entgegenreichte, ein glänzendes, schweigendes Anblikken aus überlegenen Augen seine einzige Antwort.

Als ich, nur vom Diener begleitet, sein Haus verließ, stand Erwin in dem hohen Eckfenster seines Arbeitszimmers und bewegte die weiße Hand grüßend gegen mich, bis ich den Garten verließ. Als ich den Hut schwenkte und mit einer lebhaften Gebärde den letzten Abschied nahm, nickte er mit dem schönen Haupte freundlich, und lächelte. Ich fühlte, daß in seiner abseitigen, stillen Welt auch der kommende und gehende Freund wenig Veränderung bringen und keine Lücke hinterlassen konnte. Er sah uns von Sorgen und Freuden und Hoffnungen bewegt, welche ihm fremd und klein erschienen; wir hatten für sein Auge das Interesse vorbeiflügelnder, von Instinkten umgetriebener Vögel. Dennoch verstand er wohl, daß sein Leben für alle Gesunden, seine Mutter nicht ausgenommen, unmöglich und arm sein müßte, denn er sagte mir einmal vertraulich: »Es ist ein Glück für mich, daß ich nicht alt werden kann. Ich würde, wenn ich lange lebte, einmal anfangen müssen zu leiden und am Ungenügen zu kranken. Auch die Kunst für sich, die meine Luft und mein Leben ist, bringt kein Genügen, denn sie ist andrer Art als wir Vergänglichen. Sie ist für uns, die wir Bäumen oder Blumen gleichen, das Licht und die Himmelsluft; in Wahrheit aber sind wir so geschaffen, daß wir uns mehr vom Erdreich nähren müssen. Das ist eben meine Krankheit, daß ich keine Wurzeln habe.«

Ich dachte nachher oft an diese Worte, und wenn ich an Erwin dachte, sah ich ihn an diesem Mangel leiden und verdorren. Er aber klagte in seinen seltenen Briefen nie mehr darüber. Er schrieb von seinem Befinden, berichtete über neue Kunstwerke seiner Sammlung oder über einen neuen Reiz, den er an älteren fand, und am liebsten pflegte er die Erinnerungen aus der frühesten Zeit unsrer Freundschaft.

Ich sah meinen Freund zuletzt ein Jahr nach jenem Besuch. Er lag in seinem Schlafzimmer aufgebahrt, weiß in weißem Linnen, und konnte meine Abschiedsworte nicht mehr hören. Ich kniete neben der stummen Mutter wohl eine Stunde lang bei ihm, dann erst begrüßte sie mich im Aufstehen mit einem Händedruck und mit einem festen, herrlichen Blick. Am nächsten Tag besuchte ich das Zimmer noch einmal.

Das Licht des Nachmittags war von den halbgeschlossenen Jalousien stark gedämpft. Ich fand den Hals des Toten unbekleidet und sah an diesem die länglichen Höhlungen, die einzigen auffallenden Zeichen seiner Krankheit. Das Gesicht war nicht verändert; es war schön und adlig anzusehen mit der starken Stirne und den überzarten Augenlidern. Die Haare waren zurückgekämmt. Ich fuhr mit der Hand darüber, sie waren weich und angenehm zu berühren. Er hatte es oft geduldet, von mir so gestreichelt zu werden, wenn er müde oder gedankenvoll war und nicht gerne sprechen mochte. Die Hände lagen über der Brust, mit den hellen, edlen Gelenken. Ich erinnerte mich eines Morgens, an dem ich ihn in seinem Arbeitszimmer besuchte. Er stand an die Tischkante gelehnt, eine in Kupfer gestochene englische Landschaft betrachtend. Über das Blatt hinweg begrüßten mich seine hellen Augen mit dem wärmeren Glanz, den sie jedesmal vom Anblick einer Schönheit gewannen. Damals zeigte ich ihm lachend seine eigene Hand, an deren Daumen ein kleiner Tintenfleck war. Er wusch diesen sogleich ab und sagte fast betrübt: »Wie schmutzig! Man sollte wahrhaftig nicht schreiben. Da hast du das, was ich unseren Fluch nenne, den Fluch der Dichter. Wir haben Visionen, wir besitzen Wunder und Schätze, aber wir haben in uns zugleich den schwer zu zähmenden Trieb, sie in schwächeren Bildern aufzubewahren, ihre Wirklichkeit zu erproben, indem wir sie betasten und abzuformen versuchen. Dabei gewinnen wir immer an Idealen und Enttäuschungen, aber auf Kosten der schönen Wesenheiten, und zum Schaden unserer reinen Finger.«

Ich dachte noch an andere Worte meines Freundes, an seine Art zu reden und zu schweigen, an seine wenigen geschriebenen Poesien, und ich litt an dem Gefühl eines bitteren Verlustes. Beim Anblick des schönen Kopfes ergriff mich hart das Grausame der Krankheit, welche diesem schlanken, jungen Leib die Blüte und Reife versagt hatte. Sein edles Herz tot, seine feinen Gedanken wie einen silbernen Faden abgeschnitten, seine reine und lebendige Phantasie erloschen zu wissen, war ein bitterer Gedanke voll Leid und voll Frage und Vorwurf gegen das unverständliche Schicksal. Ich ging traurig aus dem Zimmer.

Im Vorraum übergab mir eine Magd einen schmalen Briefumschlag. »Von der gnädigen Frau«.

Ich ging aus und fand die nahe Allee menschenleer, warm und windstill. Ich suchte eine Bank des schattigen Seitenganges, im Gebüsch, und begann dort zu lesen. Der Umschlag enthielt einige Blätter, die der Tote noch in der allerletzten Zeit geschrieben hatte. Sie schienen von einem Liegenden niedergeschrieben, dennoch war die geduldige Handschrift Erwins wenig verändert.

Und ich las:

Vom Krankenbett

Wem soll ich jetzt noch dankbare Worte sagen, nachdem ich in diesen Stunden alle Freunde noch geliebkost und verabschiedet habe und alle Freuden, die am Rande meines kurzen Weges standen? Ich habe der Vormittage gedacht, die mich im Garten mit Vogelrufen und merkwürdigen Spielen der Sonne und des Schattens beschenkten; ich habe mich der Abende erinnert, welche die Freunde mir gewährten, indem sie bei mir waren und meiner Schwäche ihre lauteren Gewohnheiten zum Opfer brachten. Ich habe von meinen Lieblingen unter den Bildern und Dichterwerken Abschied genommen. Aber es ist noch Anhänglichkeit und Dankbarkeit für unbekannte Götter in mir; ich habe noch Abschiedsworte auf meiner Zunge – für wen?

Ich will sie meiner Krankheit schenken. Sie ist meine Lehrerin gewesen. War sie nicht noch anhänglicher und beständiger als alle meine Freuden und Freunde?

Ihr nachmitternächtlichen Stunden, da ich schlaflos still im Dunkeln lag! Ihr Schmerzen, die ihr mich von der Arbeit quältet, um mit mir zu kämpfen und mich an mich selbst zu erinnern! Ich gehe gerne von euch, wie das Kind gern eine harte Schule verläßt, aber ich denke ohne Bitterkeit an eure Strenge. Ihr lehrtet mich die gute Stunde ehren, ihr lehrtet mich Geduld und Bescheidensein, auch habt ihr meine wenigen Lieder durch Nachtwachen und gezwungene Muße am Tage reifer und besonnener gemacht. Nie habe ich mich ernster und tiefer bemüht, meinen Phantasien Verhältnis und reine Formen zu geben, als in schlaflosen Krankennächten. Meine Kunst mußte ich ringend erwerben, im Kampf mit Schmerz und Ermattung. Die Arbeit fiel mir hart, so habe ich vielleicht nie ein müßiges Wort geschrieben. Ich hatte wenig zu pflegen und zu schenken, aber ich tat es mit Opfern und der Liebe, deren mein wenig begütertes Herz fähig ist.

Am meisten aber danke ich dir, meine Krankheit, daß du mir das Fortgehen so leicht machst. Du scheidest von keinem verbitterten Herzen, in deiner Schule lernte ich das Fluchen nicht.

Auch dich grüße ich noch, mein freundliches Gefängnis, du

teppichbelegte Krankenstube! Es ist mir schwer geworden, mich in deine Enge zu bequemen, mit Widerstreben gab ich mich gefangen. Nun wirst du mir täglich vertrauter, und ich habe dich mit meinen liebsten Gesellschaftern geschmückt: Mein Auge erfreut die Sonne Claude Lorrains, mein schlanker Hermes ist mir nahe –
Hermes Psychopompos ...*

Unter diesem Namen, der »Seelenbegleiter« bedeutet, führt der Götterbote Hermes die Verstorbenen in die Unterwelt.

Dies waren die letzten geschriebenen Worte Erwins. Sein Ende war leicht und ruhig.
Sein kluges Krankengesicht blickt noch oft mit glänzenden Augen in meine Träume und Feierabende; das Bild seines friedlichen Lebens liegt im Meere meiner Erinnerungen wie eine still verschlossene Insel, wenigen bekannt, licht und ohne Stürme, gekrönt vom Tempel der steinernen Götter.

(1899)

Kommentar

Eine andere Todesart

Über Hermann Hesses Umkehr eines zeitgenössischen Geschlechterklischees in Unterm Rad

I.

Als im Frühjahr 1902 das Buch der schwedischen Pädagogin und Frauenrechtlerin Ellen Key (1849–1926) mit dem Titel *Das Jahrhundert des Kindes* erschien, war unter den Rezensenten auch Rainer Maria Rilke (1875–1926). Seine Besprechung fiel sehr positiv aus; er prophezeite Key große Resonanz und wurde mit dieser seiner Einschätzung bestätigt: Zwischen 1902 und 1911 kam es zu 15 Auflagen des Titels, insgesamt wurden 30 000 Exemplare verkauft, mit zwei Volksausgaben ließen sich später noch einmal 10 000 Stück absetzen. *Das Jahrhundert des Kindes* wurde eines der meist gelesenen und diskutierten Bücher vor und nach dem Ersten Weltkrieg. Ellen Key

Rilke hatten besonders jene Kapitel des Werks interessiert, die von der *Die Seelen mordenden Schule* und der *Schule der Zukunft* handelten. Dies hatte Gründe: Seine eigenen Erfahrungen mit schulischer Erziehung hatten ihn schwer traumatisiert. Von 1886 bis 1890 war Rilke Zögling der Militärunterrealschule in St. Pölten gewesen; diese Jahre hätten ihn zu einem »körperlich und geistig Mißbrauchten« gemacht, er sei durch sie »um den arglosesten Teil [s]einer Kraft« betrogen worden, schrieb Rilke 30 Jahre später an seinen ehemaligen Deutschlehrer, einen Generalmajor von Sedlakowitz, der sich seinem inzwischen berühmten Schüler in Erinnerung gebracht hatte. R. M. Rilke

Rilkes Schulkarriere ist exemplarisch für den Werdegang vieler Kinder der bürgerlichen und großbürgerlichen Schichten in den mit den Ersten Weltkrieg zugrunde gehenden Militärmonarchien Deutschlands und Österreich-Ungarns. Typisch auch insofern, als ihn das Trauma der schulischen Erziehung zu einem überzeugten Anhänger der Reformpädagogik werden ließ. Kurze Zeit nach Erscheinen der Rezension zu *Das Jahrhundert des Kindes* nahm Rilke mit Ellen Key Kontakt auf. 1904 besuchte er die »Samskola«, eine private, von Key gegründete »Gemeinschaftsschule«, die ihn derart beeindruckte, dass er einen Essay über sie verfasste, in dem er die Enthierarchisierung der Beziehung zwischen Lehrern und Schülern, die Abschaffung der Prüfungen und das Konzept, durch individuelle Zuwendung die speziellen Fähigkeiten jedes Kindes zu finden und zu fördern, beschreibt. Der Essay, am 1. Januar 1905 in der Zeitschrift *Die Zukunft* erschienen, fand starke Beachtung. In den Zwanzigerjahren besuchte dann Rilkes Tochter die auf Ellen Keys reformpädagogischen Prinzipien beruhende, von Paul Geheeb (1870–1961) gegründete Odenwaldschule in Oberhambach; auch Erika (1905–1969) und Klaus Mann (1906–1949) gehörten zur Schülerschaft dieses Reforminternats.

Ellen Keys lebensreformerische Rettung der (kindlichen) Seele und die unmenschliche Drill-Pädagogik der Kadettenanstalten markieren den scharfen Gegensatz, wie er das Bildungswesen
R. Musil vor dem Ersten Weltkrieg beherrschte. Robert Musil (1880–1942), Schüler der Militärunterrealschule in Eisenstadt, gelangte durch den Roman *Die Verwirrungen des Zöglings Törleß* (1906), in dem er seine Internatszeit verarbeitete, zu literarischem Ruhm. Weniger bekannt ist, dass er Keys *Das Jahrhundert des Kindes* in seinem Tagebuch ausführlich exzerpiert und kommentiert hat. Die »Seelenkunde« der schwedischen Autorin sprach ihn stark an, wurde allerdings später auch zum Material für die im *Mann ohne Eigenschaften* (1930–1952) ironisierten weltanschaulichen Spekulationen einer »schönen Seele« wie der Salonprinzipalin Diotima (alias Ermelinda Tuzzi) oder einer geschäftstüchtigen »Seele von Mensch« wie dem Großindustriellen Paul Arnheim.

Im *Törleß* selbst spielt die Spannung zwischen den militärischen Erziehungsprinzipien, die auf Abstraktion und Unabhängigkeit von körperlichen Empfindungen angelegt sind, und der erotischen Anziehungskraft, die der Körper der Heranwachsenden zu entwickeln beginnt, die zentrale Rolle. Am Anfang steht die Trennung von der Mutter, die Törleß erst dann bewältigt haben wird, nachdem er durch die Affäre um den außenseiterischen Mitschüler Basini ein anderer geworden ist. Dabei ist es dessen hermaphroditische Erscheinung, um welche das Geschehen

kreist und die den eigentlichen Vorgang der »Reifung« zum Erwachsenen als Ausbildung einer der gesellschaftlichen Norm entsprechenden männlichen Identität erkennen lässt.
Diese Identität ist unter den historischen Bedingungen der Militärmonarchien deckungsgleich mit einem »soldatischen Ich«. Schon im äußeren Erscheinungsbild der Zöglinge wurde dies deutlich: Die oft noch kindlichen Körper steckten in Uniformen, die verkleinerte Ausführungen der echten militärischen Monturen waren. Im Falle Rilkes ist die mit dem Erwerb der geforderten Identität verbundene Zumutung besonders augenfällig: Rilke trug auf Wunsch seiner Mutter die Kindheit hindurch Mädchenkleider, war seine geschlechtliche Identität betreffend allerlei Verwirrungen ausgesetzt und wurde in der Kadettenanstalt übergangslos mit einem rigiden vormilitärischen Ausbildungsprogramm konfrontiert, das ihm nur kurze Zeit als Rettung vor der Übermacht des mütterlichen Einflusses erscheinen konnte. Auch der Zögling Törleß träumt vom »Mäderl-Sein« (Musil, *GW* 6, S. 86). Für ihn endet der Umbauprozess vom Kind zum »Mann« aber wenigstens nicht tödlich wie für Karl Gruber, der in Rilkes Kadettenhauserzählung *Die Turnstunde* (1902) nach einer ihn körperlich überfordernden Kletterübung an Erschöpfung stirbt.

Klaus Theweleit (*1942) hat in seiner groß angelegten Untersuchung von Freicorpsromanen nachgewiesen, dass die Kadettenanstalten als Orte des »Umbaus« kindlich-jugendlicher Körper und ihres »Einbaus« in die große »Körperschaft« des soldatischen Heeres fungierten. »Corpsgeist« zu erfahren bedeutete nicht etwa, eines romantischen Gemeinschaftsgefühls teilhaftig zu werden, sondern stellte eine den Körper durchdringende und umgestaltende Initiation in den Makrokörper des staatlich-soldatischen Männerbunds Heer dar (Theweleit 1980; speziell: Bd. 2, S. 144–154). K. Theweleit
Theweleit kann zeigen, dass sich dieser Formfindungsprozess – was seine emotionale Logik betrifft – direkt gegen das Weibliche und die Frau richtet. Mit dem Weiblichen verbindet sich die Furcht vor Auflösung und Formlosigkeit. Die Phantasien der Entformung und Auflösung aber werden von Bildern des Flüssigen, des Fließens und Strömens bestimmt: Blut, Wasser, Meer

gehören also folgerichtig zu den Stoffen und Elementen, die den soldatischen Körper bedrohen (ebd., Bd. 1, S. 235–377). Theweleit zufolge sind diese Phantasien typisch für die Generation der Kriegsteilnehmer 1914/18. Er erkennt in ihnen aus psychoanalytischer Sicht »Nicht-zu-Ende-Geborene« (ebd., Bd. 2, S. 206–267).

Theweleits Interesse gilt der Rekonstruktion faschistischer Phantasmagorien und Körperpolitik. Die Kadettenhausromane der Vorkriegszeit, auch die Internatsromane finden keine eigene Berücksichtigung, aber man darf sie thematisch ohne Weiteres als Vorläufer jener Erzählungen von der »Formung zum Mann« begreifen, die in den Freicorpsromanen der Zwanzigerjahre gehäuft als Erinnerungen der Protagonisten auftauchen. Umgekehrt hat der motivische Gegensatz von »Wasser«/Frau/Sexualität und abgegrenzter »Männlichkeit«, wie ihn die faschistischen Phantasmen zum Exzess trieben, Gültigkeit auch für das psychohistorische Kräftefeld jener Erziehungseinrichtungen des Wilhelminismus, die nicht unmittelbar der militärischen Vorausbildung dienten (vgl. hierzu auch Mix 1995, S. 261–274).

II.

Hermann Hesses *Unterm Rad* entstand im Jahr 1903. Von den in den folgenden Jahren veröffentlichten Büchern über Erlebnisse in Schule, Internat und Kadettenhaus unterscheidet sich dieser Roman dadurch, dass er keine grellen Episoden und zugespitzten Konstellationen enthält; gänzlich fehlen die sadistischen Prozeduren in Turn- und Schlafsaal, wie sie bei Musil, Rilke und Ernst von Wildenbruch (1845–1909) eine Rolle spielen und als »gattungsspezifisches« Element auffallen (vgl. dazu Minder 1962). In *Unterm Rad* erscheint das Geschehen gedämpft, fast unspektakulär. Bei der Lektüre fallen besonders die Landschaftsbeschreibungen auf. Eine motivische und strukturale Analyse kann zeigen, dass diese der expliziten Handlung mehr als nur einen atmosphärischen Hintergrund geben: Die Korrespondenz jahreszeitlicher Stimmungen mit der Gefühlswelt des Helden ist nicht zu übersehen; das Flussufer als initialer Ort für die wehmütigen Erinnerungen an die Kindheit ebenso wenig.

Und auch die Bedeutung des Flusses und der die Bildlichkeit des Romans bestimmenden Wassermetaphorik fällt dem Leser bald auf und ist von der Forschung bemerkt worden. So stellt neben der politischen Systemkritik die psychogenetisch illustrative Serie der Landschaftsbilder die eigentliche Errungenschaft des Romans dar.

Landschaftsbilder

Diese Bilder wirken nicht bewusst konstruiert; gegen ihr zufälliges Gelingen spricht aber die Kohärenz, mit der die einzelnen Elemente aufeinander abgestimmt sind, und der nuancierte Fortschritt, mit dem sie auf das »Finale« von Giebenraths Tod hinführen. Es gibt für die schlafwandlerische Sicherheit des Autors, die sich hier geltend macht, nur eine Erklärung: Hesse gestaltet in diesen Passagen Vor- und Unbewusstes, dessen Deutung nicht durch Rückgriff auf einen literarhistorischen Topos wie die romantische Korrespondenzlandschaft zu leisten ist. Vielmehr beginnt sich in *Unterm Rad* eine eigene Art der »Seelenkunde« bemerkbar zu machen, die mit diesem Roman einsetzt, sich über *Demian* (1919), *Siddhartha* (1922) und *Steppenwolf* (1927) thematisch entwickelt und daneben auch ihre produktionsästhetische Bedeutung entfaltet.

Seelenkunde

Auch auf psychoanalytische Standards, die sich zu der Zeit, da der Roman erschien, erst entwickelt haben, darf nicht zurückgegriffen werden. Es muss stattdessen ein spezieller historischer Kontext gefunden werden, der die eigenständige Bemühung Hesses um die Artikulation psychischer Vorgänge rekonstruierbar macht. Hier ist die Aufmerksamkeit auf die Art und Weise zu lenken, in der der Autor seinen Helden zu Tode kommen lässt: Hans Giebenrath wird am Ende ertrunken aus dem Fluss geborgen; viel spricht dafür, dass er Selbstmord begangen hat, mit letzter Sicherheit lässt sich dies aber nicht feststellen.

Genre der Schülertragödien

Der Selbstmord gehört zum Genre der Schülertragödien. Moritz Stiefel, der unglückliche Held in Frank Wedekinds (1864–1918) *Frühlings Erwachen* (erschienen 1891, erstmals aufgeführt 1906) und Prototyp aller tödlich scheiternden Pennäler, bringt sich »im Ufergebüsch« eines Flusses um. Am »Strom« des Lebens und der Sexualität teilzuhaben, ist sein ganzer Wunsch, den er sich aus Angst und Schwäche aus dem Kopf schießt. Direkt ins Herz dagegen schießt sich Heinrich Lindner, der Protagonist von Emil Strauss' (1866–1960) Roman *Freund Hein* (1902). Und Thomas, das Problemkind in Friedrich Huchs (1873–1913) Roman *Mao* (1907), stürzt sich in einen Abgrund, um seinem Leben ein Ende zu machen. Diesen Toden ist gemeinsam, dass sie mit Methoden herbeigeführt werden, die als »hart« gelten – als »harte«, d. h. auch: »männliche« Formen des Suizids. Hierin – in der Todesart, mit der er seinen Helden ums Leben kommen lässt – unterscheidet sich Hesses Schülertragödie am auffallendsten von den vergleichbaren Texten, die zu jener Zeit erschienen sind. Denn der willentlich herbeigeführte Ertrinkungstod – das so genannte »Ins-Wasser-Gehen« – galt zur Zeit des 19. Jahrhunderts und noch bis zum Ersten Weltkrieg als die weibliche Form der Selbsttötung par excellence.

D. Sternberger Dolf Sternberger (1907–1989) hat das Ideal »edelblasser« Frauenschönheit und die morbide Erotik der »marmornen« Blässe in den Katalog seiner *Ansichten vom 19. Jahrhundert* aufgenommen. Als »durchweg unbemerktes« Inbild dieser Vorliebe erkennt er dabei die Wasserleiche; Sternberger schreibt: »Stammt die ideale Blässe und insofern auch die Schönheit der Dame, die im Hause verehrt wird, vom Tode ab, so ist es weiter noch eine besondere Gattung von Leiche, die in diesen Sphäre einen vorzüglichen Rang einnimmt. Ich zögere das Wort auszusprechen, weil an ihm eine grauenhafte und unterweltliche, da und dort wohl auch zynisch-komische, der ›Moritat‹ vertraute Empfindung beiwohnt – indessen kann über die unheimlich suggestive Rolle gerade dieser Figur in der ganzen Epoche kein Zweifel sein: es ist die Wasserleiche« (Sternberger 1974, S. 172).

Der Grund für diese Faszination besteht darin, dass im Motiv der weiblichen Wasserleiche auf Erotik und Sexualität angespielt werden kann, weil die Frau in diesem Bild, »umfangen vom Tod«, ungefährlich erscheint. Mit Theweleit gedeutet: In der weiblichen Wasserleiche wird (für den männlichen Betrachter) die mit der Frau verbundene Drohung der Auflösung »anschaubar«.

E. Marlitt Eine Szene in Eugenie Marlitts (1825–1887) Erfolgsroman *Im Hause des Commerzienrathes* (1887) wird von Sternberger als »Ikone« dieser Phantasie angeführt; die tote Heldin wird in folgender Lage geschildert: »[D]a schwamm ein schneeweißes Gewand, an dem die Wellen rissen und zerrten, um es mitzunehmen, aber die langen, blonden Flechten an dem blassen Frauenkopfe hatten sich im Wurzelgeflechte der Uferbäume verschlungen und hielten die Tote fest, für ihn, auf daß er noch einmal in die starren weitoffenen Augen blicken konnte« (zit. n. ebd., S. 173).

Sternberger ergänzend sei auf die Totenmaske der so genannten *Unbekannten aus der Seine* hingewiesen, eines 1890 von einem nicht bekannten Bildhauer geschaffenen Frauenporträts, »das zum Idol vieler Literaten und Künstler der Jahrhundertwende, zum Gegenstand zahlreicher Gedichte, Romane und Novellen wurde« (Davidis 1999, S. 46). In dieser Maske erlangte das Bild der weiblichen Wasserleiche den Status eines verkaufsträchtigen Fetischs. Die *Unbekannte aus der Seine* wurde zum beliebtesten Dekorationsstück in den bürgerlichen Wohnzimmern.

Unbekannte aus der Seine

In der Vorliebe für die Wassertote treffen sich populärer Zeitgeschmack, Trivial- und Höhenkammliteratur. Bei Letzterer verbindet sich das Faible für dieses Thema mit einem noch anderen – genuin literarischen – Motiv. Gemeint ist William Shakespeares (1564–1616) Stück *Hamlet* (1601), darin die junge Ophelia, welcher der Dänenprinz Hamlet die Liebe aufkündigt, sich ertränkt. Dieses Ende Ophelias ist ein »delegierter« Tod. Denn nur vordergründig ist es der »Pessimismus« Hamlets, der Ophelia um den Lebensmut bringt. Auf einer anderen Ebene des Geschehens antwortet Ophelias Tod auf die berühmt-berüchtigte Unentschiedenheit, für die Hamlets Name synonym geworden ist und die er in seinem zentralen Monolog artikuliert. Unmittelbar bevor Ophelia auftritt, sinniert Hamlet über den Selbstmord: Nur der Gedanke an die möglicherweise größeren Übel im »unentdeckten Land, von des Bezirk / Kein Wanderer wiederkehrt«, stellt Hamlet fest, hindere den Menschen daran, vor der »Plage« des Lebens in den Tod zu fliehen. So schwanke der Mensch zwischen Handlungsbereitschaft und Unentschlossenheit – ein Zustand, den Hamlet gemäß der Farbenlehre der Affekte folgendermaßen beschreibt: »Der angebornen Farbe der Entschließung / Wird des Gedankens Blässe angekränkelt; / Und Unternehmungen voll Mark und Nachdruck, / Durch diese

Ophelia

Rücksicht aus der Bahn gelenkt, / Verlieren so der Handlung Namen. – Still! / Die reizende Ophelia. – Nymphe, schließ / In dein Gebet all meine Sünden ein« (III,1).

Wer immer im Nachsatz – gesprochen schon in Ophelias Hörweite – mit der »Nymphe« gemeint ist, sicher ist, dass Ophelia als blumenbekränztes »Wasserwesen« enden wird. Sie wird als Wasserleiche alle Blässe auf sich vereinigen, die der »angebornen Farbe der Entschließung«, der Röte des gehobenen Tonus des Handelnden also, gefährlich werden könnte. So lässt sich Ophelias Tod gemäß der Logik wechselnder Affekte und der sie begleitenden Signalfarben als Opfer deuten, mit dem die Frau alle Hemmung, Skrupel und Schwäche auf sich und mit ins nasse Grab nimmt. Ihr späterer Satz »Ach Herr! Wir wissen wohl, was wir sind, aber nicht, was wir werden können« (IV,5) vernimmt sich jedenfalls wie das Echo auf die in Hamlets Monolog geäußerte Unsicherheit über die nach dem Tod zu erwartenden Dinge.

Spätestens seit Heinrich von Kleist (1777–1811) existiert in der deutschen Literatur eine »Rhetorik des Erbleichens (und Errötens)«, in der sich, wie Karl Heinz Bohrer gezeigt hat, »die Übergangsthematik vom Diesseits zum Jenseits« artikuliert (Bohrer 1981, S. 171). Diese Rhetorik, so muss ergänzt werden, ist in Hamlets Monolog vorgezeichnet und schreibt umgekehrt dessen Erwägungen um »Sein oder Nichtsein« in einer »Polaritäts-Psychologie« (ebd.) fest, welche wiederum im Kult um die weibliche Wasserleiche geschlechtsspezifisch interpretiert wird: »Blass«, handlungsgehemmt und aufgelöst ist danach die Frau; »gerötet«, also von der »Farbe der Entschließung«, und klar umrissener Gestalt aber ist der Mann.

Damit wird das in Hamlets Monolog angesprochene allgemeine menschliche Dilemma von »Sein« und »Nichtsein«, Aktivität und Passivität aus seiner Verschränkung gelöst und in (Geschlechter-)Rollen zur Opposition gebracht. Ophelia erfasst intuitiv, dass Hamlets Abkehr von ihr seiner eigenen Zerrissenheit geschuldet, Versuch der Abkehr auch von Ohnmacht und Handlungsunfähigkeit ist. Ihr Tod resultiert weniger aus Verzweiflung denn aus Identifikation mit Hamlets eigenen Ohnmachtgefühlen. In ihrem Tod, der im Blumenschmuck und deutlich als Opfergang erfolgt, inszeniert sie die Distanzierung und »Abtreibung« dieser Ohnmacht im gestaltlosen Medium des Wassers.

III.

Ophelia hat in der europäischen Literaturgeschichte »Motiv-Karriere« gemacht. Bei Arthur Rimbaud (1854–1891), Georg Heym (1887–1912) und Bertolt Brecht (1898–1956) sowie in Gottfried Benns (1886–1956) berühmtem *Morgue*-Gedicht *Schöne Jugend* wird das Thema variiert (vgl. dazu Raddatz 2001). Ophelia wird Inbild von Ohnmacht, Opfertum und Niederlage. In der *Unbekannten aus der Seine* wird das komplexe literarische Motiv zur Ikone der zentralen wilhelminischen Männerphantasie. Wieder mit Theweleit begriffen: Die im Mann selbst wirksame Passivität wird als weiblich imaginiert und distanziert. In die entsprechende Bildlichkeit übertragen: Der »männliche Fels« steht gegen das »weibliche Gewässer«.

In Conrad Ferdinand Meyers (1825–1898) historisierender Novelle *Das Leiden eines Knaben* (1883) ist von der männlichen »Ehre« als einer »Insel mit schroffen Borden« die Rede, welche, einmal verlassen, nicht mehr erklommen werden könne (Meyer 1974). Der Knabe Julian, den nur ein einziger Wunsch beseelt: als tapferer Held sich zu bewähren, wird in dem Internat, auf das ihn der herzlose Vater nach dem Tod der Mutter schickt, gedemütigt und durch eine ungerechte Züchtigung »entehrt«. Er erkrankt dadurch auf den Tod, und der Vater lässt sich am Sterbebett dazu herbei, seinem Sohn in den wirren Phantasien der Agonie erzählerische Hilfestellung zu leisten, indem er ihn in die vorderste Linie einer Schlacht führt: »›Dort die englische Fahne! Nimm sie!‹ befahl der Vater. Der sterbende Knabe griff in die Luft. ›Vive le Roi!‹ schrie er und sank zurück wie von einer Kugel durchbohrt« (ebd., S. 299). C. F. Meyer

Der Schweizer Meyer, zu dessen Vorlieben das Schwimmen im nächtlichen See gehörte, liefert Psychogramm und Topologie der jugendlichen Mannes- und Heldengenese, wie sie im Wilhelminismus schließlich auf das Schlachtfeld von Langemarck führten, wo im Oktober und November 1914 ganze Regimenter von deutschen Kriegsfreiwilligen mit »Hurrah!« ins feindliche Feuer

liefen. Die »Insel« der Ehre kann nur im Heldentod behauptet oder wieder erklommen werden.
Vor dem Hintergrund dieser Psychotopografie einer gegen die auflösenden weiblichen »Wasser« verteidigten männlichen »Einheit« und nicht der romantischen Korrespondenzlandschaft muss Hesses die Psychogenese seines Helden entfaltende Serie von Landschaftsschilderungen gewürdigt werden.
Die häufigen Müdigkeitszustände Hans Giebenraths sind nicht nur Folge seiner geistig-körperlichen Erschöpfung durch das abgeleistete schulische Pensum, sondern auch seiner bewussten Einsicht entzogene Reaktionen auf die symbolische Wirkung der ihm gegenübergestellten Natur. So hängt etwa die Unfähigkeit, »einen großen Spaziergang zu machen« (47,25), auch mit der Bedeutung des »Weges« als Bild der lebensgeschichtlichen und beruflichen Entwicklung zusammen. Abendländische Subjektivität legt sich traditionell am Paradigma des Weges aus. Der Weg fordert also nicht bloß Giebenraths körperliche Kräfte, er überfordert ihn auch mit seiner symbolischen Bedeutung als Teil des rigid vorgeschriebenen Lebensweges.
Demselben Kontext ist das massenhafte Spalier der »tausend und tausend senkrechten Stämme« zuzurechnen, die sich »zu einer ernsten braunen Wand« »zusammen[drängen]« (47,21–22). Diese Sequenz wird als Zitat eines zentralen Bildes deutscher Mythologie lesbar. Elias Canetti (1905–1994) schreibt in *Masse und Macht*: »Das Massensymbol der Deutschen war das Heer. Aber das Heer war mehr als das Heer: es war der *marschierende Wald*. In keinem modernen Land der Welt ist das Waldgefühl so lebendig geblieben wie in Deutschland. Das Rigide und Parallele der aufrechtstehenden Bäume, ihre Dichte und ihre Zahl erfüllt das Herz des Deutschen mit tiefer und geheimnisvoller Freude. [. . .] Was anderen am Heere kahl und öde erscheinen mochte, hatte für den Deutschen das Leben und Leuchten des Waldes. Er fürchtete sich da nicht; er fühlte sich beschützt, einer von diesen allen. Das Schroffe und Gerade der Bäume nahm er sich selber zur Regel« (Canetti 1960, S. 190).

E. Canetti

Die »sorgfältige Zucht der Kaserne«, heißt es nur wenige Seiten weiter in *Unterm Rad*, stellte das »krönende« Ende des den »natürlichen Menschen zerbrechen[den], besiegend[en] und gewaltsam einschränkend[en]« Erziehungsprozesses dar (52,16–17). Die geometrisch-erektive Ordnung der zur Wand sich verdichtenden Baumstämme signalisiert Giebenrath unterschwellig den Endzustand seines Bildungsweges und löst die Ermüdung aus, welche nichts anderes ist als unbegriffene Verweigerung dieser Art (Bildungs-)Appells.

Der Tod Giebenraths, dem wie Meyers Julian die Mutter fehlt, wird als Identifikation mit den im männlichen Formungsprozess verdrängten »weiblichen« Passivitäts- und Ohnmachtzuständen lesbar. Wie bei Ophelia sind Zweifel sogar an der willentlichen Entscheidung zu diesem Tod möglich, um dem Ausmaß der Passivität eine letzte Steigerung zu geben. Im Kontext der zeitgenössischen Schul-, Internats- und Kadettenhausromane macht dieser willenlose, »weibische« Tod seines im wahrsten Sinn des Wortes Anti-Helden die eigentliche Bedeutung von Hesses Roman *Unterm Rad* aus.

Entstehungs- und Textgeschichte

Chronik einer angekündigten Flucht

Als der 14-jährige Hermann Hesse Mitte Juli 1891 das mit hohen Anforderungen verbundene »Württembergische Landschulexamen« bestanden hat und im Herbst als Stipendiat in das Klosterseminar Maulbronn aufgenommen worden ist, gibt er seinen Eltern zunächst Anlass zu den schönsten Hoffnungen. In seinen Briefen nach Hause berichtet er von den Ereignissen im Internat, seinen Mitzöglingen und den schulischen Gegenständen. Er nützt die Gelegenheit, seine Fähigkeiten beim Formulieren vorzuführen, und zeigt sich beschlagen, was die Inhalte humanistischer Bildung angeht. Die Briefe enthalten scheinbar keine Anzeichen für die Krise, in deren Verlauf wenig später aus dem Musterschüler der Insasse einer »Irrenanstalt« werden wird.

Hesses Brief an die Eltern

Im Hinblick auf die in *Unterm Rad* auffälligen Landschaftsschilderungen, die das Medium der Darstellung von Hans Giebenraths psychischer Entwicklung sind, kommt jedoch Hesses Brief an die Eltern vom 4. Oktober 1891 besondere Bedeutung zu; dort heißt es: »Ich habe noch mehr aufgeschrieben, fürchte aber Euch damit zu langweilen. Lieber will ich Euch die reizende Umgebung Maulbronns ein wenig schildern. Mein Lieblingsplatz ist am ›Haurker See‹. Denkt Euch einen alten, schönen Buchenwald und mitten zwischen den uralten Bäumen ein reizender schilfumkränzter Waldsee mit niedrigen, üppig bewachsenen Ufern. Weiter über einer uralten, weit über den See ragenden Erle ein kleines moosiges Bänkchen. [. . .] Sitzt man so am Ufer, so sieht man in den tiefen, beinahe blauen See, und unten spiegelt sich der klare Himmel. Nur hie und da springt ein Fisch hervor und läßt das Wasser weite Kreise ziehen. Auf allen Seiten steht Schilf. Dort ists herrlich. Ein andrer Platz ist am ›tiefen See‹. Dieser, nur von kleinen Hügeln umgeben, ist wie ein Spiegel. Eine große, klare schilflose Wassermasse. Im ganzen bietet er wenig Schönes, nur abend [!], etwa um 1/2 5 Uhr sieht man von einer Stelle aus den ganzen See als einen stillen, goldenen Spiegel.

Bei schwachem Wind zuckt es blitzartig über den See und kleine Wellen schlagen flammenartig herauf. Allmählich erstirbt das Feuer« (Ninon Hesse 1966, S. 116f.).
Ereignisse innerhalb des Internats und Schilderung des Tagesablaufs, die sonst Themen der Briefe sind und signalisieren, dass Hermann sich der Ordnung eingefügt hat, weichen hier der Evokation von Zuständlichkeit. Wieder lässt der Zögling es nicht an Gewandtheit im Ausdruck fehlen, aber unter der Hand gerät ihm das Landschaftsbild zur Gegenwelt des straff organisierten Internatsbetriebs. Der Brief ist ein Appell, das Bild wird zur Botschaft anders nicht mitteilbarer Emotionen. Denn hielte man die Briefpassage allein für eine romantisierende Stilübung, verfehlte man das existenzielle Pathos der Schilderung. An Ostern desselben Jahres 1891 hatte Frank Wedekind seine »Kindertragödie« *Frühlings Erwachen* beendet. Charakteristisch für das Stück sind Szenen von hoher lyrischer Intensität, Fensterausblicke und Naturschilderungen, in denen sich Euphorie, Gespanntheit und Elend der jugendlichen Protagonisten artikulieren. Für den eigentlichen Ablauf des Dramas haben diese Sequenzen kaum eine Funktion; sie sind Äußerungen reiner Subjektivität. Um eine ebensolche Äußerung subjektiver Befindlichkeit und Bedrohtheit handelt es sich denn auch bei der nur scheinbar spielerischen Naturschilderung in Hesses Brief aus Maulbronn.
Als es fünf Monate später zur Krise kommt, beweist die Reaktion der Mutter, dass der Briefschreiber zu Recht hoffen konnte, der eigentliche Inhalt seiner Botschaft würde verstanden werden. Am 7. März 1892 war Hesse von einem Spaziergang, zu dem er das Lateinbuch mitgenommen hatte, nicht mehr in das Internat zurückgekehrt. Wie auch die unzulängliche Kleidung bewies, »entlief« er völlig ungeplant aus Maulbronn und marschierte ohne Ziel los. In einem Bericht, den August Palm (1848–1925), ein Erzieher des Jungen, am 10. März verfasste, wird die Planlosigkeit des Fluchtunternehmens ausdrücklich festgestellt: »Die mit Hesse angestellten Verhöre haben zweifellos ergeben, daß es sich in diesem Fall nicht um Mutwillen & Trotz handelt, sondern daß ein unreifer, sentimental-weltschmerzlicher Gemütszustand, der schon lange von ihm gehegt Verstand & Willen allmählich überwuchert hatte, den Wunsch

Hesses Flucht aus Maulbronn

in ihm entstehen ließ, seinen jetzigen Verhältnissen zu entfliehen, weil er die unbestimmte Vorstellung verband, daß es dabei auch mit seinem Leben zu einem Ende kommen werde« (vgl. Michels i.E.).

Tagebuch der Mutter

Bemerkenswert ist der Tagebucheintrag, den die Mutter unmittelbar unter dem Eindruck der Ereignisse, dem Verschwinden und dem Wiederauftauchen ihres Sohnes, vornahm. Sie gesteht offen ein, dass es nicht die verzweifelte Hoffnung war, ihr Sohn möge wieder zurückkehren, welche sie quälte, sondern die Sorge, er habe sich schreckliche Verfehlungen zuschulden kommen lassen: »Zuerst hatte mich die Angst, Hermann sei in besondere Sünde und Schande gefallen, es sei dem Entweichen etwas besondres [!] Böses vorausgegangen ganz qualvoll gefoltert, so daß ich ganz dankbar wurde, als ich endlich das Gefühl bekam, er sei in Gottes barmherziger Hand, vielleicht schon ganz bei Ihm, erlöst, gestorben« (vgl. Ninon Hesse 1966, S. 182).

Der Tod des Sohnes wäre also für die Mutter leichter zu ertragen gewesen als die Gewissheit, dass er »in besondere Sünde und Schande« gefallen war. »Jedes Unglück, jedes bloße in Gottes Hand fallen, schien mir leichter zu tragen als Verschuldung von Hermanns Seite« (ebd.).

Der Tagebucheintrag zeigt darüber hinaus, dass Marie Hesse (1842–1902) nicht ahnungslos war, was die suizidale Tendenz ihres Sohnes anging. Sogar die Art und Weise, in der er sich gegebenenfalls umbringen würde, war ihr gegenwärtig; in der Nacht ihrer Verzweiflung schlug sie sich, wie sie anderntags aufschreibt, mit der Frage herum: »In einem der von ihm so bewunderten Seen ertrunken?« (Ebd.)

Sicher ist das »Wissen« der Mutter um die emotionale Not ihres Sohnes nicht allein auf den Brief vom Herbst 1891 zurückzuführen, in dem dieser seine kleinen Fluchten zum »Haurker See« beschreibt. Auffällig ist aber, dass sie die Möglichkeit des Todes ihres Sohnes sogleich mit dem Tod in einem der von ihm »bewunderten« Seen in Verbindung bringt. Dies zeigt, dass Hesses »romantische« Botschaften seine Mutter durchaus erreicht hatten. Marie Hesse hatte verstanden, dass sich in die Schilderung des Sees Sehnsucht und Drohung mischten: die Sehnsucht, heimkehren zu dürfen, und die Drohung, sich etwas anzutun; beides gegenwärtig in der Anmutung des Sees als einem leeren »Spiegel« und einer bergenden »Wassermasse«.

Die »stille« Kommunikation zwischen Mutter und Sohn während Hesses Krise (beginnend im Herbst 1891) beweist das Gedicht, das der Herausgeber von Hesses Werk, Volker Michels, aufgefunden hat. Der knapp 15-jährige Autor verfasste es am Tag vor seiner Flucht. Das Gedicht stellt die dramatische, nun auf das Selbstgespräch beschränkte Fortschreibung des »Landschaftsbriefs« vom 4. Oktober 1891 dar: »Ich steh allein auf dem Berge, / Allein mit all meinem Weh / Und schaue hinab in die Weiten, / Hinein in den ruhigen See. // Der See ist so blau wie der Himmel; / Da wird mir so eigen zumut, / Als sollt' ich hinein in die Fluten / als wäre dann alles gut« (Michels i.E.).

Hesses Gedicht vor seiner Flucht

Das Gedicht entstand am 6. März 1892, dem Tag vor Hesses spontaner Flucht aus dem Maulbronner Seminar. Die Mutter konnte es demnach nicht kennen, als sie 24 Stunden später über ihre Ahnung schrieb, Hermann könne in einem seiner »bewunderten Seen ertrunken« sein. Ihr Tagebuch liefert eine recht ausführliche Beschreibung des Geisteszustands, in dem ihr Sohn sich während jener Nacht befunden haben musste: »[E]r hatte die bitterkalte Nacht auf freiem Felde zugebracht und sich frierend in einen Strohhaufen zu stecken gesucht. Er kam in jenen 23 Stunden in Württemberg, Baden und Hessen herum. Er hatte weder Mantel noch Handschuhe an, kein Geld im Sack, dagegen die Bücher noch bei sich, die er zur Präparation für die nächste Lektion auf den Spaziergang in der Freistunde mitgenommen. Zur Lektion war er nicht gekommen. Halb mit halb ohne Willen hatte er sich weit fortverlaufen, im Dippel und Rappel, Friedrich [Hermann Hesses Onkel Friedrich Gundert (1847–1925)] fand ihn verwirrt, zitternd vor Kälte, angegriffen, vertattert. Die Professoren nehmen's ernst, sie fürchten partielle Geistesverwirrung, etwas Krankhaftes. Das ist's ja auch und wir sind sehr in Sorge« (Ninon Hesse 1966, S. 183).

»Halb mit halb ohne Willen« hat »er sich weit fortverlaufen« ... In immer neuen, aber stereotypen Anläufen haben die Interpreten Hesses dessen Werk als beherrscht von »Polaritäten« begriffen und gemäß dem Deutungsschema einer zwiespältigen Verfassung von Mensch und Schöpfung ausgelegt (vgl. SBB 12,

S. 270f.); sucht man aber nach einer hinter den esoterischen Philosophemen wirksamen »Urszene« der Spaltung und Vereinigung des auktorialen Ichs, dann ist es die wie unter fremdem Zwang verlaufende Flucht des jungen Hesse am 7./8. März 1892. Die Flucht stellte einen Versuch des Ausbruchs und der Selbstvernichtung zugleich dar; der eigenartig »verwirrte«, schlafwandlerische Zustand, in dem Hesse aufgegriffen wurde, war Resultat dieser widersprüchlichen Motive.

Im *Unterm Rad* finden sich die widerstrebenden Impulse, welche die Mutter in Summe als einen Zustand »halb mit halb ohne Willen« beschreibt, auf zwei Protagonisten verteilt: Heilner, »halb mit Willen«, liebt es, am See zu dichten, Giebenrath, »halb ohne Willen«, ertrinkt in geliebten Wassern.

Das »Symbol der Mutter«

Geldnot, Freundschaft mit und Dankbarkeit gegen Hesse, das gemeinsame Umfeld in der Schweizer Pazifisten- und Kunstszene während des Ersten Weltkriegs sowie die Vorliebe für das Tessin und die dort angesiedelte Gegenkultur sind die leicht erkenn-
H. Ball baren Motive Hugo Balls (1886–1927) gewesen, zu Hesses 50. Geburtstag eine Biografie von Samuel Fischers (1859–1934) erfolgreichem Autor zu liefern. Die Verehrung jedoch, die Ball Hesse entgegenbrachte, und die Intensität, mit der er in seinen letzten Lebensmonaten und bereits von Krankheit schwer gezeichnet an der Lebensdarstellung arbeitete, erklären sich nicht daraus. Hierfür war die persönliche Affinität Balls zu Hesses Werdegang, seiner Ablösung von der theologischen Orthodoxie und der Suche nach neuer spiritueller Erfahrung ausschlaggebend.

Ball hatte sich nach seinen expressionistischen und dadaistischen Theater- und Kabarettexperimenten 1919 der katholischen Mystik zugewandt, religionsgeschichtliche Studien betrieben und in asketischer Lebensführung nach religiöser Erfahrung gesucht. Die Katastrophe des Krieges veranlasste ihn zu einer weit ausholenden *Kritik der deutschen Intelligenz*, welche die Ursachen für den Kriegsausbruch bis in das Mittelalter zurückverfolgt. Kernstück dieser Kritik ist die Beschreibung des von

Martin Luther (1483–1546) vollzogenen Bruchs mit der römischen Kirche als der zentralen historischen Fehlentwicklung Deutschlands. Der deutsche Idealismus, hier besonders Georg Wilhelm Friedrich Hegel (1770–1831), und die deutsche Universitätswissenschaft als solche gelten Ball als Fortführung des verhängnisvollen Protestantismus. In vorgeblich »aufklärerischer« Absicht hätte die protestantische Lehre in Wahrheit immer nur Beihilfe zur Durchsetzung staatlicher Machtinteressen geleistet. Ergebnis: der Erste Weltkrieg; als Abhilfe empfiehlt Ball einen mystisch inspirierten, auf Michail Bakunin (1814–1876) und Fjodor Dostojewskij (1821–1881) sich berufenden religiösen Anarchismus (Ball 1970).

Vor diesem Hintergrund wird verständlich, weshalb Hesses Staats- und Religionskritik Ball anziehen musste. Manche Absätze in seiner Hesse-Biografie sind ganz von Identifikation getragen. Die Technik der Anverwandlung fremden Lebens stammt dabei aus der Praxis religiöser Meditation. Ball beschreibt sie in *Die Flucht aus der Zeit*: »Ich gehe die Legende von Monat zu Monat durch und mache halt, wo eine verwandte Erfahrung, ein gleicher Gedanke, ein fernes Gefühl anklingt. [...] Nun beschäftige ich mich, nach allen Seiten ausgreifend und nachtastend, mit Antonius, dem Eremitenabt« (Ball 1946, S. 275).

Balls Hesse-Biografie

Ball: ein Biograf mit Erfahrungen als Hagiograf. Vorbehalte gegenüber seinen Einsichten wären also angebracht, bewiese er nicht bei allem Einfühlungsvermögen auch eine kritische und analytische Haltung gegenüber Hesse. Vor allem da, wo er den »unaufgelösten« »Haupt- und Generalpunkt« der Frühphase in Hesses Mutterbeziehung ortet: »Hesses Seminaristenkonflikt aber ist die wahnwitzige, ihm damals kaum bewußte Liebe zum Symbol der Mutter in ihrer unbegrenzten Hingabe, die in der Erfahrungswelt ein so kühles, jenseitiges Tagebuch führt; die von ihrem elften bis zu ihrem fünfzehnten Jahr in der Pietistensiedlung Kornthal erzogen ist, von noch bestehenden Herrnhutischen Gemeinden, der strengsten vielleicht in ganz Deutschland« (Ball 1977, S. 55f.).

Hesses Mutterbeziehung

Ball zeigt, wie bei Marie Hesse die religiöse Inbrunst in ablehnende Kälte auch gegenüber den ihr Nächsten umschlagen konnte; und wie ihre eigene poetische Gabe und ihre literarischen Ambitionen doch immer wieder in die Liebe zu »Psalmen und Chorälen« mündete. »Eine warme Kälte strömte von ihr aus«, schreibt Ball und stellt fest: »Diese Mutter ist unzugänglich für jeden sinnlichen Impuls; für jede narzißtische Eigenliebe, die um sie werben könnte« (ebd., S. 56).

Ball geht noch einen Schritt weiter und erklärt die Beziehung zwischen den beiden männlichen Protagonisten in *Demian* nicht unter dem üblichen Aspekt des Kampfes gegen die Vaterwelt, sondern deutet sie als ein Bündnis im Bann der »Großen Mutter«, das »eine erschreckend primitive Abhängigkeit von Mann zu Mann« zur Folge habe (ebd., S. 57). Für die Interpretation des Männer-Doppels – der bevorzugten Heldenbesetzung in Hesses Werk – hat die von Ball gesehene Ambivalenz des Mütterlichen weitreichende Konsequenzen. Diese können hier aber nur insoweit interessieren, als sie die Entstehungsgeschichte von *Unterm Rad* betreffen.

Die Topografie des Flussufers, wie sie in *Unterm Rad* zu finden ist, gehört – mit Ball zu sprechen – zur Symbolwelt des Mütterlichen. Die »neoromantische« Korrespondenzlandschaft ist eine Landschaft der Korrespondenz mit der Mutterwelt. Die Gewässer haben darin ihre exklusive Bedeutung als Spiegel und Medium der Anverwandlung und Vereinigung. Sie sind proteisches und todbringendes Element zugleich. In der Erzählung *Erwin* (1899), welche bereits die Konstellation der Knabenfreundschaft probiert und auch sonst als Vorläufertext von *Unterm Rad* zu betrachten ist, hat Hesse diese Zwischenzone von verlockender Auflösung und schöpferischen Einfällen günstigem Wiedergeburtsareal in aller Deutlichkeit beschrieben: »Unser Kloster war von mehreren kleinen Seen umgeben. Unter diesen war der kleinste, ein brauner, verschilfter Waldweiher, mein Liebling. Eingefaßt von Buchen, Eichen und Erlen lag er unbewegt in ewiger Windstille dunkel im breiten Schilfgürtel [...] Das sumpfige Ufer atmete in der Sonne einen leichten Geruch von Moder und Fäulnis aus. [...] Ich lag müde ausgestreckt, das Kinn auf den Händen, im Auge und im Herzen die Stille und Wildnis dieses Herbstes. Ich wünschte so abseits und ungekannt lange zu liegen und mich in der schwermütigen Müdigkeit des

Erwin

Waldes und Schilfes mit aufzulösen« (*SW* 6, S. 10f.; vgl. auch Anhang, S. 189,7–27). Die regressive Sehnsucht nach Sumpf- und Wasserexistenz trägt zum Freundschaftsbund zwischen den beiden Knaben bei: »›Gelt, wenn wir jetzt Steine oder Muscheln wären und lägen dort im Wasser drunten!‹ ›Was dann?‹ ›Dann? Dann wären wir träg und ruhig und hätten vielerlei nicht nötig‹« (ebd., S. 12; S. 191,5–9). Die Todessehnsucht erfüllt sich: Erwin erkrankt und stirbt.

Die latente Todesbedrohtheit ist der Grund für die eigenartige Zurückhaltung, die nach Hugo Balls Beobachtung in *Unterm Rad* den Ton des Erzählers bestimmt: »Man spürt dem Thema des Buches nach, vergleicht es mit *Lauscher*, mit *Demian*, mit den Tagebüchern der Mutter und findet dann, daß Hesse offenbar, als er den Roman schrieb, Zurückhaltung übte, sowohl aus Pietät wie aus einer Art Vorsicht der seelischen Ökonomie. Er bemüht sich um Stille und harmlosen Vordergrund« (Ball 1977, S. 45).

Die Mutter fehlt Giebenrath; sie ist die große Abwesende in *Unterm Rad*. Umso mächtiger ist sie zugegen in den rückwärtsgewandten Träumereien des Helden, die meist von den Schauplätzen am Fluss ausgelöst werden. Auf den werdenden Schriftsteller Hesse bezogen, dessen besondere »seelische Ökonomie« Ball auffällt, heißt dies: Giebenrath vertritt die dichterische Imagination, insofern sie passive Partizipation und Einfühlung ist, und verkörpert gleichzeitig die Gefahr für die künstlerische Produktivität: die ohne Werk bleibende Erlebnisinnigkeit. Die dichterische Anverwandlung verlangt, soll sie nicht in Auflösung enden, behutsame »seelische Ökonomie«. Denn der schöpferische Vorgang vollzieht sich in dieser Phase von Hesses Entwicklung parallel zur tief greifenden Neubestimmung seines Verhältnisses zur Mutter.

Die Landschaftsbeschreibungen lassen diesen Balanceakt zwischen lyrischer Nähe und gestaltender Distanz am besten erkennen. Und auch für die Lieblingsbeschäftigungen Hesses, die noch in den Krisen der späteren Jahre eine Rolle spielen, ist ein heikles Gleichgewichtsverhältnis zwischen passiver und aktiver Anstrengung typisch; dies hat Ball ebenfalls gesehen: »Das trifft nicht nur auf den Seminaristen, das trifft ein wenig auch auf den in Gaienhofen lebenden Schriftsteller zu, der auf dem Bodensee Rudersport treibt, wie der Schüler Giebenrath das Angeln bevorzugt und wie der spätere Dichter Hesse sich dem Malen zuwendet. Angeln, Rudern und Malen: es sind Introvertiertenbeschäftigungen; Sporte, die dem Heilen und den Heilnern dienlich sind« (ebd.).

Stationen der Ausgrenzung: Schulanstalt – Heilanstalt – Irrenanstalt

Einschließlich seiner selbst waren alle, die sich mit der Flucht des Zöglings Hesse auseinander zu setzen hatten, bemüht, den Vorfall ohne Aufsehen zu bereinigen. Da ihm kein böswilliger Vorsatz unterstellt werden konnte, erhielt Hesse eine Karzerstrafe, die er ergeben auf sich nahm. Seinem Vater Johannes Hesse (1847–1916) teilte das Lehrerkollegium mit, dass ein Verbleib Hermanns im Maulbronner Seminar nicht wünschenswert sei, da es dem Schüler an der Fähigkeit fehle, »sich selbst in Zucht zu halten und seinen Geist und sein Gemüt in die Schranken einzufügen, welche für sein Alter und für eine erfolgreiche Erziehung in einem Seminar notwendig sind« (Ninon Hesse 1966, S. 189).

Der Verwirrtheitszustand, den die Erziehungsberechtigten attestierten, machte sich in den folgenden Wochen in körperlicher Schwäche, Kopfschmerzen und Freudlosigkeit geltend; am 20. März 1892 schrieb Hesse an die Eltern: »Ich bin so müde, so kraft- und willenlos; ich arbeite, soviel ich eben muß, privatim treibe ich gegenwärtig gar nichts. Ich bin so froh, wenn ich einen Augenblick habe, an dem ich nicht gehen, nicht denken muß« (ebd., S. 194). Aus heutiger medizinischer Sicht würde man in diesem Zustand wahrscheinlich eine Depression erkennen.

Hesses Heimkehr

Am 23. März wurde Hesse von dem für das Internat zuständigen Arzt nach Hause geschickt, wo er einen ganzen Monat blieb, um nach einer kurzen Rückkehr in die Schule Maulbronn Anfang Mai endgültig zu verlassen. Die Erzieher hatten geglaubt, der Besuch eines Gymnasiums in heimatlicher Umgebung und die dadurch mögliche elterliche Betreuung würde dem gescheiterten Zögling wieder auf die Beine helfen. In Wirklichkeit wurde der

Familie durch die endgültige Heimkehr des Sohnes das Scheitern des für ihn vorgesehenen Lebensplans erst richtig bewusst. Es war ein Scheitern, das gleichzeitig den Bruch mit der pastoralen Tradition der Familie bedeutete, war Hermann doch für die theologische Laufbahn vorgesehen gewesen.

Im Sommer 1892 verschlechterte sich Hesses Zustand auch dadurch, dass seine eigene Ratlosigkeit mit der der Eltern zusammentraf. Diese suchten wiederum Hilfe im eigenen, kirchlich-religiös dominierten Milieu und wandten sich an den Pfarrer Christoph Friedrich Blumhardt (1842–1919), den Leiter der Nervenheilanstalt in Bad Boll. Blumhardts Vater, von dem er die Leitung der Anstalt übernommen hatte, war 1880 als Berühmtheit gestorben. Ihm wurden Gebetsheilungen zugeschrieben. Mittels einer »sympathetischen Kur«, so teilt Ball unter Vorbehalt mit, war ihm auch die Milderung der Nervenleiden Eduard Mörikes (1804–1875) gelungen (Ball 1977, S. 53). In Bad Boll, einem Ort mit einer bekannten Schwefelquelle, hatte er ein Erweckungs- und Heilungszentrum eingerichtet.

Ch. F. Blumhardt

Hesses Aufenthalt in Bad Boll war kurz. Er beging einen Selbstmordversuch, über dessen nähere Umstände man lediglich weiß, dass er durch eine »Liebesschwärmerei« ausgelöst wurde (Zeller 1963, S. 28). Blumhardt sah sich danach am Ende seiner Möglichkeiten, dem Kollegensohn zu helfen. »Blumhardts Sohn«, schreibt Ball, »gelingt [es] aber nicht, den Dämon aus dem Sohne der Calwer Missionsfreunde zu vertreiben. Ist der Knabe besessen? Ist er es nicht? [. . .] Die beiden Gegner messen sich – und Blumhardts Sohn unterliegt. [. . .] Es ist eine offenkundige Niederlage; der Exorzist ist gescheitert« (Ball 1977, S. 54).

Selbstmordversuch

Hesse musste die Anstalt verlassen. Danach brachte man ihn in der Kinderheil- und -pflegeanstalt Stetten im Remstal unter. Neben der ärztlichen Betreuung sollten Gartenarbeit und Hilfsdienste bei der Unterrichtung geistig behinderter Kinder seine psychische Stabilität wiederherstellen helfen. Im ärztlichen Dossier ist von der familiären Belastung des Patienten durch eine ererbte »Neurasthenie« die Rede, eine Diagnose, die in diesen Jahren ihren Erfolgszug als medizinisches Beschreibungsmodell für eine diffuse Symptomatik aus Nervenleiden, Erschöpfungszuständen und habituellen Normabweichungen begann (vgl.

Stettener Anstalt

Radkau 1998). Frühkindliche »Zornanfälle« und der »Zerstörungstrieb« des Knaben finden Erwähnung; kurzfristige Stimmungsumschwünge werden hervorgehoben. Die Beobachtungen münden in das abschließende Urteil: »Schwer zu behandeln; leidet an Größenwahn, fühlt sich zu Großem berufen, träumt von großen dichterischen Erfolgen« (Michels i.E.).

In der Stettener Anstalt verfasst Hesse, der die zwischen pädagogischer Hilflosigkeit und medizinischer Anmaßung schwankenden Versuche, ihn zu pathologisieren, genau registriert, hasserfüllte und verzweifelte Briefe. Am 1. September schreibt er: »Stetten ist mir die Hölle. Wenn das Leben des Wegwerfens überhaupt wert wäre, wäre das ganze Leben nicht ein bald heiterer, bald schwarzer Wahn – ich möchte mir den Schädel an diesen Mauern einrennen, die mich von mir selber trennen« (Ninon Hesse 1966, S. 251). Zehn Tage später: »Meine letzte Kraft will ich aufwenden, zu zeigen, daß ich nicht die Maschine bin, die man nur aufzuziehen braucht. Man hat mich mit Gewalt in den Zug gesetzt, herausgebracht nach Stetten, da bin ich und belästige die Welt nimmer, denn Stetten liegt außerhalb der Welt. [. . .] Und jetzt frage ich, nur als Mensch, (denn ich erlaube mir, gegen Euren Willen und meine 15 Jahre, eine Ansicht zu haben): Ist es recht, einen jungen Menschen, der außer einer kleinen Schwäche der Nerven so ziemlich ganz gesund, in eine ›Heilanstalt für *Schwachsinnige und Epileptische*‹ zu bringen?« (Ebd., S. 261ff.)

Abwendung vom Vater

Zeilen größter Schärfe und Verzweiflung finden sich im Brief vom 14. September; hier gibt der Schreiber jede literarisierende Attitüde auf und geht zu einer frontalen Provokation des Vaters über: »Sehr geehrter Herr! Da Sie sich so auffällig opferwillig zeigen, darf ich Sie vielleicht um 7 M oder gleich um den Revolver bitten. Nachdem Sie mich zur Verzweiflung gebracht, sind Sie doch wohl bereit, mich dieser und sich meiner rasch zu entledigen. Eigentlich hätte ich ja schon im Juni krepieren sollen. [. . .] Schreiben Sie nimmer ›Lieber H.‹ etc; es ist eine gemeine Lüge [. . .] Ich hoffe, daß die Katastrophe nimmer lang auf sich warten läßt. Wären nur Anarchisten da!« Der Brief ist unterzeichnet mit: »H. Hesse, Gefangener im Zuchthaus zu Stetten, wo er ›nicht zu Strafe‹ ist. Ich beginne mir Gedanken zu machen, *wer* in dieser Affaire schwachsinnig ist« (ebd., S. 268f.).

Da in Stetten keine Besserung des Zustands zu erreichen war, verließ Hesse Anfang Oktober 1892 auch diesen Ort. Ein erneuter Schulversuch im Gymnasium von Bad Cannstatt, das er von November 1892 an besuchte, führte zwar nicht zum gewünschten Erfolg, Hesse erreichte aber das so genannte »Einjährige«, einen vorgezogenen Gymnasialabschluss, mit dem beispielsweise auch Thomas Mann (1875–1955) nach der Obersekunda (= 11. Klasse) von der Schule abging.
Im Oktober 1893 schloss der endgültig aus allen standesgemäßen Ausbildungs- und Korrektionsprogrammen gefallene Zögling einen Lehrvertrag mit der Buchhandlung Mayer in Esslingen. Aber auch von dort ergriff Hesse schon nach wenigen Tagen die Flucht. Es folgten für die ganze Familie belastende Monate des Aufenthalts im elterlichen Haus. Erst im Frühsommer 1894 trat Hesse eine Stelle als Praktikant in der mechanischen Werkstatt der Calwer Turmuhrenfabrik des Heinrich Perrot an. Hier nun, an einem Ort, der an alle früheren Ambitionen nur durch die meist für Kirchtürme bestimmten Uhrwerke erinnerte, blieb der aus allen Werkstätten des Geistes Entflohene bis zum Herbst 1895 und absolvierte eine Mechanikerlehre.

Praktikum in der Turmuhrenfabrik

»In der Mitte zwischen Held und Dulder«

Mit dem Abschluss der 15-monatigen Lehrzeit bei Perrot endet der Zeitraum der für die Entstehung von *Unterm Rad* relevanten und in dem Roman ohne weiteres wiedererkennbaren Geschehnisse. Hans Giebenrath beginnt ebenfalls eine Schlosserlehre und geht an dem ihn zum »Landsexamensschlosser« deklassierenden Milieu zugrunde. Hesse lässt seinen Helden an einer biografischen Situation scheitern, die er selbst überwand und die ihm zum Wendepunkt wurde.
Nach dem Eintritt in die Tübinger Buchhandlung Heckenhauer Mitte Oktober 1895 sind in Hesses Briefen erstmals Zeichen für ein selbstbestimmtes Handeln zu erkennen. Hesse empfand es als Glück, dass sich das »Privatstudium der Ästhetik und Literatur«, welches er nach Feierabend betrieb, mit der neuen beruflichen Tätigkeit vereinbaren ließ (Hesse 1978, S. 9). Das Arbeitspensum, das er als Buchhandelslehrling und bei den au-

Buchhandelslehre

todidaktischen Studien ableistete, ist erstaunlich, hält man die geringe körperliche und geistige Belastbarkeit dagegen, über die Hesse während der Schul- und Anstaltszeit geklagt hatte.
In der Buchhandlung sichtete er auch die literarischen Novitäten der jeweiligen Saison und war dadurch über die Entwicklung auf dem Buchmarkt und die aktuelle ästhetische Diskussion informiert. In den Briefen an die Eltern präsentierte er daraus stammende Überlegungen und Einsichten. Er schwankte zwischen Rechtfertigung und Provokation, wobei er immer wieder die Mutter als Instanz des ästhetischen Urteils ansprach und herauszufordern suchte: »Ihr Lieben! Danke für Mamas Brief, dessen erzählender Teil ja leider auch nicht viel erfreulicher ist als der moralische. Ich konnte einiges von dem, was darin steht, nicht verstehen, einiges andere will ich nicht verstehen. [...] Mit alldem will ich weder eine Frivolität sagen noch mich oberflächlich herausreden, aber ich möchte, wie früher wiederholt, Euch ehrlich sagen, daß bei all meiner Hochschätzung des Glaubens jeder Art mir doch ein gewisser religiöser Duft – nicht zuwider, aber fremd und unverständlich ist, und daß ich nach dieser Seite hin weder Neigung noch Verantwortlichkeit spüre« (ebd., S. 71f.).
Ergebnis dieser Auseinandersetzung und Ablösungsbemühungen waren Gedichte, die Hesse Ende 1898 unter dem Titel *Romantische Lieder* zusammenfasste und erscheinen lassen konnte. An den Schriftsteller und Journalisten Carl Busse (1872–1918), der dadurch auf ihn aufmerksam wurde, schrieb er: »[S]oviel ich Sie kenne, ist Ihre Philosophie und Ihre Kunst positiver als meine. Aber ich bin eben als Hypochonder und Raisonneur in die Mitte zwischen Held und Dulder gefallen« (ebd., S. 83).

C. Busse

Busse ist es, der 1902 in der von ihm herausgegebenen Reihe *Neue Deutsche Lyriker* als Band 3 eine umfangreiche Sammlung von Gedichten Hesses publizierte. Die Ambivalenz gegenüber der Mutter als umworbener Adressatin seiner Dichtung, die stets auch Beweis seiner Unabhängigkeit von der Mutter als wertender Instanz sein will, zeigt sich darin, dass der Band Marie Hesse gewidmet ist. Dies, obwohl Hesse nach einem Streit um ästhetische Normen im Juni 1899 ein ihr überlassenes Freiexemplar der Gedichtsammlung *Eine Stunde hinter Mitternacht* zurückgefordert hatte (vgl. ebd., S. 57 f.).

Die Mutter erlebte die Veröffentlichung der ihr gewidmeten Sammlung nicht mehr. Am 24. April 1902 verstarb sie. Hesse erschien – aus welchen Gründen auch immer – nicht zu ihrem Begräbnis. »Ihr Lieben!« schrieb er an die trauernde Familie, »[. . .] So leid es mir tut, nicht beim Begräbnis der lieben Mama gewesen zu sein, so war es doch für mich und Euch vielleicht besser, als wenn ich gekommen wäre. Ich war und bin noch sehr gedrückt, dennoch habe ich in diesen Tagen seit dem 24sten weniger gelitten als in den Wochen vorher. Seit der Todesnachricht war ich zu betäubt und ermüdet, um mehr als einen dumpfen Schmerz zu empfinden« (ebd., S. 89). Tod der Mutter

Hesse arbeitete zu diesem Zeitpunkt bereits an seinem ersten größeren Prosawerk, *Peter Camenzind* (1904). Nachdem er bereits in den *Hinterlassenen Schriften und Gedichten von Hermann Lauscher* (1901) Prosa und Tagebuchpassagen eingearbeitet hatte, vollzog sich im *Camenzind* der eigentliche Übergang zur Prosa. »Sobald ich die zeitlose Ursprache der Lyrik verlasse und etwa als Erzähler mich auszusprechen versuche, bin ich ratlos. Lyrik schreibt man für sich selbst und ohne irgend an Leser zu denken, einen Roman etc. aber kann man nur schreiben, wenn man sich einigermaßen die Kreise, zu denen man redet, vorstellt und sich darüber klar ist, mit welchen Mitteln man auf sie wirken kann« (ebd., S. 87). *Peter Camenzind*

Der »Leser« repräsentiert die Öffentlichkeit, die Lyrik hingegen hat intimen und privaten Charakter, sie zehrt von dem Konflikt mit der Mutter, die als ideale Adressatin zugleich diejenige ist, welche aufgegeben werden muss, um ein »echtes« Publikum zu finden. Zu Lebzeiten der Mutter veröffentlichte Hesse keinen reinen Prosatext; die Lyrik dominierte seine Produktion, obwohl es ihn zunehmend zur Prosa drängte. Der *Camenzind*, der ihn durch seine Veröffentlichung im renommierten Verlag von Samuel Fischer mit einem Schlag bekannt machte, ist der Text, in welchem sich dieser Konflikt exemplarisch zuspitzt. Der Erfolg der Erzählung brachte Hesse einen auf fünf Jahre ausgelegten Vertrag mit dem S. Fischer Verlag ein und gab ihm den Mut, sich als Schriftsteller selbständig zu machen (vgl. ebd., S. 107). Er kündigte seine Stelle in einem Antiquariat und hielt sich von Anfang Oktober 1903 an wieder in seiner Heimatstadt Calw auf, wo er mit der Niederschrift von *Unterm Rad* begann.

Selbständigkeit als Schriftsteller

Zwischen dem Abschluss des *Camenzind* und dem Beginn der Arbeit an *Unterm Rad* liegt also der Schritt Hesses in die Selbständigkeit als Schriftsteller. Auf der motivischen Ebene der beiden Texte lässt sich dieser entscheidende, mit dem Tod der Mutter verknüpfte Übergang genau beobachten. Denn bezieht man Hesses Selbstbeschreibung als einem, »der in die Mitte zwischen Dulder und Held gefallen« ist, auf die Personenkonstellationen und ihr Schicksale, wie sie in *Camenzind* und *Unterm Rad* entwickelt werden, ergibt sich ein Spiegelverhältnis: In *Camenzind* kommt Peters Freund Richard, der ihn in die Gesellschaft einführt, ums Leben; in *Unterm Rad* aber stirbt Hans Giebenrath, der es nicht schafft, sich der Gesellschaft zu integrieren. Vor dem literarischen Erfolg Hesses und der Entscheidung, sich als Schriftsteller selbständig zu machen, ist es der aktive »Held« (Richard), der umkommt; nach der Lebenswende hingegen ist es der passive »Dulder« (Hans), der stirbt. Beide – das weist sie als Opfer der Ambivalenz des Mütterlichen aus – enden durch Ertrinken. Vor der Entscheidung und dem Erfolg bleibt der Persönlichkeitsanteil des »Dulders« erhalten, danach wird er geopfert. Der passive, der »Mutterwelt« anhängende Teil der Person fällt dem Tod anheim.

Siddhartha

Als Hesse bei der Abfassung des *Siddhartha* ab dem Sommer 1920 in eine große Krise geriet, setzte die Hemmung bezeichnenderweise mit dem Kapitel *Am Flusse* ein, in dem geschildert wird, wie Siddhartha sich aus Ekel und Überdruss (»Ekel und Überdruß hatte er von allen Seiten in sich eingesogen, wie ein Schwamm Wasser einsaugt, bis er voll ist.«) ertränken will: »[E]r blickte in das grüne Wasser hinab, das unter ihm zog und zog, blickte hinab und fand sich ganz und gar von dem Wunsch erfüllt, sich loszulassen und in diesem Wasser unterzugehen. Eine schauerliche Leere spiegelte ihm aus dem Wasser entgegen, welcher die furchtbare Leere in seiner Seele Antwort gab. Ja, er war am Ende. Nichts mehr gab es für ihn, als sich auszulöschen. [...] Mochten ihn die Fische fressen, diesen Hund von Siddhartha, diesen Irrsinnigen, diesen verdorbenen und verfaulten Leib, diese erschlaffte und mißbrauchte Seele! Mochten die Fische und Krokodile ihn fressen, mochten die Dämonen ihn zerstücken!« (SBB 2, S. 76ff.)

»Indisch« sind hier allenfalls die Krokodile; ansonsten liegt dieses Gewässer nahe bei Maulbronn! Die Veräußerung des Dramas, wie sie Hesse in *Camenzind* und *Unterm Rad* durch die Verteilung der seelischen Spannung auf zwei Protagonisten vornahm, findet sich in *Siddhartha* wieder nach innen verlegt und zur Apotheose gebracht. Denn nachdem Siddhartha den realen Selbstmord vermeiden konnte, visioniert er seinen überwundenen Zustand als »ertrunkenen«, sich selbst als neugeboren der Lebenskraft des strömenden Wassers anheim gegeben: »In diesem Fluß hatte sich Siddhartha ertränken wollen, in ihm war der alte, müde, verzweifelte Siddhartha heute ertrunken. Der neue Siddhartha aber fühlte eine tiefe Liebe zu diesem strömenden Wasser und beschloß bei sich, es nicht so bald wieder zu verlassen« (ebd., S. 88).

Dass in die Krise bei *Siddhartha* die Konfliktsituation der Vorgeschichte und Entstehungszeit von *Unterm Rad* erneut eingreift, beweist Hesses Tagebucheintrag aus dieser Zeit: »Als ich mit dem Siddhartha, dem Dulder und Asketen zu Ende war und Siddhartha, den Sieger, den Jasager, den Bezwinger dichten wollte, da ging es nicht mehr« (Michels 1986, S. 10).

Am 19. November 1903 schrieb Hesse an Rudolf Wackernagel-Burckhardt (1855–1925): Ich »arbeite [...] diese ganze Zeit hindurch mit ungewöhnlichem Ringen an einem größeren Roman, der bis jetzt mein Bestes ist und in Kürze erscheinen wird« (Hesse 1978, S. 113f.). Mit dieser zeitlichen Kalkulation irrte sich Hesse, zumindest was die Buchausgabe anging. Denn nachdem er *Unterm Rad* innerhalb eines guten Vierteljahres niedergeschrieben und im Dezember 1903 beendet hatte, dauerte es von da an bis zur Auslieferung des Buches noch fast zwei Jahre: *Unterm Rad* erschien im Oktober 1905 (mit dem Impressum 1906!).

Hatte *Peter Camenzind* seinem Autor die Entscheidung für den Beruf des Schriftstellers überhaupt erst ermöglicht, so stand die Publikationsgeschichte des folgenden Werks bereits unter den ökonomischen Bedingungen der neuen Existenz. Hesse bat Samuel Fischer, ihm das Manuskript wieder zurückzusenden, falls eine der Buchpublikation vorausgehende Veröffentlichung in der *Neuen Rundschau* nicht möglich sei. In diesem Fall, so Hes-

Vorabdruck

se, müsste er sich selbst darum bemühen, die Geschichte für einen Vorabdruck unterzubringen; 1904 würde zu einem »Hungerjahr« für ihn werden, könnte er nicht mit einem zusätzlichen Salär rechnen. Fischer konnte dem Wunsch nicht entsprechen, wollte sich aber für einen Vorabdruck in der Berliner *Vossischen Zeitung* einsetzen. Möglicherweise des besseren Honorars wegen entschied sich Hesse jedoch für eine Veröffentlichung in der *Neuen Zürcher Zeitung*, die *Unterm Rad* zwischen dem 5. April und dem 19. Mai 1904 in 35 Folgen erscheinen ließ.

In der *NZZ* war der Text in einer Urfassung zu lesen, die verschiedene kritische Einlassungen gegen den wilhelminischen Staat und sein Erziehungssystem enthielt (so wurde etwa das staatliche Stipendiensystem als »Leibeigenschaft« bezeichnet); wahrscheinlich erfolgte die Tilgung dieser und anderer Stellen in der späteren Buchausgabe auf Anraten des S. Fischer Verlags.

Im Sommer 1904 heiratete Hesse. Gegenüber seiner Briefpartnerin, der Schriftstellerin und Verlegergattin Helene Voigt-Diederichs (1875–1961), die er zu der Zeit, als er noch unsicher gewesen war, ob er seine private literarische Tätigkeit zur Profession machen sollte, an seinen Stimmungen und Wünschen hatte teilnehmen lassen, legte er ein Geständnis ab: Oft fehle ihm jetzt die Mutter! Im Übrigen, so teilte er darüber hinaus noch mit, suche er ein Haus am Bodensee.

Wirkungsgeschichte und Deutung

»Auktorialer Pantheismus«

Nachdem das Buch im Oktober 1906 im Verlag von Samuel Fischer erschienen ist, erhält *Unterm Rad* zahlreiche Kritiken. Bei den Rezensenten herrscht Übereinstimmung darin, dass es sich bei Hesse um einen Meister der Stimmungs- und Landschaftsschilderung handelt. Durchgängig werden die »Landschaften« positiv erwähnt. Es wird kein Widerspruch darin gesehen, die Manier des Autors als »romantisch« oder »neoromantisch« zu bezeichnen und dies gleichzeitig als Beweis und Merkmal reiner Unmittelbarkeit anzusehen. Die Gleichung »Romantik« = Herzensergießung und Offenbarung des »inneren Menschen« ist verbindlich und lässt eine Reflexion auf das Phänomen der stilistischen Wiederholung nicht zu. Hesses Landschaftsbeschreibungen zu lesen heißt, mit ihm durch Wald und Flur zu spazieren; so schreibt etwa Arthur Eloesser (1870–1938): »[Hesse] benennt uns so im Spazieren durch die Morgenschwüle alles, was die leichte Betäubung der Sinne herstellt, Sonnenwärme, Taudunst, Harzgeruch, Moosdunst, er hört den Specht hämmern, den Kuckuck rufen und alles, was die Sinne kaum unterscheiden können an Lauten, Düften, Lichtern und Farben, fließt ganz von selbst zu der einen Stimmung heimlich wispernden Waldwebens zusammen, zu dieser stillen Geschäftigkeit des Vegetierens, die uns den Atem nimmt mit einem leichten Druck und die Seele mit einem süßen Weh zusammenpreßt« (Eloesser 1906, zit. n. Hsia 1975, S. 69).

A. Eloesser

Literarische Produktion erscheint hier als »urwüchsige« Äußerung der Natur. Im Ausdruck etwas undurchsichtig, aber in der Intention prägnant, bringt Eloesser diesen auktorialen Pantheismus auf den Punkt, wenn er feststellt, dass Hesse ein »Landschafter« sei, »der sich in der Vertrautheit der Scholle sein erdgemäßes Organ erhielt« (ebd.).

Eloesser relativiert allerdings seine Hochschätzung von Hesses Natur- und Landschaftsschilderung durch den Hinweis auf die nur skizzenhafte Handlungsführung; er schreibt: »[U]nd wenn seine [Hesses] Bilder auch immer zu feinster Farbigkeit geraten, er setzt sie nur hierhin und dorthin, und er läuft schnell von einem zum anderen, indem er die Zwischenräume nur ausstrichelt oder durch die geradeste Linie verbindet« (ebd.).

H. Herz

Hermann Herz erkennt in dieser reduzierten Handlungsstruktur sogar ein Manko von Hesses Prosa: »So ist z. B. die Komposition sehr brüchig. Die Geschichte des Jungen ist eigentlich mit seiner Entlassung wegen unheilbaren Nervenleidens aus« (Herz 1906, zit. n. Michels i.E.). Und auch Adam Kassilion, den während einer Reise, wie er schreibt, die betäubende Wirkung von Hesses Landschaftsschilderung die wunderbaren Reize eines mediterranen Panoramas vergessen ließ, bemerkt den narrativen Minimalismus, den Hesse sich leistet: »[D]och ist das eigentliche Thema der Erzählung ein kleines, die Handlung so gering, der Geschehnisse sind so wenige, daß man sie auf zwei Fingernägel schreiben möchte« (Kassilion 1905, zit. n. Michels i.E.).

A. Kassilion

M. Necker

Moritz Necker (1857–1915) schließlich geht über die bloße Feststellung des ungleichen Verhältnisses zwischen den lyrischen Passagen und den rein erzählerischen Anteilen des Buches hinaus und thematisiert es vor dem Hintergrund der Gattungsproblematik: »Die Erzählung ist kein Roman im gewöhnlichen Kunstsinne, sie erzählt nur Seelenzustände, Stimmungen, sie überquillt von Lyrik« (Necker 1905, zit. n. Michels i.E.).

Hesse selbst hat die Kritik am Vorherrschen des Lyrischen und Stimmungshaften als übereinstimmend mit den eigenen Ansichten akzeptiert: »Da es mir fast nie auf Geschehen und Pointen ankommt, sind meine Sachen für ein großes Publikum meist langweilig. Auch pflege ich auf die Darstellung des Landschaftlichen, des Atmosphärischen usw. besonders zu achten, was nur wenige goutieren« (Hesse 1978, S. 123). Die Behauptung allerdings, dass die »Stimmungsmalerei« nicht auf Gegenliebe stieße, ist angesichts des Überschwangs, mit dem die Kritik gerade diese Passagen erwähnt, nur als Attitüde Hesses verständlich – eine

Attitüde, in der sich bereits die später zur Perfektion getriebene Selbststilisierung zum »Außenseiter« erkennen lässt (vgl. Hucke 1975).

Psychogramm der letzten unter der Militärmonarchie aufgewachsenen Generation

Die große Resonanz, die Hesse mit *Peter Camenzind* fand und die ihn zu einem »erfolgreiche[n], junge[n], süddeutsche[n] Dichter« (Bethge, zit. n. Michels i.E.) machte, wiederholte sich bei *Unterm Rad*. Die von Hesse zur persönlichen Marotte heruntergespielte Natur- und Landschaftsschilderung ist in Wahrheit das Rezept für die außerordentliche Wirkung beider Texte. Dieser Einsicht folgend kann *Unterm Rad* analytisch und interpretatorisch unter zwei Fragestellungen angegangen werden: 1. Lässt sich die Tatsache, dass das Publikum die zuständlichen Passagen des Buchs so sehr goutierte, psychohistorisch verallgemeinern? 2. Lassen sich aus der Feststellung Moritz Neckers, dass die »Seelenzustände«, »Stimmungen« und die »überquellende Lyrik« Hesses *Unterm Rad* zu einem »Roman [nicht] im gewöhnlichen Kunstsinne« machen, allgemeine literaturgeschichtliche Einsichten gewinnen?

Die Forschung hat für *Unterm Rad* besonders die Übereinstimmung von biografischen Ereignissen mit der Romanhandlung und die auktoriale Spaltung in zwei Protagonisten herausgestellt, welche für Hesses weiteres Werk strukturbildend wurde. Noch wichtiger jedoch ist die Beziehung, die *Unterm Rad* zu Entwicklungs- und Bildungsroman unterhält. Malte Dahrendorf (1954) und Theodor Karst haben diese literarhistorische Abhängigkeit von Hesses Werk herausgearbeitet; wobei Karst darauf hinweist, dass *Unterm Rad* zunächst ohne Gattungsnennung erschien und erst später – hier ist zu ergänzen: mit der ersten Gesamtausgabe von 1925 – als »Roman« geführt wurde; der Text firmiert aber weiterhin auch noch als »Erzählung« (Karst 1982, S. 34).

M. Dahrendorf

Th. Karst

Hesse selbst legte gegenüber allen Gattungszuweisungen seiner Texte eine ausweichende, manchmal ironische Haltung an den Tag. Unter den Hauptwerken von *Peter Camenzind* bis zum

Gattungsbezeichnung

Glasperlenspiel deklarierte er lediglich das 1910 erschienene Werk *Gertrud* auf dem Titelblatt als »Roman«. »Alle übrigen [Werke] enthalten entweder keine Gattungsbezeichnung [...] oder Untertitel. [...] Andere wie *Narziß und Goldmund* und *Die Morgenlandfahrer* werden im Untertitel als Erzählung bezeichnet. *Der Steppenwolf* dagegen wird in Hesses Vorstudien gelegentlich auch Märchen genannt. Von den zahlreichen übrigen Erzählungen, Legenden und Märchen Hesses unterscheiden sie sich nur durch den größeren Umfang und die Art ihrer Publikation als Einzelausgaben« (Volker Michels: »Nachwort des Herausgebers«. In: Hermann Hesse: *Sämtliche Werke*. Herausgegeben von Volker Michels. Band 2: *Die Romane*. Frankfurt/M. 2001. S. 553).
Hesses Indifferenz gegenüber der Gattungszuweisung seiner Texte ist schlüssig insofern, als »Märchen« und »Erzählung« in der Tradition mündlicher Literatur gründen und auf (kommunizierbare) »Erfahrung« referieren; »Erfahrung« und »Erlebnis« sind zentrale Kategorien in Hesses Poetologie. Jedoch findet sich »Erfahrung« bei Hesse gefährdet durch den Appell der radikalen Individuation, die den Wert des subjektiven Erlebens verabsolutiert: Einzigartigkeit riskiert Einsamkeit! Als »Geburtskammer des Romans« hat Walter Benjamin (1892–1940) dementsprechend die »Einsamkeit des [unberatenen] Individuums« bezeichnet, dem jede mitteilbare Erfahrung abhanden gekommen ist (Benjamin 1980, S. 1281).
Damit bewegt sich Hesses Werk zwischen dem erzählerischen Anspruch, gelebte »Erfahrung« mitzuteilen, und der »Ratlosigkeit« des Romans, die aus der »Einsamkeit« subjektiven Erlebens kommt – eines Erlebens, das Hesse immer wieder als Basis der Selbstfindung reklamiert. Das Außenseitertum als Sozialisationsmodell schlägt sich formal als Indifferenz gegenüber den Gattungen Roman und Erzählung nieder.
Im klassischen Bildungsroman wird der Prozess der Sozialisation zwar zu einem komplexen, durch die randständige Milieus, in denen der Held zu seinen Erfahrungen gelangt, gefährdeten Vorgang; schlussendlich garantiert aber das Ausmaß der Erfahrung die Stabilität der gesellschaftlichen Rolle, die der Protagonist übernimmt. Hesses Helden gelingt dieser Übergang nicht

(mehr). Der Übergang wird zum Zustand. Das Zusammenspiel dieser Form der Selbstfindung mit den psychohistorischen Bedingungen der Epoche ist noch weitgehend unerforscht.

Der entscheidende Schritt der »Entwicklung« von Autor und Protagonisten – das zeigt *Unterm Rad* – vollzieht sich als Ablösung vom Elternhaus. Die spezifische Verfassung dieses Prozesses als eines Ablösungsvorgangs, der v. a. die Mutter betrifft, wird in der Forschung durch seine stereotype Deutung als Konflikt und Kampf mit der Welt des Vaters marginalisiert (vgl. Boulby 1967). Auch wird nicht thematisiert, dass dieser Konflikt von Hesse in ein überhöhtes, gerade dadurch aber ambivalentes Bild des Weiblichen transformiert und im weiteren Werk zum festen Bestandteil seiner mythopoetischen Konstruktionen veredelt wird. Die positive mutterweltliche Konstruktion, die Hesse schließlich in *Demian* entwickelt und die in diametralem Gegensatz zum erotischen Mythos und Frauenbild steht, das zeitgleich Franz Kafka (1884–1924) in *Der Process* gestaltet, ist ohne das auf die Mutter gerichtete »Symbolische« (Hugo Ball), wie es sich in *Unterm Rad* angelegt findet, nicht denkbar (vgl. hierzu Stach 1987).

Ablösung vom Elternhaus

Eine derart ausgerichtete Analyse sollte von der These geleitet werden, dass Hesse mit *Unterm Rad* das verdrängte Psychogramm der letzten unter der Militärmonarchie heranwachsenden Generation gelungen war, die drohte, zwischen soldatischen Vätern und symbiotischen Müttern zerrieben zu werden – eine traumatische Prägung, der er nach der Katastrophe des Ersten Weltkriegs mit dem *Demian* das lindernde Wunschbild eines matriarchal gestützten und gerechtfertigten Männerbundes lieferte.

Erst eine genauere Analyse der »landschaftlichen« Transformation des Bildes der abwesenden Mutter (*Unterm Rad*) zum Bild der Mutterwelt (*Demian*) könnte auch die Abhängigkeit Hesses von den psychoanalytischen Theoremen Carl Gustav Jungs (1875–1961) präzisieren helfen (vgl. dazu SBB 16, S. 181–185).

Die Klärung dieser Fragen ist nicht allein von literarhistorischem Interesse. Der außerordentliche Erfolg von Hesses Schülertragödie beweist seine – wie auch immer zu fassende – Bedeutung

Erfolg von *Unterm Rad*

bis in die Gegenwart hinein. Denn nachdem der S. Fischer Verlag noch im Jahr des Erscheinens 1906 14 Auflagen drucken lassen konnte, lag schon 1918 das 100. Tausend vor. »Zu Hesses Lebzeiten erreichte *Unterm Rad* [...] eine Gesamtauflage von 162 000 Exemplaren; in der ab 1972 lieferbaren Taschenbuchausgabe mittlerweile 1,4 Millionen. Die Gesamtauflage aller deutschsprachigen Ausgaben von 1905 bis heute beträgt annähernd zwei Millionen. Der Roman wurde bisher in 26 Sprachen übersetzt, sein pädagogischer und bildungspolitischer Einfluß ist nach wie vor ungebrochen« (Michels 2001, S. 561).

In Japan, einem Land mit einer sehr hohen Rate von Schülerselbstmorden, gehört *Unterm Rad* zu dem meistgelesenen Büchern. Die Rigidität des japanischen Schulsystems lässt Vergleiche mit dem des Wilhelminismus zu. Auch die von Japan zeitgleich mit Deutschland durchlaufene Erfahrung des Faschismus könnte Erklärungen liefern für die Attraktivität von Hesses Geschichte eines durch autoritäre Gewalt vernichteten Lebens (vgl. dazu Watanabe 1977, S. 230).

Die Geburt des Romans aus dem Geist der Lyrik

Th. Mann

Thomas Mann hat in den *Betrachtungen eines Unpolitischen*, die er während des Ersten Weltkriegs verfasste, den Roman als »keine rechte deutsche Gattung« bezeichnet: »Diejenige Begabung, die sich aus synthetisch-plastischen und analytisch-kritischen Eigenschaften zusammensetzt und die Kunstform des Romans als die ihr gemäße ergreift, ist überhaupt nicht eigentlich deutsch, der Roman selbst keine recht deutsche Gattung; vorderhand ist es nicht vorstellbar, daß hierzulande – im ›unliterarischen Lande‹ – ein Schriftsteller, ein Prosaist und Romanschreiber im Bewußtsein der Nation zu repräsentativer Stellung aufsteige, wie der Poet, der reine Synthetiker, der Lyriker oder Dramatiker es vermag« (Mann, *GW* XII, S. 70).

Tatsächlich erfolgt der Übergang der deutschen Literatur in die Moderne, den andere europäische Nationalliteraturen im Medium des Romans vollziehen, in den Gattungen von Drama (hier sind v. a. die Naturalisten und Frank Wedekind zu nennen) und Lyrik. Unter literaturhistorischem Aspekt kommt Hesses Frühphase also insofern exemplarische Bedeutung zu, als sie besonders klar erkennen lässt, wie das genuin Erzählerische aus dem Lyrischen hervorwächst und sich von diesem erst emanzipieren muss. Dies liefert auch eine Erklärung dafür, weshalb Hesse *Unterm Rad* zunächst »gattungslos« firmieren ließ und der Text erst seit der Gesamtausgabe von 1925 als »Roman« geführt wird. Es besteht hier eine bezeichnende Übereinstimmung mit Theodor Storm (1817–1888), der es vermied, den *Schimmelreiter*, seinen letzten und bedeutendsten Text, eindeutig der Gattung Novelle oder Roman zuzuordnen. Auch Storms Werk erwächst der Aussage des Autors entsprechend aus der Lyrik.

Lyrik und Drama, die nach Thomas Mann die genuin »deutschen« Gattungen sind, lassen sich etwas weniger emphatisch auch als Bezeichnungen für die stimmungshaft schildernden und diejenigen Anteile eines Textes begreifen, welche die Handlung vorantreiben. Wenn die zeitgenössischen Kritiken von *Unterm Rad* das einseitige Verhältnis zwischen »überquellender« Lyrik und narrativem Minimalismus ansprechen, erörtern sie implizit die »Geburt des Romans aus dem Geist der Lyrik«. Noch die für Hesse typische auktoriale Spaltung in zwei Protagonisten – einen passiv-kontemplativen und einen aktiv agierenden – korrespondiert jener Spannung von »lyrischen« und »dramatischen«, zuständlichen und die Handlung antreibenden Passagen.

So lässt sich folgende literaturgeschichtliche These ableiten: Die Schüler- und Internatsromane, wie sie an der Wende vom 19. zum 20. Jahrhundert entstehen, bilden ein Genre aus, mittels dessen die deutsche Literatur den Schritt von Lyrik und Drama als den sie in die Moderne führenden Gattungen zum modernen Roman tut. Die Schüler- und Internats-, aber auch die Kadettenhausromane sind in der Tradition des Entwicklungs- und Bildungsromans zu sehen. Auf diese Weise eröffnen sich Perspektiven sowohl auf Hesses Werk als auch auf die deutsche Literatur nach 1945. Die »Schülertragödie« stellt eine genuine Reaktion der deutschen Literatur auf die Moderne dar; denn die Kritik an Autorität und Tradition bzw. deren Verteidigung findet im Schülerroman ihr Medium.

Tradition des Entwicklungs- und Bildungsromans

Latenz der »Schülertragödie« bei Hesse

»Maulbronn« ist der Name nicht nur der Klosterschule, in die der junge Hesse aufgenommen und die er kurze Zeit später psychisch fast ruiniert wieder verlassen hat; »Maulbronn« ist der Name auch des Banns, gegen den Hesse in allen Krisen seines Lebens anzukämpfen hatte und der noch in seinem Alterswerk, *Das Glasperlenspiel* (1943), wirksam ist. *Das Glasperlenspiel* muss denn auch als Apotheose des Schul- und Internatsromans analysiert werden, wie er in der Zeit vor dem Ersten Weltkrieg Konjunktur hatte. »Kastilien«, die klösterliche Enklave der »Glasperlenspieler«, ist ein in sich geschlossener Kosmos spirituell ausgerichteten Lebens. Josef Knecht aber, der die kastilischen Tugenden ideal verkörpert, vermag es nicht, sich vor dem Schicksal gescheiterter Schüler zu verschließen; bis zu seinem Lebensende ficht ihn das Unglück der Geschassten an: »[D]ieser Mann [Josef Knecht] hat von früh an [. . .] ein Weltgefühl in sich getragen, dem die Vergänglichkeit alles Gewordenen und die Problematik alles vom Menschengeist Geschaffenen vertraut war. Gehen wir in seine Knaben- und Schülerjahre zurück, so stoßen wir auf die Nachricht, daß er jedesmal, wenn in Eschholz ein Mitschüler verschwand, weil er die Lehrer enttäuscht hatte und wieder aus der Elite in die gewöhnlichen Schulen zurückgeschickt worden war, eine tiefe Beklommenheit und Beunruhigung empfand. [. . .] Daß es Knaben und Jünglinge gab, denen das Glück und die Gnade der Aufnahme in die Eliteschule der Provinz begegnet war und welche diese Gnade wieder verscherzten und wegwarfen, darin lag für ihn, der seine Berufung so heilig und ernst nahm, etwas Erschütterndes, ein Zeugnis von der Macht der nichtkastilischen Welt. [. . .] Es gab da draußen hinter den Grenzen der Provinz eine Welt und ein Menschenleben, welche zu Kastilien und seinen Gesetzen im Widerspruch standen, welche nicht in der hiesigen Ordnung und Rechnung aufgingen und von ihr nicht zu bändigen und zu sublimieren waren« (*SW* 5, S. 241f.).

Das Glasperlenspiel

Das Profane, das Böse, das Andere der »kastilisch gereinigten« Welt ist also eine Welt, für die das Schicksal gescheiterter Schüler typisch ist. Wie sehr Josef Knecht unterschwellig der kastilischen

Gegenwelt der aus der Schule Verbannten verbunden ist, beweist auch sein Tod: Wie Hans Giebenrath stirbt er durch Ertrinken.

Latenz des Schul- und Schülerthemas in der deutschen Literatur nach 1945

Die Schülertragödie gibt denn auch bei Hesse das Grundmuster existenzieller Erschütterung ab. Noch dem reifen Autor verdichtet sich in der Pennälerkatastrophe der Schrecken der Welt. Dies ist allerdings kein Grund, auf eine besondere Einfältigkeit Hesses zu schließen. Sein Werk entwickelt nur mit besonderer Konsequenz ein Thema deutscher Literatur, welches bis in die Gegenwart hinein immer wieder aufgegriffen worden ist. So in *Katz und Maus* (1961) von Günter Grass (*1927), in *Riesenzwerge* (1964) von Gisela Elsner (1937–1992), in *Abschied von den Eltern* (1964) durch Peter Weiss (1916–1982), in *Die Zwille* (1973) von Ernst Jünger (1995–1998), in *Schilten. Schulbericht zuhanden der Inspektorenkonferenz* (1976) von Hermann Burger (1942–1989), in *Crazy* (1998) von Benjamin Lebert (*1982) und in *Schule der Gewalt* (2001) von Norbert Niemann (*1961). Niemann nimmt in seinem Roman sogar explizit Bezug auf Frank Wedekinds »Schülertragödie« *Frühlings Erwachen*, mittels der er die Not des Erwachsenwerdens unter den Bedingungen eines pseudohedonistischen und pseudolibertinistischen Zeitgeists durchspielt. Derzeit arbeitet Ingo Schulze (*1962) an einem Briefroman, dessen Schauplatz ein christliches Internat in der ehemaligen DDR ist; die beiden Hauptfiguren lesen Franz Werfel (1890–1945) – und Hesse.

Literaturhinweise

Primärtexte

Hesse, Hermann: *Demian. Die Geschichte von Emil Sinclairs Jugend.* Mit einem Kommentar von Heribert Kuhn. Frankfurt/M. 2000 [Sigle: SBB 16]

Hesse, Hermann: »Erwin«. In: ders.: *Sämtliche Werke* [Sigle: *SW*]. Herausgegeben von Volker Michels. Band 6: *Die Erzählungen. 1900–1906*, Frankfurt/M. 2001, S. 7–25

Hesse, Hermann: *Gedenkblätter. Erinnerungen an Zeitgenossen.* Neu durchgesehen und um Texte aus dem Nachlaß ergänzt von Volker Michels. Frankfurt/M. [2]2002

Hesse, Hermann: *Gesammelte Briefe.* Erster Band 1895–1921. Herausgegeben von Ursula und Volker Michels in Zusammenarbeit mit Heiner Hesse. Frankfurt/M. 1978

Hesse, Hermann: *Das Glasperlenspiel.* In: ders.: *Sämtliche Werke.* Herausgegeben von Volker Michels. Band 5: *Die Romane*, Frankfurt/M. 2001

Hesse, Hermann: *Siddhartha. Eine indische Dichtung.* Mit einem Kommentar von Heribert Kuhn. Frankfurt/M. 1998 [Sigle: SBB 2]

Hesse, Hermann: *Der Steppenwolf.* Mit einem Kommentar von Heribert Kuhn. Frankfurt/M. 1999 [Sigle: SBB 12]

Beiträge der Forschung zu Hermann Hesse und zu »Unterm Rad«

Ball, Hugo: *Hermann Hesse. Sein Leben und sein Werk.* Frankfurt/M. 1977

Bethge, Hans: »*Unterm Rad*«. In: *Nationalzeitung.* Undatiert. In: Michels, Volker (Hg.): *Hermann Hesses »Unterm Rad«. Materialien zur Entstehungs- und Wirkungsgeschichte.* Frankfurt/M. [im Erscheinen]

Boulby, Mark: *Hermann Hesse. His Mind and Art.* Ithaca, N.Y. 1967

Dahrendorf, Malte: *Der Entwicklungsroman bei Hermann Hesse.* Hamburg 1954

Eloesser, Arthur: »*Unterm Rad*«. In: *Vossische Zeitung.* Berlin. Nr. 128. 18.3.1906. Zit. n. Hsia, Adrian (Hg.): *Hermann Hesse im Spiegel der zeitgenössischen Kritik.* Bern/München 1975, S. 69

Esselborn-Krumbiegel, Helga: *Hermann Hesse. Demian. Unterm Rad.* München 1989

Herz, Hermann: »*Unterm Rad*«. In: Michels, Volker (Hg.): *Hermann Hesses »Unterm Rad«. Materialien zur Entstehungs- und Wirkungsgeschichte.* Frankfurt/M. [im Erscheinen]

Hesse, Ninon (Hg.): *Kindheit und Jugend vor Neunzehnhundert. Her-*

mann Hesse in Briefen und Lebenszeugnissen 1877–1895. Frankfurt/M. 1966
Hsia, Adrian (Hg.): *Hermann Hesse im Spiegel der zeitgenössischen Kritik*. Bern/München 1975
Hucke, Karl-Heinz: *Der integrierte Außenseiter. Hesses frühe Helden*. Frankfurt/M. 1975
Karst, Theodor: »Kindheit, Jugend, Schule – zum Beispiel Hermann Hesses *Unterm Rad*«. In: Haas, Gerhard (Hg.): *Literatur im Unterricht*. Stuttgart 1982, S. 30–45
Kassilion, Adam: »*Unterm Rad* von Hermann Hesse«. In: *Süddeutsche Monatshefte*. 1905. In: Michels, Volker (Hg.): *Hermann Hesses »Unterm Rad«. Materialien zur Entstehungs- und Wirkungsgeschichte*. Frankfurt/M. [im Erscheinen]
Knapp, Bettina: »Hermann Hesse: *Demian* und *Der Steppenwolf*. Von der psychischen ›Inflation‹ zur Entfremdung.« In: *Jahrbuch für internationale Germanistik* 20 (1988). H. 2, S. 79–106
Michels, Volker: *Materialien zu Hermann Hesses »Siddhartha«*. Erster Band. Texte von Hermann Hesse. Frankfurt/M. 1986
Michels, Volker: »Nachwort des Herausgebers«. In: Hermann Hesse: *Sämtliche Werke*. Herausgegeben von Volker Michels. Band 2: *Die Romane*. Frankfurt/M. 2001, S. 553–569
Michels, Volker (Hg.): *Hermann Hesses »Unterm Rad«. Materialien zur Entstehungs- und Wirkungsgeschichte*. Frankfurt/M. [im Erscheinen]
Moritz Necker: »Hermann Hesse«. In: *Neues Wiener Tagblatt*. 13.10.1905. In: Michels, Volker (Hg.): *Hermann Hesses »Unterm Rad«. Materialien zur Entstehungs- und Wirkungsgeschichte*. Frankfurt/M. [im Erscheinen]
Primer, Viktor: »Ein Roman von der Überbürdung«. 1906. S. 136–141. In: Michels, Volker (Hg.): *Hermann Hesses »Unterm Rad«. Materialien zur Entstehungs- und Wirkungsgeschichte*. Frankfurt/M. [im Erscheinen]
Watanabe, Masaru: »Japan«. In: Martin Pfeifer (Hg.): *Hermann Hesses weltweite Wirkung. Internationale Rezeptionsgeschichte*. Frankfurt/M. 1977, S. 222–232
Zeller, Bernhard: *Hermann Hesse*. Hamburg 1963

Sonstige Literatur

Ball, Hugo: *Die Flucht aus der Zeit*. Luzern 1946
Ball, Hugo: *Zur Kritik der deutschen Intelligenz. Ein Pamphlet*. München 1970
Benjamin, Walter: »Aufzeichnungen zum Komplex Roman und Erzählung«. In: ders.: *Gesammelte Schriften. Aufsätze, Essays, Vorträge*. Band II. 3. Frankfurt/M. 1980
Bohrer, Karl Heinz: »Augenblicksemphase und Selbstmord. Zum Plötzlichkeitsmotiv Heinrich v. Kleists«. In: ders.: *Plötzlichkeit. Zum Augenblick des ästhetischen Scheins*. Frankfurt/M. 1981, S. 161–179

Canetti, Elias: *Masse und Macht*. Frankfurt/M. 1960
Davidis, Michael: »Die Marbacher Masken«. In: Ott, Ulrich: *Archiv der Gesichter. Toten- und Lebendmasken aus dem Schiller Nationalmuseum*. Marbach/Neckar 1999, S. 37–53
Eisner, Lotte H.: *Die dämonische Leinwand*. Frankfurt/M. 1980
Freud, Sigmund: »Das Unbewußte«. In: ders.: *Gesammelte Werke* (Imago-Ausgabe) [Sigle: *GW*]. Band X. Frankfurt 1953ff., S. 263–303
Freud, Sigmund: »Ergebnisse, Ideen, Probleme«. In: ders.: *Gesammelte Werke* (Imago-Ausgabe). Band XVII. Frankfurt 1953ff., S. 146–158
Gottschalch, Wilfried: *Schülerkrisen. Autoritäre Erziehung, Flucht und Widerstand*. Hamburg 1977
Mann, Thomas: *Doktor Faustus. Das Leben des deutschen Tonsetzers Adrian Leverkühn erzählt von seinem Freunde*. In: *Gesammelte Werke in 13 Bänden* [Sigle: *GW*]. Bd. VI. Frankfurt/M. 1990
Mann, Thomas: *Reden und Aufsätze* 4. In: ders.: *Gesammelte Werke in 13 Bänden*. Bd. XII. Frankfurt/M. 1990
Mauthner, Fritz: *Erinnerungen*. München 1918
Meyer, Conrad Ferdinand: »Die Leiden eines Knaben«. In: ders.: *Sämtliche Werke in zwei Bänden*. München 1974, Bd. I, S. 252–299
Minder, Robert: »Kadettenhaus, Gruppendynamik und Stilwandel von Wildenbruch bis Rilke und Musil«. In: ders.: *Kultur und Literatur in Deutschland und Frankreich*. Frankfurt/M. 1962, S. 73–93
Mix, York-Gothart: »Pubertäre Irritation und literarische Examination. Selbstentfremdung und Sexualität in F. Wedekinds *Frühlings Erwachen*, Robert Musils *Die Verwirrungen des Zöglings Törleß*, E. Seyerlens *Die schmerzliche Scham* und H. Falladas *Der junge Goedeschall*«. In: Klaus Bohnen/Bjoern Ekmann (Hg.): *Text & Kontext. Zeitschrift für germanistische Forschung in Skandinavien*. Kopenhagen/München 1995, S. 261–274
Musil, Robert: *Die Verwirrungen des Zöglings Törleß*, in: *Gesammelte Werke* [Sigle: *GW*]. Bd. 6. Hamburg 1978
Raddatz, Fritz J.: *Gottfried Benn. Leben – niederer Wahn*. München 2001, S. 101–108
Radkau, Joachim: *Das Zeitalter der Nervosität. Deutschland zwischen Bismarck und Hitler*. München/Wien 1998
Stach, Reiner: *Kafkas erotischer Mythos. Eine ästhetische Konstruktion des Weiblichen*. Frankfurt/M. 1987
Sternberger, Dolf: *Panorama oder Ansichten vom 19. Jahrhundert*. Frankfurt/M. 1974
Theweleit, Klaus: *männerphantasien*. 2 Bde. Hamburg 1980

Unterm Rad: Seine Form, die weder Anfang noch Ende erkennen lässt und das Bild für eine »unendliche« Bewegung abzugeben vermag, begründet die Bedeutung des Rades in Mythologie und Volksbrauch: Versinnlichung und Versinnbildlichung der Sonnenbewegung im Sonnenrad. Im Buddhismus, dessen Symbolwelt Hesse schon früh durch sein Elternhaus zugänglich wurde, steht neben dem Rad der Lehre (»dharma tschakra«) das Rad des Lebens (»bhava tschakra«). Dies darf als Hintergrund des Titels mitgedacht werden; primär stellt er eine Anspielung auf die zermalmende Wirkung des Rads bei Unfällen und bei der vormodernen Strafpraxis des »Aufs-Rad-Flechtens« dar. 7.1

Hans: Im Namen des Helden verbirgt sich eine Reminiszenz an Hesses Bruder Hans (1882–1935). Ein halbes Jahr, nachdem *Unterm Rad* in der *Neuen Zürcher Zeitung* als Fortsetzungsroman erschienen war, schrieb Hesse an seinen Halbbruder Karl Isenberg (1869–1937): »Der [Hans] ist auch, seit sie ihm in der Schule das Rückgrat gebrochen haben, immer unterm Rad geblieben« (Brief v. 25.11.1904. In: Hesse 1978, S. 130). 10.12

Die zermalmende Wirkung des Rads, wie sie ein auf das Rad »Geflochtener« erleiden musste, ist auch hier festgehalten. Hans nahm sich 1935 das Leben. Hesse schreibt dazu in *Erinnerung an Hans*: »Die Lateinschule, welche auch mir viele Konflikte gebracht hatte, wurde für ihn [Hans] mit der Zeit zur Tragödie, auf andere Weise und aus anderen Gründen als für mich, und wenn ich später als junger Schriftsteller in der Erzählung *Unterm Rad* nicht ohne Erbitterung mit jener Art von Schulen abrechnete, so war das leidensschwere Schülertum meines Bruders dazu beinahe ebensosehr Ursache wie mein eigenes. Hans war durchaus gutwillig, folgsam und zum Anerkennen der Autorität bereit, aber er war kein guter Lerner, mehrere Lehrfächer fielen ihm sehr schwer, und da er weder das naive Phlegma besaß, die Plagereien und Strafen an sich ablaufen zu lassen, noch die Gerissenheit des Sich-Durchschwindelns, wurde er zu einem jener Schüler, von denen die Lehrer, namentlich die schlechten Lehrer, gar nicht loskommen können, welche sie nie in Ruhe lassen können, sondern immer wieder plagen, höhnen und strafen müssen. Es sind mehrere recht schlechte Lehrer dagewesen, und einer von ihnen, ein richtiger kleiner Teufel, hat ihn bis zur Verzweiflung gequält« (Hesse 2002, S. 117f.).

10.17–26 **Gott weiß, wo [. . .] Genie hervorgebracht hatte**: (Musisch-intellektuelle) Begabung und Prädestination zum »Höheren« als Erbteil der Mutter oder zumindest feminine Komponente des Wesens sind typisch für Hesses psychologische Zeichnung seiner Helden. Am deutlichsten zeigt die Figur des Demian die »matrilineare« bzw. feminine Prägung des geistigen Habitus. Der Unterschied zwischen Demian und Hans Giebenrath besteht allerdings darin, dass Demians Mutter lebt, während die Mutter Giebenraths »seit Jahren tot« ist, ein Umstand, der als stilles Trauma den Roman durchzieht.

11.1 **Reden Zarathustras**: Gemeint ist Friedrich Nietzsches (1844–1900) philosophische Dichtung *Also sprach Zarathustra* (1883ff.).

11.19–30 **Denn in schwäbischen [. . .] Wohltaten heimbezahlen sollen**: In seiner Rezension zu *Unterm Rad* schreibt Viktor Primmer: »Das Landexamen ist eine dreitägige peinliche Prüfung in Stuttgart, ein Konkurs der Besten, zu welchem die ausgewählten Knaben aus allen Teilen des Landes in der Zahl von 70–100 herbeieilen, während nur 30 aufgenommen werden. Es müssen also mindestens 40 zurückgewiesen werden, selbst wenn sie glänzend entsprochen haben. Um die Auswahl zu erleichtern, werden die Anforderungen an die Knaben immer höher geschraubt, was wieder ein vermehrtes Pauken in den vorbereitenden Lateinschulen zur Folge hat. [. . .] 1899 gab es für die 14jährigen Knaben folgende Arbeiten: Je eine größere Übersetzung ins Lateinische, Griechische und Französische, einen deutschen Aufsatz, drei schriftliche Fragen aus Religion, fünf Aufgaben aus Mathematik, darunter eine Gleichung zweiten Grades und einen geometrischen Beweis. Ferner kommen dazu schriftliche Übersetzungen aus dem Lateinischen und Griechischen ins Deutsche. Die Forderungen, besonders in den Sprachen, reichen vielfach an die den 19–20jährigen Primanern gestellten Maturitätsaufgaben heran, ja sie übersteigen sie, wie z. B. im Griechischen.« Primmer zitiert einen Oberlehrer mit Namen Klump, der in der

Zeitschrift *Gesunde Jugend* »die aufregende, nervenzerrüttende Arbeit der Vorbereitung (zum Landexamen), die eine Art geistiger Dressur auf den Schulen als Spezialität gepflegt wird«, schildert: »[Klump] sagt: ›Aber aufrichtiges Mitleid mit den Kindern, denen durch das Schreckgespenst des Landexamens der Frohsinn der Kindheit geraubt wird! Da gibt es schon lange vorher kein Spiel mehr, nur Arbeit und immer wieder Arbeit bis tief in die Nacht. Ich fürchte oder vielmehr ich weiß es, daß vor der Prüfung nicht selten der zwölfstündige Arbeitstag erreicht oder gar noch überschritten wird‹« (Primer 1906).

Weißfische und Barben [...] Goldforellen und Blecken: Die 15.26–35
hier genannten Fische gehören alle zu Unterfamilien der Karpfenfische.

das kleine, hölzerne [...] aus und vorbei: Das Spielzeug ver- 18.14–21
weist auf das Motiv des Rades, das sowohl den »Gang des Lebens« als auch die zermalmende Gewalt des (schulischen) Schicksals versinnbildlicht. Das Spielzeug ist positiv konnotiert, indem es »Anschluss« an das Element des Wassers und seine strömende Dynamik hat, die Hans in dem Roman mehrmals kleine Fluchten aus den sein Leben beherrschenden Zwängen ermöglichen. Die Zerstörung des Rädchens zeigt jedoch auch an, dass Hans mit der Kindheit zugleich die Fähigkeit verloren hat, sich der vom Wasser repräsentierten lebendigen Verwandlungskraft »anzuschließen«.

Draußen in der Nähe [...] er liege darauf: Robert C. Conrad 19.12–22
hat seiner Untersuchung *Hermann Hesse's »Siddhartha«. Eine indische Dichtung« as a Western Archetyp* den zentralen Mythos der amerik. Literatur zugrunde gelegt, wie er in Leslie Fiedlers Buch *Love and Death in American Novel* entwickelt wird. Konzentriert findet sich dieser Mythos in Hermann Melvilles (1819–1891) *Moby Dick* (1851) und Mark Twains (1835–1910) *Huckleberry Finn* (1884) gestaltet. Die Anwendung der von Fiedler abgeleiteten Strukturformel – welche fünf handlungsbestimmende Elemente und Sequenzen vereinigt, die diesen und anderen Werken gemeinsam sind – auf Hesses Romane und Erzählungen ist vielversprechend, stellt aber nach wie vor ein Desiderat dar.

In *Unterm Rad* wäre es die »Floß«-Szene, die Mark Twains Roman *Huckleberry Finn* korrespondiert. Huck und dem Neger Jim wird das Floß zum Fluchtvehikel, ein mobiles Exterritorium, mit dem und auf dem sie sich den Zwängen des kleinstädtischen Lebens und der religiösen und schulischen Disziplin entziehen. Giebenraths Träumerei partizipiert an Toms und Hucks Floß- und Flussflucht.

20.6–30 **Hier hatte er [...] seiner hübschen Stirn**: Es handelt sich hier um den Innenbezirk des von der abwesenden Mutter beherrschten häuslich-heimischen Reiches. Dieser Bezirk gewährt Geborgenheit, und in ihm gedeihen die Bilder eines grandiosen Ichs um den Preis des Banns. Hesses intuitives Verständnis für die psychologischen Aspekte der Mutter-Kind-Beziehung, das sich später v. a. im *Demian* entfaltet, macht sich hier bereits geltend. Denn das träumerische Versinken des Knaben in der Atmosphäre des Kinderzimmers, einem Ort, an dem ihn Erinnerungen an die Mutter schonend umgeben, folgt unmittelbar auf die Fluss-, Floß- und Fluchtträumerei, die Wagnis und Glück einer Entfernung aus dem elterlichen Dunstkreis in den Bereich des Möglichen rückten. Jedoch mischte sich auch schon in diesen Tagtraum der regressive Wunsch, »alles wäre wieder wie sonst« – ein Wunsch, der sich dann in der Einschlaffantasie von der tröstenden mütterlichen Hand erfüllt.

24.5–34 **Am folgenden Morgen [...] an ihn dachte**: In dieser Passage lässt sich die Identität von allwissendem Erzähler und der Position eines omnipotenten Blicksubjekts gut erkennen: Der Erzähler überwindet innerhalb eines einzigen Satzes die räumliche Distanz zwischen Residenz und »Heimatstädtchen«. Auch synchronisiert er binnen dreier Absätze verschiedene Gespräche, die in räumlicher Trennung stattfinden. Zusammenschau und Synchronisation, wie sie hier zu Anfang des 20. Jh.s als erzählerisches Mittel eingesetzt werden, finden später ihr filmtechnisches Pendant in der so genannten »Totale« weiter Kamerafahrten. Andererseits zeigt die Passage, dass sich die Allwissenheit des Erzählers nicht allein aus dem Wunsch nach ubiquitärer Gegenwart speist, sondern auch eine narrative Instrumentalisierung telepathischer Wirkungen ist; unterstellt der Erzähler doch als gegeben, dass »herzliche Fürbitte und innige Teilnahme mit Leichtigkeit über große Strecken hinweg in die Ferne wirken«.

Somit legitimiert sich die Allwissenheit des Erzählers mit dem gläubigen Eingedenken und der Empathie und partizipiert daran.

Er ging weit [. . .] schon voll Schatten: Das Eintauchen ins Wasser vollendet die Rückkehr in die »Heimat«. Das Wasser fungiert in allen Szenen als Medium eines möglichen Übergangs: Es birgt das Versprechen, durch seine Strömung vom heimatlichen Ort wegzuführen, oder bietet sich als derjenige Teil der Heimat an, der eine Rückkehr »mit Haut und Haar« ermöglicht. Das passive Treibenlassen im Wasser, wobei Hans auf dem Rücken liegt, entspricht der unentschiedenen Haltung, die er zu beiden Möglichkeiten einnimmt. Hinter der Fluss- und Badeidylle verbirgt sich der Konflikt des Helden, der zwischen der (unmöglich gewordenen) Wiederanverwandlung des Heimatlichen und der Verwandlung in einen anderen, der den Auszug aus der Heimat schafft, schwankt. 29.35–30.18

Die Szenen am Wasser müssen deshalb als Beschreibungen eines seelischen Konflikts gelesen werden: Das Wasser ist narzisstischer Spiegel, in dem der Held seine Einheit mit der heimatlichen, d. h. mütterlichen Welt wiedererfährt; das Wasser ist Element der Verbindung mit der/m Ferne/n. Als Territorium, das zugleich Geborgenheit gewährt und gefangen hält, markiert die »Wasserstelle« den Fluchtort in beiderlei Richtung: in Richtung der Regression und in Richtung der Transgression. Hans Giebenrath, davon handelt der Roman, wird der Bann, der ihn zwischen regressiver und transgressiver Dynamik unentschieden verharren lässt, zum Schicksal.

Es hatte damals [. . .] dessen gekommen wäre: Die Beschreibung der obskuren »kleinen Gassenwelt« erinnert an die Schilderung, welche Thomas Mann Kaisersaschern widmet, der Vaterstadt und dem frühen »Lebensrahmen« seines Helden Adrian Leverkühn in dem Roman *Doktor Faustus* (1947). Auch Thomas Mann stellt zwischen der verwinkelten Gassenwelt und den skurril-suspekten Figuren ihrer Bewohner, welche – von der Moderne nicht erreicht – ein gespenstisches mittelalterliches Personal darstellen, einen Zusammenhang her. Mann spricht von »altertümlich-neurotischer Unterteuftheit und seelischer Geheimdisposition einer Stadt«, die sich in den »vielen Originalen, 31.7–20

Sonderlingen und harmlos Halb-Geisteskranken, die in ihren Mauern leben und gleichsam, wie die alten Baulichkeiten, zum Ortsbilde gehören«, zeigte (Mann, *GW* VI, S. 52). Eine Figur wie die des genialisch-wirren, an der Vaterwelt gescheiterten Musikers und verkrachten Theologen Pistorius in Hesses Roman *Demian* gehört in den Umkreis dieses Personals (vgl. SBB 16, S. 106).

Das »psychische Bild« (Mann, a.a.O., S. 54) dt. Klein- und Mittelstädte vor dem Ersten Weltkrieg, wie es bei Hesse und Mann auftaucht und Hintergrund von Erfolg und Scheitern ihrer Helden ist, wurde stilbildend für die Filme des dt. Expressionismus; in Robert Wienes (1880–1938) *Das Cabinet des Dr. Caligari* (1920) und Friedrich Wilhelm Murnaus (1888–1931) *Nosferatu* (1921/22) etwa wird die »altertümlich-neurotische Unterteuftheit« der »obskuren, kleinen Gassenwelt« zum Schauplatz gemacht (vgl. dazu Eisner 1980).

35.13–30 **Mit gerötetem Gesicht [. . .] am Wasser zubringen**: Die Präparation der Angel ist die einzige Aktivität des Helden in dem gesamten Roman, die nicht von Außen bestimmt, den Autoritäten veranlasst oder dem Druck der Umstände geschuldet ist. Die Jagd (vgl. 38,23) (auf Fische) ist sogar eine dezidiert »männliche« Angelegenheit; sie ist Bestandteil einer Sphäre, an der Hans, der im Bannkreis des Mütterlichen gefangen ist, nur in der vermittelten und abstrakten Form der Lehrinhalte und des Lernstoffs Anteil hat.

38.22–26 **In dem Angler [. . .] rasch und sicher**: Die gedankenfernen, den Instinkten nahen, motorischen Fähigkeiten gewinnen die Oberhand. In den zeitgenössischen Kritiken zu *Unterm Rad* erscheint der Hinweis auf die zarte, ja schwächliche Konstitution des Helden. In den aus dieser Beobachtung abgeleiteten dramaturgischen, ästhetischen und v. a. moralischen Schlussfolgerungen lassen sich zwei Tendenzen unterscheiden, die man als »lebensreformerische« und als »heroische« Kritik bezeichnen kann. Erstere plädiert für eine Unterstützung der zarten Konstitution durch Ertüchtigung des Körpers und die Zurückdrängung der schulischen Überforderung; Letztere erachtet Hans Giebenrath wegen seiner körperlichen Schwäche als untauglich für die Rolle des Helden. Von beiden Deutungen wird übersehen, dass das körperliche Erleben des Protagonisten häufig in direkter Abhängigkeit steht von der jeweiligen Situation. Giebenrath mag von zarter Konstitution sein, es können ihm aber – die Angelszene zeigt es – übergangslos Spannkraft, körperliche Leistungsfähigkeit und Geschick zuwachsen.

Auf dem dünnen [...] fast gar keine: Die Beschreibung des Körpers folgt einem dualen Schema, das die Eigenschaften in Opposition zu setzen und in Folge auch moralische Wertungen erlaubt. Diese Art Physiognomik zieht sich durch Hesses Frühwerk und die Werke der mittleren Schaffensphase. Die Operation, den Körper im Sinne einer vertikalen Hierarchie zu strukturieren, findet sich sinngemäß auch auf das Gesicht angewandt. Das Gesicht fungiert als physiognomisches Konzentrat der den Körper habituell beherrschenden Eigenschaften. Giebenraths Stirn ist hell und licht, Abglanz jenes »geheimnisvolle[n] Funke[ns] von oben« (10,23–24), der ihn zu »Höherem« in Verbindung setzt und berufen erscheinen lässt. Der Teil des Körpers aber, der Boden und Erde nahe ist, die »Waden« sind derart schwach ausgebildet, dass man fast glauben könnte, Giebenrath habe »gar keine«. Die Übertragung dieses vertikalen Schemas, in dem »Geistigkeit« hoch und »Schwäche« nieder verortet werden, findet sich beispielsweise auch in der Beschreibung des »sonderbaren Musikus Pistorius« aus dem *Demian*, die das Schema noch geschlechtsspezifisch besetzt und erweitert: »[S]ein Gesicht war so, wie ich es erwartet hatte. Es war häßlich und etwas wild, suchend und verbohrt, eigensinnig und willensvoll, dabei um den Mund weichlich und kindlich. Das Männliche und Starke saß alles in Augen und Stirn, der untere Teil des Gesichts war zart und unfertig, unbeherrscht und zum Teil weichlich, das Kinn voll Unentschlossenheit stand knabenhaft da wie ein Widerspruch gegen Stirn und Blick« (SBB 16, S. 103). 41.29–33

Der im Gesicht manifeste Gegensatz markiert die Schwelle, auf die Pistorius gebannt ist. Männliche und knäbisch-weichliche Anteile sind nicht integriert. Die Beschreibung des Pistorius steht im Kontext des motivischen Strangs im *Demian*, der die Selbstwerdung Sinclairs entlang seiner halluzinatorischen Wahrnehmung von Gesichtern entwickelt. Er ist ein Reflex auf Sinclairs eigene »Unentschiedenheit« im Niemandsland zwischen dem

Stadium der Kindheit und den unsicheren Bildern des eigenen Ichs, deren Anverwandlung (vorerst) nicht gelingt.
Während der Niederschrift des *Demian* absolvierte Hesse eine Psychoanalyse bei einem Schüler C. G. Jungs (1875–1961). Nach dem Tod seines Vaters war Hesse von einer tiefen Krise heimgesucht worden. Die in dieser Lebens- und Arbeitsphase aufbrechenden Konflikte bestehen schon in Latenz während der Vorkriegszeit. Die physiognomischen Beschreibungen in *Unterm Rad* gehören somit zu den Vorstadien des psychogenetischen Prozesses, den Hesse im *Demian* literarisch und in der Analyse therapeutisch verarbeitete.

42.7–10 **Wenn i's no [...] han i's net**: Spottvers: »Wenn ich es nur auch so hätte wie Schulzes Elisabeth, die liegt bei Tag im Bett, so habe ich es nicht.«

43.29–44.2 **Ein warmer Wind [...] lange nicht mehr**: Die sensiblen, bei aller Einfühlsamkeit aber präzisen Beschreibungen von Landschaft und Gewässer sind auch hier initial für einen Zustand der »Müdigkeit« und »Schläfrigkeit« des Helden. Landschaftliche Eindrücke haben auf Giebenrath eine Wirkung gleich der eines Narkotikums, wobei der »angenehme« Zustand von Melancholie bedroht ist und sogar in Niedergeschlagenheit und Lähmung übergehen kann. Hesse ist darin der Romantik und der von ihr disponierten Gefühlswelt verpflichtet. Eine literaturgeschichtliche Betrachtung könnte – nach Heinrich Heine (1797–1856), Georg Büchner (1813–1837) und Adalbert Stifter (1805–1868), in deren Werken sich die dramatische Abspaltung des Betrachter-Ichs von der es umgebenden Landschaft vollzieht, zu welcher es in der Romantik noch ein Spiegelverhältnis unterhält – diese landschaftlichen Tableaus mit Gründen als epigonal abtun. Es fehlt aber bisher eine Untersuchung, die den Einsatz »romantisierender« Landschaftstableaus in Texten der Wende vom 19. zum 20. Jh. untersucht, Texten, welche Pubertät, Schule und Internat zum Thema haben. Beispielhaft hierfür sind die lyrisch-intensiven Naturbeschreibungen in Frank Wedekinds Kindertragödie *Frühlings Erwachen*. Konnten »Landschaften« in der Hochzeit der Romantik einem ganzen Menschenleben als Spiegel dienen, so finden sich 100 Jahre später nur noch die Krisen-, Spannungs- und Euphoriezustände des pubertären Schwellenalters »romantisch« gespiegelt. Dabei sind es wie in der vorliegenden Stelle von *Unterm Rad* und in *Frühlings Erwachen* oft transitionale Momente der Lichtveränderung und des atmosphärischen Stimmungswandels, die zum jugendlichen Erleben in Korrespondenz gesetzt werden. Zu bemerken ist, dass der kontinuierliche Erstarrungsprozess, der in den Landschaftsbeschreibungen des 19. Jh.s wirksam wird, in einigen der für die Jahrhundertwende typischen Schüler- und Pubertätstexten außer Kraft gesetzt ist.

Bengel, Ötinger, Steinhofer: Johann Albrecht Bengel (1687–1752), ev. Theologe, Schöpfer der neutestamentlichen Bibelkritik in Deutschland, schuf eine kritische Ausgabe des Neuen Testaments. Bengel berechnete den Anbruch des »Tausendjährigen Reiches« auf das Jahr 1836. 44.25

Friedrich Christoph Oetinger (1702–1782), von dem Mystiker Jakob Böhme (1575–1642) beeinflusster ev. Theologe.

Friedrich Christoph Steinhofer (1701–1761), Dichter ev. Kirchenlieder, Verfasser religiöser Erbauungsschriften.

welche Mörike im »Turmhahn« so schön besingt: Eduard Mörike (1804–1875), schwäb. Dichter und Klosterschüler wie Hesse. Nach der Renovierung der Cleversulzbacher Kirche, deren Pfarrer er von 1834 bis 1843 war, nahm Mörike den eisernen Turmhahn und das Zifferblatt der Turmuhr an sich. Das Andenken wurde initial für das Gedicht »Der alte Turmhahn« (1852), das den Untertitel »Ein Idyll« aufweist. Auf fünf der 293 Verse des Gedichts spielt die Stelle in *Unterm Rad* an: Ein Blick Mörikes auf seinen Bücherschrank, dessen Bestände von der Morgensonne »illuminiert« werden: »Hinüber an den Bücherschrank, / Da stehn in Pergament und Leder / Vornan die frommen Schwabenväter: / Andreä, Bengel, Rieger zween, / Samt Ötinger sind da zu sehn.« 44.26

Zugleich begann wieder [. . .] und Könnens entgegen: Dem passiven Zustand des ermüdeten Ruhens steht der euphorisch-manische Rausch geistiger Beschäftigung gegenüber. Nur in der Müdigkeit und in dieser mentalen »Überstürzung« ist Giebenrath bei sich selbst. An diesen fieberhaften Vorwärtsdrang ist sein »Selbstgefühl« gebunden, das sich nur auf »eigener« Bahn und nicht der vorgeschriebenen bewegen kann. 50.34–51.14

51.35–52.22 **Seine Pflicht und [. . .] Kaserne krönend beendigt**: Der Erzähler fasst prägnant Absicht und Methode des wilhelminischen Erziehungssystems zusammen. Indem das pädagogische Programm darauf ausgeht, »haltlos [stürmende] Neuerer« und »[unfruchtbar] sinnende Träumer« zu verhindern, ist es unmittelbar gegen die Zustände gerichtet, aus denen Giebenrath sein »Selbstgefühl« zieht (vgl. Erl. zu 50,34–51,14): das müde Versinken in Träumereien angesichts von Natur und Landschaft sowie den fiebernden Vorwärtsdrang, der ihn manchmal befällt.

Ob der Erzähler dabei die den Schüler »zerbrechenden« Methoden missbilligt, indem er sie in aller Deutlichkeit benennt, oder aber sie dem Staat als notwendig konzediert, ist an dieser Stelle nicht eindeutig zu entscheiden. Wenn es heißt: »so muß die Schule den natürlichen Menschen zerbrechen«, kann damit die grausame Konsequenz des Vorgehens benannt, aber auch der unumgängliche Zwang einer akzeptierten Ordnung zum Ausdruck gebracht werden; etwa im Sinne eines trivialen Hegel-Verständnisses, dass der Mensch sich erst selbst entfremdet werden müsse, um zu sich selbst gelangen zu können. Der Vergleich des pädagogischen Urzustandes mit einem ungerodeten »Urwald« scheint die erzieherische Gewalt sogar zu rechtfertigen.

55.18–30 **Ihm gefiel das [. . .] weite Aussichten auftaten**: Das Mechanische des Fortschritts in den Unterweisungen der Mathematik gibt Halt, ist aber gleichzeitig leere Progression. Hier ist es das Bild des Weges, durch das Giebenraths Verhältnis zu Schule und Wirklichkeit sich artikuliert. Die Mathematik fasst er dem Klischee entsprechend als die sicherste der Wissenschaften auf: Ein System, das »blind« zu richtigen Lösungen führt. Darin unterscheidet sich Giebenrath u. a. deutlich von dem Helden in Robert Musils Roman *Die Verwirrungen des Zöglings Törleß*. Dort gehört zu den existenziellen Erschütterungen, dass die Mathematik sich als effizient und zielführend herausstellt, jedoch sich auch von abgründiger »Haltlosigkeit« erweist. Im Gespräch mit seinem Kameraden Beineberg urteilt Törleß über die rechnerische Funktion der imaginären Zahlen: »Ja, ja; alles, was du sagst, weiß ich auch. Aber bleibt nicht trotzdem etwas ganz Sonderbares an der Sache haften? Wie soll ich das ausdrücken? Denk doch nur einmal so daran: In solch einer Rechnung sind am Anfang ganz solide Zahlen, die Meter oder Gewichte oder irgend etwas anderes Greifbares darstellen können und wenigstens wirkliche Zahlen sind. Am Ende der Rechnung stehen ebensolche. Aber diese beiden hängen miteinander durch etwas zusammen, was es gar nicht gibt. Ist das nicht wie eine Brücke, von der nur Anfangs- und Endpfeiler vorhanden sind und die man dennoch so sicher überschreitet, als ob sie ganz dastünde? Für mich hat so eine Rechnung etwas Schwindeliges; als ob es ein Stück des Weges weiß Gott wohin ginge« (Musil, *GW* 6, S. 74).

das große Zisterzienserkloster Maulbronn: Die Abtei wurde 59.3–4
1147 gegründet und besitzt die schönste und am besten erhaltene Klosteranlage des Mittelalters. 1504 an Württemberg gefallen, wurde sie 1557 in eine ev. Klosterschule umgewandelt. Zusammen mit einigen anderen Schulen wurde Maulbronn zur pädagogischen Institution, aus welcher Kirche und Staat ihren Nachwuchs an Beamten, Priestern und Gelehrten rekrutierten.

Herrenrefektorium mit kräftig [. . .] Oratorium, Parlatorium, 59.20–22
Laienrefektorium: Das Herrenrefektorium ist der klösterlicher Speisesaal; das Oratorium der den Klosterangehörigen vorbehaltene Betraum, die Hauskapelle; das Parlatorium ist der Sprechraum, in dem das Silentium (= Schweigegebot) der Mönche aufgehoben ist; das Laienrefektorium ist der Speisesaal der Konversen, der Laienmönche.

Auf diesem Platz [. . .] als solchen erkennen: In diesem Absatz 59.33–60.28
kommt die Ambivalenz eines klösterlichen Lebens und damit einer elitären Erziehung am deutlichsten zum Ausdruck. Das Leben unter den Bedingungen eines klösterlichen Internats weist Merkmale auf, die es zum Vorbild einer pädagogischen Utopie werden lassen; zentral dabei ist die Bewahrung der Zöglinge vor den »zerstreuenden Einflüssen der Städte«. Andererseits bewirkt die klösterliche Absperrung von der Welt Entfremdung vom sozialen und Arbeitsleben. Die Konzentration der Kräfte wird um den Preis der Weltfremdheit erreicht. Der Erzähler kündigt – unbenommen des Titels und dessen kritischer Intention – die Sympathie für die Geist und Seele »bildende« Wirkung der Seminaristen-Erziehung nicht auf; er vermeidet aber auch nicht die Ironisierung der vom Erziehungsplan absolut gesetzten Lehrinhalte »Griechisch« und »Hebräisch«: »Weltferne« zeichnet die

Seminaristen in positivem wie negativem Sinne aus. Ausdruck dieser »Weltferne« ist die »feine und sichere Art der Brandmarkung«, an der sie erkannt werden kann. Die auktorialen Kommentare zur Pädagogik in *Unterm Rad* sind von Ambivalenz in der Wertung der weltfremden, doch exklusiven Aus- und Abgeschlossenheit des Seminaristenlebens nicht frei.

60.25 **Brandmarkung**: Auch der Brudermörder Kain, wie er im *Demian* auftaucht, ist »gebrandmarkt« (vgl. SBB 16, S. 34, 130, 198f., 226). Der Fluch Gottes hat Kain getroffen, gleichzeitig steht er aber unter Gottes besonderem Schutz; er ist ein Verfemter, den ein Tabu schützt. Die ambivalente Exklusivität kommt dem Status sehr nahe, den Hesse den ehemaligen Maulbronner Zöglingen zuschreibt. Sie sind »Nachfahren« Kains, zu denen Hesse im *Demian* auch Moses, Buddha, Napoleon und Bismarck zählt (vgl. SBB 16, S. 150f.).

64.19 **Nürnberger Trichter**: In scherzhafter Anlehnung an Georg Philipp Harsdörffers (1607–1658) Poetik *Poetischer Trichter, Die Teutsche Dicht- und Reimkunst, ohne Behuf der Lateinischen Sprache, in VI. Stunden einzugießen* (3 Bde., 1647–1653) erfundene »Methode« zur »Eintrichterung« von Wissen.

64.22–32 **Vielleicht war der eine [...] Irrlehrer entstammt sind**: Als »mächtige philosophische Systematiker« kommen in Frage: Georg Wilhelm Friedrich Hegel, Friedrich Wilhelm Schelling (1775–1854) und Friedrich Theodor Vischer (1807–1887).

65.10–11 **Hellas**: Bei Homer eine Landschaft im südöstl. Thessalien (Ostgriechenland), die Heimat der Hellenen. Herodot (490 v. Chr.-420/25 v. Chr.) bezeichnet als Thessalien das ganze von Griechen bewohnte Gebiet (bis Kyrene und Sizilien); seit 1833 Name des neugriechischen Staates.

65.22 **Stube Hellas**: Vgl. Hesses Brief vom 15. September 1891 an die Eltern: »Ich bin auf der größten Stube (Hellas). Auf unserer Stube haben wir, was viel heißen will, den Primus, den 2ten., den Fiskar [Schatzmeister] und den Bibliothekar, ich selbst bin Censor, d. h. Sittenrichter für diese Woche [...]« (vgl. Ninon Hesse 1966, S. 109).

68.2 **Otto Hartner**: Vorbild Hartners war ein ehemaliger Stubenkamerad Hesses mit Namen Otto Hartmann: »Da ist einmal mein Nachbar *Hartmann*, ein fleißiger, ordnungsliebender Jüngling, der in allem eine gewisse nachlässige Würde zeigt, an der man den Residenzler erkennt. Er steckt seinen Zwicker mit graziösem Anstand in die Tasche, macht hie und da einen isolierten Witz, ist sehr schwer von einer einmal gefaßten Meinung abzubringen« (Brief vom 14. Februar 1891 an die Eltern; vgl. Ninon Hesse 1966, S. 171).

Für den Leiter [. . .] Ring- und Faustkämpfen: In dieser Passage 72.28–73.18
zeigt sich der Erzähler nicht indifferent oder gar kritisch, was die Wirkung der erzieherischen Effekte des Seminarlebens betrifft. Den gruppendynamischen Prozess betrachtet er zwar durch die Optik eines Chemikers, erkennt ihm aber persönlichkeitsfördernde Wirkung zu.

Ein starkes Gefühl [. . .] leichter Reif gefallen: Die Beschreibung 73.23–74.15
des kontaktscheuen wie auf ideale Freundschaft gerichteten Helden skizziert nebenher eine Topografie der blockierten und erstarrten Verwandlung. Der Hinweis auf die »mutterlosen Knabenjahre« und die dadurch »verkümmert[e]« »Gabe der Anschmiegung« nennt die Hemmung und ihre Ursache, welche einer Freundschaftsbindung entgegenstehen. Mit den landschaftlichen Elementen des Horizonts und der »kleine[n] Seen und Teiche« erhält die Hemmung zwei Pole zugeordnet: die Sehnsuchtsschwelle (des Horizonts), hinter der das »Land der Freundschaft« liegt, und die Spiegel (von Seen und Teichen), welche das Bild »später Himmel« eines bedrohten, gleichwohl festgehaltenen narzisstischen Stadiums wiedergeben.

Waldsee: Gemeint ist der Haurker Waldsee (heute: Hohen- 74.19
ackersee) nahe beim Kloster Maulbronn.

Schilflieder Lenaus: Nikolaus Lenau (eigentlich Franz 74.24
Niembsch, Edler von Strehlenau) (1802–1850), österreich. Schriftsteller; er stand in Verbindung mit dem Schwäb. Dichterkreis um Ludwig Uhland (1787–1862), Gustav Schwab (1792–1850) und Justinus Kerner (1786–1862). Der Gedichtzyklus *Schilflieder* ist typisch für Lenaus melancholische, auf Naturstimmungen und Landschaftseindrücke ansprechende Lyrik.

»Auf dem Rhein [. . .] weiße Kleider an.«: Heilner ist der akti- 76.7–12
vere der Freunde nur dadurch, dass er die »Pole« der Spannung zwischen kontemplativem und aktivem Erleben extrovertiert, wohingegen Giebenrath sie nach innen gekehrt (aus)hält. Dem-

entsprechend suchen beide die Nähe des Wassers als »Fluchtort«. Heilner träumt von Schiffen, Giebenrath lässt sich träumend auf einem Floß treiben.

79.27–32 **Beide sahen nun [. . .] gezeichnete Seele wohne**: Das Spiegelverhältnis der einander gegenübergestellten Gesichter wird in *Demian* zum durchgängigen Motiv. Die Individuation Sinclairs vollzieht sich in Stadien projektiver Objektivierung er eigenen Zuständlichkeit in den Gesichtern und Porträts von Beatrice, Demian und Frau Eva. Auch in dieser Szene erweist sich *Unterm Rad* als »Vorarbeit« zu *Demian.*

80.13–20 **Ein Erwachsener, welcher [. . .] der Jünglingszeit überflogen**: Ein auktorialer Einschub vorauseilender moralischer Beschwichtigung. Der homophile Charakter der »kleinen Szene« zwischen Giebenrath und Heilner wird durch die Erwachsenenperspektive in gütigem Verständnis aufgehoben. Szenen wie diese, die durch das weitere Werk Hesses als Kern seiner Ästhetik der Verwandlung ausgewiesen werden, stehen in *Unterm Rad* im Bann einer erzählerischen Überlegenheit, welche einen eigenartigen »common sense der Reife« gegen die den Roman motivierende pubertäre Ohnmacht ausspielt.

80.27 **Schiller**: »Schiller« war im Unterricht Gegenstand schwieriger Übersetzungsübungen; vgl. Hesses Brief an die Eltern vom 25. Januar 1891: »Ein bedeutender Schlauch ist es auch, Schillers Wallenstein ins Lateinische zu übersetzen, was wirklich unsre Klasse stark in Anspruch nimmt« (vgl. Ninon Hesse 1966, S. 79).

82.17–21 **Und die Odyssee [. . .] glücklichen Lebens emporstieg**: Der Autor bedient sich der Bildlichkeit von Wasser und Strömung, um die Wirkung der Sprache Homers zu vergegenwärtigen. Der »Nixenarm« signalisiert dabei die verführerische Kraft, die von den Gesängen ausgeht. Die Ahnung von »klarer Form« stellt das eigentliche Versprechen dar, denn sie fehlt Giebenrath.

85.2 **ossianischen Stimmungen**: James Macpherson (1736–1796), schott. Dichter, veröffentlichte Gedichtzyklen, die er als Übersetzungen alter gälischer Lieder des blinden Helden und Sängers Ossian ausgab. Mit einer Rückübersetzung versuchte er später ein Original vorzutäuschen. Die Lieder trafen den Zeitgeschmack. »Ossianische Stimmung« erfasste gegen Ende des

18. Jh.s viele Schriftsteller und Maler, darunter auch Johann Wolfgang Goethe (1749–1832), Johann Georg Hamann (1730–1788), Johann Gottfried von Herder (1744–1803) und Friedrich Hölderlin (1770–1843).

Zwar fühlte er [. . .] unentbehrlich zu sein: Der mutterlose Giebenrath tröstet den »Mutterliebling« Heilner. Die Beziehung ist psychologisch schlüssig, weil Heilner Zuneigung und Wertschätzung im mütterlichen Ausmaß beansprucht, nach der auch Giebenrath, dem diese Liebe fehlte, Sehnsucht empfindet. Er ist prädestiniert, den Mangel, den der Freund aktuell spürt, nachzuvollziehen, weil er sein eigenes Leben bestimmt. In den Klagen Heilners hört er, ohne es verstehen zu können, die eigene, von ihm selbst nicht artikulierbare Verlassenheit. Dessen narzisstische Larmoyanz rührt an sein autistisch verkapseltes Bedürfnis nach Zuneigung. Das Gefühl aber, in einem »unberührbaren Teil« des eigenen Wesens »krank« gemacht zu werden, rührt aus der unbewussten Erkenntnis, dass der eigene mit dem fremden Mangel nicht vergleichbar ist. 85.11–17

Aber ein mit schwerem [. . .] Verkehr zu haben: Heilners Ächtung, die ihm stille Achtung einträgt, fügt sich ebenfalls der Logik des im *Demian* zentralen Kain-Motivs (vgl. Erl. zu 60,25). 87.26–30

Hindinger: Vorbild Hindingers war der spätere Pfarrer und Professor August Hinderer aus Böblingen; vgl. Hesses Brief an die Eltern vom 14. Februar 1892: »Dann ist da *Hinderer*, mein andrer [!] Nachbar, ein winziges Männlein mit Mausäuglein, leicht wie ein Schmetterling, lacht viel und denkt wenig, ist gutmütig und musikalisch. Neulich spannte er über ein Brettchen mit einem Steg kleine Gummischnürchen, die er zu zwei Tonleitern stimmte; auf dieser Guitarre spielt er Volkslieder, Akkorde, sogar Tänze« (vgl. Ninon Hesse 1966, S. 171). 92.16

Er trat durchs Schilf [. . .] dunkle Kühle hinunter: Wasser und Gewässer, denen die Bedeutung eines sowohl narzisstisch-lockenden als auch verschlingend-bedrohlichen Elements zukommt, bleiben in dieser Funktion bis zu dem dramatischen Vorfall von Hindingers Tod ein nur im Hintergrund geführtes Motiv. Nun aber zeigen der »inspirierende Quell«, als den Heilner die stillen Gewässer genießt, und der »Born« der Kindheit, als den Giebenrath das (heimische) Gewässer anmutet, ihre bedrohliche Seite. 93.1–4

95.10–16 **Auch am Abend [. . .] scheinbar unbelebt liegenlassen:** War der »Nixenarm« zuvor noch Bild für die »emporsteigende« »Ahnung eines untergegangenen, formklaren und glücklichen Lebens« (vgl. Erl. zu 82,17–21), so stehen die »Nixen« nun für »Hader, Zorn, Lärm und Lachen«, die durch die »Anwesenheit« einer Wasserleiche »von der Oberfläche des Gewässers verschwinden«.

99.12–25 **Die wochenlange Trennung [. . .] harmlose Knabenspielereien waren:** Der Ertrinkungstod Hindingers beeinflusst die Beziehung der Freunde positiv; dem dramatischen Ereignis folgt die glücklichste Phase ihrer Freundschaft. Nach Verrat und Zurückweisung war Hindingers Leichnam Giebenrath als der Heilners erschienen (vgl. 94,29–31). Der Ertrinkungstod des gemeinsamen Kameraden wurde zu Deutung und Inszenierung des Beziehungsdramas zwischen Giebenrath und Heilner. Giebenrath erschien in dieser Perspektive wie ein Mörder durch Verrat. Dieses Täter-Opfer-Verhältnis manifestiert sich auch darin, dass Heilner als Folge der Suchaktion erkrankt, während Giebenrath gesund bleibt. Giebenraths späterer Tod aber erhält dadurch ein zusätzliches unbewusstes Motiv; denn zu den Folgen des Wassertods gehört für ihn die Versöhnung mit Heilner und die einzige Zeit zweisamen Glücks in seinem Leben.

100.13–101.3 **Ein Schulmeister hat [. . .] und gehen unter:** Auch diese eindeutig erscheinende Anklage der repressiven Gewalt von Schule und Staat enthält ein Indifferenzmoment. Es wird nämlich in das Ermessen der jeweiliges individuellen Erinnerung gestellt, ob das jugendliche »Genie« oder der in staatlichem Auftrag handelnde Lehrer »mehr Tyrann, mehr Quälgeist« war.

101.11 **Doktor Faustus:** Der historische (Georg) Faust (~ 1480–1536/39) verblüffte die Zeitgenossen mit magischen Kunststücken und stellte Horoskope. Er war auch als Schulmeister tätig, wurde aber mehrmals der Orte seiner Tätigkeit (Erfurt, Bamberg, Ingolstadt, Nürnberg) verwiesen. Schon zu seinen Lebzeiten spannen sich um Faust verschiedene Sagen, die in der zweiten Hälfte des 16. Jh.s zu Lebensbeschreibungen führten. Die erste dramatische Bearbeitung des Stoffes stammt von Christopher Marlowe (1564–1593); durch engl. Schauspieler kam das Stück nach Deutschland, wo es als Volksdrama, später auch als Puppenspiel mit komischem Einschlag beliebt war. In Gotthold Ephraim Lessings (1729–1781) Dramenfragment findet sich die den Sagenstoff völlig umwandelnde Lösung der Rettung Fausts um seines Wissensdranges willen. In Goethes Gestaltung wurde *Faust* zur bedeutendsten Dichtung in dt. Sprache. Das Drama ist Goethes Lebenswerk, das er in der Zeit des »Sturm und Drang« begann und kurz vor seinem Tod 1831 vollendete.

Mit dunkel tastendem [...] und Göttliches haben: Die lektüreinduzierten, spontan auftauchenden Bilder sind Produkte einer gesteigerten Tätigkeit der Einbildungskraft. Es fällt auf, dass sich dem inneren Auge v. a. Gestalten und Personen gegenüberstellen. Als die Aufmerksamkeit verdichtende Zonen werden Gesicht, Hände und – im Falle Christi – die Augen erwähnt. Unter psychoanalytischem Aspekt handelt es sich um die Kontakt- und Korrespondenzstellen, die im frühkindlichen Erleben während der Ablösungsphase eine entscheidende Rolle spielen. In der Pubertät spielt diese »Matrix« bei der Ich-Findung erneut eine Rolle. 104.13–105.15

Hans rührt sich [...] »Schlafen Sie denn?«: Hier wird der Zustand einer ganz auf die inneren Bilder und Stimmen gerichteten Aufmerksamkeit aus der Perspektive des Betroffenen erzählt. Im *Demian* wird die »Ekstase« im Schulzimmer hingegen von Außen dargestellt. Sinclair beobachtet Demian: »Da sah ich meinen Freund sitzen, aufrecht und in guter Haltung wie sonst. Aber er sah dennoch ganz anders aus als sonst, und etwas ging von ihm aus, etwas umgab ihn, was ich nicht kannte. Ich glaubte, er habe die Augen geschlossen, sah aber, daß er sie offen hielt. Sie blickten aber nicht, sie waren nicht sehend, sie waren starr und nach innen oder in eine große Ferne gewendet. Vollkommen regungslos saß er da, auch zu atmen schien er nicht, sein Mund war wie aus Holz oder Stein geschnitten. Sein Gesicht war blaß, gleichmäßig bleich, wie ein Stein, und die braunen Haare waren das Lebendigste an ihm« (SBB 16, S. 70). 109.16–31

Die Außenperspektive auf die innengerichtete Ekstase im *Demian* zeigt, was in *Unterm Rad* dem Helden nicht gelingt und letztlich zu seinem Ende führt. Demian wird für Sinclair zur »Maske« einer Unendlichkeit von Raum und Zeit durchdringenden Bildern. Sinclair erreicht die Integration seiner Innenwelt über ihre Projektion auf Gesicht und Gestalt Demians, die ihm zu Maske und Statue werden. Heilner aber kann für Giebenrath diese Funktion nur ansatzweise erfüllen. Zuletzt bleibt Giebenrath der auflösenden Gewalt seiner Innenwelt überlassen und löst sich in ihr auf.

112.7–23 **Er ermüdete bald [. . .] über den Körper**: Hesse schildert die träumerische Abwesenheit seines Helden als Aufenthalt in einem Exterritorium: Der träumerische Zustand versetzt in ein Territorium, das dem Wachbewusstsein nicht zugänglich ist oder anders: Das Wachbewusstsein besteht in der Überschreitung und Negation dieses Territoriums. Die Abbildung der im (Tag-) Traum auftauchenden psychischen Gehalte als Elemente eines Raumes, der sie integriert, ist keineswegs eine bloß poetische Umschreibung psychischer Vorgänge. Die territoriale Qualität des Unbewussten hat Sigmund Freud (1856–1939) bei der Ausarbeitung seiner Theorie immer wieder beschäftigt. So schreibt er 1915 in *Das Unbewußte*: »Unsere psychische Topik (von Unbewußtem, Vorbewußtem, Bewußtem) hat vorläufig nichts mit der Anatomie zu tun; sie bezieht sich auf Regionen des seelischen Apparats, wo immer sie im Körper gelegen sein mögen, und nicht auf anatomische Örtlichkeiten« (*GW* X, S. 263–303). Zu einer physiologisch-anatomischen Verortung des seelischen Apparates ist es nicht gekommen. Vielmehr lautet eine der letzten Notizen Freuds: »Psyche ist ausgedehnt, weiß nichts davon« (*GW* XVII, S. 152).

112.28–113.11 **Häufig aber kamen [. . .] lange Jahre zurück**: Die kritische Bedeutung von *Unterm Rad* liegt aus literarhistorischer Sicht weniger in den Ausfällen gegen die wilhelminische Pädagogik als in den Beschreibungen der Prozesse der Einbildungskraft unter den Bedingungen der humanistischen Bildungsvermittlung vor dem Ersten Weltkrieg. Zum einen entbindet die Lektüre spontan aufsteigende Bildwelten von körperlich-sinnlicher Prägnanz, zum anderen versagt das Gedächtnis bei der Aufnahme der Lehrinhalte.

117.18 **Geniereise**: Der Begriff stammt von Hesses Großvater Hermann Gundert: »Ich habe gehört, du habest neulich ein Geniereisle gemacht« (*Gesammelte Werke in zwölf Bänden*. Frankfurt/M. 1987. Band 10, S. 309). Gundert gab damit seiner Sympathie Ausdruck, als er von der Flucht seines Enkels aus dem Internat erfahren hatte.

Auf die sich [. . .] mitleidigen Schonung behandelte: Das Lächeln bezeichnet im mimischen Repertoire einen indifferenten Ausdruckswert. Es signalisiert Unentschiedenheit zwischen Vorbehalt und Zustimmung. Das Lächeln hält die »Anteilnahme« nach beiden Seiten hin aufrecht; es hält am subjektiven Impuls und der Abweichung fest, die dieser darstellen kann, grenzt sich aber auch gegenüber der Zurückweisung dieses Impulses nicht ab. Giebenraths Lächeln ist Ausdruck seiner Ohnmacht, weswegen es bezeichnenderweise auf den Ephorus provokativ wirkt, der sich auf die »Macht seines Blickes« »viel« »[ein]bildete« (vgl. 119,26–30). 119.15–20

Keiner, außer vielleicht [. . .] um sich blicken: Das Lächeln wird als Ausdruck des seelischen Untergangs und »Ertrinkens« erkannt. Die Lehrer sind unfähig, das Lächeln angemessen zu deuten, weil sie es gemäß der alten Ordnung der Repräsentation als Ausdruck moralischer Schwäche deuten. Sie wenden ein binäres Schema an, das auch dem einer eindeutigen Unterscheidung von männlich und weiblich entspricht. 120.12–16

Er sah einen [. . .] noch zu lächeln!«: Inhalt (Bild) und Form (Syntax und Grammatik) treiben in Giebenraths Bewusstsein so weit auseinander, dass der Bezug völlig abstrakt wird, ja willkürlich erscheint. Die Stelle ist ein Beleg für die Erstarrung, in der das humanistische Bildungssystem sich vor dem Ersten Weltkrieg befand; viele zeitgenössische Berichte bezeugen diese Krise. Für die Atmosphäre in diesen »Pflanzstätten«, in denen die Antike als Mittel der Abschottung gegenüber der Gegenwart missbraucht wurde, ist die Darstellung des Sprachphilosophen Fritz Mauthner (1849–1923) bezeichnend: »Von den vierzig Schülern in meiner Klasse«, schreibt Mauthner in seiner Autobiografie, »erreichten drei oder vier die Stufe, daß sie unter größter Mühe einen klassischen Text Wort für Wort übersetzen konnten. [. . .] Dadurch wurde ihnen gewiß nicht die geringste Ahnung vom Geist der Antike vermittelt, von seiner unvergleichlichen und unnachahmbaren Besonderheit. [. . .] Was den Rest, die verbleibenden neunzig Prozent betrifft, so schafften sie es, das Abschlußexamen zu bestehen, ohne von ihren minimalen 124.25–125.5

Griechisch- und Lateinkenntnissen jemals das geringste Vergnügen zu empfangen. Nach dem Examen wurden diese Kenntnisse von jedem prompt vergessen« (Mauthner 1918, S. 146).

126.27–127.9 **Die Vorbereitungen [. . .] du wirst schauen!«:** Der »wohltätige Einfluß« des in Aussicht genommenen Selbstmords kehrt im *Steppenwolf* wieder. Dort spürt der Held, Harry Haller, sogar ein gesteigertes Lebensgefühl, nachdem er den Vorsatz gefasst hat, sich an seinem 50. Geburtstag das Leben zu nehmen. Das Motiv des Selbstmords ist fester Bestandteil der »Schülertragödien«, wie sie vor dem Ersten Weltkrieg in der Literatur Konjunktur haben. In Hesses Werk ist die Möglichkeit des Suizids ein durchgängiges Thema. Dabei wird ein Zusammenhang greifbar zwischen den Schüler-Suiziden der wilhelminischen Epoche, der Todesbereitschaft der von der Schulbank auf die Schlachtfelder des Weltkrieges ausrückenden Freiwilligen und dem Dezisionismus in Politik und Literatur der Weimarer Republik, der Autoren unterschiedlichster Weltanschauung gemeinsam ist (vgl. auch SBB 12, S. 298, Erl. zu 127,23–25).

130.9–19 **Auch Hans Giebenrath [. . .] Falke gewesen war:** Die »Traumwege der Kindheit«, auf denen Giebenrath »re-grediert«, sind von der kleinstädtischen Topografie bestimmt, in deren beiden Wegen Gerbergasse und »Zum Falken« Bürgerlichkeit und Elend, Solidität und Verwahrlosung aneinander stoßen. Giebenraths Vaterhaus ist das letzte in der Bürgergasse, gehört zwar noch ganz zu dieser Sphäre, hat aber das Elendsviertel zum direkten Nachbarn. Das Zentrum von Giebenraths Kindheit befindet sich also an einer sozialen Grenze, die ein Aspekt jenes Zwischenreichs ist, in dessen Bann der Held während des gesamten Romans verbleibt.

133.25–134.18 **Mit ihm war [. . .] heimgehen, du Seehund.«:** Wie sensibel Hesses Wahrnehmung für die spezifisch dt. Szenerie eines spukhaften Personals historisch abgelebter, sozial zugleich deklassierter wie vom kleinstädtischen Milieu tolerierter »Originale« war, lässt sich daran ermessen, dass sich eine Passage aus Thomas Manns *Doktor Faustus* wie ein Jahrzehnte später widerhallendes Echo von Hesses Beschreibung der Bewohner des »Falken« liest: »Um auf jene Sonderlingstypen von Kaisersaschern zurückzukommen, so war da etwa noch ein Mann unbestimmten

Alters, der bei jedem plötzlichen Ruf eine Art von zuckendem Tanz mit hochgezogenem Bein auszuführen gezwungen war und mit einem traurig-häßlichen Ausdruck, als bäte er um Entschuldigung, den Gassenkindern zulächelte, die ihn johlend verfolgten. [. . .] Ein Kleinrentner endlich mit purpurner Warzennase und dickem Siegelring am Zeigefinger, eigentlich Schnalle mit Namen, von den Kindern jedoch ›Tüdelüt‹ gerufen, weil er den Tick hatte, diesen sinnlos trällernden Laut jedem Wort, das er sprach, hinzuzufügen. Gern ging er auf den Bahnhof und warnte, wenn ein Güterzug abging, den Mann, der auf dem rückwärtigen Dachsitz des letzten Wagens saß, mit erhobenem Siegelfinger: ›Fallen Sie da nicht runter, fallen Sie da nicht runter, tüdelüt!‹« (Mann, *GW* VI, S. 54).
Manns Text entstand 40 Jahre später als Hesses. Er will eine Station des dt. Verhängnisses beschreiben: Der Genius Leverkühn wächst in diesem Milieu auf. Die Bedingungen von Giebenraths Werdegang, wie Hesse sie beschreibt, werden dadurch beglaubigt.

Reutlinger Volksbücher: Die so genannten Reutlinger Volksbücher waren preisgünstige Broschüren mit Papierumschlägen, die Vorgänger der heutigen Taschenbücher. Die bekannteste und umfangreichste Reihe der »Deutschen Volksbücher« entstand um 1840. Bis zur Jahrhundertwende erschienen zahlreiche Neuauflagen und Erweiterungen wie die »Reutlinger Volksbücher« oder die »Neuen Volksbücher«. 135.22

Goßners Schatzkästlein: Johannes Evangelista Goßner (1773–1858), erst Katholik, dann ev. Theologe, wurde nach unsteten Wanderjahren Prediger an der Bethlehemskirche in Berlin und gründete dort Kleinkinderschulen, das Elisabethkrankenhaus und 1838 die Goßnersche Missionsgesellschaft. Eines seiner Hauptwerke ist *Das Schatzkästlein.* Auch Hesses Vater und Großvater betätigten sich in der Indienmission. 143.6–7

In dieser Stunde [. . .] Rettung finden muß: Als »neoromantisch« ist Hesses Prosa in *Unterm Rad* charakterisiert worden. Hugo Ball sieht eine Opposition von Romantik und Pietismus als Konfliktpotential in Hesses Entwicklungsjahren und Stilvoraussetzung in seinem Frühwerk gegeben. Eine derart klare Unterscheidung ist nicht haltbar. Aus literaturgeschichtlicher Sicht 146.15–30 kommt das romantische Landschaftserleben zunächst ohne »Innerlichkeit« aus. Die Landschaft wird als Medium der Steigerung erschlossen, sie wird jeweils aktuell zum Spiegel der Stimmung. Die unmittelbare Übersetzung von Seelenzuständen in Landschaftsbilder verdankt sich bereits einem Prozess der Standardisierung. Grob unterscheidend kann man feststellen: Die Verinnerlichung ist auf den Vorrang zurückzuführen, den der Pietismus der »inneren Schau« und dem »inneren Erleben« einräumt. Dabei sind es religiöse Wendungen, Sprechhaltungen und Formeln, die zu Artikulationsmitteln subjektiver Empfindung werden und sich dadurch aus dem orthodoxen religiösen Kontext lösen. Bilder der Landschaftserfahrung als Medium der Innerlichkeit setzen sowohl die Erschließung der Landschaft als auch die pietistische Introversion bereits voraus. In Hesses »Seelenkunde« sind Landschaft und psychischer Prozess verschmolzen. Streng genommen stehen sich also Romantik und Pietismus nicht gegenüber, wie es als griffige Formel für den Ausbruch des Autors aus den familiären Bindungen hingehen mag, sondern durchdringen sich. Tendenziell ist die Grenze zwischen Innen und Außen aufgehoben. Es droht damit jene »psychische Inflation« (vgl. dazu Knapp 1988, S. 79–106), in der alles Außen zum Symbol werden, alles Symbolische aber auch in Auflösung geraten kann.

148.22–32 **Beim Abendessen war [. . .] Erstaunen, Lächeln, Wiederbesitzen**: Die Szene spielt an auf das Motiv des wieder heimgekehrten Sohnes. Eine verwandelnde Erfahrung, hier die des Eros, verändert den Blick auf die heimische, gewohnte Umgebung. Im *Demian* vollzieht sich der Vorgang als Entfremdung vom familiären Milieu. Nachdem sich Sinclair von Kromer erpresst weiß, kehrt er verändert nach Hause zurück; er ist zum »verlorenen Sohn« geworden: »Heimat und Zärtlichkeit strömten mir von allen diesen Dingen entgegen, mein Herz begrüßte sie flehend und dankbar, wie der verlorene Sohn den Anblick und den Geruch der alten heimatlichen Stuben. Aber das alles gehörte mir jetzt nicht mehr, das alles war lichte Vater- und Mutterwelt, und ich war tief und schuldvoll in die fremde Flut versunken, in Abenteuer und Sünde verstrickt, vom Feind bedroht und von Gefahren, Angst und Schande erwartet. [. . .] Dies alles war nicht mehr mein, ich konnte an seiner Heiterkeit und Stille nicht teilhaben« (SBB 16, 21,9–24).

Er fühlte ihren [. . .] am Zaun fest: Eine zentrale Stelle, was das Weltverhältnis Giebenraths angeht. Emma benimmt sich gerade umgekehrt zu der Funktion, die in ihrem rückwärts gelesenen Namen auftaucht: Statt wie eine *Amme* verhält sich Emma wie eine Vampirin. Ergebnis bei Giebenrath: Schwäche, (Todes-) Müdigkeit und Pein – Zustände, die schon vorher immer wieder auftauchen und sein Erleben prägen. In Verlängerung der vampirösen Logik kann auch der Ertrinkungstod Giebenraths verstanden werden: als untauglicher Versuch zu trinken, sich mit Lebensstoff zu füllen, nachdem ihm »das Leben ausgetrunken« worden ist. Emma behält während der ganzen Liebesepisode die aktiv-vampiröse Rolle bei, deren Wirkung auf Giebenrath sich noch steigert: »und als der Mund an die Reihe kam und sie ihn wieder so lang und saugend küßte, ergriff den Knaben ein Schwindel, und er lag schlaff und willenlos an sie gelehnt« (157,3–6). 152.15–21

Mit Emma schien [. . .] und freundlich lagen: Emma ist Agentin des Lebens und rückt Giebenrath von allen Äußerungen des Lebens am nächsten. Konzentrisch öffnen sich um den inneren »Zauberkreis« des »verwunschenen Lebensgartens« die »schönen weiten Räume« der Welt. Diese Topografie bleibt für Hesses Werk verbindlich. Während der Krise bei der Abfassung von *Siddhartha* ist es die Vision eines Gartens, die schließlich zur Überwindung der Hemmung führte. 161.20–32

Und überall lagen [. . .] Schraubenkistchen herum: Hesse brieflich an Theodor Rümelin (1877–1920): »In der Mechanik habe ich immerhin einiges gelernt, verstehe eine Nähmaschine zu zerlegen, eine Drahtleitung zu ziehen, Eisen zu drehen, Schrauben zu machen, eine Säge zu hauen, kann Stahl, Eisen, Messing, Kupfer, Zinn, Zink, Antimonium etc. unterscheiden, Elementläutwerke einrichten, Most trinken, trocken Brot essen, Lehrlinge kommandieren, von Leitern herabfallen, Hosen zerreißen und was sonst zur Mechanik gehört. Meine Freizeit gehört den Musen« (Ninon Hesse 1966, S. 475). 164.3–10

Straubinger: Vom Ortsnamen des bayr. Straubing abgeleitete Bezeichnung für einen Handwerksburschen auf der Walz (= Wanderschaft). 169.31

170.17–34 **Das alles wurde [. . .] Grunde dasselbe ist**: Der Erzähler liefert hier eine Theorie der mythischen Erzählgenese. Feste narrative Topoi werden variiert, Zweck ist Identitätsstiftung innerhalb einer Gruppe von Zuhörern, die von dem Vortrag nicht »Wahrheit« verlangen, sondern die Bestätigung bestimmter Geschehensabläufe, wodurch Ordnung und Regelhaftigkeit suggeriert werden. Das Moment der Selbstdarstellung des Erzählers ist dabei die Konzession, die die Zuhörer machen, wenn es dem jeweiligen Sprecher gelingt, erneut Vergnügen an der Wiederholung des in seinen Grundzügen Altbekannten zu wecken. In diesem Vergnügen wird bestätigt, dass das Altbekannte weiter Bedeutung hat. Innerstes Motiv dieses Vorgangs ist die Abwehr des Schreckens.

173.14–24 **Es war doch [. . .] wie die andern**: Im *Steppenwolf* erfährt Harry Haller Vergleichbares: »Ein Erlebnis, das mir in fünfzig Jahren unbekannt geblieben war, obwohl jeder Backfisch und Student es kennt, wurde mir in dieser Ballnacht zuteil: das Erlebnis des Festes, der Rausch der Festgemeinschaft, das Geheimnis vom Untergang der Person in der Menge, von der Unio mystica der Freude. Oft hatte ich davon sprechen hören, jeder Dienstmagd war es bekannt, und oft hatte ich das Leuchten im Auge der Erzählenden gesehen und hatte immer halb überlegen, halb neidisch dazu gelächelt. Jenes Strahlen in den trunkenen Augen eines Entrückten, eines von sich selbst Erlösten, jenes Lächeln und halb irre Versunkensein dessen, der im Rausch der Gemeinschaft aufgeht, hatte ich hundertmal im Leben an edlen und an gemeinen Beispielen gesehen, an besoffenen Rekruten und Matrosen ebenso wie an großen Künstlern, etwa im Enthusiasmus festlicher Aufführungen, und nicht minder an jungen Soldaten, die in den Krieg zogen« (SBB 12, S. 189,13–29).

179.23–32 **und blickte zuweilen [. . .] beinahe heiter aus**: Als Leiche gibt Hans Giebenrath wieder das Bild seiner möglichen Gestalt ab. Der Roman führt seine Hauptfigur mit dem Hinweis auf das Besondere ihrer Erscheinung ein: »Gott weiß, wo der Knabe die ernsthaften Augen und die gescheite Stirn und das feine im Gang her hatte. Vielleicht von der Mutter?« (10,17–19) Der mütterlich-weibliche Teil seiner Person erscheint im Tode wieder. Die Identifikation mit diesem Anteil gelingt nur in seiner gleichzeitigen Vernichtung. Der Kommentar zur männlich dominierten Gesellschaft des Wilhelminismus hätte drastischer und subtiler zugleich nicht ausfallen können.

Über dem Städtchen [...] gewohnten Daseins entgegenschritt: So wie er mit einer Beschreibung der väterlichen Existenz begann, endet der Roman mit dem Hinweis auf die Fortsetzung des väterlichen Daseins. Dabei werden die Indifferenz der lieblichen Landschaft und die Kontinuität der bürgerlichen Existenz einander angenähert. Beide scheinen weit entfernt von dem grausamen Geschick, das sich vor ihrem Hintergrund in ihrem Bannkreis abgespielt hat. Rückwirkend erweist sich die leise Bedrohlichkeit der Landschaftsbeschreibungen als Vorausdeutung des Schicksals von Hans Giebenrath. 180.32–181.3

Hermann Hesse
in der Suhrkamp Basisbibliothek

Siddhartha
Kommentar: Heribert Kuhn
SBB 2. 192 Seiten

»Die Aufbereitung ist außerordentlich gelungen, die Kommentare klug und verständlich.« *Frankfurter Rundschau*

»... so vielseitige, sachlich animierende Kommentare, daß die Bände ganz zu Recht als Originalausgaben bezeichnet werden.« *Süddeutsche Zeitung*

»Die Zeiten, in denen das Wünschen noch geholfen hat, sind – zumindest für Schüler und Studenten – noch nicht vorbei. Denn was dieser immer wieder frisch nachwachsenden Zielgruppe jetzt geboten wird, darf sich zu Recht als ›zeitgemäße Form der Wissensvermittlung‹ bezeichnen. Die vorzüglich edierten Werke der Suhrkamp Basis-Bibliothek werden nicht nur durch kluge Kommentare und einen übersichtlichen Informationsapparat abgerundet, sie sind schon vom Textbild her auf kreatives Arbeiten angelegt.« *radio kultur, SFB & ORB*

NF 333/1/1.02

Hermann Hesse in der Suhrkamp Basisbibliothek

Der Steppenwolf
Kommentar: Heribert Kuhn
SBB 12. 306 Seiten

»Ein 50 Seiten umfassender Kommentar lohnt allein die Anschaffung dieses Textes. Er ist auch ideal für eine Klassenlektüre. Neben den notwendigen Wort- und Sacherläuterungen findet der Leser viele Hinweise für eine gelungene Interpretation.« *lesenswert*

Demian
Kommentar: Heribert Kuhn
SBB 16. 220 Seiten

»Heribert Kuhns Kommentar erweist sich (ebenso wie diejenigen zu den anderen Hesse-Texten der Suhrkamp BasisBibliothek, die sich allesamt bestens ergänzen) als gehaltvolle, fordernde und inspirierende Anleitung zum Verständnis des Romans. Als *die* Leseausgabe für Studierende kann dieser Band daher unbedingt empfohlen werden.« *Literatur in Wissenschaft und Unterricht*

NF 333/2/1.02

Suhrkamp BasisBibliothek
Text und Kommentar in einem Band

»Die Suhrkamp BasisBibliothek hat sich längst einen Namen gemacht. Als ›Arbeitstexte für Schule und Studium‹ präsentiert der Suhrkamp Verlag diese Zusammenarbeit mit dem Schulbuchverlag Cornelsen. Doch nicht nur prüfungsgepeinigte Proseminaristen treibt es in die Arme der vielschichtig angelegten Didaktik, mit der diese unprätentiösen Bändchen aufwarten. Auch Lehrer und Liebhaber vertrauen sich gerne den jeweiligen Kommentatoren an, zumal die Bände mit erschöpfenden Hintergrundinformationen, Zeittafeln, Entstehungsgeschichten, Rezeptionsgeschichten, Erklärungsmodellen, Interpretationsskizzen, Wort- und Sacherläuterungen und Literaturhinweisen gespickt sind.«
Frankfurter Allgemeine Zeitung

Ingeborg Bachmann. Malina. Kommentar: Monika Albrecht und Dirk Göttsche. SBB 56. 389 Seiten

Jurek Becker. Jakob der Lügner. Kommentar: Thomas Kraft. SBB 15. 351 Seiten

Thomas Bernhard. Erzählungen. Kommentar: Hans Höller. SBB 23. 171 Seiten

Bertolt Brecht. Der Aufstieg des Arturo Ui. Kommentar: Annabelle Köhler. SBB 55. 182 Seiten

Bertolt Brecht. Die Dreigroschenoper. Kommentar: Joachim Lucchesi. SBB 48. 170 Seiten

Bertolt Brecht. Der gute Mensch von Sezuan. Kommentar: Wolfgang Jeske. SBB 25. 214 Seiten

NF 279/1/11.04

Bertolt Brecht. Herr Puntila und sein Knecht Matti. Kommentar: Anya Feddersen. SBB 50. 189 Seiten

Bertolt Brecht. Die heilige Johanna der Schlachthöfe. Kommentar: Anya Feddersen. SBB 57. 220 Seiten

Bertolt Brecht. Der kaukasische Kreidekreis. Kommentar: Ana Kugli. SBB 42. 189 Seiten

Bertolt Brecht. Leben des Galilei. Kommentar: Dieter Wöhrle. SBB 1. 191 Seiten

Bertolt Brecht. Mutter Courage und ihre Kinder. Kommentar: Wolfgang Jeske. SBB 11. 185 Seiten

Georg Büchner. Lenz. Kommentar: Burghard Dedner. SBB 4. 155 Seiten

Adelbert von Chamisso. Peter Schlemihls wundersame Geschichte. Kommentar: Thomas Betz und Lutz Hagestedt. SBB 37. 178 Seiten

Paul Celan. »Todesfuge« und andere Gedichte. Kommentar: Barbara Wiedemann. SBB 59. 186 Seiten

Annette von Droste-Hülshoff. Die Judenbuche. Kommentar: Christian Begemann. SBB 14. 136 Seiten

Max Frisch. Andorra. Kommentar: Peter Michalzik. SBB 8. 166 Seiten

Max Frisch. Biedermann und die Brandstifter. Kommentar: Heribert Kuhn. SBB 24. 142 Seiten

NF 279/2/11.04

Max Frisch. Homo faber. Kommentar: Walter Schmitz. SBB 3. 301 Seiten

Theodor Fontane. Effi Briest. Kommentar: Dieter Wöhrle. SBB 47. 414 Seiten

Johann Wolfgang Goethe. Götz von Berlichingen. Kommentar: Wilhelm Große. SBB 27. 243 Seiten

Johann Wolfgang Goethe. Die Leiden des jungen Werthers. Kommentar: Wilhelm Große. SBB 5. 222 Seiten

Grimms Märchen. Kommentar: Heinz Rölleke. SBB 6. 136 Seiten

Norbert Gstrein. Einer. Kommentar: Heribert Kuhn. SBB 61. 160 Seiten

Peter Handke. Wunschloses Unglück. Kommentar: Hans Höller. SBB 31. 131 Seiten

Hermann Hesse. Demian. Kommentar: Heribert Kuhn. SBB 16. 233 Seiten

Hermann Hesse. Narziß und Goldmund. Kommentar: Heribert Kuhn. SBB 40. 407 Seiten

Hermann Hesse. Siddhartha. Kommentar: Heribert Kuhn. SBB 2. 192 Seiten

Hermann Hesse. Der Steppenwolf. Kommentar: Heribert Kuhn. SBB 12. 306 Seiten

Hermann Hesse. Unterm Rad. Kommentar: Heribert Kuhn. SBB 34. 275 Seiten

NF 279/3/11.04

E. T. A. Hoffmann. Das Fräulein von Scuderi. Kommentar: Barbara von Korff-Schmising. SBB 22. 149 Seiten

E. T. A. Hoffmann. Der goldene Topf. Kommentar: Peter Braun. SBB 31. 157 Seiten

E. T. A. Hoffmann. Der Sandmann. Kommentar: Peter Braun. SBB 45. 100 Seiten

Ödön von Horváth. Geschichten aus dem Wiener Wald. Kommentar: Dieter Wöhrle. SBB 26. 168 Seiten

Ödön von Horváth. Italienische Nacht. Kommentar: Dieter Wöhrle. SBB 43. 162 Seiten

Ödön von Horváth. Jugend ohne Gott. Kommentar: Elisabeth Tworek. SBB 7. 195 Seiten

Ödön von Horváth. Kasimir und Karoline. Kommentar: Dieter Wöhrle. SBB 28. 147 Seiten

Franz Kafka. Der Prozeß. Kommentar: Heribert Kuhn. SBB 18. 352 Seiten

Franz Kafka. Das Urteil und andere Erzählungen. Kommentar: Peter Höfle. SBB 36. 188 Seiten

Franz Kafka. Die Verwandlung. Kommentar: Heribert Kuhn. SBB 13. 134 Seiten

Marie Luise Kaschnitz. Das dicke Kind und andere Erzählungen. Kommentar: Uwe Schweikert und Asta-Maria Bachmann. SBB 19. 249 Seiten

NF 279/4/11.04

Heinar Kipphardt. In der Sache J. Robert Oppenheimer. Kommentar: Ana Kugli. SBB 58. 220 Seiten

Gert Ledig. Vergeltung. Kommentar: Florian Radvan. SBB 51. 233 Seiten

Gotthold Ephraim Lessing. Emilia Galotti. Kommentar: Axel Schmitt. SBB 44. 171 Seiten

Gotthold Ephraim Lessing. Miß Sara Sampson. Kommentar: Axel Schmitt. SBB 52. 170 Seiten

Gotthold Ephraim Lessing. Nathan der Weise. Kommentar: Wilhelm Große. SBB 41. 238 Seiten

Eduard Mörike. Mozart auf der Reise nach Prag. Kommentar: Peter Höfle. SBB 54. 148 Seiten

Ulrich Plenzdorf. Die neuen Leiden des jungen W. Kommentar: Jürgen Krätzer. SBB 39. 157 Seiten

Rainer Maria Rilke. Die Aufzeichnungen des Malte Laurids Brigge. Kommentar: Hansgeorg Schmidt-Bergmann. SBB 17. 299 Seiten

Patrick Roth. Riverside. Kommentar: Grete Lübbe. SBB 62. 130 Seiten

Friedrich Schiller. Kabale und Liebe. Kommentar: Wilhelm Große. SBB 10. 175 Seiten

Friedrich Schiller. Maria Stuart. Kommentar: Wilhelm Große. SBB 53. 220 Seiten

NF 279/5/11.04

Friedrich Schiller. Wilhelm Tell. Kommentar: Wilhelm Große. SBB 30. 196 Seiten

Theodor Storm. Der Schimmelreiter. Kommentar: Heribert Kuhn. SBB 9. 199 Seiten

Hans-Ulrich Treichel. Der Verlorene. Kommentar: Jürgen Krätzer. SBB 60. 180 Seiten

Martin Walser. Ein fliehendes Pferd. Kommentar: Helmuth Kiesel. SBB 35. 164 Seiten

Peter Weiss. Die Verfolgung und Ermordung Jean Paul Marats. Kommentar: Arnd Beise. SBB 49. 180 Seiten

Frank Wedekind. Frühlings Erwachen. Kommentar: Hansgeorg Schmidt-Bergmann. SBB 21. 148 Seiten

NF 279/6/11.04

Max Frisch
in der Suhrkamp BasisBibliothek

Andorra
Kommentar: Peter Michalzik
SBB 8. 166 Seiten

»Vielleicht bringt der multimediale Kontakt mit Frischs Stück manch einem, der Deutschstunden bislang als lästige Pflicht erlebte, einen neuen Zugang und damit Spaß an der Literatur.« *stern*

Homo faber
Kommentar: Walter Schmitz
SBB 3. 301 Seiten

»Zunächst einmal: Die Buchausgabe der Suhrkamp Basis-Bibliothek ist wunderschön. Offensichtlich inspiriert von elektronischen Hypertexten werden Wort- und Sacherläuterungen direkt am Textrand präsentiert. Inhaltliche Erläuterungen, Verweise und Kommentare finden sich im Anhang am Ende des Buches – die jeweiligen Passagen sind aber im Text markiert. Der breite Rand lädt zum Markieren und Kommentieren nur so ein, so daß das Buch eine optimale Ausgabe für den Einsatz in der Schule ist. Weitere Informationen gibt der ausführliche Kommentar von Walter Schmitz etwa zu den Erzählverfahren, der Entstehungs- und Textgeschichte oder der Rezeptionsgeschichte.« *Praxis Deutsch*

NF 335/1/1.02

NF 337/1/1.02

Johann Wolfgang Goethe
Die Leiden des jungen Werthers
Kommentar: Wilhelm Große
SBB 5. 221 Seiten

»Auch wer sein zerfleddertes Werther-Bändchen seit Schüler-Tagen mit sich schleppt, wird Platz suchen für die neuen Bände der Suhrkamp BasisBibliothek – und wird die Kinder beneiden, die gleich mit einem Lern-Angebot überrascht werden, das man sich früher erst mühsam beim Studium zusammenklauben mußte.« *Die Zeit*

Rainer Maria Rilke
Die Aufzeichnungen des Malte Laurids Brigge
Kommentar: Hansgeorg Schmidt-Bergmann
SBB 17. 300 Seiten

»Den größten Teil des Kommentars machen jedoch Wort- und Sacherklärungen zu einzelnen Stellen aus; da sie nicht stichwortartig im Telegrammstil gehalten sind, erklären sie vorzüglich auch komplexe Zusammenhänge.« *Neue Zürcher Zeitung*

NF 334/3/1.02